KB138556

The Gilded Ones

금색 피의 소녀들 1

The Gilded Ones
금색 피의 소녀들 1
나미나 포르나 장편소설
이수영 옮김
arte

꿈을 가르쳐준 아버지,
일을 가르쳐준 어머니,
그리고 늘 지지해준 자매에게

차례

골마
북부 지방
나그라발
가르 멜라니스
이르푸트
헤마이라
사이발
서부 지방
남부 지방
후알파
가르 모냐니
노움 산맥
니바리 사막
오레라 왕국

하루카나
셈부가르드
동부 지방
장도
에뷴가르드
가르 수마
가르 나심
가르 신카리에
가르 세코
N
W
E
S
가르 사투
가르 파투
미지의 땅

1

오늘은 순수의 예식이 있는 날.

걱정에 잠겨 헛간으로 가면서 추위에 망토를 여민다. 아직 이른 아침이라서, 작은 농장을 에워싼 눈 덮인 나무들 위로 태양은 보이지 않았다. 어둠 속에서 내가 들고 있는 등불이 약한 빛을 퍼뜨리지만, 주위로 그림자가 밀려든다. 피부 아래서 따끔거리는 불길한 감각이 차오른다. 왠지 어둠 속에 무엇인가 있는 것 같다…….

그냥 긴장해서 그런 거라고, 마음을 다잡아본다. 이런 불길함은 전에도 많이 느꼈지만 정말 괴물이 나타난 적은 없다.

헛간에 도착하니 문이 열려 있고, 기둥에 등잔이 달려 있다. 아버지가 벌써 나와서 건초를 헤집고 있다. 어둠 속에서 큰 키의 허약해 보이는 몸이 휘청거린다. 세 달 전만 해도 튼튼하고 기운찼던 아버지다. 어느 날 붉은 수두가 아버지와 어머니를 덮쳤다. 이제 구부정하고 창백해진 아버지는 금발이 허옇게 세고 눈에서 진물이 흘러 몇십 년은 늙어 보인다.

"벌써 일어났네." 아버지가 힘없이 말하며 회색 눈으로 나를 흘긋 본다.

"잠이 안 와요." 나는 대답하고 젖을 짜내는 들통을 든 다음, 우리 농장에서 가장 큰 암소인 노를라에게 간다.

순수의 예식을 준비하는 다른 소녀들처럼 되도록 나도 혼자 지내며 쉬어야 하지만, 세 달 전 어머니가 돌아가신 이후로 농장에는 할 일이 너무 많고 일손은 부족하다. 어머니를 생각하자 그만 눈물이 솟아 눈을 깜빡이며 참는다.

아버지가 더 많은 건초를 긁어 구유에 넣는다. "깨어나 무한의 아버지의 영광을 목격하는 자에게 축복을." 아버지가 '무한의 지혜'를 인용하며 웅얼거린다. "오늘 예식, 준비는 됐니?"

나는 고개를 끄덕인다. "네, 준비됐어요."

오늘 오후 두르카스 원로가 순수의 예식에서 열여섯 살 소녀 모두를 검사할 것이다. 순수함이 증명되면 우리는 공식적으로 이 마을의 일원이 된다. 그리고 드디어 여성이 되어, 결혼하고 스스로 가족을 꾸릴 수 있다.

결혼 생각을 하자 또 다른 불안감이 밀려든다.

아버지를 흘긋 보니 긴장해서인지 몸의 움직임이 힘겨워 보인다. 아버지도 나처럼 걱정하는 것이다. "아버지. 만일, 만일에요……." 말을 시작하다가 멈추자, 마치지 못한 질문이 무겁게 허공에 고인다. 말할 수 없는 두려움이 침침한 헛간 안에 퍼져나간다.

아버지가 안심시키려는 듯 웃음을 지어 보이지만 입가가 경직된다. "만일 뭐? 말해봐라, 데카."

"내 피가 순수하지 않으면 어쩌죠?" 속삭이듯 끔찍한 말을 토한다. "신관들에게 끌려가 추방되면요?"

악몽을 꾸곤 한다. 다른 꿈들과 결합되는 공포를 경험한다. 어두운 바다 한복판에 있는 꿈. 어머니의 목소리가 나를 부른다.

"그런 걱정을 하는 거야?"

나는 고개를 끄덕인다.

드물긴 해도 누군가의 자매 혹은 친척이 불순한 것으로 밝혀진 경우를 모두 알고 있다. 이르푸트에서 마지막으로 그런 이가 나타난 건, 아버지의 사촌 중 하나였다. 마을 사람들은 아직도 그녀가 신관들에게 끌려가던 것을 수군댄다. 다시는 그녀를 볼 수 없었고 친척들 얼굴에는 그 이후로 계속 그늘이 드리워져 있다.

그래서 늘 경건하게 행동한다. 늘 신전에 첫 번째로 도착하고 고모들은 입도 보이지 않게 얼굴을 꽉꽉 가린다. '무한의 지혜'는 경고했다. "불순하고 불경하며 천한 여성만이 오요모의 눈 아래 자신을 드러내고 다닌다." 하지만 그 경고는 얼굴 위쪽 절반인 이마에서 코끝까지를 말한다. 하지만 고모들은 눈을 가리는 조그만 천 조각까지 늘어뜨렸다.

아버지가 군대에서 어머니와 함께 돌아오자, 친척들은 바로 의절했다. 순수성을 알 수 없는 외지 여성을 가족으로 받아들이는 건 너무 위험했다.

그 후에 내가 태어났다. 완전한 남부인이라고 해도 될 만큼 짙은 피부에, 아버지를 닮은 회색 눈과 갈라진 턱과 부드러운 곱슬머리를 가진 아이로.

이르푸트에서 태어나 평생을 살아왔는데도 여전히 나는 이방인 취급을 당한다. 사람들은 나를 빤히 쳐다보고 손가락질하며 따돌린다. 아버지의 친척들이 더 적극적으로 막았다면 나는 신전에 발을 들이지 못했을 것이다. 나는 아버지를 빼닮았지만 그것만으로 충분하지 않다. 마을 사람들이 나를 받아들일 수 있도록, 아버지의 친척이 우리 가족을 받아들일 수 있도록 내가 증명되어야 한다. 내 피가 순수하다는 게 밝혀져야 한다.

아버지가 나를 안심시키려 미소 지으며 묻는다. "순수하다는 게 뭔지 아니, 데카?"

나는 '무한의 지혜'에서 구절을 인용한다. "온화하고 순종적인, 겸손하고 진실한 딸들에게 축복 있으라. 무한의 아버지 앞에 흠결 없으니."

모든 소녀가 마음에 새기고 있는 구절이다. 신전에 들어갈 때마다 암송한다. 여자가 남자의 내조자로, 남자의 욕망과 명령에 순종하도록 창조되었음을 꾸준히 되새기는 것이다.

"너는 겸손하고 다른 것도 다 갖추었니?"

나는 아버지의 물음에 고개를 끄덕인다. "그런 것 같아요."

눈빛에 회의감이 언뜻 보이지만 아버지는 미소 지으며 이마에 키스해준다. "그럼 다 괜찮을 거야."

아버지는 다시 건초더미로 향한다. 나는 노를라 앞에 앉아서도 걱정을 떨치지 못한다. 아버지는 잘 모르겠지만 내게는 어머니와 닮은 점들이 있다. 마을 사람들이 알면 더욱 나를 경멸할 점들이.

들통 나지 않게 조심해야 한다. 마을 사람들이 절대 알아서는 안 된다.

절대.

마을 광장에 도착했는데, 여전히 이른 아침이다. 추위도 여전하고 광장 주위 집들 처마에는 고드름이 주렁주렁 달려 있다. 그래도 겨울답지 않게 밝은 햇살에 오요모 신전의 기둥과 아치들이 반짝인다. 저 기둥들은 매일 하늘을 가로지르는 오요모의 태양에 대한 기도와 명상을 의미한다. 대신관들은 태양의 경로를 보고 1년에 이틀, 봄과 겨울 예식을 거행할 날을 고른다. 신전 기둥을 보자 다시 불안감이 밀려온다.

"데카! 데카!" 길 건너에서 익숙한 모습이 호들갑스레 손을 흔들며 서둘러 다가온다.

엘프리데다. 망토를 너무 꽉꽉 둘러서 초록 눈밖에 보이지 않는다. 엘프리데도 나도 마을 광장에 갈 때는 늘 얼굴을 가리려고 애쓴다. 나는 피부색 때문에, 엘프리데는 얼굴 왼쪽을 차지한 흐릿한 붉은 반점 때문에. 소녀들은 예식을 치르기 전까지는 가리지 않아도 되지만 주의를 끌어서 좋을 것은 없다. 특히 오늘 같은 날에는.

오늘 아침 이르푸트의 조약돌로 포장된 광장은 많은 방문객으로 혼잡하다. 사람을 가득 태운 마차가 속속 도착하고 있다.

오테라 전역에서 온 사람들이다. 짙은 갈색 피부와 꼬불꼬불 말린 머리의 도도한 남부인, 긴 검은 머리를 위로 틀어 올리고 금색 피부를 문신으로 뒤덮은 느긋한 서부인, 분홍 피부와 추위에 빛나는 금발 머리를 한 성급한 북부인, 등 뒤로 매끄러운 강물처럼 흘러내리는 부드러운 검은 직모에 짙은 갈색부터 베이지색까지 다양한 피부색을 가진 조용한 동부인.

이르푸트는 외진 곳이지만 예쁜 소녀가 많은 곳으로 유명하기에, 소녀들이 마스크를 쓰기 전에 먼 곳에서 남자들이 신붓감을 알아보러 온다. 이미 있는 게 아니라면 오늘 많은 소녀가 남편감을 찾을 것이다.

"신나지 않아, 데카?" 엘프리데가 키득거린다.

엘프리데가 가리키는 광장은 축제 분위기로 장식돼 있다. 신붓감이 있는 집의 문은 모두 빛나는 빨강으로 칠해졌고, 창문에는 깃발이 활기차게 휘날리며 색색의 등불이 모든 입구에 걸려 있다. 심지어 가면 쓴 죽마 무용수와 불 뿜는 묘기꾼도 있어서, 군중 사이를 누비며 견과볶음, 훈제닭다리와 설탕조림사과를 파는 보따리장수들과 경쟁한다.

그런 풍경을 보니 나도 신이 난다. 씩 웃으며 "그래" 하고 대답하는데 엘프리데는 벌써 나를 끌어당기며 재촉한다.

"어서 서둘러!" 우리가 군중을 헤치며 지나가자, 사람들이 남자 보호자가 없는 우리를 돌아보며 못마땅한 표정을 짓는다.

여성은 남성 동반자 없이 집을 나설 수 없다. 하지만 이르푸트는 작은 마을이고 남자가 부족하다. 아버지가 그랬듯 젊은 남자는 대부분 군대에 간다. 훈련에서 살아남아 황제의 정예 군인 자투가 되는 남자도 있다. 지금 광장 주변에도 파견된 자투들이 빛나는 붉은 갑옷을 입고 경계하고 있다.

오늘은 적어도 열두 명은 되는 듯하다. 겨울 예식에 황제가 보통 두셋의 자투를 보내는데, 이번에는 훨씬 많은 숫자다. 사람들이 쑥덕이던 소문이 사실인가 보다. 올해 더 많은 '죽음비명'이 경계선을 뚫고 들어왔다고.

그 괴물들은 오래전부터 오테라의 남쪽 경계를 침범해왔다. 하지만 지난 몇 년 동안 더욱 공격적이 됐다. 죽음비명들은 보통 예식 날에 마을을 습격해 파괴하고 불순한 소녀들을 훔쳐 간다. 불순한 소녀가 훨씬 맛있기 때문이라는데…….

다행히 이르푸트는 북쪽에 있다. 눈 덮인 산봉우리와 접근하기 어려운 숲에 둘러싸인, 남부에서 가장 멀리 떨어진 지역 가운데 하나다. 죽음비명들은 절대 이곳까지 오지 못한다.

엘프리데는 내가 이런 생각에 빠져 있는 것도 모르고 자투들을 보고 키득거리느라 바쁘다. "빨간 제복 입은 것도 멋있지만 너무 잘생기지 않았니? 여기 오는 건 지방을 쭉 도는 신병들이래. 황제가 우리 마을 예식에도 자투를 보내주다니, 정말 멋져!"

"그러네……." 내가 중얼거린다.

엘프리데 배에서 꾸르륵 소리가 난다. "서둘러, 데카." 엘프리데가 다시 재촉하며 나를 끌어당긴다. "빵집 줄이 곧 어마어마해질 거야."

너무 세게 끌어당겨서 나는 비틀거리다가 어느 크고 단단한 몸에 부딪힌다. "미안해요!" 기겁하며 올려다보자, 방문객 남자 하나가 나를 내려다보며 얇은 입술에 늑대 같은 미소를 띤다. "이게 뭐야, 맛있어 보이는 사탕이네." 그러고는 한 걸음 더 다가온다.

나는 서둘러 물러선다. 어쩌다 이렇게 멍청하게 굴었지? 마을 밖 남자들은 보호자 없는 여자를 보는 경우가 드물어 끔찍한 억측을 할 수 있다. "미안하지만 가봐야겠어요." 다급히 웅얼거리지만 미처 피하기도 전에 남자가 나를 붙잡고 망토를 여민 단추를 향해 탐욕스러운 손을 뻗는다.

"이러지 마, 예쁜이. 착하게 굴어야지. 망토 벗고 속에 뭐가 들었나 보여……." 남자가 말을 마치기도 전에 커다란 손이 그를 끌어낸다.

돌아보니 마을 수장인 올람 원로의 맏아들, 이오나스다. 평소 그의 느긋한 미소는 간데없이 험악한 표정으로 남자를 노려본다.

"매음업소를 원하는 거면 저쪽 너희 동네에 있어." 이오나스가 파란 눈을 번뜩이며 경고한다. "이만 그리로 돌아가는 게 좋겠군."

몸집 차이에 남자가 망설인다. 이오나스는 금발에 보조개를 지닌, 이 마을에서 제일 잘생긴 소년 가운데 하나지만, 황소처럼 육중한 몸집에 키도 제일 커서 주눅 들 만도 하다.

남자가 신경질적으로 땅에 침을 뱉는다. "그렇게 성내지 마, 젊은이. 장난 좀 치려는 것뿐이었으니까. 어차피 저 앤 북부인도 아니잖아."

그 말에 온몸의 근육이 팽팽히 굳는다. 아무리 조용히 지내려 해도 아무리 눈에 띄지 않으려 애써도, 내 갈색 피부는 늘 나를 남부인 취급을 당하게 할 것이다. 오래전에 북부를 점령해 '하나의 왕국', 이제는 오테라라고 하는 왕국에 복속시킨 미움받는 남부인 가운데 하나로 말이다. 순수의 예식만이 내 자리를 확보해줄 것이다.

제발 내가 순수하기를. 제발 내가 순수하기를. 간절한 마음으로 오요모에게 재빨리 기도드린다. 망토를 더욱 꽉 여미며 나는 땅속으로 꺼져 들어가고 싶은 심정인데, 이오나스가 남자에게 더욱 위협적으로 바짝 다가서며 으르렁거린다.

"데카는 우리랑 같이 여기서 나고 자랐어. 다시는 건드리지 마."

뜻밖의 두둔에 나는 깜짝 놀란다.

남자가 씨근거린다. "말했잖아. 그저 장난 좀 친 거라니까." 그러고서 자기 친구들에게 가버린다. "자, 그럼 한잔하러 가자."

남자의 무리가 투덜거리며 물러난다.

"괜찮아?"

이오나스가 나와 엘프리데를 걱정스럽게 바라보며 묻자 내가 겨우 말한다.

"괜찮아. 좀 놀랐을 뿐이야."

"다치진 않았지?" 이오나스의 시선이 나를 향한다. 걱정 어린 얼굴 앞에서 꾸물거릴 수는 없다.

"안 다쳤어." 내가 머리를 가로젓자, 이오나스가 고개를 숙인다.

"내가 대신 사과할게. 남자들이 짐승처럼 될 때가 있어. 특히 너희처럼 예쁜 여자애들이 있으면."

너희처럼 예쁜……. 너무 직접적인 표현에 당황스러워 그가 다른 말을 하는지도 몰랐다.

"너희 어디 가니?"

"빵집에 가." 엘프리데가 대답하며 거리 건너편의 작은 건물을 가리킨다.

이오나스가 말한다. "너희가 안전하게 들어갈 때까지 여기서 보고 있을게."

이오나스의 시선이 다시 나를 향하자, 뺨이 달아오른다.

"고마워." 대답하고 서둘러 빵집으로 향하는데, 엘프리데가 옆에서 키들거린다.

정말 이오나스는 계속 내 모습을 지켜본다.

엘프리데 말처럼 빵집은 벌써 손님으로 가득하다. 어둑한 조그만 가게가 여자들로 붐빈다. 오늘을 기념하는 섬세한 분홍 순수 케이크와 해 모양의 무한 식빵을 사는 여자들의 마스크가 반짝인다. 보통 마스크는 단순한 모양으로, 나무나 양가죽으로 만들어 행운을 기원하는 상징을 그려 넣는다. 그러나 오늘 같은 축제 날에는 최대한 사치스러운 가면을 쓴다. 태양이나 달, 별의 모양을 본뜨고 정밀한 기하학적 금과 은 장식을 단 가면들이다. 오요모는 태양의 신일 뿐 아니라 수학의 신이다. 대부분 가면은 신의 눈을 기쁘게 하는 신성한 대칭 장식을 사용한다.

오늘 이후로 나도 가면을 쓸 것이다. 두터운 양가죽과 얇은 나뭇조각으로 만들어진 튼튼하고 하얀 반가면이 내 얼굴의 이마에서 코까지 가릴 것이다. 대단한 건 아니지만 아버지가 준비할 수 있는 최고의 물건이었다. 가면을 쓰고 나면 이오나스가 구혼해 올지도 모른다.

나는 말도 안 되는 생각을 즉시 없애버린다.

내가 뭘 쓰든, 가냘픈 몸매, 비단 같은 금발 머리, 분홍 뺨을 지닌 마을의 다른 여자애들처럼 예뻐질 수는 없다. 나는 훨씬 건강한 체구에 짙은 갈색 피부를 가졌다. 그나마 봐줄 만한 건 구름처럼 곱실

거리며 얼굴을 감싼 부드러운 검은 머리뿐이다.

어머니가 남부 지방에서는 나처럼 생긴 여자애를 예쁘다고 한다고 말했다. 하지만 그렇게 생각하는 건 어머니뿐이었다. 다른 사람들은 내가 너무 다르게 생겼다고만 생각한다. 근처 마을에서 남편을 얻는 것만으로도 행운일 것이다. 어쨌든 노력해봐야 한다. 아버지에게 무슨 일이 생기면 아버지의 친척은 무슨 구실이든 찾아내서 나를 버리려 할 것이다.

그러면 어떻게 될까 생각하니 식은땀이 난다. 어쩔 수 없이 평생 신전의 하녀가 되어 허리가 휘도록 일하거나, 최악의 경우 남부 지방의 매음 거리로 쫓겨날 것이다.

엘프리데가 나를 보고 속삭인다. “이오나스가 널 보는 표정 봤어? 널 채 가려는 줄 알았어. 너무 로맨틱해.”

나도 모르게 미소가 새어 나오며 달아오르는 뺨을 감싼다. “이상한 소리 하지 마. 그냥 친절하게 도와준 것뿐인데.”

“쳐다보는 표정이 마치…….”

“뭐? 뭐가 어땠는데, 엘프리데?” 악의로 가득한 달콤한 목소리가 끼어들며 킥킥 소리도 따라온다.

온몸이 차갑게 굳는다. 제발 오늘만은…….

돌아보니 아그다와 마을 소녀 무리가 우리 뒤에 서 있다. 분노로 잔뜩 곤두선 모습을 보니 내가 이오나스와 말하는 광경을 본 게 틀림없다. 창백한 피부와 백금발의 아그다는 마을에서 제일 예쁜 소녀일지도 모른다. 하지만 저 섬세한 이목구비는 독사 같은 성격과 타고난 악의를 감추고 있다.

“오늘 네가 증명이라도 되면 남자애들이 갑자기 널 예쁘다고 봐줄 것 같아?” 아그다가 코웃음 친다. “데카, 아무리 기도해도 가면은 네 못생긴 남부인 피부를 숨길 수 없어. 어떤 남자도 널 집에 들이려 하지 않고, 네가 남편도 없고 가족도 없는 못생기고 절박한 노처녀가 되면 어떨지 궁금하다."

나는 손톱이 손바닥을 파고들도록 주먹을 꼭 쥔다.

대꾸하지 말자, 대꾸하지 말자, 대꾸하지 말자…….

아그다는 경멸의 눈초리로 엘프리데를 흘긋 보더니 말한다. "이 애는 얼굴이라도 가릴 수 있겠지. 하지만 너는 몸 전체를 가려도 사람들은 그 안에……"

"입조심하거라, 아그다." 가게 앞쪽에서 새침한 목소리가 아그다의 말을 자른다.

아그다의 어머니인 노를림 부인이 다가온다. 그녀의 황금 가면에서 수많은 보석이 눈부시게 번쩍인다. 노를림 부인은 마을의 가장 부유한 남자인 노를림 원로의 아내다. 반쪽 금가면이나 은가면밖에 장만할 수 없는 다른 여자와 달리, 노를림 부인은 파란 눈 주위에 햇살 무늬를 모사한, 얼굴 전체를 가리는 격식 있는 금가면을 썼다. 손가락 역시 어지러운 황금과 준보석으로 치덕치덕 장식했다.

"여자의 말은 과일과 꿀처럼 달콤해야 한다고 무한의 지혜에 나와 있잖니." 노를림 부인이 아그다에게 상기시킨다.

아그다가 고분고분 고개를 숙인다. "네, 어머니."

노를림 부인이 덧붙인다. "게다가 데카가 자기 어머니처럼 더러운 피부를 가진 건 엘프리데가 반점을 숨길 수 없는 것과 마찬가지 아니냐. 불쌍히 여겨야 하거늘." 동정하는 눈빛이 명랑하게 웃는 가면과 부조화를 이룬다.

고마웠던 마음이 분노로 응결하여 피가 끓는다. 더러워? 불쌍해? 방금 나를 불순하다고 단정 지은 것이다. 하지만 나는 그저 문으로 향하며 간신히 유순한 표정을 지어 보인다. "친절한 말씀 감사합니다, 노를림 부인." 그러고는 이를 악물고 겨우 밖으로 나온다. 문을 쾅 닫지 않으려고 무진 애를 썼다.

밖으로 나와서야 헐떡이며 숨을 쉰다. 평정을 되찾으려, 화가 나서 솟아오르는 눈물을 참으려 애쓴다.

엘프리데도 나왔다. "데카, 괜찮아?"

"괜찮아." 대답하며 눈물을 감추려고 망토를 더 꽉 여민다.

분노가 치밀지만, 노를림 부인이나 다른 이가 뭐라 하든 상관없다고, 스스로를 다독인다. 나는 순수할 것이다. 하지만 불안감이 밀려들며 내게도 어머니처럼 기묘하게 남다른 점이 있다고 상기시킨다. 어머니는 죽는 날까지 그럭저럭 숨겨왔다. 나도 그럴 것이다. 다음 몇 시간만 잘해내면 순수함이 증명될 것이다.

그러고 나면 마침내 안전해질 것이다.

2

남은 오전 시간은 순수의 예식을 준비하며 보냈다. 아버지와 함께 내 옷을 다리고 구두를 닦고, 마른 꽃으로 머리에 두를 화환도 만들었다. 밝은 빨강이 파란 예복과 멋진 대조를 이룰 것이다. 예식에 바로 이어질 마을 연회에 갈 테니 최대한 잘 차려입어야 한다. 연회에 초대된 건 처음이다. 아니, 어떤 마을 행사에 초대된 게 처음이다.

떨리는 마음을 진정시키려 구스베리 타르트에 신경을 집중한다. 연회에 가져갈 음식이라 최대한 완벽하게 만들려고 애쓴다. 가장자리도 깔끔히 접고 크림도 예쁘게 얹고. 하지만 칼 없이 하려니 잘되지 않는다. 소녀들은 열다섯이 되면서 순수의 예식 때까지 날카로운 물건을 가까이하면 안 된다. 예식에서 증명이 되기 전까지는 피 한 방울도 흘리지 않도록, 무한의 지혜가 금지한다.

열다섯 살 때 몸을 다친 소녀들은 정화를 위해 신전에 끌려간다. 그들의 가족은 배척당하고 결혼 가망성도 없어지고 만다. 그저 잘 나아서 순수의 예식 때 증명되기만을 바랄 뿐이다. 그렇다고 해도 대부분의 남자는 흉터를 가진 소녀, 특히 열다섯 때 상처가 난 소녀와는 결혼하지 않으려 한다. 금기시되기 때문이다.

"상처 입거나 흉터 생긴, 부상당하고 피 흘린 소녀들은 경멸당할지니, 그들은 무한의 아버지의 신전을 오염시켰으니." 이런 구절을 날 때부터 귀 아프게 들어왔다.

만일 아버지에게 돈이 많았다면 예식 전 1년 동안 나를 순수의 집에 보내, 부드러운 방석이 놓인 방에 살면서 날카로운 물건으로부터 보호받도록 했을 것이다. 하지만 아그다 같은 부잣집 소녀들이나 순수의 집 비용을 감당할 수 있다. 우리 같은 아이들은 칼을 피하는 정도로 조심하며 보내야 한다.

너무 이런저런 생각에 빠져 아버지의 발소리도 듣지 못했다. "데카!" 하고 부르는 소리에 돌아보니 아버지가 상자를 들고 초조하게 서 있다. 그리고 주저하는 미소와 함께 상자를 연다. "네 거란다." 그 안에는 자수 놓인 드레스가 들어 있다.

나는 깜짝 놀라 눈물이 고인다. 예식을 위해 짙은 푸른색으로 염색되고 밑단에는 조그만 황금 태양들까지 수놓인 드레스인데 그게 다가 아니다. 드레스 아래로 살짝 고개를 내민 섬세한 푸른색 반가면에는 흰 비단 끈이 묶여 있다. 지금까지 본 그 무엇보다 좋은 것이다. 목재를 기본으로 하여 만든 것인데도 가볍고 우아해 보이는 걸 보니 장인이 만든 솜씨다.

"어떻게 이런 걸?" 나는 숨을 몰아쉬며 가면을 꼭 끌어안는다. 우리한테 가면은 고사하고 새 옷에 쓸 여윳돈도 없는데. 그래서 어머니의 예전 드레스 중 하나를 예식용으로 수선했다.

"널 위해 네 어머니가 작년에 몰래 만들었어." 아버지가 말하며 상자에서 뭔가를 또 꺼낸다.

"어머니의 목걸이……." 나는 탄성을 지르며 눈물을 흘린다. 공들여 제작된 얇은 금줄에 곱고 가는 황금 구슬이 달려 있고, 구슬에는 익숙한 상징이 새겨졌다. 신성한 태양을 나타내는 쿠루처럼 보이기도 하지만 뭔가 더 그려져 있다. 너무 닳아서 잘 보이지 않는 또 다른 표식. 나도 오래 봐왔던 거지만 잘 모른다. 어머니는 이 목걸이를 어김없이 매일 했다.

그렇게 오래전부터 나를 위해 이 모든 걸 준비했다니.

가슴이 꽉 메어서 손으로 문지르며 울음을 가라앉히려고 애쓴다. 어머니가 너무 그립다. 목소리, 냄새, 나를 보며 웃음 짓던 얼굴.

나는 눈물을 닦고 아버지를 본다.

"잘 지니고 있다가 너에게 주라고 당부했지." 아버지가 말하다가 목청을 고른다. 아버지의 뺨도 벌겋게 물들며 상자에서 마지막 물건을 꺼낸다. 생화로 만든 화환이다. 타는 듯한 붉은색. "그래도 꽃은 내가 준비했어. 상인이 오래갈 거라고 하더구나."

"정말 아름다워요." 아버지에게 말하며 벅찬 감동을 느낀다. 이렇게 많은 선물은 처음이다. "모든 게 아름다워요. 정말 감사드려요, 아버지."

아버지는 어색하게 내 등을 두드린다. "얼른 준비해라. 오늘 네가 이곳 사람이란 걸 보여주게 될 거야."

"네, 아버지."

나는 서둘러 일을 마친다. 내 결심도 더 단단해진다. 마을 사람들에게 보여줄 것이다. 새 드레스를 입고 화환을 쓰고, 예식이 끝나고 나면 새 가면을 쓸 것이다. 자랑스럽게 쓰고 나면, 아그다조차 나를 부정하지 못할 것이다.

그 생각에 씩 웃음이 나온다.

* * *

늦은 오후가 되어서야 신전에 도착했다. 마을 광장은 이미 사람으로 가득하고, 복을 비는 사람과 호기심 많은 구경꾼이 자리다툼한다. 예복 입은 소녀들이 신전 계단 앞에 줄지어 섰고, 소녀들의 부모도 그 양쪽에 섰다. 아버지가 내 옆에 자리를 잡자 북이 울리고 자투들이 엄숙하게 계단을 향해 행진하며 두르카스 원로의 도착을 준비한다. 자투의 빛나는 붉은 갑옷이 짙은 푸른색 드레스 바다와 선명하게 대비를 이룬다. 자투들이 쓴 험악한 전투 가면이 오후 햇살에 빛난다. 각 가면은 무서운 괴물의 얼굴을 본떠서 만들었고 투구에 쉽게 붙였다 뗄 수 있다.

아직 신전 문이 열리지 않아서 나는 새하얀 벽과 붉은 지붕을 바라본다. 붉은색은 신성함을 나타낸다. 두르카스 원로가 오늘 소녀들을 검사할 때 순수한 소녀들이 흘리게 될 피의 색이다.

내 피도 부디 붉은색이길, 내 피도 부디 붉은색이길……. 나는 기도한다.

앞쪽에 온몸이 경직된 엘프리데가 보인다. 엘프리데도 똑같이 생각할 것이다. 다른 모든 소녀처럼 엘프리데도 마지막으로 얼굴을 드러내고 서 있다. 비록 반점을 가리려 약간 웅숭그렸지만.

신전 문이 삐걱 열리자, 군중이 숨을 죽인다. 두르카스 원로가 계단 위에서 나타난다. 늘 그렇듯 못마땅하게 찌푸린 표정이다. 대부분의 오요모 신관처럼 그의 임무는 불순과 사악을 뿌리 뽑는 것이다. 그래서 그의 몸이 그렇게 말랐고 눈빛은 형형하다. 종교적 열정은 음식을 먹거나 다른 걸 하는 데 쓸 여유를 많이 남기지 않는다. 태양의 상징인 쿠루의 황금색 문신이 깨끗하게 민 그의 정수리에서 번쩍인다.

두르카스 원로가 군중을 향해 손을 뻗는다. "무한의 아버지의 축복이 있으라."

"무한의 아버지의 축복이 있기를." 군중의 응답이 광장을 울린다.

두르카스 원로가 예식용 검을 높이 들어 올린다. 상아를 깎아 잘 연마한 검으로, 그 어떤 검보다 날카롭게 만들었다. "그리하여 네 번째 날" 하고 우렁우렁한 굵은 목소리로 암송한다. "무한의 아버지가 조력자로 여자를 창조하사, 남자의 신성한 잠재력과 성스러운 영광을 끌어올리도록 하셨으니, 여자는 무한의 아버지가 남자에게 내린 가장 큰 선물이라. 그의 가장 어두운 시간에 위로가 되고 가장……."

두르카스 원로의 말소리가 문득 희미해지며 살갗이 따끔거리기 시작한다. 그 아래로 흐르는 피의 움직임이 빨라진다. 그리고 갑자기 깨닫는, 멈춰버린 바람, 바삭거리며 녹는 고드름 그리고 어딘가 먼 데서 들려오는 낙엽 위를 저벅저벅 무겁게 걷는 발자국 소리.

뭔가 다가오고 있어……. 파닥이는 내 심장이 감지한다.

감각을 억지로 누르려 애쓴다. 왜 하필 지금 이게?

아버지는 내 흐트러진 표정을 눈치채고 구슬프게 한숨지으며 눈을 가늘게 뜨고 태양을 바라본다. "그런 생각 해본 적 있니, 데카?" 다른 사람은 못 듣게 아주 작은 소리로 아버지가 속삭이며 입꼬리를 축 늘어뜨린다. "넌 참 네 어머니를 닮았다고."

"줄이 곧 움직일 거예요." 내가 눈살을 찌푸리며 속삭인다.

아버지가 갑자기 예전처럼 따뜻하게 웃음 짓는다. 붉은 수두와 어머니의 죽음이 그에게서 빛을 앗아 가기 전처럼. "시냇물이 너무 서둘러 흐른다고 책망하는 강물 같지 않니?" 아버지가 농담하는데 줄이 움직이기 시작한다.

나는 고개를 끄덕이며 다시 신전 계단에 정신을 집중한다. 두르카스 원로가 축원을 끝냈다. 이제 순수의 예식이 시작될 것이다.

아그다가 첫 번째로 신전에 들어간다. 긴장으로 하얗게 질린 얼굴. 오요모가 그녀를 기꺼워할까? 아니면 불순하다 내칠까? 군중도 목을 빼며 긴장한다. 속삭이고 재잘대던 사람들이 일시에 숨을 죽인다. 어디선가 개들이 불만스레 낑낑대는 소리와 근처 말뚝에 묶인 말들이 푸르르하는 숨소리만이 들린다.

잠시 후 깜짝 놀라는 외침이 신전 안에서 터져 나온다. 곧 푸른 머릿수건을 움켜쥔 아그다가 나타난다. 두르카스 원로가 예식용 검으로 벤 것이다. 달려 나와 계단 위에 선 아크다가 머릿수건을 머리 위로 쳐들어 수건에 스며든 붉은 피를 보여준다. 군중이 안도의 탄성을 내지른다. 아그다는 순수하다. 그녀의 부모가 달려가 끌어안는다. 그리고 아버지가 그녀의 첫 가면을 자랑스레 얼굴에 씌워준다. 떠오르는 달 모양의 섬세한 황금 반가면이 아그다가 새로운 여성이 되었음을 선언한다. 아그다는 승리에 찬 시선으로 군중을 둘러보다가 나를 흘긋 보더니 히죽 웃는다.

아그다가 내려오자 다음 소녀가 들어가고 다시 순수의 예식이 시작된다.

나는 신전 문에 시선을 집중한다. 커다랗고 붉은 위압적인 문의 모습이 내 신경을 곤두세워 위가 뭉치고 손이 축축해진다. 따끔거리는 감각이 거세진다. 이제는 이명으로 귓속이 윙윙거린다. 솜털이 일어나며 뭔가 느껴진다.

뭔가 다가오고 있어. 다시 그 생각이 의식을 파고든다.

아무것도 아니야. 나는 마음을 굳게 다잡는다. 전에도 여러 번 느꼈지만 정말 뭐가 나타난 적은 한 번도…….

공포가 몸을 관통한다. 너무 갑자기, 너무 심하게. 무릎이 휘청거린다. 쓰러지지 않으려 아버지의 손을 움켜쥐자 아버지가 놀라 묻는다.

"데카, 괜찮니?"

공포로 얼어붙은 입술은 대답하지 못한다. 나는 그저 겁에 질려 아버지 주변에서 피어오르는 불길한 촉수 같은 안개를 지켜볼 뿐이다. 뱀 같은 안개가 더 많이 광장으로 미끄러져 들어오며 공기를 냉각시킨다. 위로 보이는 태양이 구름에 쫓겨나자, 이제 온 하늘이 구름으로 덮인다.

아버지가 위를 올려다보며 찌푸린다. "태양이 사라졌어."

하지만 나는 하늘을 보지 않는다. 시선이 고정된 곳은 마을 끝, 겨울이라 헐벗은 나무들이 눈과 얼음의 무게로 삐걱대는 숲이다. 안개는 그곳에서 오고 있다. 시리게 차가운 공기를 잔뜩 품은 그 너머에 뭔가 있다. 그때 멀리서 들려오는 높은 음조의 소리에 신경이 곤두선다.

그 소리가 귀를 찌르는 비명으로 터져 나와 흩어지자, 군중 전체가 동작을 멈추고 눈 속에서 굳어버린다. 누군가의 속삭임이 광장에 퍼진다. "죽음비명……."

그렇게 잠깐의 고요가 깨진다.

"죽음비명이다!" 자투 지휘관이 외치며 검을 뽑는다. "무기를 들어라!"

군중이 흩어지며 남자들은 무기를 가지러 헛간으로 달리고 여자들은 아이들을 모아 집으로 향한다. 자투가 군중을 가르며 숲으로 향한다. 거인 같은 회색 형체들이 나타나고 인간이 내는 게 아닌 비명 소리가 그들의 도착을 알린다.

가장 큰 죽음비명이 제일 먼저 숲에서 나온다. 커다란 야수 같은 괴물로, 수척할 정도로 비쩍 마른 형체에 손톱이 무릎까지 늘어지고 불거진 등뼈 위로 뿔들이 솟아나 있다. 인간과 비슷한 모양의 검은 눈을 깜빡이고 째진 콧구멍을 벌름거리며 마을을 훑어본다. 마을 광장으로, 내가 서 있는 곳으로 고개를 돌린다. 나는 공포에 질려 헐떡이며 꼼짝하지 못한다.

놈이 입을 벌리고 숨을 들이쉬더니…….

비명이 내 두개골을 꿰뚫는다. 작렬하는 통증에 몸이 갈라지는 듯하다. 이가 갈리며 근육이 쥐어짜인다. 아버지는 엎어져 귀와 코에서 피를 쏟는다. 마을 사람들도 몸부림치며 공포와 괴로움에 얼굴을 뒤튼다.

나 말고는 자투들만이 광장에 그대로 서 있다. 투구에 특수 방음이 돼 있어 부르짖는 죽음비명의 소리를 막을 수 있다. 그렇더라도 자투들의 전투 가면 속 놀란 눈이 커지고 검을 잡은 손은 떨린다. 이곳의 자투는 엘프리데의 말대로 대부분 신병, 즉 새로 투입된 군인이다. 죽음비명이 계속 공격해오는 남쪽 경계 지대에서 싸워본 적이 없다. 심지어 죽음비명을 본 적도 없을 것이다. 여기서 누구라도 살아남는다면 기적이다.

우리 모두 마찬가지다.

죽을 거란 생각에 퍼뜩 마비에서 깨어난다. 나는 아버지를 일으키며 외친다. "도망쳐야 해요!" 공포로 생긴 힘인지 내 팔근육이 비정상적으로 강해져 아버지를 벌떡 일으켜 세운다. "어서요!"

맨 앞의 죽음비명을 보니 털이 사방으로 꿈틀거린다. 마치 내 시선을 느낀 것처럼 돌아본다. 괴물의 눈이 나와 마주친다. 멀리에서도 그 눈빛은…… 뭔가 아는 듯하다.

나는 헉하고 숨이 터져 나온다. 온몸의 근육에서 힘이 빠지며 포식자의 어두운 눈길에 얼어붙는다. 겨우 정신이 들자 이미 놈이 성큼성큼 다가오고 있다. 다른 놈들도 마찬가지다. 너무 많다. 안개 속에서 나타나는 회색 가죽의 형체들은 악의로 가득하다. 몇 놈은 나무에서 풀쩍 뛰어내려 지상에 쌓인 눈을 긁으며 네발로 달려온다.

"마을을 방어하라!" 자투 지휘관이 부르짖으며 검을 들어 올린다. "무한의 아버지를 위해!"

"무한의 아버지를 위해!" 자투들이 복창하며 야수들을 향해 달린다.

내가 겁에 질려 헐떡이는데 아버지가 비틀거리며 일어나더니 다른 마을 남자들과 함께 외친다. "신전으로 들어가, 데카!" 이제 다들 서둘러 머릿수건이나 허리띠로 귀를 막고 달린다.

자투 지휘관이 맨 앞의 죽음비명을 향해 돌진하지만 놈은 물러서지 않는다. 대신 멈춰 서더니 고개를 갸웃한다. 순간 놈의 눈에서 즐거움이 반짝이는 듯하다. 살해의 즐거움. 그러더니 움직인다. 손을 휘둘러 자투를 날려버린다. 빽 소리가 난 그의 몸에서 사방으로 피가 뿌려진다.

그것이 신호가 되어 다른 죽음비명들도 공격을 시작한다.

놈들이 마을로 달려들어 자투들의 방패를 부수고 치명적인 손톱으로 복부를 가른다. 비명이 울리며 피가 튀고 오줌 악취가 진동한다. 자투가 맞서 싸우려 하지만 수가 너무 적고 경험이 부족하다.

나는 공포에 질린 채 바라본다. 엄청난 완력과 속도로 팔다리가 잘려 나가고 광적인 기세로 머리들이 뽑혀 나간다. 순식간에 자투 부대가 압도당하고 마을 남자들 차례가 되었다.

"막아라!" 올람 원로가 울부짖지만 너무 늦었다.

죽음비명들이 풀쩍 뛰어오르거나 손톱과 이빨을 휘둘러가며 마을 사람들을 도륙한다. 마을 남자들이 소리 지를수록 죽음비명들은 광포해진다. 쏟아진 피가 흰 눈을 적시고 낙엽과 살점의 뒤섞임 위로 죽은 자들이 널브러진다.

온 마을이 몰살될 것이다.

심장이 공포에 쥐어짜인다. 나는 아버지를 향해 몸을 돌린다. 마을 남자 두 명과 함께 괴물과 싸우고 있다. 검과 갈퀴로 괴물을 막아선다. 하지만 또 다른 죽음비명이 아버지를 향해 달려온다. 피에 굶주린 놈이 눈빛을 이글거리며 손톱을 치켜든다.

"안 돼!" 절박한 외침이 내 가슴에서 터져 나온다. 너무나 강력한 외침이 마치 뭔가에 겹겹이 쌓인 듯, 내 몸속 어딘가 더 깊은 곳에서 폭발해 나오는 듯하다. "멈춰, 제발! 아버지를 놔둬! 제발 우리를 해치지 마!"

죽음비명이 나를 향해 획 돌아선다. 새까만 눈이 분노로 번들거린다. 시간이 멈춘 듯한 순간, 우두머리가 앞으로 나온다. 가까이, 더 가까이, 그러다가…….

"멈춰!" 내가 외친다. 목소리가 더욱 강력해졌다.

죽음비명이 엉겁결에 뻣뻣하게 굳는다. 눈에서 생명이 빠져나간다. 순식간에 텅 빈 껍데기만 남은 것처럼 보인다. 다른 죽음비명들도 마찬가지다. 늦은 오후 햇빛 속에 얼어붙은 석상 같다.

마을에 침묵이 내려앉는다. 심장 뛰는 소리가 귓속으로 들린다. 점점 커진다. 더욱 커지다가…….

움직인다.

우두머리 죽음비명이 몸을 돌려 비틀거리며 숲으로 향한다. 다른 놈들도 뒤를 따른다. 안개도 마치 그 발길을 따라가듯 사라지더니 순식간에 모두 없어졌다.

나는 안도감에 휘청거린다. 마치 몸에서 혼이 빠져나가는 듯하다. 바람에 날려가는 엉겅퀴 홀씨처럼 붕 떠오르는 듯도 하다. 어지럽다. 나는 멍한 미소를 띠고 아버지를 향해 종종걸음으로 달려간다. 아버지는 아직 그 자리에 서 있지만 어쩐지 안도한 표정이 아니다. 창백한 얼굴에 땀이 흐르는 걸 보니, 겁에 질린 듯하다.

"아버지?" 내가 손을 뻗는다.

놀랍게도 아버지는 몸을 피하며 외친다. "불결한 악마! 내 딸을 어떻게 한 거냐?"

"아버지?" 내가 다시 말하며 한 걸음 더 내디딘다.

아버지는 나를 피하며 으르렁거린다. "감히 날 부르지 마라, 이 괴물!"

다른 남자들도 그 주위에 모인다. 여자들도 집에서 나오기 시작한다. 엘프리데도 나왔지만, 날 보는 눈빛이 공포에 질렸다.

"너 눈이……. 데카, 어떻게 된 거야?" 엘프리데가 중얼거린다.

엘프리데 말에 어지러움이 조금 가신다. 내 눈? 나는 아버지를 향해 돌아서서, 이게 무슨 말인지 물으려 한다. 하지만 아버지가 내 뒤의 누군가에게 눈짓해서 돌아보니 이오나스가 번뜩이는 검을 들고 있다. 나는 어리둥절해서 눈살을 찌푸린다. 아침에 그랬던 것처럼 나를 보호하러 온 건가?

"이오나스?" 내가 묻는다.

그가 내 배에 검을 찌른다. 날카롭고 격심한 통증에 이어 손으로 피가 흘러내린다.

피는 붉은…… 너무나 붉은 색이다. 처음에는 그랬지만 색이 바뀌기 시작한다. 반짝인다. 곧 황금빛이 된다. 이어서 피부 전체에 금빛이 돈다.

눈앞이 흐려지며 살갗 아래로 흐르는 피의 움직임이 느려진다. 이제 움직이는 것은 황금뿐이다. 폭포처럼 쏟아지며 내 손을 타고 천천히 살갗 위를 미끄러진다.

"내가 늘 의심했듯이." 멀리서 목소리가 들려 올려다보니 두르카스 원로가 나를 내려다본다. 그리고 만족하지만 어두운 표정으로 선언한다. "그녀는 순수하지 않다."

그것이 내가 죽기 전에 마지막으로 들은 말이다.

3

깨어 보니 주위가 어둡고 이상하게 조용하다. 마을 광장의 소음과 군중은 사라지고 어둠, 추위, 고요만이 나를 감싼다. 여기가 어디지? 둘러보며 숨을 헐떡인다. 지하실 같다. 돌벽을 따라 기름통이 줄 맞춰 쌓여 있다. 나는 일어나려 하지만 뭔가에 저지당한다. 만듦새가 거친 쇠고랑이 발목과 손목에 채워졌다. 기겁해서 당기고 비틀어보지만 소용없다. 쇠고랑 끝이 돌벽에 박혀 있다. 신음이 절로 나온다.

"깼군." 어둠 속에서 나를 지켜보던 이오나스의 목소리가 공기를 가른다. 쏘아보는 표정이 너무 차가워서 나는 놀라 물러선다.

"이오나스!" 내가 수갑을 당기며 묻는다. "무슨 일이야? 왜 내가 여기에?"

이오나스의 입이 역겹다는 듯 일그러진다. "내가 보여?" 그러더니 혼잣말처럼 덧붙인다. "물론 보이겠지."

나는 일어나 앉는다. "대체 무슨 일이야? 이해가 안 가. 왜 내가 묶여 있지?"

이오나스가 횃불을 켠다. 너무 눈이 부셔서 눈을 가린다.

"완전한 어둠 속에서도 내가 보이면서 감히 왜 이러냐고 물어?"

"이해가 안 가. 머릿속이, 모든 게 너무 혼란스러워."

"어떻게 기억을 못 할 수가……."

"괴물과 이야기하지 마라." 차가운 목소리가 명령한다.

저쪽 구석에서 아버지가 굳은 표정으로 일어난다. 기둥에 가려서 보이지 않다가 앞으로 나오자, 아직 불빛이 닿지 않는 곳에 있음에도 낮처럼 똑똑히 보인다. 왜 이렇게 잘 보이지? 이오나스는 횃불 하나를 켰을 뿐이다. 문득 무서운 깨달음에 등줄기가 서늘하다. 이오나스가 말했다. 완전한 어둠 속에서 내가 그를 보았다고…….

아버지가 이오나스에게 무뚝뚝하게 말한다. "다른 이들을 불러와."

이오나스가 서둘러 계단을 올라간다. 어둠 속에는 아버지의 앙상한 형상만 남는다. 다가오는 아버지의 눈이 낯선 감정으로 이글거린다. 증오? 혐오?

"아버지!" 속삭여 불러보지만 아버지는 대답하지 않고 내 앞에 웅크린다. 내 몸을 이리저리 훑다가 배에 시선이 머문다. 드레스가 찢겨 있다. 그 사이로 상처 없는 맨살이 보여서 황급히 가리자, 뭔가 떠오른다.

내가 뭘 잊고 있었지?

"흉터 하나 없군." 아버지가 지켜보며 이상하게 감정 없는 투로 말한다. 손에 뭔가 쥐고 있다. 어머니의 목걸이다.

내가 잠들었을 때 목에서 떼어낸 것이다. 눈물이 흘러내린다.

"아버지! 아버지, 왜 이러세요. 왜 제가 여기 있죠?"

나는 손을 뻗다가 멈춘다. 아버지 얼굴에 사납게 거부하는 표정이 떠올랐기 때문이다. 혐오로 들끓는 표정. 왜 대답해주지 않고, 왜 저렇게 보는 걸까? 아버지가 안아주며 겁내지 말라고, 착하고 소중한 딸이라고 말해준다면, 나는 무슨 일이든 할 것이다.

하지만 아버지는 그저 끔찍하게 냉담한 채로 혐오감을 드러내며 나를 바라볼 뿐이다. "차라리 죽어버리면 좋았을걸." 아버지가 내뱉는다.

기억난다.

순수의 예식, 죽음비명의 공격. 그 까만 눈이 나와 마주쳤을 때 느껴진 냉기. 자투와 마을 남자들의 반격. 눈 위의 피. 위험에 처한 아버지. 그리고 내게서 나온 목소리……. 인간의 것이 아닌 이상한 목소리……. 그리고 아버지가 이오나스에게 나를 베라고 눈짓할 때의 표정. 내 배에서 흘러나오던 황금 피를 보자 확신에 차던 눈빛.

"안 돼……." 나는 흐느끼며 몸을 떤다. 배에 꽂히던 검의 감각이, 모든 게 무너지는 듯하던 암흑이 다시 느껴진다.

공포에 사로잡혀 몸을 떤다. 계단을 내려오는 발소리도 다가오는 사람들도 뒤늦게 알아챈다. 내 앞에 선 두르카스 원로가 무한의 지혜를 맹렬히 읽고 있다. 붕대를 감은 올람 원로와 다른 마을 원로들이 그 옆에 조용히 서 있다. 다섯 명뿐이다. 다른 사람들은 어떻게 되었을까. 그 생각을 하자 죽음비명이 휘두른 손톱에 원로 두 명이 찢겨 나가던 모습이 떠오르며 위장이 울컥한다.

나는 몸을 꺾고 토한다. 역한 냄새가 올라오더니, 코와 입이 얼얼하다. 두르카스 원로가 물러나며 말한다. "우리가 이런 괴물을 거두고 있었다니."

그의 말에 흠칫 고개를 든다. 무릎이 꺾인 나는 손을 내밀며 애원한다. "두르카스 원로님, 제발요! 뭔가 오해가! 난 불순하지 않아요! 아니에요!"

죄책감에 휩싸인다. 끔찍한 자각이 덮친다. 죽음비명이 다가올 때 따끔거리던 피부. 그들이 물러난 건, 내가 명령했기 때문이다.

그들은 내 명령을 따랐다.

두르카스 원로는 무시하고 다른 남자들에게 말한다. "누가 이 악마를 정화하고 우리 마을에서 불결함을 제거할 텐가?"

기겁한 나는 다시 애걸한다. "제발요, 두르카스 원로님, 제발!"

하지만 원로는 말없이 아버지를 본다. 나를 보는 아버지 얼굴에 자신 없는 표정이 떠오른다.

"정신 차리게. 이건 자네 딸이 아니야. 아직 사람처럼 보여도 이미 악령에 사로잡혔어. 그 악령이 죽음비명을 우리 마을로 불러들여 사람들을 죽였네."

죽음비명을 불렀다고? 그 말에 숨이 턱 막힌다. "아니에요! 난 죽음비명을 부르지 않았어요!"

그러나 떠나게는 했지……. 다시 깨달음이 스르르 밀려들지만 억지로 떨쳐낸다.

두르카스 원로는 여전히 나를 무시하고 아버지에게 말한다. "자네가 이 불결함을 마을에 데려왔어. 정화하는 건 자네 의무야."

끔찍하게도 아버지가 음울한 표정으로 고개를 끄덕인다. 그리고 한 걸음 앞으로 나와 손을 내밀자 이오나스가 검을 쥐여준다.

검이 횃불에 번뜩이자 나는 겁에 질려 벽에 기대 허우적거린다. "아버지, 안 돼요! 제발, 안 돼요!"

하지만 아버지는 들은 척도 하지 않고 내 앞으로 다가와 서서 칼날을 내 목에 댄다. 차가운 금속이 살갗에 와 닿는다. 나는 아버지를 보며, 한때 나를 어깨에 태우고 내가 좋아하는 진한 크림만 우유에서 떠내어 주던 때의 얼굴을 다시 찾아보려 애쓴다.

"아버지, 제발, 이러지 마세요." 애원하는 눈에서 눈물이 쏟아진다. "저예요, 데카. 아버지 딸이에요. 기억하세요?"

잠시, 아버지의 눈에서도 뭔가 반짝이는 듯하다. 슬픔…….

"괴물을 정화하지 않으면 자투가 너와 나머지 가족을 처단할 거야." 두르카스 원로가 다그친다.

아버지가 눈을 질끈 감고 입을 꾹 다문다. "너를 오요모의 이름으로 정화한다." 아버지가 선언하며 검을 쳐든다.

"아버지, 안 돼……."

검이 내 목을 가른다.

나는 괴물이다.

다시 눈을 뜨는 순간 알게 되었다. 여전히 지하실에 묶여 있지만 몸은 멀쩡하다. 흉터 하나, 흔적 하나 남지 않았다. 아버지에게 잘렸던 목도 그대로다. 손가락에 와 닿는 부드럽고 매끄러운 살갗을 느끼며 흐느낌이 새어 나온다. 마치 완전히 새로 태어난 듯, 어릴 때 생긴 흉터조차 사라졌다.

나는 서둘러 무릎 꿇고 고개 숙여 기도한다. 제발 나를 버리지 마세요, 무한의 아버지. 나는 빈다. 제발 나를 사로잡은 악령을 정화해주세요. 제발, 제발, 제발…….

"네 기도는 소용없다." 올람 원로가 저쪽 구석에서 말한다. 그가 지켜보는 차례인 것이다. 다른 이들과 달리 그는 혐오보다는 매혹을 느끼는 듯하다. "벌써 그분의 사후대지에서 두 번이나 거절당했으니."

그 말이 내 심장을 화살처럼 파고든다. "내가 괴물이기 때문인가요." 내가 중얼거린다. 입으로 쓴 물이 올라온다.

"그렇지."

무슨 저주받은 괴물이 목이 잘려도 죽지 않는단 말인가? 심지어 죽음비명도 머리를 베면 쓰러진다. 나는 눈을 감고 숨을 고르려 애쓴다.

"아버지는 어디 계세요?"

원로가 어깨를 으쓱한다. "앓아누웠어."

뭔가 불길한 느낌에 다시 묻는다. "언제요?"

"닷새 전에. 네 목에서 조직이 자라며 다시 몸과 이어질 때."

구토가 다시 솟는다. 나는 요란하게 토하며 위를 비우지만 액체 말고는 나오는 게 없다. 입술을 닦으며 미친 듯 회오리치는 마음과 가슴 찌르는 죄책감을 느낀다.

그 오랜 세월, 아버지는 나를 위해 비웃음과 배척을 견뎌왔다. 언젠가 내가 순수함를 증명하고 이 마을의 일원임을 모두에게 보여주리라 기대했다. 그러나 모두가 말하던 대로 되었다. 오히려 더 나빠지고 최악이 되었다.

"네 친구 엘프리데는 의외로 순수하더군. 하지만 우리는 지켜볼 거야. 너랑 그 많은 시간을 함께 보냈으니, 그런 교제가 사람을 어떻게 오염시켰는지 알 수 없지."

다시 한번 심장을 찌르는 말. "그 애에겐 죄가 없어요." 나는 몸서리치며 중얼거린다. 죽음비명을 느끼고 그들에게 명령한 건 나다……. "엘프리데는 상관없잖아요."

올람 원로가 다시 으쓱한다. "그럴지도. 시간이 말해주겠지."

냉랭한 대답이 끔찍하다. 하지만 지금은 엘프리데를 걱정할 때가 아니다.

"아버지는 어떠세요?"

올람 원로는 여전히 무관심한 듯 으쓱하고는 빈정거리듯 덧붙인다. "오래 살진 못할 거야. 네가 죽지 않게 됐으니 말이지."

나는 수치심과 죄책감으로 몸을 떤다. 왜 올람 원로가 이곳에 있는지 알겠다. 왜 그가 아버지 자리를 대신하게 되었는지 알겠다. 사람을 설득하는 데 능한 그는 마을 수장이 되기 이전에 아주 성공한 상인이었다. 자기가 원하는 것을 고객도 원하게 만드는 능력이 있었다.

나한테 그럴 필요는 없었다. 몸을 내려다보니 핏줄을 따라 황금빛이 반짝인다. 내 불결함을 영원히 드러내는 악마적 실체에 소름이 끼친다. 다 긁어내고 싶다. 몽땅 빼내버리고 싶다.

갑자기 마을 사람들이 생각난다. 집에서 겁에 질려 있을 사람들과 병상의 아버지. 그리고 엘프리데가 나를 보고 짓던 표정도 생각난다. 그 분명한 공포가 기억난다. 혐오. 내 안의 악령이 다시 일어나면 어떻게 될까? 다시 날뛰기 시작하면? 더 많은 죽음비명을 불러서 마을을 공격할까?

눈 속으로 쓰러지던 마을 사람들…….

숨이 가빠온다. 호흡을 진정시키고 오요모의 가호에 몸을 맡기려 노력한다. 두르카스 원로가 오요모의 가호는 늘 우리 주위에 있다고 말했다. 손을 뻗기만 하면 된다고, 그저 그분의 의지에 복종하면 된다고.

나는 복종할 것이다. 나는 불결함과 죄를 정화하기 위해 무엇이든 할 것이다.

나는 올람 원로를 바라본다. "날 죽여주세요." 뺨으로 눈물이 흘러내린다. "방법을 아시겠죠. 나는 오요모가 보시기에 추악한 존재예요. 끔찍한 존재예요."

올람 원로의 입가에 음울한 승리의 웃음이 걸린다. "불이 악령을 정화할 수 있다고들 하지." 중얼거리며 횃불을 벽에서 내려 들고 불꽃을 의미심장하게 쳐다본다.

신음이 터져 나올 것 같지만 꿀꺽 삼킨다. 괜찮을 거라고 스스로를 다독인다. 그저 복종하면 된다. 불꽃에 나를 바칠 것이다. 그러면 오요모께서 내 불결함을 용서해줄지도 모른다.

생각은 그렇게 해도, 불가능하다는 걸 어렴풋이 알고 있다. 불로도 죽이지 못한다. 아마 무엇으로도 나를 죽이지 못할 것이다. 그렇더라도 시도는 해봐야 한다. 복종하며 고통을 견뎌야 한다. 오요모께서 다시 은총을 내릴 때까지, 혹은 죽음의 자비를 베풀 때까지.

딱. 딱. 딱.

뭔가 날카로운, 끈질긴 두드림 소리가 귀를 파고든다.

겨우 눈 떠보니 앞에 웬 여인이 앉아 있다. 작고 섬세한 체구에 검은 로브로 머리부터 발끝까지 감쌌다. 더 이상한 건 손에 뼈 비슷하게 생긴 하얀 장갑을 끼고 있다는 거다. 끝에 날카로운 손톱이 달린 전투용 장갑이다. 지하의 어둠 속에서 희미하게 빛나서 하얀 손을 가진 유령처럼도 보였다. 하얀 손……. 아예 그렇게 불리는 사람인지도 모르겠다.

내가 보는 것을 알아채자 하얀손은 두드리기를 멈춘다. 나무로 만들어진 반가면이 두건 아래로 어슴푸레 보인다. 무섭게 뒤틀린, 울부짖는 악마 가면이다. 나는 눈을 깜빡인다. 전투 가면인가 싶지만 저런 걸 쓰는 건 남자뿐이다. 악몽을 꾸는 건가? 열에 들떠서 헛것을 보나? 제발 꿈이었으면. 더 이상 고통도 피도 없었으면.

굽이치는 강물처럼 황금이 바닥에 고여 있다…….

조그만 칼날이 내 턱과 목 사이를 파고든다. "아니지, 아냐. 날 무시하면 안 돼, 알라키." 하얀손이 쾌활하게 강한 억양으로 말한다.

나는 기겁하며 그 손톱에서 빠져나온다. 꿈이 아니다. 얼음과 전나무 향이 그녀의 외투를 감돈다. 살이 타고 지방이 녹고 뼈가 그을며 계속되던 악취를 밀어낸다. 나는 숨을 깊이 들이마시며 그 향을 음미한다. 하얀손이 갑자기 몸을 낮추고 내 눈을 들여다보자, 두려움으로 떨린다.

검은, 너무나 검은 눈이다. 그렇게 까만 눈을 본 건 죽음비명에게서뿐이었다. 하지만 죽음비명에게는 흰자가 없다.

하얀손은 무섭지만 인간이다.

"깨어났군. 좋아, 정신을 차렸나?" 그녀가 속삭인다.

나는 대답 대신 눈을 껌뻑인다.

하얀손이 세게 뺨을 쳐서 머리가 휙 꺾인다. 놀라서 뺨을 감싼다. 하얀손이 다시 손톱으로 내 턱을 잡는다. "정신 차렸나, 알라키?"

알라키? 무슨 말일까. 이상하고 무서운 손톱 끝을 조심하며 나는 일어나 앉는다. "예." 목소리가 갈라져 나와 입술을 핥는다. 목이 아프고 혀는 한여름의 호수 바닥처럼 갈라졌다. 며칠째 혹은 몇 주째인가 말을 하지 않았다. 몇 달째던가? 여기 얼마나 있었지? 피와 공포의 난장판에 기억이 희미하다. 매번 다시 붙는 근육과 다시 연결되는 힘줄을 검이 가르고 찢을 때마다 돌이 깔린 바닥 위로 반짝이며 쏟아지던 황금의 잔치…….

원로들이 욕심껏 들통을 가져온다. 나를 다시 절단하고 찢어발겨 핏줄에 흐르는 황금을 수확할 것이다. 미친 듯 터지는 비명이 기도 소리와 뒤섞인다. 제발 용서해주세요. 죄지을 생각은 없었어요. 내 피에 불순함이 흐르는지 몰랐어요. 제발 용서해주세요.

그때 달콤하도록 차가운 칼날이 내 혀를 가르며…….

하얀손이 손톱을 튀긴다. "안 돼, 정신 차려." 외투를 뒤지더니 작은 유리병을 꺼내어 내 코밑에 댄다.

역한 냄새가 콧구멍을 태우는 듯해, 나는 벌떡 일어나 눈을 마구 깜빡인다. 기억이 사방으로 흩어진다. 하얀손이 다시 병을 들이밀지만 내가 재빨리 고개를 돌린다.

"정신 차렸어요." 여전히 목소리가 갈려서 나온다.

"좋아. 알라키에게 무시당하는 거 싫어."

"알라키?"

"무가치, 무소용이라는 뜻이야. 너 같은 걸 부르는 말이지." 하얀손이 나를 뜯어보더니 찌푸리는 듯하다. "네가 뭔지 몰라?"

잠시 무슨 말인지 이해하려 애쓰다가 대답한다. "난 불순해요." 황금 피의 강이 눈 속으로 흘러든다.

그녀가 재미있다는 듯 빙글거린다. "물론 그렇지만 너 같은 종류는 그것만으론 설명되지 않아."

내 안에서 뭔가 감정이, 무딘 호기심 비슷한 것이 일어난다. "뭐가 더 있는데요? 나 같은 종류요?" 다른 불순한 소녀들을 말하는 건가? 여기서 죽은 소녀들?

다른 기억이 떠오른다. 어둠 속에서 초조해하는 속삭임.

'왜 안 죽지?'

'두 번째나 세 번째엔 죽었는데. 머리를 베거나 태우거나 익사시키거나. 셋 중 하나면 됐는데.'

'이 애는, 이건 너무 비정상적이야.'

'비정상…….'

"올바른 선택을 하면 말해주마."

하얀손의 말에, 회상에서 퍼뜩 현재로 돌아온다. "선택?" 머리가 쿡쿡 쑤셔서 다시 잠들고 싶다.

눈이 감기기 시작하는데, 하얀손이 주머니에서 뭔가를 꺼낸다. 황금으로 만든 인장이다. 한쪽 면 가운데 흑요석들이 박혀 있고 다른 쪽 면에는 옛날 오테라의 상징, 테두리 햇살이 날카로운 칼날로 바뀐 태양의 일식이 새겨져 있다. 이렇게 가까이에서 본 건 처음이다. 관리들만 인장을 가지고 있는데, 그들이 이르푸트로 오는 일은 드물다. 한쪽 면의 흑요석들이 이상하게 보여서 자세히 보려고 눈을 가늘게 뜬다.

별들. 흑요석들은 별 모양을 하고 있다.

"안세타. 초대의 표시지." 하얀손이 내 말없는 질문에 대답한다.

나는 혼란스러운 표정을 지어 보인다. "무슨 초대요?"

"너, 불순한 존재를 초대하는 거야. 게조 황제께서 너와 같은 부류로 군대를 만들기로 결정했다. 너도 참가하라고 초대했어. 우리가 사랑하는 오테라를 적들에게서 지켜라."

하얀손이 가면을 풀기 시작한다. 나는 긴장해서 허둥대며 움츠러든다. 속임수인가? 비틀린 방식의 시험인가? 여성은 낯선 사람 앞에서 절대 가면을 벗지 않는다. 가족이나 가장 가까운 친구에게만 얼굴을 보여준다. 나는 놀라서 눈을 질끈 감지만 하얀손은 재밌다는 듯 웃는다.

"나를 봐."

나는 눈을 더 꼭 감는다.

"나를 봐라." 이제 명령에 강요가 들어 있다.

나는 그녀의 온전한 모습을 보고 입을 딱 벌린다.

하얀손은 내가 이제까지 본 여인 중 가장 아름답다. 자그만 키, 짧고 빽빽한 곱슬머리, 푸르스름한 검은색으로 매끄럽게 빛나는 피부. 마치 한여름의 밤하늘 같다. 그러나 가장 놀라운 부분은 눈이다. 끝을 알 수 없는 새까만 어둠. 마치 인간성의 최악을 보고 나서도 웃어버리고 살아남은 듯하다.

나도 고문을 견뎠지만 왠지 하얀손은 고문을 견디고 나서 오히려 그 고통으로 인해 더 강해진 듯하다.

괴물 같은 여자다……. 나는 부르르 떨며 깨닫는다. 그래서 무한의 지혜가 가면 벗은 여자와 말하지 말라고 경고한 것이다. 심지어 보지도 말라고 한 것이다.

변장한 악마일 수 있으므로.

하얀손이 더 가까이 온다. "자, 그럼 어떻게 할 거지? 선택은 두 가지야. 여기 남아서 원로들이 죽음 칙령을 집행하는 척하면서 네 피를 뽑게 놔두든지, 나랑 같이 수도로 가서 출세 같은 걸 하든지. 저 위층의 탐욕스러운 자식들도 비웃지 못할 출세를."

"난 불순해요." 밀려드는 헛된 희망을 밀어낸다. 나에게 도피와 자유는 없다. 무엇도 그 점을 바꿀 수는 없다.

오요모시여, 나에게 은총을 주세요. 오요모시여, 내 죄를 용서하세요. 오요모시여, 나를 데려가세요.

나는 고개를 돌리지만 하얀손의 전투 장갑이 즉시 피부를 파고든다. 강제로 자기 눈을 보게 한다. "넌 네 운명을 스스로 결정할 수 있어, 알라키. 지난날 소녀들에게는 주어지지 않았던 선택지야." 하얀손의 말투는 유쾌하지만 그 뒤에는 순수한 결의가 들어 있다. "그러나 죽음 칙령이 정말 집행되기를 바란다면……."

"죽음 칙령이요?" 벌써 두 번째 듣는 말이다.

"알라키를 절대 살려두지 말라, 그녀를 돕는 자도." 하얀손이 두루마리를 펴 들고 낭독하는 것처럼 말한다. "너와 같은 종류에게 내려진 칙령이지. 오테라의 모든 소녀는 순수의 예식을 치러야 하고, 너와 같은 종류는 발견되면 즉시 처형되도록 말이야."

바닥의 땅이 꺼지는 듯하다. '너와 같은 종류는 발견되면 즉시 처형…….' 원로들은 내내 나를 수상히 여겼다. 예식 때 불순함이 확인되어 내 목숨을 끝낼 수 있기만을 기다렸다…….

"잘 들어, 알라키." 하얀손이 말하며 갑자기 움직이자 가슴이 쓰라리다. 그녀의 손톱이 내 살갗을 가른 것이다. 부르르 떨며 가슴의 상처를, 순수의 예식을 치렀더라면 두르카스 원로가 베어냈을 바로 그 자리에 난 상처를, 내려다본다.

황금이 벌써 솟아나며 피부를 사악함으로 물들인다. 나는 몸을 빼며 상처를 가리지만 하얀손이 한 방울을 찍어 손가락 사이에서 문지른다.

"이건 저주받은 황금이야." 그녀가 금이 묻은 손가락을 내밀자, 나는 홀린 듯 바라본다.

저주받은 황금?

그런 끔찍한 말을…….

"너를 인간이 아닌, 괴물로 만드는 거지."

눈물이 솟는다. 쓸데없는 모욕감과 두려움을 또다시 자극할 필요는 없지 않은가. 내가 불결하고 야비한 악마라는 걸, 오요모께서 역겨워하는 존재라는 걸 나도 안다. 아무리 애원하고 절대적으로 복종해도, 오요모께서는 들어주지 않는다. 심지어 내 말은 오요모께 들리지도 않는다.

왜 듣지 않으시지?

더 노력할 거다. 비명도 지르지 않고, 울지도 않을 거다. 다시 사지가 절단돼도 칼이 지방을 가르며 뼈를 썰고…….

하얀손이 내 턱을 잡는다. 손톱이 턱을 파고들며 다시 내 생각을 멈춘다. "또한 이 저주받은 황금은 너를 값진 자원으로 만들지." 그녀가 일어선다. "죽음비명들이 이동하기 시작했다. 남쪽 경계선이 붕괴 직전이야. 그곳의 자투는 오래 버티지 못할 거야. 매일 그…… 괴물들이 점점 제국으로 다가오고 있어. 곧 우리를 공격하고 집어삼킬 거야."

그때의 기억에 몸이 떨린다. 죽음비명 우두머리의 탐욕스럽던 눈빛. "그게 나랑 무슨 관계가 있죠?"

하얀손이 우아하게 고개를 갸웃한다. "괴물과 싸우는 데 다른 괴물만 한 게 있을까?"

다시 수치심에 휩싸이며 뜨거운 눈물이 솟아 고개를 숙인다.

"넌 이미 죽었더랬지. 일곱 번? 여덟 번?"

"아홉 번이요." 내가 무기력하게 정정한다. 죽임의 수단들이 머릿속을 지나간다. 목 베기, 태우기, 익사, 목매달기, 음독, 돌로 짓이기고 내장을 꺼내고 피를 다 빼고 사지를 절단하고…….

예닐곱 차례 사지를 절단당했는데 한 번만 죽었다.

원로들이 금을 보고 눈을 빛내며 들통을 가져왔다. '노르고라드에서 팔 거야, 괜찮은 값을 주는 상인을 알아.'

"아홉 번이라니." 하얀손의 목소리가 나를 회오리치는 상념에서 끌어낸다. "아홉 번이나 죽고도 계속 살아나다니. 이미 능력은 증명됐어. 넌 황제에게 필요한 완벽한 존재야."

"황제에게 괴물이 필요해요?"

"아니, 군인이 필요해. 불순한 존재만으로 구성된 군대. '하나의 왕국'을 위해 싸울 군대가."

눈이 휘둥그레진다. 군대를 만들 정도로 나 같은 소녀가 많나? 물론 그렇겠지. 그 모든 자매와 먼 친척까지 오랜 시간…….

하얀손이 나를 본다. "100년에 한 번씩 죽음비명들이 시원지로 모여들어. 놈들 모두의 근거지가 되는 곳이지. 올해 다시 이동이 시작돼. 게조 황제께서 지금이 적기라 결정하셨다. 정확히 8개월 후 죽음비명이 모두 시원지로 모여들면 황제의 군대가 쳐들어가 모두 처단하고 저주받은 본거지를 파괴할 거야. 오테라에서 놈들을 절멸시킬 거다."

하얀손의 눈이 나를 꿰뚫는 듯하다. "너와 같은 종류가 공격에 앞장설 거야."

나와 같은 종류……. 불길한 예감에 부르르 몸을 떨며 실망감을 감추지 못한다. 하얀손도 알라키인 줄 알았다. 나는 그녀의 눈을 마주 보려 애쓴다. "그 말이 사실이라 해도 내가 왜 따라야 하죠? 그래서 내가 얻는 게 뭐예요? 전장에서 끝없이 고통스럽게 죽어야 할 텐데."

"이런 어처구니없는 짓에서 놓여나는 거지." 하얀손이 지하실을 둘러본다. "네가 여기서 비참하게 엎어져 있는 동안, 저 원로들은 네 황금을 최고가에 팔아 귀족들의 자질구레한 장신구를 만들겠지. 네 고통으로 부자가 되려는 기생충이야. 사실상 네 피를 빨아먹고 있잖니."

구토가 솟아서 참으려고 애쓴다. 나도 원로들이 금 때문에 나를 벤다는 것을 알고 있다. 하지만 복종해야 했다. 내 불순의 대가를 치러야 했다.

오요모시여, 나를 용서하세요. 오요모시여, 나에게…….

"사면."

심장이 멎는 듯하다.

"네가 또 얻을 게 그거야."

이제 사위가 너무나 조용하다. 하얀손이 계속 말하지만 거의 들리지 않는다.

"오테라를 위해 20년간 싸우고 나면 사면될 거야. 네 악마 같은 본성이 정화되어 다시 순수해질 거야."

"순수해져요?" 모든 번민이 사라지고 믿기 어려운 한마디만 또렷하게 들린다. 순수해진다. 사면된다. 다시 인간이 된다. 다른 사람들처럼…….

더 이상 따끔거리는 감각도 찾아오지 않을 거다.

나는 천장을 올려다보며 눈물을 흘린다.

듣고 계셨군요. 내내 듣고 계셨군요. 결국 들어주시는군요.

하얀손이 고개를 끄덕인다. "그래, 황제의 신관들이 그렇게 해줄 거야."

너무나 많은 감정과 생각이 머릿속으로 밀려든다. 안도감, 기쁨. 펄쩍펄쩍 뛰고만 싶다. 그러다가 문득 떠올라 묻는다. "원로들이 허락할까요? 아버지는요?"

"나는 계조 황제의 칙사야. 그 의지의 현신이지. 내 앞을 막는 건 오테라 앞을 막는 거야."

다시 안도하며 재빨리 결심이 선다. 나도 순수해질 수 있다. 나를 받아주는 곳이 있다. 심지어 난생처음 속할 곳이 생겼다. 나에게도 미래가, 정상적인 삶이, 정상적인 죽음이…….

마침내 오요모께서 나를 자신의 사후대지로 데려가실 것이다.

"경고 한마디 하지, 알라키." 하얀손의 목소리가 끼어든다. "훈련은 보통 군대보다 열 배는 잔혹할 거야."

내가 놀라서 움츠리자 하얀손이 어깨를 으쓱한다. "넌 저주받은 악마, 오요모가 내친 괴물이야. 그에 합당한 취급을 받을 거다." 내가 수치심에 시선을 떨구자 하얀손이 몇 마디 덧붙인다. "그러나 네가 여기서 견딘 걸 보니, 훈련에서 이보다 더한 꼴을 당하지는 않을 것 같아."

하얀손이 인장을 들고 몸을 기울인다. 인장은 초대이자 경고다. "그럼, 결정했니?"

결정? 그런 질문이 가능한가? 그동안 나는 그저 어딘가에라도 소속되기만을 소망하며 기도하고 복종했을 뿐이다. 여기, 응답이 내려왔다. 구하고 있던 답이다.

나는 결의를 담아 하얀손을 보며, 인장을 받아 든다.

"네, 결정했어요. 한 가지 조건이 있지만요."

재밌다는 듯 하얀손의 입술이 비틀린다. "그래?"

"아버지에게 내가 죽었다고 전해주세요."

4

두르카스 원로는 내 운명에 대해 하얀손과 입씨름조차 하지 않았다. 하얀손은 그저 눈썹만 추켜올렸을 뿐이다. 사후대지 사냥개들이 쫓아오기라도 하는 듯이 나는 풀려나자마자 순식간에 옷이 입혀졌다. 원로는 내가 가져다주던 재물을 잃기는 싫었겠지만 감히 황제 칙사에게 반대하지는 못했다.

신전을 나오니 밤이었다. 너무나 어두운 가운데 달빛만이 눈 덮인 땅 위에 어른거렸다. 얼음장 같은 바람이 얼굴에 부딪쳐 눈물이 쏙 들어갔다. 가면을 썼더라면 이렇게 쓰리진 않았을 것이다. 하지만 나는 불순한 소녀이기 때문에 영영 가면을 쓰지 못할 것이다.

지하실에서 놓여났다. 영영 나오지 못할 거라 생각했다. 다시는 바람을 느껴보지 못할 줄 알았다. 하늘도 다시는 보지 못할 줄 알았다. 꿈만 같다. 죽을 때마다 꾸었던 축복 같은 꿈. 어둠에 빠져들며 내 몸이 금빛을 띨 때…….

"받아라." 두르카스 원로가 뭔가 거칠고 무거운 걸 나한테 밀치

듯 떠안긴다. "칙사를 위한 공물이야."

삼베 자루에 통통한 빨간 겨울 사과가 가득 들었다. 겨울 사과는 가장 추울 때 수확하는데 이리 신선한 걸 보니 지하실에 두 달 넘게 갇혀 있었나 보다.

울음이 나오고 흐느낌이 자꾸 심해진다.

두르카스 원로가 냉소를 흘리더니 쏘아붙인다. "여기서 기다려." 그리고서 하얀손의 마차에 간다. 작고 허술한 나무 마차는 공무용으로 양쪽에 조그만 창문이, 뒤쪽에 문이 나 있다. 두 마리 커다란 동물이 끌고 있는데, 말과 비슷하게 생겼지만 뭔가 희한한 생김새다.

내가 눈물을 깜빡이며 더 잘 보려고 노력하는데, 두르카스 원로가 하얀손을 부른다. "명령대로 괴물을 데려왔소."

괴물. 익숙해져야 하는데, 수치심에 움찔하며 외투를 여민다. 하얀손이 마차를 가까이 몰아오자 동물들이 자세히 보인다. 말과 같은 하반신 위에 인간의 몸통이 솟아 있고 발굽 대신 긴 발톱이 달려 있다.

나는 깜짝 놀란다.

말이 아니다. 에쿠스다. 말들의 지배자. 어머니에게 들은 적이 있다. 발톱으로 사막을 헤치고 달려나가며 말과 낙타를 모은다고. 비슷한 동물들이 저 북쪽 산지를 돌아다니지만 그들은 이들보다 더 크고 훨씬 털이 두껍다. 이상하게 이 에쿠스들은 매끈한 하얀 몸 위에 두꺼운 코트를 입고 심지어 발에 털 달린 부츠를 신었다. 북쪽 지방이 이들에게는 너무 추운가 보다.

다가오는 에쿠스들을 응시하는 나를 보더니, 더 큰 에쿠스가 다른 에쿠스를 쿡 찌른다. "저것 봐, 마사이마. 먹기 좋은 작은 인간이다." 그렇게 말한 에쿠스는 새하얀 갈기에 검은 줄이 나 있고 코는 납작해서 마치 주둥이처럼 보인다.

좀 작은 에쿠스는 머리부터 꼬리까지 순백이고 커다란 눈은 부드러운 갈색이다. "맛있어 보이네, 브라이마. 우리, 나눠 먹을까?" 그가 웃으며 말한다.

나는 움찔하며 물러선다. 하지만 하얀손이 웃으며 말한다. "걱정 마, 알라키. 브라이마와 마사이마는 채식해서 풀하고…… 사과밖에 안 먹어."

나는 눈을 껌뻑이다가 서둘러 사과 두 개를 자루에서 꺼내 다가간다. "여기 있어요. 드세요." 커다랗게 나를 굽어보는 에쿠스들에게 조심조심 사과를 건넨다.

탐욕스러운 긴 손가락이 사과를 채 간다.

"음, 겨울 사과!" 검은 줄이 있는 에쿠스 브라이마가 사과를 우적거리며 먹는데, 전혀 위험해 보이지 않는다. 사나운 척하는 덩치만 큰 강아지 같다.

아무래도 그가 형인 듯하다. 좀 더 큰 몸집과 검은 줄을 빼면 동생과 똑같이 생겼다. 둘 다 강력해 보이는 육체를 가졌음에도 마치 천상의 존재처럼 아름답다.

하얀손이 고개를 흔들며 꾸짖는다. "친절하게 굴어야지, 브라이마. 데카는 우리 여행 동료인데." 생각지도 못한 단어 사용에 내 눈이 휘둥그레진다. 하얀손은 원로들에게 말한다. "뭘 기다리고 있지? 어서 서둘러."

원로들이 재빨리 움직인다. 따뜻한 옷과 음식 꾸러미들이 몇 병의 물과 함께 마차에 실린다. 금세 준비되자 하얀손이 나를 마차에 태우고 문을 닫는다.

놀랍게도 그 안에는 이미 모피로 둘러싸인 좌석에 내 또래의 통통한 소녀가 앉아 있다. 전형적인 북부인의 푸른 눈에 금발 머리.

나를 보더니 모피에 반쯤 파묻힌 얼굴이 반갑게 웃음 짓는다. 그리고 다시 살갗 아래로 따끔거리는 감각이 느껴진다. 죽음비명을 보고 느꼈던 것과는 확연히 다르다. 이 따끔거림은 마치…… 반가움 같다. 나와 같은 부류일까? 그녀도 알라키일까?

"안녕." 소녀가 말하며 손을 약간 흔든다.

늘 수줍음 타면서도 열성적인 엘프리데가 생각났다. 하지만 경쾌하게 오르내리는 가장 북쪽 지방의 억양은 다르다. 너무 위쪽 산지라서 우리 마을에서도 몇 주가 걸려야 도착하는 곳.

처음 보는 소녀에게 정신이 팔려 쨍그랑 소리도 듣지 못했다. 밖을 내다보니 두르카스 원로가 마차 앞으로 수갑을 들고 온다. 하얀손은 이미 고삐를 쥐었다. 두르카스 원로가 냉랭한 하얀손을 보더니 나를 향해 인상을 찡그린다.

"아무리 알라키라고 해도 저 괴물은 심상치 않아요. 아무리 죽여도 죽지 않더라고. 저 나쁜 피가 영향을 미치기 전에 묶어두는 게 좋습니다."

나는 흠칫 몸을 떨지만 하얀손의 표정은 지금 허공을 가르는 바람보다 차갑게 굳는다. "나는 작은 소녀들이 두렵지 않고, 수갑으로 구속할 필요를 느끼지 않는다." 목소리에서 얼음이 뚝뚝 떨어진다. "자, 이제 비켜라."

하얀손이 고삐를 흔든다.

그렇게 나는 고향, 이제까지 살아온 유일한 마을에서 떠난다.

두르카스 원로가 나를 지켜보며 증오가 담긴 차가운 눈빛을 던진다. 이제 누구의 금을 빼낼 것인가?

이르푸트 외곽의 마지막 집을 지나갈 때, 하얀손이 다른 소녀를 가리킨다. "데카, 이쪽은 너의 여행 동료, 브리타다. 이 아이도 수도로 가는 중이다."

"안녕," 브리타가 다시 말한다. 놀랍게도 그녀는 나를 전혀 무서워하지 않는다. 두르카스 원로의 말을 듣고 나서도 말이다. 역시 그녀도 나처럼 알라키인 것이다.

나는 간신히 소심하게 고개를 끄덕이며 저녁 인사를 웅얼거린다.

"브리타가 너희 같은 종류에 대해 더 설명해줄 거야. 그녀도 너와 같으니까. 뭐, 다른 점도 있지만."

나는 브리타를 곁눈으로 관찰한다. 그녀가 내 시선을 알아채고 다시 씩 웃는다. 부모님과 엘프리데를 제외하곤 아무도 나한테 이렇게 웃어준 일이 없다. 당황스러워 고개를 숙이고 싶은 충동과 싸운다.

"그럼 너도 알라키 군대 이야기 처음 듣는구나." 브리타가 은밀하게 속닥거린다.

"알라키라는 말도 오늘 처음 알았어." 내가 눈을 내리깔며 대꾸한다.

브리타가 열심히 고개를 끄덕인다. "나도 월경 때 저주받은 황금을 흘리기 전까진 몰랐어. 울 엄마가 아빠에게 내 월경을 보여주니까 아빤 거의 기절할 뻔했어. 하지만 정신을 차리고 그녀에게 연락했지." 브리타가 하얀손을 본다. "두 주 전에 그녀가 와서 나를 데리고 나왔어. 나도 다른 애들처럼 운이 좋았지."

내가 어리둥절해서 쳐다보니 브리타가 설명한다. "전엔 대부분의 소녀가 발견 즉시 신전에서 처형당했으니까. 가족은 처벌받아서 다시는 그 이야기를 할 수 없고. 이젠 다들 수도로 보내져. 심지어 더 어린 소녀들도 데려가기 시작했어. 아직 순수의 예식으로 증명되지 않은 아이들을. 의심되면 바로 베어보는 거지."

'상처 입거나 흉터 생긴, 부상당하고 피 흘린 소녀들은 경멸당할지니…….' 무한의 지혜 구절이 머릿속으로 밀려든다. 나는 그 아이러니에, 그 모든 교묘함에 웃음이 나올 뻔한다. 이제야 이해가 간다. 왜 소녀들이 순수의 예식 전에 베이거나 상처 입지 않도록 했는지. 나 같은 불순한 존재가 자신이 그렇다는 걸 발견하지 못하도록 한 거다. 너무 늦기 전에 아무 질문도 하지 못하도록 말이다.

또한 예식 전에는 불순한 소녀를 죽이지 않는 이유도 마찬가지일 것이다. 예식이 아닐 때 죽이면 소녀의 가족이 저항할 것이다. 다른 마을 사람들도 질문을 시작할 것이고, 반대할지도 모른다……. 살인에 정당성을 주는 게 순수의 예식이다.

불순한 소녀는 오요모에게 경멸당한다. 존재만으로 그분을 거스른다. 불순한 소녀를 살해하는 건 무한의 지혜가 이미 허락한 바인데, 그 신성한 책에 대해 누가 뭐라 할 수 있을까. 감히 말 한마디 꺼내는 사람이 있을까? 그렇게 되고 나면 가족에게는 어쩌다가 그들의 핏줄을 침입해 들어온 괴물만 보일 뿐이다. 그 지독한 교묘함에 소름 끼친다.

브리타가 내게 동정을 보인다. "끔찍했겠다. 나쁜 놈들이 너한테 한 짓 말이야. 정말 유감이야."

갑자기 너무 강력하게 수많은 기억이 밀려들며, 몸이 떨려온다. 지하실, 황금……. 피가 거꾸로 휘돌며 머리가 쿡쿡 쑤신다. 나는 눈을 감고 헐떡인다.

"괜찮아?" 브리타가 걱정스레 묻는다.

나는 천천히 고개를 끄덕인다. 그리고 화제를 바꾼다. "하얀손이 우리 같은 종류에 대해 뭐라고 했어?"

브리타가 눈썹을 추킨다. "하얀손? 그게 저 사람 이름이야?"

브리타가 깜짝 놀라며 그대로 믿는 듯해서 나는 웃음을 띠며 고개를 젓는다. "나도 진짜 이름은 몰라. 그냥 그 전투 장갑 때문에 그렇게 불러."

브리타가 고개를 끄덕인다. 집안에 불운이 닥친다고 하여 황제의 칙사에게 이름을 묻는 건 금기다.

나는 다시 묻는다. "그래서 내가 정확히 뭐야? 우리는 뭐야? 하얀손이 제대로 설명하진 않더라."

"괴물." 브리타의 말이 날카로운 얼음 조각처럼 심장에 꽂힌다. "뭐, 적어도 악마의 후손이기는 하지." 브리타가 눈을 크게 뜨고 가까이 오며 속삭인다. "우리가 '금빛 존재들'의 후손이래."

"금빛 존재들?"

머릿속이 윙윙 울리는 듯하다. 나도 금빛 존재들이 뭔지 안다. 오테라 사람이라면 모를 수가 없다. 수백 년 동안 인간을 먹이로 삼아온 고대부터 존재하는 네 악마. 이 왕국 저 왕국을 파괴하다가 결국 인간들이 방어를 위해 뭉치며 하나의 왕국 오테라를 만들었다. 첫 황제는 예닐곱 번의 전투를 거쳐 드디어 그들을 파괴할 수 있었다. 오테라 연합군의 위력 덕분이었다.

겨울이 되면 마을에서 금빛 존재들을 물리친 이야기를 연극으로 무대에 올린다. 노부인들이 그들의 얼굴을 새긴 가면을 쓰고 못된 아이들을 놀래며, 남자들은 그들을 닮은 밀짚 형상을 태워 악을 쫓아낸다.

그런데 내가 그들 중 하나라니. 그들의 후손이라니.

머릿속이 멍해지며 심장이 빠르게 뛴다. 짐을 뒤져 하얀손이 준 황금 인장을 꺼내어 안세타에 새겨진 별의 개수를 재빨리 세어본다. 확인하고 나니 눈물이 흘러내린다. 네 개다. 네 개의 별은 금빛 존재 넷을 나타낸다.

왜 생각하지 못했지? 당연히 짐작했어야 한다. 내 피가 황금으로 흐르는 순간, 적어도 의심은 했어야 한다. 금빛 존재들도 여성이며 황금 핏줄로 몸을 휘감고 있었다고 묘사된다. 오요모께서 내 기도를 듣기까지 그렇게 시간이 걸리고 내가 순순히 죽음 칙령을 당하고 그렇게 오래 피를 흘려야 했던 게 당연하다. 나라는 존재는 자연의 질서에 대한 모독이다.

브리타는 내 절망을 알아채지 못한 듯 웃음 짓는다. "아, 너도 가지고 있구나." 신난다는 듯이 말하며 나랑 똑같은 황금 인장을 들어 보인다. "엄마, 아빠가 나를 넘겨줄 때 하얀손이 나에게 줬어. 엄마, 아빠는 내가 떠나니까 너무 슬퍼하면서……."

"금빛 존재들에 대해 더 말해줄래?" 브리타의 부모와 이전 삶에 대한 말이 나오기 전에 내가 말한다. 브리타는 전혀 끔찍하지 않았던 듯하다. 자신의 정체에 대해 조금의 혐오도 느끼지 않는 듯하다. 부모가 브리타를 보호했다면, 해를 입지 않게, 사지절단 당하지 않도록 했다면 그럴 수 있다. 하지만 나는……. 아버지의 말이 기억나 눈물이 계속 솟는다. '차라리 죽어버리면 좋았을걸.'

내가 죽었다는 말을 듣고 울었을까? 아니면 그냥 안도했을까. 비정상적인 짐에서 놓여난 것에 감사했을까. 앞으로 내 생각을 하기는 할까?

맴도는 괴로운 생각을 멈추려 주먹을 꽉 쥐자 손톱이 손바닥을 파고든다. 내 질문에 대답하는 브리타에게 집중하려 애쓴다. "아, 그래, 금빛 존재들. 에메카 황제가 그들을 파괴할 때쯤엔 이미 그들과 인간이 섞여 온갖 아이를 낳았어. 우리가 그 결과지. 수천 세대 후의 후손일 거야."

"그래서 우린 괴물이네." 내 마음은 이제 무겁게 가라앉으며 멍하니 결론을 내린다.

"절반만 괴물인 거야. 4분의 1도 안 될걸. 하얀손이 그러는데, 우리는 성숙기에 가까워지면서 바뀐대. 우리 같은 종류는 열여섯 살 정도. 생리를 시작하면 피가 점차 황금으로 바뀌고 근육이랑 뼈가 강해지는 거야. 그래서 우리가 그렇게 빨리 아물고 보통 사람보다 빠르고 강한 거야. 우리가 늑대 같은 포식 동물과 같기 때문이지."

포식 동물. 다시 한번 쓰라린 충격.

죽음비명들이 몰려왔을 때 힘이 솟구치던 게 기억난다. 어두운 지하실에서도 횃불을 켜지 않고 주변을 볼 수 있었다. 이제야 이해가 간다. 내가 인간의 경계로 슬금슬금 침입한 짐승과 다를 게 없는 존재이기 때문이다. 아마 그래서 죽음비명도 감지할 수 있었나 보다. 어머니도 그랬을 것이다.

하지만 말이 되지 않는다. 어머니는 알라키가 아니었다. 붉은 수두가 어머니의 몸을 곤죽으로 만들었을 때, 어머니는 저주받은 황금 피를 흘리지 않았다. 어머니가 알라키였다면 그렇게 죽더라도 금빛 잠에 빠져들어 몸 전체가 금빛을 띠며 자는 동안 저절로 몸이 나았을 것이다. 그리고 살아 돌아왔겠지.

어머니가 살아 돌아왔더라면…….

"그녀가 왔을 때쯤엔 난 소도 들어 올릴 수 있을 정도가 됐어." 브리타가 씩 웃는다. "젖 짜는 소가 말을 듣지 않을 때 아주 유용했지. 너도 농장 소녀라며."

나는 천천히 고개를 끄덕이지만 마음은 딴 데 가 있다. 생각할 게 아주 많다. 슬퍼할 것도.

5

한 주가 순식간에 지나갔다. 울부짖는 눈 폭풍에 앞이 보이지 않았고 길은 얼어붙었으며 무서운 악몽이 계속되었다. 더 이상 지하실에 있는 게 아닌데 가끔 벽이 덮쳐오고 원로들은 칼과 들통을 들고 번들거리는 눈빛으로 다가오는 꿈을 꾼다. 마차에서 헐떡이며 울면서 깨어나면, 브리타가 걱정스러운 눈으로 내게 더욱 바짝 다가온다. 내가 허락하면 안아줬을 테지만 아직은 누군가의 손길을 감당할 수 없다.

대부분의 날 동안 그저 목이 터져라 소리만 지르고 싶었다.

때로 잠에서 깨보면 나를 덮었던 질긴 모피가 양피지처럼 조각나 있다. 자면서 찢어발긴 것이다. 마을에서 가장 힘센 남자라도 이 정도까진 아닐 것이다. 내가 비정상이라는, 저주받은 악마의 새끼라는 또 다른 확인이다.

8일 후에 항구도시 가르 멜라니스에 도착하자 마음이 좀 놓인다. 여기서 수도 헤마이라로 가는 배를 탈 것이다. 도시 전체가 어둠에 싸여 있다. 허술하고 검댕에 덮인 건물들이 옹기종기 모여 있다. 침침한 기름 등불이 지저분한 건물 안을 밝힌다. 우리 배 '소금 호각'이 부두에서 삐걱댄다. 우중충한 돛을 달고 옆면의 푸른 도색이 벗겨진 낡고 땅딸막한 수송선이다. 눈이 내려 미끈거리는 갑판 위를 지친 선원들이 바삐 오가며 승객들을 정리하고 짐과 보급품을 옮긴다. 가족들은 추위를 이기려 한데 모여 있다. 어머니들은 단순한 갈색 여행용 가면을 썼고 아버지들은 '무한의 지혜' 여행용 소책자를 허리띠에 매달고 여행의 무사를 빈다.

승선하자마자 나는 조용한 구석을 찾아 밤하늘을 올려다본다. 밝은 초록색과 보라색 빛이 넘실거린다. 북극광이 오요모의 마차가 남쪽 집으로 돌아왔음을 알린다. 이건 신호다. 결국 지하실에서 겪은 몇 주간의 고통 끝에 오요모가 내 기도에 응답했다. 나는 헤마이라로 가고 있다. 황제의 군대에서 사면받기 위한 새로운 삶이 시작될 것이다.

감사합니다. 감사합니다. 감사의 기도가 마음속을 맴돈다.

"구경 잘하고 있어?"

하얀손이 다가온다. 브리타와 에쿠스들도 함께다. 늘 그렇듯 눈에는 재미있다는 듯한 빙글거리는 표정이 담겨 있고, 반가면 아래 입술에도 빙글거림이 드러난다. 팔 살갗이 따끔거린다. 나는 불쾌감을 억누르려 온 힘을 다한다. 하얀손이 거짓말하는 건 아닐까? 이게 다 속임수라면? 나 같은 종류를 모두 한 장소로 몰려는 편리한 음모라면? 충분히 그럴 수 있다고 본다. 내 평생 이렇게 비밀스러운 사람을 본 적이 없다. 신관들조차도. 브리타와 나는 하얀손과 일주일 넘게 같이 보냈다. 그런데 그녀는 이름조차 말해주지 않는다. 이제 우리는 대놓고 하얀손이라고 부른다. 그래도 그녀는 아무 불만을 나타내지 않는다.

나는 표정을 관리하고 그녀를 본다. "아름다워요."

"그렇지?" 브리타가 내 말을 듣고 서둘러 대화에 끼어들며 주변도 살피지 않고 걸어온다. "정말이지 하늘이, 으악!" 그러다가 그물 더미에 걸려 넘어지며 비명 지르고는 재빨리 일어나 먼지를 털고 울상 짓는다. "하마터면 목 부러질 뻔했네. 우리 종류가 잘 안 죽어서 다행이지. 그렇지 않아요, 하얀손?"

하얀손이 어깨를 으쓱하며 중얼거린다. "사실 대부분 알라키는 쉽게 죽어."

브리타가 눈살을 찌푸린다. "하지만 금빛 잠은요?"

"그건 '거의 죽음' 때만 일어나는 일이야."

이번엔 내가 찌푸릴 차례다. "거의 죽음이라고요?" 그런 말은 들어본 적이 없다.

"알라키에겐 두 가지 유형의 죽음이 있어. '거의 죽음'과 '최종 죽음'. 거의 죽음은 일시적이고 영구적이지 않은 거라서 일주일 정도 금빛 잠을 자게 되면 모든 부상과 상처가 나아. 물론 피가 바뀌기 전의 흉터는 제외하고."

몸이 부르르 떨린다. 이제 내게는 아무 흉터도 없다. 어린 시절 입었던 상처조차도. 내가 처음 거의 죽음을 겪었을 때 다 사라져버렸다.

마음이 너무 불안해진다. 브리타는 인상 쓰며 자기 손의 작은 상처를 내려다본다. "그럼 이건 못 없애겠네."

하얀손이 무시하고 계속 설명한다. "알라키는 예닐곱 번의 거의 죽음을 경험할 수 있지만, 최종 죽음은 단 한 번뿐이야. 그 방법이면 정말로 죽을 수 있지. 대부분 알라키는 불에 타거나 익사하거나 목이 베이면 죽어. 그래도 죽지 않는 알라키는 거의 불사라고 봐야지."

갑자기 머리가 멍해진다. 거의 불사라고? 영원히 죽지 않고 남아 있고 싶지 않다. 이런 수치와 불경의 존재로 살고 싶지 않다. 죽을 수만 있다면 한순간도 더는 이렇게 남아 있고 싶지 않다.

사면을 얻어야 한다. 꼭!

브리타는 경외에 찬 표정을 짓는다. "불사……." 그러더니 기겁하며 묻는다. "우리가 영원히 살 수 있다는 거예요?"

"거의라고 했잖아. 신을 제외하고 죽지 않는 존재는 없어. 하지만 너희 종류는 그렇지. 나이도 아주 천천히 먹고. 너희에겐 수백 년이 인간의 1년과 같으니까. 게다가 순식간에 치유되고 어둠 속에서도 볼 수 있으니 사람들이 두려워하는 것도 당연하지. 특히 데카처럼 죽이기 힘든 것들에 대해서 말이야."

브리타가 다시 나를 흘긋 본다. 나는 몸을 굳히며 혐오를 띠었던 원로들의 눈빛처럼 브리타의 눈빛도 그럴 거라 예상한다.

하지만 브리타는 오만상을 찌푸린 채 생각에 잠겨 하얀손을 응시한다. "우리가 사람을 먹게 되는 건 아니겠죠, 그렇죠? 그러니까, 금빛 존재들은 그랬잖아요. 우리가 그들의 후손인 데다가 그런 능력까지……."

"너, 이가 뾰족해지기 시작했니?" 하얀손이 브리타의 말을 자른다.

"네? 아, 아뇨. 하지만……."

"사람의 살이 먹고 싶어져?"

브리타의 표정이 혐오로 붉으락푸르락해진다. "당연히 아니죠!"

"그럼 더 이상 멍청한 질문 하지 마. 정말이지 사람을 먹다니." 하얀손이 혀를 차며 고개 젓고는 우리를 향해 손짓한다. "얼른 가서 침대 잡아. 헤마이라까지 한참 가야 해."

브리타와 내가 선창으로 내려가는 계단을 향해 가는데 브리타가 투덜거린다. "멍청한 질문이라고 생각하지 않아. 포식자가 어쩌고 어둠 속에서도 보이고 어쩌고 했으면 당연한 결론이잖아."

브리타가 정말 분해 보여서 나는 웃음이 날 것만 같다. 공포는 잠시 잊을 수도 있을 것이다. 나는 계속 그 기분을 붙들려고 애쓴다.

"여기네." 브리타의 명랑한 목소리가 선창에 들어온 후 확 어두워진 내 마음에 연고처럼 스며든다.

나는 선실의 어둠을, 바깥쪽으로 휜 선실 벽을 주목하지 않으려 애쓴다. 조금씩 어두워지는 시야와 등에서 솟아나는 땀을 의식하지 않으려 애쓴다. 여긴 지하실이 아니다. 여긴 지하실이 아니다…….

나는 중얼거린다.

지하실도 어두웠다. 피와 고통의 냄새가 났다. 하지만 쉰 포도주와 바닷물 냄새는 나지 않았다. 어둠 속에서 깜빡이는 호롱불도 없었다. 짐을 풀고 자리를 찾아가는 승객도 없었다. 나는 억지로 다시 브리타에게 시선을 돌린다.

브리타는 우리가 배정받은 자리를 가리키며 침낭 두 개를 겨우 펼 수 있는 공간에 커튼을 두른다. "침낭만 펴면 거의 집 같을 거야."

브리타의 목소리가 이상해서 쳐다보지만 그녀는 눈을 피하고 서둘러 들어가 부산 떨며 더욱 명랑하게 지껄인다.

"물론 호롱불도 몇 개 켤 수 있을 거야. 밝은색 천도 조금 …….

자, 정말 멋져. 정말이야." 브리타 목소리에 더욱 힘이 들어간다. 손을 보니 주먹을 꼭 쥐어 관절이 하얗게 질렸다.

그제야 이해가 간다.

브리타도 나처럼 불결한 존재로 낙인찍히고 지금까지 알던 모든 것에서 내쳐져 무서운 새 삶을 강요받았다. 가족, 친구, 고향 마을을 잃었다. 난생처음 세상에서 완벽한 혼자가 되었다. 브리타도 두려운 것이다.

그래서 지난 일주일간 내가 악몽으로 울 때마다 나를 위로하고 다가오려 했다. 내가 갑자기 비명을 질러도 아무렇지 않은 척했다. 브리타는 나와 달리 외톨이가 되고 미움받는 데 익숙하지 않다. 그녀는 공동체의 일원으로 받아들여져왔다. 그런데 이젠 내가 그녀의 유일한 공동체다. 브리타와 나는 악마 조상과 황금 피로 이어져 있다. 그래서 브리타가 늘 나를 신경 쓰며 내가 혹시 손을 내밀거나 말을 걸지는 않을까 기다리는 것이다.

하지만 나는 내 불행에 너무 몰두해서 아는 척하지도 못했다.

나는 심호흡하며 몰려드는 어둠을 밀어내고 브리타에게 돌아선다. "가족과 고향을 떠나오기 힘들었겠구나."

주저하는 내 말에 브리타가 흘긋 쳐다보더니 턱이 살짝 떨린다.

"그랬지. 하지만 돌아갈 때까지 날 기다려줄 거야." 브리타가 굳건한 미소를 띤다. 가면 덕에 괴로움은 감출 수 있지만 불안한 눈빛은 감춰지지 않는다. "내가 다시 순수해지면 고향으로 돌아갈 거야. 그러면 엄마랑 아빠랑 친구들도 모두 다시 볼 수 있어."

나는 무슨 말을 해야 할지 몰라 말없이 고개를 끄덕인다. "그거 좋지. 친구가 있어서 좋겠다."

"우리도 친구가 돼야 해."

브리타가 다가온다. 애써 만든 미소가 위태로워 보인다. "우리가 만난 지 얼마 안 됐고 네가 겪은 일 때문에 누굴 믿기가 어렵다는 거 알지만, 헤마이라는 한참 멀고 난 혼자 지내기 싫어. 넌 이런 게 어떤 건지 이해하는 유일한 사람이고."

브리타가 손을 내민다. "친구 할래?" 희망과 두려움이 함께 반짝이는 눈빛이다.

브리타의 손을 내려다본다. 친구……. 다른 사람들처럼 나를 배신하면? 아버지, 이오나스, 원로들처럼……. 하지만 아니다. 브리타는 나를 저버리고 고문했던 사람이 아니다. 그녀는 알라키다. 내가 처음으로 만난, 아직까지는 유일한 알라키.

그리고 그녀에게는 내가, 나에게는 그녀가 필요하다.

"친구 하자." 동의하며 그녀의 손을 잡는다.

브리타가 활짝 웃으며 더욱 바싹 다가온다. "난 군인이 되기 위해 헤마이라로 가는 게 너무 무서워."

브리타가 지난 일주일간 하지 못했던 고백을 봇물 터지듯 쏟아낸다. "이제 우리에겐 서로가 있으니까 그렇게 나쁘지 않을지도 몰라. 다 끝나면 너도 나랑 같이 내 고향으로 돌아갈 수 있을지도 몰라! 네 고향은 그다지……. 어쨌든 골마 사람들은 다 친절해, 잘생긴 소년도 많고. 내가 떠날 때랑은 달라지겠지만 좋은 애가 많이 있을 거야."

그러더니 의미심장한 표정으로 나를 들여다본다. "남자애랑 키스는 해봤니, 데카?"

"뭐? 나? 세상에, 아니!" 갑자기 무슨 소리인지 모르겠다. 나는 누구와도 이런 말을 해본 적이 없다. 하지만 브리타는 더 이상 조심할 필요가 없다고 여기는 것 같았다.

"난 한 번. 마을 축제 때. 별로 안 좋았어. 아주 안 좋았지. 그 애 입에서 쉰 우유 맛이 났으니까." 브리타가 코를 찡그렸다. "그런데 넌 왜 키스 못 해봤어?"

나는 다시 괴로움을 느끼며 시선을 내린다. "아무도 날 원하지 않았어." 게다가 두르카스 원로가 늘 우리에게 키스를 하면 불결해진다고 말했다. 나는 너무 절박하게 순수하려고 노력했고 순수하기만 하면 모든 게 다 좋아질 거라고 생각했다.

브리타가 찌푸리며 말한다. "왜? 넌 아주 예쁘잖아." 정말 의아하다는 말투다.

"아니. 그렇지 않아." 고개를 저으며, 이오나스가 얼굴에 미소를 지으며 손에 칼을 들고 있던 모습이 번뜩 떠오른다. 너희처럼 예쁜 여자애들……. 그런 거짓말은 왜 한 걸까.

괴로운 생각을 브리타의 콧방귀가 흩어버린다. "넌 예뻐, 데카. 곱슬곱슬한 머리가 얼굴을 감싸고 있고, 피부는 한겨울에도 이렇게 멋진 갈색이고." 그러고 나서 생각났다는 듯 덧붙인다. "그리고 몸매도 좋잖아. 남자는 몸매 좋은 여자를 좋아해. 통통한 여자도." 브리타가 씩 웃는다. "다들 난 좋아하던걸."

"하지만 남부인은 안 좋아해. 적어도 이르푸트에서는 그랬어."

"그럼 우리가 남쪽으로 가서 다행이네."

브리타가 내 팔을 다독이는데 배가 삐걱거리며 움직인다.

나는 고개를 끄덕이며 속으로 정말 그러기를 오요모에게 빈다.

6

"데카, 데카! 일어나, 어서 일어나! 우리 도착했어, 도착했다고!"

브리타의 목소리가 멀리서 들려온다. 서서히 깨어나는데, 엄청난 열기가 느껴진다. 마치 가슴을 짓누르는 돌덩이 같다. 아직 꿈에서 헤어 나오지 못하고 허우적거린다. 나는 꿈을 붙잡으려 하지만 커다랗고 따듯한 뭔가가 끈질기게 내 어깨를 흔들자 사라져버린다.

"일어날게." 나는 눈을 깜빡이며 말한다.

놀랍게도 주변 빛이 바뀌었다. 겨울의 창백한 푸른빛이 아니라 한여름의 밝은 노란빛이다. 더욱 이상한 것은 바다 냄새다. 새로운 이국적인 향기와 뒤섞였다. 꽃냄새다. 하지만 이런 꽃냄새는 처음 맡는다. 미묘하고 우아한 향기가 주변을 살며시 감돈다.

눈과 얼음 냄새는 어디 갔지? 추위는 어디 갔지?

브리타를 보니 안도하는 표정을 짓는다. "왜 이렇게 더워?" 목소리가 갈라진다. 혀가 한여름의 건초처럼 건조하다. 반면에 땀을 많이 흘렸는지 머리와 옷이 끈끈하게 몸에 달라붙어 어리둥절하다.

브리타가 나를 껴안는다. "다시는 못 깨어나는 줄 알았어! 4주나 됐다고! 하얀손이 그럴 거라고는 했지만 정말 4주 내내 잘 줄이야!"

"4주?" 나는 찌푸리며 브리타에게서 몸을 떼어낸다. 하지만 이런 단순한 동작도 근육이 힘겨워해 깜짝 놀라며 더욱 인상이 써진다. 왜 이렇게 몸이 뻣뻣하지? "4주라니 그게 무슨 소리야?"

"넌 한 달이나 잠들어 있었어." 하얀손이 벽에 기대 가만히 나를 쳐다보며 설명한다.

그 뒤 계단 꼭대기의 열린 문에서 태양빛이 눈부시게 비쳐 든다. 브라이마와 마사이마의 모습도 어른거린다. 묵직한 모피 외투와 부츠는 사라진 지 오래다. 열기 속에 맨가슴을 드러내고 나무 바닥 위에서 발톱을 또각거린다. 주변에서 하루살이가 윙윙거리자 꼬리를 흔들어 쳐낸다.

"한 달요?" 내가 허둥거리며 대꾸한다.

"친구들 걱정시키는 못된 알라키네." 마사이마가 혀를 차며 고개를 젓는다.

"하지만 조용한 애는 휴식이 필요했어, 마사이마." 브라이마가 말하며 검은 줄무늬 갈기를 넘긴다. "고약한 신전 지하실에서 고약한 신관들에게 갇혀 있다가 고약한 배의 고약한 선창에서 몇 주나 여행해야 했다면 너라도 그럴걸."

"하지만 나 같으면 적어도 오래 잘 거라고 말은 해둘 거야, 브라이마." 마사이마가 콧방귀를 뀐다.

하얀손은 둘의 입씨름이 귀찮은 듯 얼굴을 찌푸리며 계단을 가리킨다. 승객들이 문으로 줄줄이 나가고 있다. "둘 다 올라가서 마차 준비해."

"예, 부인." 에쿠스들이 명령을 받들고 또각거리며 나무 계단을 올라간다.

"죄송해요. 내가 왜, 어떻게 그리 오래 잤는지 모르겠어요." 나는 얼이 빠져 말한다. "알라키가 그러는 경우도 있어요?"

"아니. 하지만 너에겐 필요한 휴식이었겠지. 네가 겪었던 경험에는 그런 대가가 필요할 수 있어. 사람들도 그런 환경에 처하면 잠으로 고통을 덜고자 하지. 와르투베라에 도착하기 전에 깨서 다행이야." 하얀손이 대답한다.

"와르투베라?" 그런 말은 처음 들었다.

"나랑 네가 배정된 훈련소야." 브리타가 자기 인장의 뒤쪽, 옛날 헤마이라의 상징을 두드리며 신이 나서 말한다. "이 상징이 그 뜻이래. 최고 정예를 위한 곳이야."

의아스럽다. 아직 아무 훈련도 받지 않았는데 왜 벌써 최고 정예로 보내는 거지?

이해가 가지 않는다. 지금은 아무것도 이해가 가지 않는다. 꿈이 다시 떠오른다. 희미한 기억이 조금씩 살아난다. 하지만 하얀손이 우리 둘에게 숯처럼 보이는 작은 막대를 하나씩 주자, 흩어져버린다. 뭔지 안다. 토잘리. 어머니가 태양으로부터 눈을 보호하기 위해 매일 눈에 선을 그릴 때 쓰던 것이다.

"이걸 눈에 문질러. 필요할 거다. 우린 조만간 헤어질 거고."

"예, 하얀손." 우리 대답을 듣자마자 그녀가 떠난다.

브리타와 나는 작은 단지에 담긴 물을 거울 삼아 토잘리를 바른다. 막대를 눈꺼풀에 대고 문지르는데 손이 떨린다. 근육에 힘이 하나도 없다. 작은 동작 하나도 힘들어서 근육이 울부짖는 듯하다. 얼마 되지 않는 짐을 싸기 시작하자 더 나빠진다. 마지막으로 먹은 게 언제지?

어떻게 그리 오래 잘 수가 있지? 팔다리가 후들거린다. 금빛 잠에서 깨어나면 늘 그랬던 것처럼. 하지만 더 심하다. 몸속 깊은 곳 어디선가 이상한 감각이 느껴진다. 뭔가 바뀐, 아니 자란 것처럼……. 어쩐지 나도 아직 이해하지 못하는 방식으로 다른 존재가 된 것 같은 느낌이다.

브리타가 나를 지켜보며 당혹스러워한다.

"왜 그래?" 나는 계속 가슴이 뛰는 걸 느끼며 묻는다.

"먹지 않아도 살 수 있는 거야?" 브리타가 속삭인다. "넌 음식도 물도 한 번을 먹지 않았어. 다른 승객들이 눈치채지 못하게 네 음식을 내가 다 먹었다고. 사람들한테는 네가 아파서 움직이거나 말하지 못한다고 했어. 네가 아무것도 먹지 않는 걸 알면 정말 이상하다고 생각했을 거야. 그래서 내가 먹었어. 물론 네가 이상하다는 건 알지만 이건……." 브리타의 목소리가 더욱 작아진다. "너무 비정상적이야, 데카."

비정상……. 또 나왔다.

상처 주려 하는 말이 아니라는 걸 알지만 마음이 아프다. 더 나쁜 건 그게 사실이란 거다. 더 이상 허기가 느껴지지도 않고 그냥 사라져버렸다. 나는 슬픈 얼굴로 어깨를 으쓱한다. 마음속에서 점점 커져가는 끔찍한 기분을, 내 불순함의 걱정스러운 증세에 대한 공포심을 눌러 내리려 애쓴다.

"나도 몰라. 전에는 이런 적이 없었거든. 하얀손이 말한 것처럼 잠으로 다 잊어버리려고 그랬는지도 모르겠어. 그 지하……."

"지금은 배고프니?" 브리타가 재빨리 묻는다.

브리타는 내가 끔찍했던 곳에 대한 이야기를 꺼내지 못하게 하려고 말을 잘랐다. 나는 고맙게 생각하며 고개를 끄덕인다.

"응. 먹을 수 있을 것 같아."

브리타가 팔짱을 끼더니 환하게 웃으며 나를 계단 위로 이끈다. "그럼 내가 뒤집히기 전에 뭐 좀 먹으러 가자."

우리는 눈부신 태양 아래로 나온다. 눈을 뜰 수가 없어 손으로 그늘을 만든다. 부두에는 여기저기에서 인파가 몰려들고 배와 거리는 모두 소음으로 들끓는다. 제각각 외쳐대는 사람들 사이에서 노점상도 소리치며 장사한다. 나는 귀를 막고 싶은 충동을 참는다.

"오요모시여! 이렇게 많은 사람은 처음 봐."

브리타 말에 나도 같은 심정으로 말문이 막힌다. 브리타는 다른 승객과 선원들에게 손을 흔들며 작별 인사를 한다. 놀랍게도 그들도 명랑하게 손을 흔들어준다. "여행길에 축복이 있길, 브리타." 반백의 늙은 뱃사람이 외친다.

브리타도 웃으며 외친다. "당신도요, 켈마!"

내가 쳐다보자 브리타는 어깨를 으쓱한다. "친구가 된 사람이야." 그러더니 몸을 붙이며 속삭인다. "그동안 선원들한테 온갖 이야기를 다 들었어. 죽음비명들이 헤마이라를 공격해 왔대! 매일 밤 몇 놈씩 들어오는데, 어떻게 들어오는지 아무도 모른대."

두 눈이 휘둥그레진다. 수도에 죽음비명이? 어떻게 그런 일이 있지? 공격에도 끄떡없는 폐쇄된 정원처럼 만들어진 도시라서 헤마이라의 성벽은 뚫을 수 없다던데. 그 괴물이 벌써 이곳에 있다니, 이렇게 가까이……. 생각만으로도 몸이 부르르 떨린다.

"사람들이 우리보고 뭐라고 그래? 우리가 알라키라고 말했어?"

브리타는 어깨를 으쓱한다. "아니. 우리에 대해선 아직 아무도 몰라. 신관과 원로들만 안다고 했어. 그들은 예전부터 알았대."

나는 씁쓸하게 고개를 끄덕인다. 그러고 보니 하얀손이 부두에서 우리를 향해 손짓한다. 브라이마와 마사이마도 벌써 마차에 몸을 묶었다.

"서둘러, 조용한 아이야." 브라이마가 부른다. "해 지기 전에 가야지."

그 말을 듣고 서둘러 움직이는데, 사람들이 브리타와 나를 쳐다본다. 예식 연령의 소녀들이 마스크를 쓰지 않고 남자 보호자 없이 다니니 의아한 거다. 곧 누군가가 간섭할 듯한 예감이 드는 순간, 팔뚝에 무한의 지혜 구절을 새긴 통통하고 신앙심이 깊어 보이는 남자가 군중 속에서 우리를 향해 엄한 표정으로 걸어온다. 하지만 그 전에 하얀손이 그 앞을 자연스레 막아서며 우리에게 손짓한다.

"어서 와라, 얘들아. 황제께서 기다리신다." 하얀손이 큰 소리로 말하며 허리띠에 찬 황제의 인장을 보란 듯이 흔든다.

남자가 눈을 껌뻑이며 인장과 우리를 차례로 본다. 그리고 씨근덕거리며 불경한 여자에 대해 중얼거리고 가버린다.

"거만하고 허세 쩌는 참견장이는 정말 질색이야, 안 그러니?" 하얀손이 비웃더니 우리 대답은 듣지도 않고 저쪽을 가리킨다. "자, 헤마이라의 성문이다."

가리키는 쪽을 보니 입이 절로 벌어진다. 거대한 성벽이 항구 위로 솟아 있고 각각의 성문 위를 전사 석상이 지키고 있다. 아버지가 늘 말하던 헤마이라의 성벽이다.

아버지…….

나는 서둘러 생각을 흩어버리고 찬찬히 살펴본다. 하지만 세 개뿐이다. 세 개의 성벽에 세 개의 성문. 왜지? 하얀손을 보며 질문하려 하자 그녀는 가깝고 제일 큰 입구를 가리킨다.

"에메카 성문으로 들어간다." 엄한 표정에 왕관을 쓴 전사 석상이 있는 곳이다.

에메카 황제. 오테라의 첫 황제다. 큰 키에 짙은 피부, 짧게 깎은 머리에 긴 턱수염을 보면 알 수 있다. 그의 모습은 모든 신전과 회당에 새겨져 있다. 엄한 눈, 벌어진 콧구멍, 꾹 다문 입이 이번에는 우리 위로 솟아 있다. 모여드는 군중 위로 석상의 검이 육중한 그림자를 드리운다.

나는 불안스레 석상을 올려다본다. "결국 왔네." 나는 중얼거리며 심호흡한다.

"그러게." 호응하는 브리타의 얼굴이 평소보다 더욱 창백해지고 웃음이 사라진다.

내 손을 찾는 브리타의 손을 꼭 잡아준다. 그녀가 무슨 생각을 하는지, 말하지 않아도 알 수 있다. 브리타와 나는 이곳에서 살아남을 것이다. 꼭 함께.

하얀손이 우리를 에메카 성문으로 이끌고 간다. 사람과 동물들이 벌써 끊임없이 줄지어 도시로 들어간다. 서부인, 동부인, 남부인, 북부인 다들 서로 밀치며 경쟁한다. 말, 낙타 그리고 처음 보는 다른 동물들도 마찬가지다. 아버지의 두루마리들에서나 봤던 동물들이다. 오릴리언은 몸집이 큰 은색 털의 유인원인데 이상하게 인간 같은 얼굴을 하고서 전차를 끈다. 날카로운 뿔 위에 황금 덮개를 씌웠다. 매머트는 마차 행렬 앞쪽에서 쿵쿵 걷고 있는데, 여러 개의 엄니가 그들의 길고 유연한 몸통 아래에서 튀어나왔고 상아색 뿔들이 회색 가죽에 덮인 거대한 등뼈 위에 뾰족뾰족 솟아 있다. 그러고도 늘어진 꼬리에 또 뿔들이 나 있다. 상단의 주인들이 매머트 위 조그만 텐트 안에 앉아 그들의 접근을 알리는 나팔을 분다.

어머니가 여기 있었더라면. 어머니는 언제나 남쪽 이야기를 했다. 아버지와 결혼해서 떠난 걸 후회하진 않았지만 태어난 땅을 항상 그리워했다. 그리고 언젠가 내가 내 혈통의 다른 면을 볼 수 있기를 바랐다.

어머니는 내가 군인으로 뽑혀서 올 줄은 꿈에도 몰랐을 것이다.

브리타가 성문에 배치된 황제의 경비대를 가리키며 입을 떡 벌린다. "저 자투 좀 봐, 데카." 북부에서 보던 자투와 달리, 갑옷과 전투 가면이 아니라 휘황한 붉은 제복을 입었다. 줄지어 선 여행자들을 정리하며 서류를 꼼꼼히 검사한다. 다들 떠오르는 태양을 바라보는 황금 사자의 표지인 자투 휘장을 어깨에 달았다.

"되게 고압적일 것 같아." 나는 뭔지 모를 불안감에 흠칫한다.

그때 푸른색이 휙 지나가며 시선을 끈다. 우르릉거리는 마차 한 대를 날개 달린 커다란 도마뱀 같은 괴물 둘이 끌고 있다. 몸속에서 나오는 듯 꽥꽥거리는 이상한 소리를 낸다.

"제리자드야!"

역시 어머니에게서 들은 동물로, 태양이 따뜻하고 숲이 끝없이 펼쳐진 남부에서만 자란다. 나는 눈을 가늘게 뜨며 깃털 달린 푸른 꼬리와 머리에 달린 새빨간 볏을 관찰한다.

"어머니가 어릴 때 저것들을 타고 놀았대."

브리타도 경외심에 차서 말한다. "아름답다."

브라이마가 콧방귀를 뀌며 검은 줄무늬 갈기를 휙 넘긴다. "우리가 더 대단하지. 안 그래, 마사이마?"

"당연하지." 마사이마가 대꾸한다.

"너희도 아주 아름다워."

내가 달래듯 말하자, 에쿠스 형제가 괜히 짜증스레 발을 굴리며 성 정문에서 마차를 돌려 작은 옆문으로 향한다. 음침한 마차들이 줄 서 있는데, 마부석에는 하얀손과 비슷한 검은 옷차림의 사람들이 두꺼운 후드로 얼굴을 가리고 있다. 창살 쳐진 창과 문들을 보니 심장이 점점 빨리 뛴다. 모두 알라키를 태운 마차다. 적어도 여섯 명은 탈 수 있는 크기다.

브리타가 자리에서 불편하게 뒤척인다. "알라키들인가 봐."

"그렇겠지." 나는 마차에서 피어오르는 절망감을 느낄 수 있다.

브리타가 손을 뻗어오기에 내가 잡는다. 우리가 말없이 있는 동안 하얀손이 마차를 줄 앞으로 이끈다. 자투 두 명이 어머니가 좋아했던 남부의 보드게임 오와레를 하고 있다. 둘은 하얀손을 보더니 벌떡 일어난다.

"부인." 자투들은 경례하고 서둘러 좁은 문을 연다.

놀랍게도 둘 다 오테라어를 한다. 하긴 헤마이라어는 귀족과 관리들의 언어로 '무한의 지혜'에 사용된 언어다. 내가 알아듣는 이유는 아버지의 아버지가 집안사람 모두에게 '무한의 지혜'를 외우게 했기 때문이다. 오래전 집안 불순에 대한 속죄로.

왜 평범한 자투가 쓸 거라 기대했는지 모르겠다.

문이 끼익 열리자 도로가 나타난다. 내 눈이 튀어나올 듯 커진다.

문 너머에서는 거대한 호수가 빛나며 수평선까지 이어진다. 그 호수 가운데 도시가 솟아 있다. 싱그러운 초록 언덕 사이를 높이 솟은 목조 교각들이 가로지르며, 그 아래에 길처럼 강과 폭포가 흘러간다. 그 강물 위를 화려하게 채색된 배들이 떠다닌다. 그리고 배에 탄 승객들이 자수 놓인 우산으로 햇빛을 가린다.

"오요모시여." 브리타가 그 광경을 보고 탄식한다. "이런 거 처음 보지 않냐?"

나는 말을 잃고 고개만 끄덕인다. 그러고 보니 또 주의를 끄는 게 있다. 헤마이라의 제일 높은 언덕 꼭대기에 마치 비죽비죽한 왕관처럼 솟아오른 장엄한 건물로 그동안 수없이 봐온 오테라 동전들에 새겨진 모습이다. 오요모의 눈, 즉 황제의 궁전이다. 쿠루, 즉 오요모의 신성한 태양 상징이 첨탑마다 장식돼 있다. 그 아래 언덕들에는 좀 작은 건물의 관청들이 여기저기 모여 있다. 수도에 관해 들어온 이야기마다 빠지지 않던 묘사 때문에 바로 알아봤다.

전부 너무 휘황하다. 너무 많이……. 거의 감당되지 않을 정도다. 이게 헤마이라구나. 황제의 도시.

“그러다 입으로 파리 떼 들어가겠다.” 하얀손이 나를 보고 웃는다. 에쿠스들은 부산한 길로 신나게 접어든다.

“집에 오니 좋네, 형제.” 마사이마도 웃는다.

“따끔대는 모피와 추위는 안녕이군, 형제.” 브라이마가 말한다.

도시로 깊이 들어갈수록 인파가 더욱 많아진다. 제리자드와 에쿠스들이 마차를 끌며 빽빽한 길에서 자리다툼을 벌인다. 보도를 따라 어슬렁거리는 보행자 대부분이 남자다. 다들 호화로운 옷을 입고, 잘 다듬어 붉은 진흙을 칠한 턱수염에 비싼 보석을 엮어 넣었다. 남성적인 눈 주변으로 정교한 토잘리 무늬를 새겨 넣었다.

주변에 보이는 얼마 되지 않는 여자들은 북쪽보다 훨씬 정교한 가면을 썼다. 모든 얼굴이 나무와 양가죽이 아닌, 금과 은으로 빛난다. 가면은 예닐곱 종류가 보이는데, 오요모의 영광을 찬양하는 둥근 태양 가면과 임신한 달처럼 볼이 부풀어 다산을 뜻하는 은가면이 있다. 타원형의 행운 가면은 이마와 턱에 은총을 부르는 상징들이 박혀 있고, 격식 차린 검은 가면은 매끄러운 흑요석 이마에서 뿔이 휘어져 나왔다.

심지어 여기서는 어린 소녀들도 반가면을 쓰고 있다. 금과 은으로 성형돼 가족의 부를 잘 드러내는 가면들이다. 그걸 보는 내 마음은 슬픔에 찔리는 듯하다. 나는 이제 절대 가면 쓸 일이 없을 것이다. 신성한 순수의 덮개로 나 자신을 꾸밀 수 없는 것이다.

그런 생각을 하면서 도심으로 들어가는데, 점점 다른 뭔가가 내 주의를 끈다. 중앙 교각에 가까워질수록 다른 소음과 분간하기 쉽지 않던 윙윙 소리가 점점 커지고 가까이 들린다. 궁전과 다른 관청 건물들이 있는 중앙 언덕으로 들어가는 육중한 교각에 도착하자, 그것은 온몸의 뼈를 진동시키는 우레 소리가 되었다.

"너도 들려?"

브리타가 끄덕이며 눈썹을 모은다. "뭔 거 같아?"

"'에메카의 눈물'이야." 하얀손이 대답하며 도시 성벽 사이의 공백을 가리킨다. 그곳에 여성 석상 하나가 서 있다. "계속 보고 있어." 하얀손이 지시하며 교각 꼭대기를 향해 에쿠스들을 몬다.

교각 정점에 도착하자 헉 소리가 터져 나온다. 도시의 끝에서 거대한 폭포가 그 아래 '끝없는 바다'로 떨어져 내린다. 이제 나는 왜 헤마이라에 성벽이 세 군데밖에 없는지 이해가 되었다. 이곳은 절벽 위에 세운 도시인 것이다. 성벽 끝의 폭포는 바다에서 공격하는 그 어떤 군대도 올라올 수 없는 장벽이다. 폭포 가장자리에 솟아 있는 석상은 꼬불꼬불한 머리에 늘씬하지만 강건한 몸집을 가졌다. 그녀는 물을 응시하며 한쪽 팔을 뻗어 경고하듯 수평선을 가리킨다.

"혹독한 파투. 첫 황제의 어머니이자 헤마이라 주변 물의 수호자." 하얀손이 설명하자 나는 외경심에 부르르 떤다. 하얀손 목소리에 내가 모르는 감정이 담겨 있다. 슬픔, 회한? "너희의 여행을 정식으로 끝내기에 알맞은 광경이네. 이제 조르 청사로 가자." 하얀손이 궁전 아래 솟은 관청 건물을 가리킨다. "마음의 준비를 해."

나는 고개를 끄덕이지만 불안감에 가슴이 조여든다. 에쿠스 형제는 또각거리며 중앙 교각 위에서 계속 앞으로 나아간다. 오요모의 눈이 우리를 굽어보며 말 없는 힐책을 내린다. 여행은 이제 곧 끝난다. 새로운 삶이 시작되는 것이다.

* * *

관청 건물이 늘어선 거리에 도착하자, 점점 커지던 불안감이 뱃속에 단단히 똬리를 튼다. 어떻게 바뀔지 모르는 내 처지를 생각하는 데만 급급해서, 거리가 얼마나 잘 정돈돼 있는지 크고 높게 솟은 건물들에 딸린 정원이 얼마나 싱그러운지도 모른 채 지나간다. 헤마이라에서는 무슨 일을 겪게 될까? 하얀손이 약속한 대로 될까? 그 약속은 어디까지 진실일까? 아직도 잘 믿기지가 않는다. 그녀를 마주할 때마다 뭔지 모를 따끔거리는 불편함이 느껴진다.

제발 그녀의 말이 사실이길. 나는 거리를 지나가며 말없이 기도한다. 거대하고 붉은 건물에 도착하자, 드리워진 깃발들에 두드러진 자투의 인장이 보인다. 조르 청사는 자투에 관한 업무를 보는 곳이다. 아버지가 군대 이야기를 자주 해서 나는 보기만 해도 알 수 있었다. 그 주변에 소녀들이 줄지어 늘어서 있다. 불쾌하게 익숙한 톡 쏘는 냄새가 그들에게서 풍긴다. 씻지 않은 몸에서 나는 악취다.

이제야 알겠다. 알라키들이다. 브리타에게서도 느꼈던 오싹한 감각에 휩싸인다.

그들에게 가까이 갈수록 속이 울렁거린다.

다른 알라키들은 모두 쳐다보기가 괴로울 정도로 말랐다. 옷도 찢어지고 더러우며 맨발은 딱지투성이다. 가면 쓴 아이는 하나도 없다. 정숙하게 가릴 외투도 두건도 없이, 검은 옷 입은 우람한 경비병들의 음습한 시선을 그대로 받으며 서 있다. 경비병들이 소녀들의 인장 뒤쪽 표시를 확인하고 각각의 줄로 보낸다. 부상 입은 아이도 보인다. 옷에서 피가 떨어진다. 맨팔과 어깨에 상처가 그어진 채 드러나 있다. 그래도 죽지는 않았다. 차라리 금빛 잠이 들었으면 치유되었을 텐데.

어쨌든 알라키에게 최악의 고통은 육체적 죽음이 아니다. 넋이 나간 소녀들의 눈빛을 보면 알 수 있다. 마차에서 한 번에 일고여덟 명씩 내던져져도 저항하지 않는 모습에서 알 수 있다. 그들이 어떤 고통을 받고 있는지. 깃발이 바람에 부루퉁하게 펄럭이는 조르 청사로 경비병들이 쿡쿡 찌르며 밀어 보내도, 대부분 찍소리도 내지 않는다. 다른 운송자들은 소녀들을 어떻게 데리고 온 걸까? 갑자기 오싹해진다.

오요모께서 하얀손을 내게 배정해주어서 얼마나 감사한지 모른다. 갑자기 이런 생각이 들어 좀 놀랍지만 사실이다. 의심스럽긴 해도 여행하는 동안 그녀는 기껏해야 밤에 우리가 도망가지 못하게 마차를 잠그는 정도밖에 하지 않았다. 우리를 때린 적도 학대한 적도 없다. 나쁜 말로 모욕하지도 않았다. 하지만 다른 소녀들은 그렇지 않은 것 같다. 더한 일도 겪은 게 아닐까?

내가 불안에 떨며 기다리는 동안, 하얀손이 건물 앞에서 마차를 멈추고 뒷문을 연다.

"우린 여기서 헤어진다, 알라키." 하얀손이 우리에게 손짓한다.

나는 팔로 몸을 감싼 채 주저하며 내린다. 경비병들이 우리를 보고, 험상궂은 시선이 내 어깨에 꽂힌다. 망토를 가져왔더라면. 갑자기 이르푸트에 두고 온 헐어빠진 옷이 생각난다. 누더기였을망정 늘 나를 시선에서 보호해 주었다. 이곳에는 가릴 게 아무것도 없다. 지금쯤 쓰고 있으리라 여겼던 반가면도 없고.

발을 질질 끌며 마차 앞쪽으로 가는데 위가 요동치고 손바닥이 땀으로 흥건하다. 에쿠스 형제가 슬픈 표정으로 나를 본다. "여기서 인사해야겠네, 알라키." 브라이마가 입을 비죽거리며 말한다.

"조용한 아이야. 네가 준 겨울 사과 아주 맛있었는데." 마사이마가 나를 슬쩍 보며 말한다.

"다음번에 만나면 더 줄게." 내가 힘없이 그 둘을 다독인다.

고개를 끄덕하는 그들을 보고 나는 하얀손에게 돌아선다. 늘 그렇듯 입꼬리가 비뚜름하지만, 반가면 뒤의 눈을 천천히 깜빡거리며 마치…… 미안해하는 듯하다. 왜 그런지는 모르겠지만.

"하얀손, 나……."

"이제 그만 가봐야겠네." 하얀손이 내 말을 막으며 브리타를 본다. "어리석은 짓은 하지 말고. 너희도 너무 다치면 죽어."

우리 둘 다 조용히 고개를 끄덕인다. 그녀는 손을 뻗어 우리 손을 꼭 잡는다. 한 달간 함께 여행하면서 이런 다정한 모습은 처음이다. 그래서 오히려 더 두려워진다.

"기억해. 힘들 거야. 하지만 극복할 수 있어. 행운이 함께하길." 하얀손이 속삭인다.

"당신도요." 내가 대답하지만 하얀손은 벌써 마차를 향해 걸어가 올라탄다. 브라이마와 마사이마도 손을 흔들고 가버린다.

점점 커지는 두려움에 심장박동이 빨라진다.

제발, 제발, 제발 내가 훈련을 견뎌내길.

7

"저 애들 다친 거지, 그렇지?" 얼마 후 브리타가 묻는다.

나는 대답하지 않는다. 조르 청사의 어둡고 휑한 복도를 걸어가며 온몸이 딱딱하게 굳어져 말이 나오지 않는다. 각 복도는 서로 다른 훈련장으로 이어지는 듯하다. 줄을 세어보니 열 곳이다.

브리타와 나는 하얀손이 말했던 대로 와르투베라 훈련장으로 향하는 줄에 서서 가고 있다. 다른 소녀들은 잔뜩 위축되어 덜덜 떨고, 몇몇은 숨죽여 울기까지 한다. 복도를 지키고 선 자투, 안세타의 별 상징을 어깨에 단 그들이 무서운 것이다. 하얀손이 브리타와 내게 이 자투들을 조심하라고 경고했다. 알라키와 죽음비명을 진압하도록 특별 훈련된 군인이기에 보통 자투보다 훨씬 잔인하다. 조르 청사에 진동하는 땀과 공포 냄새의 원인이다.

정확히는 그 원인 중 하나다.

다른 원인은 옷이 찢기고 두건을 내려 쓴 소녀들이다. 우리와 함께 발을 끌며 움직이는 소녀들은 마치 혼이 빠져나간 시체처럼 천천히 뻣뻣하게 걷고 있다.

저 표정과 자세를 나는 알고 있다.

신전에 있는 두르카스 원로의 하녀들이 가끔 저랬다. 모두에게 자신이 더 이상 처녀가 아니라고 알리는 표정과 자세. 나는 다시 한 번 하얀손에게 고마움을 느낀다. 하얀손이 아닌 다른 운송자, 남자 운송자였다면 우리는 어떻게 됐을까? 생각만으로도 끔찍하다. 이곳에 온 소녀 몇 명은 이미 치렀을 사면의 대가다.

"데카?" 브리타가 재촉하며 텅 빈 눈동자의 소녀들을 흘끗거린다.

결국 내가 어두운 얼굴로 대답한다. "상상도 못 할 방식으로 다쳤을 거야."

"우리가 운이 정말 좋았나 봐." 브리타가 눈물을 글썽거린다.

브리타의 손을 꼭 쥔 채 나는 진심을 담아 단호하게 말한다. "앞으로도 그럴 거야. 우리한테는 서로가 있잖아." 나에게는 함께 견뎌낼 친구가 있다.

브리타가 고개를 끄덕이고 우리는 복도 끝의 문 앞에 도착한다.

우리가 들어간 홀은 너무 커서 그 끝도 잘 보이지 않을 정도다. 매끄러운 검은 돌벽이 황금 조각으로 장식돼 있고 바닥도 마찬가지다. 입이 절로 벌어진다. 이런 검은 돌벽은 이르푸트 신전에서나 보았다. 그나마 제단을 장식하는 정도였다. 이 홀에 있는 것만으로도 이르푸트의 모든 집이 수천 년은 먹고살 것이다.

더욱 기겁할 일은 갑옷을 입고 전투용 가면을 쓴 소년들이 우리를 기다리고 있다는 것이다.

그들을 보고 나는 넘어질 뻔한다.

알라키와 같은 인원수로 백 명쯤 되는 듯하다. 그들은 차려 자세로 서서 손을 심장에 올리고 있다. 다들 열여섯에서 스무 살 정도인데, 험악하고 굳은 표정에 전투용 가면 너머로 보이는 눈빛은 혐오로 가득하다.

심장박동이 미친 듯 빨라지며 뒷걸음치고 싶은 충동을 온 힘을 다해 억누른다.

"무슨 일이야? 쟤들은 왜 여기 있지?" 브리타가 물으며 몸을 나에게 꼭 붙여온다.

나는 고개를 젓는다. "나도 몰라."

소년들 때문에 너무 불안해서, 좀 지난 후에야 연단이 있다는 걸 알아챘다. 열 개의 육중한 연단이 우리 위로 솟아 있고 양쪽에 계단이 나 있다. 그중 여덟 곳에 노란 예복을 걸친 관리들이 손에 두루마리와 깃펜을 들고 앉아 있다. 가운데 두 곳에는 자투 사령관들이 전투용 가면을 쓰고 있다. 둘 다 크고 무섭게 생겼는데 왼쪽 사령관에게 시선이 간다. 복잡하고 정교하게 땋아 붉은 진흙을 덧바른 머리 때문만은 아니다. 몸집이 마치 여성처럼 다른 이들보다 작고 우아하다.

하지만 그럴 리가 없다. 여자는 자투 사령관이 될 수 없다.

"줄을 맞춰라!" 옆에 있는 경비병이 외쳐서 나는 화들짝 놀란다.

그 경비병이 내 앞의 여자애를 앞으로 미는데, 갑자기 화난 외침이 홀 전체에 울린다. "더러운 손 치워!"

홀 끝에서 나오는 소리다. 키 크고 마른 소녀가 운송자 네 명에게 저항하고 있다. 소녀가 격렬히 밀치자 두어 명이 날아가 벽에 부딪힌다. 나는 눈을 비비고 깜빡이며 잘못 본 건지 확인한다. 운송자들을 벼룩처럼 떨쳐버리는 여자아이라니. 남자에게도 저런 괴력은 본 적이 없다. 하얀손이 말하던 알라키의 힘인가? 나도 자다가 모피 담요를 갈가리 찢은 적이 있지만.

소녀가 운송자에게서 검을 빼앗아 위협적으로 휘두르자 자투 몇 명이 창을 들고 달려간다. 순식간에 소녀를 둘러싸고 날카로운 창끝으로 목을 겨눈다.

"소녀를 놔줘라!"

갑작스레 울리는 명령에 나를 포함한 모두가 돌아선다. 키 큰 근육질 소년 하나가 줄에서 나와 천천히 거만한 소녀에게 걸어간다. "죽음비명과의 싸움에 필요한 군인이다." 딱딱하게 끊어지는 발음을 보니 오테라어보다 헤마이라어에 더 익숙한 사람이다. "군인에겐 민권이 있어."

민권? 그 말이 내 머릿속을 반짝이며 맴돈다. 믿을 수 없다. 민권이란 남자와 소년의 것이고 여자에게는, 더구나 알라키에게는 없는 것이다. 그래도 그 말이 아주 작은 희망처럼 피어나기 시작해서 나는 건드리기조차 두렵다.

"켈레치 대장님, 그렇지 않습니까?" 소년이 대장을 본다.

놀랍게도 대장이 고개를 끄덕인다. "그렇다. 케이타 신병. 이곳 모두에게는 민권이 있다. 비록 일반적인 품위의 한계를 넘어서는 자도 있겠지만." 대장은 거만한 소녀가 바닥에 침 뱉는 걸 못마땅하게 바라본다.

대장은 혀를 차고는 케이타라 불린 소년에게 손짓한다. "저 소녀에게 황제의 새로운 병사로서의 권리를 알려줘라, 케이타 신병."

"네, 알겠습니다."

케이타는 거만한 소녀에게 다가가며 투구와 전투용 가면을 벗는다. 그가 나처럼 어두운 피부인 게 놀랍다. 아니, 나보다 더 어두운 피부다. 머리는 너무 바짝 깎아 대머리 같고 황금색 눈은 매처럼 날카롭다. 열여섯쯤 되었을까. 하지만 단호한 눈빛은 훨씬 성숙한 경험치를 보여준다.

케이타라는 소년이 누구기에 대장을 저렇게 잘 아는 거지?

그의 갑옷은 다른 자투와 다르게 장식이 더 많다. 각 자투의 갑옷에는 오랫동안 싸운 전투와 승리의 영광을 기념하는 상징들이 새겨져 있다고 아버지에게 들은 적이 있다. 케이타에게는 다른 자투보다 대여섯 개의 상징이 더 있다. 그리고 으르렁거리는 오릴리언의 휘장이 양 어깨에 붙어 있다.

귀족에게 그런 물건은 흔하니, 아마 아버지나 삼촌에게서 받은 유산일 것이다. 어쨌든 주변 자투들보다 돋보인다. 분명 부유할 테고. 다들 그렇게 궁금해하던 헤마이라의 귀족인 것이다. 그러니 대장이랑도 아는 사이일 테고. 저렇게 아무렇지도 않게 불쑥 나설 수 있는 것도 그래서일 것이다.

그가 다가서자 소녀의 고고하고 세련된 이목구비가 불신으로 일그러진다.

"더 이상 다가오지 마!" 소녀가 으르렁거리자 갈색 피부가 분노로 붉어진다. "너희가 하는 거짓말은 더 이상 듣지 않을 거야! 황제의 병사? 사면? 거짓말, 전부 거짓말이야! 너희는 그저 우리 피를 내다 팔려고 뽑으려 하는 것뿐이야. 이 사악한 놈들!" 소녀가 검을 휘두른다.

케이타가 달래듯 손을 들어 올린다. "그렇지 않아. 너는 원하는 대로 할 수 있어." 그러고서 우리도 둘러본다. "너희 모두 원하는 대로 할 수 있어. 지금 여기서 떠나고 싶다면 그렇게 할 수 있어. 약속할게."

알라키 사이로 의아하지만 희망 섞인 수군거림이 시작된다. 브리타도 동요한다. "저 말이 사실일까?"

잠시 비쳐 드는 실낱같은 희망에 케이타의 말을 믿고 싶어진다. 하지만 곧 이오나스의 모습이 떠올라버렸다. 내가 예쁘다고 말해준지 몇 시간도 지나지 않아 나를 검으로 찌르던 모습이.

나는 다시 몸을 긴장시킨다.

케이타도 때가 오면 마찬가지일 것이다. 지금 말한 것과 상관없이, 곧 본색을 보일 것이다. 다들 그랬으니까.

"아니." 나는 고개를 저으며 브리타의 질문에 대답한다.

내가 지친 표정으로 지켜보는 동안 다른 자투들이 대장을 보며 기겁한다. "하지만 켈레치 대장님!"

"정말 그러실 건 아니죠?" 또 다른 자투가 항의한다.

키 큰 대장이 손을 들어 조용히 시키더니 외친다. "케이타 신병의 말이 옳다. 여기 있고 싶어 하는 알라키만 남길 것이다. 마지못해 싸우는 병사는 쓸모없다. 원하면 누구든 가도 좋다. 하지만 너희가 불순하다는 걸 기억해라. 바깥세상은 그것만 볼 것이다. 너희가 어디에 숨든 죽음비명이 쫓아오리라는 것도."

대장이 고갯짓하자 자투들이 마지못해 문을 연다.

나는 이 모든 상황을 지켜보며 꼼짝하지 못한다. 브리타도 마찬가지다.

주변에서 다른 소녀들이 수군거리며 어쩔 줄 몰라 한다.

케이타가 한 발 더 앞으로 나선다. "우리는 헤마이라 경계선까지 너희를 안전하게 데려갈 거야. 그 이후는 너희에게 달렸어." 그러고서 거만한 소녀를 노려본다.

그나마 남아 있던 희망이 재가 되어 입 안에서 부서진다. 그렇다. 저런 조건이다. 우리도 여기서 도망칠 수 있다. 하지만 헤마이라의 성문을 나선다면 예전 삶으로 돌아가야 한다. 죽음 칙령만이 남은, 죽음비명이 끊임없이 위협하는 삶으로……. 케이타도 다른 사람들과 똑같다. 우리에게 불가능한 선택지를 주며 자유라고 말한다.

거만한 소녀도 아는 듯하다. 열린 문과 케이타를 번갈아 보며 묻는다. "약속한다고?" 믿을 수 없다는 표정으로 대장을 보자, 대장이 고개를 끄덕인다.

"오요모의 쿠루에 대고 맹세한다." 케이타가 대답하며 신성한 태양 상징을 언급한다. "하지만 이것 하나는 말해야겠다. 훈련장에서 넌 특별한 군인으로 다시 태어날 수 있어. 복무를 마치면 사면도 받을 거야. 아니면 평생을 추방자로 살게 되지. 늘 죽음 칙령을 두려워하면서 말이야. 문제는 간단해. 우리와 함께하든지 우리의 적이 되든지. 선택은 네가 해."

소녀를 향해 재빨리 묵례한 뒤, 케이타는 자리로 돌아간다. 그가 들어가서 다행이다. 그들의 말을 믿을 뻔했던 나 자신에게 화가 난다. 잠시지만 내가 왜 저 남자아이가 이오나스나 다른 사람들과 다를 거라고 생각했을까?

이제 나는 다시 홀 가운데 서 있는 소녀에게 집중한다. 어두운 눈빛. 그녀는 다시 문을 보고 또 줄 선 소녀들을 본다. 시선이 문과 줄 사이에서 흔들린다. 문, 줄, 문, 줄. 그녀의 마음이 들리는 듯하다. 나와 같은 계산으로 머릿속이 빙빙 돌 것이다. 마침내 그녀가 선택한다. 등을 쭉 펴더니 여왕처럼 당당하게 자기 줄로 걸어가 남는 걸 선택한다.

케이타의 만족스러운 미소가 눈앞에 떠오른다. 다른 소녀들도 천천히 그녀의 뒤를 따른다.

8

모든 게 원래대로 돌아가고 소녀들이 줄지어 서자 켈레치 대장이 연단 가장자리로 와서 전투용 가면을 벗는다. 권위적이고 고고한 얼굴. 너무 어두운 색이라 거의 한밤중의 하늘색 같다. 그리고 엄격한 눈, 가차 없는 눈빛이 날 선 광대뼈 위에서 우리를 쏘아본다.

"나는 켈레치 대장, 너희의 영광스러운 훈련장인 와르투베라를 맡은 자투 사령관이다." 목소리가 홀 전체에 울린다. "너희 앞에 서 있는 건 갓 뽑힌 와르투베라 신병들이다." 그가 소년들에게 손짓하자 그들이 재빨리 투구와 가면을 벗는다. "너희의 우루니, 전장의 형제가 될 거다. 첫 3주 훈련이 끝나면 너희와 함께 다음 달 전투에 참가해 도움을 줄 것이다. 이들과 깊고 오랜 전우애를 형성해서 너희가 이 성벽을 떠나는 날 이후로도 계속 이어지기를 희망한다."

"형제라고?" 경악하는 브리타의 중얼거림이 들린다. 이 거만한 표정의 소년 중 하나가 새로운 형제가 된다니 상상이 가지 않는다.

우리 옆에 머리를 길게 땋아 내린 한 소녀가 작게 콧방귀를 뀐다.

"우리가 도망치는지 감시할 스파이겠지."

대장이 말을 계속하며 수군거림을 무시한다. "다들 알다시피 죽음비명들이 노요산맥 시원지로 몰려들기 시작했다. 수백 수천에 이른다."

"수백 수천……." 브리타가 중얼거리며 내 공포를 대신 드러낸다. 죽음비명이 많다는 건 알았지만 수가 얼마나 될지 생각해본 적은 없다.

"그러나 그 길목에 헤마이라가 놓였다는 건 너희도 몰랐을 것이다. 그래서 게조 황제께서 모든 알라키, 신참들까지도 월별 습격에 참가하도록 하셨다. 둘 다 전력을 정비하며 정벌에 대비하도록. 적의 모든 것을 알아야 한다. 전장에서 마주치기 전에 강점과 약점을 모두 파악하라. 신병들이 도와줄 것이다."

본격적으로 웅성거리기 시작한다. 월별 습격? 우리가 밖에 나가서 죽음비명과 직접 맞닥뜨릴 거라고? 나는 겁에 질려 숨도 제대로 쉬지 못하는데 켈레치 대장이 말을 계속한다.

"다음 달부터 너희는 오테라에서 가장 무서운 괴물과 싸울 것이다. 하지만 너희만 싸우는 게 아니다. 너희의 새로운 우루니가 곁에서 모든 단계에 함께할 것이다. 너희가 첫 훈련을 완수할 때도 너희의 전우인 저들은 저 벽 바로 건너편에서 너희와 함께하길 기다릴 것이다."

대장이 신병들에게 손짓하자 그들이 행진해서 그의 뒤쪽에 한 줄로 서며 차려 자세를 취한다. 내내 침묵하고 있던 작은 지휘관이 우리도 그렇게 하라고 손짓한다. 시간이 좀 더 지나고 자투들이 밀쳐대고 나서야 우리도 반대편에 한 줄로 서고, 두 지휘관도 마주 본다.

줄이 정렬되자 대장과 그의 말 없는 동료가 다시 손짓하고, 신병들이 한 걸음 옆으로 떼더니 천천히 우리 줄 옆으로 지나가기 시작한다.

이제야 이해했다. 이렇게 짝이 되는 거다. 켈레치 대장이 멈추라고 할 때 소녀들 옆에 선 자투가 상대인 거다.

신병들이 한 걸음 뗄 때마다 심장이 목구멍으로 튀어나올 것 같다. 제발 잔인한 소년이나 알라키를 미워하는 소년과 짝이 되지 않기를 속으로 오요모에게 빈다. 이오나스의 얼굴이 또 머릿속을 스치자, 그 모습을 밀어내며 더욱 열심히 기도한다. 제발, 제발, 제발…….

행진이 멈추지 않고 영원히 이어질 것 같다. 신병들은 천천히 신중하게 우리 줄 끝을 향해 움직인다. 키 큰 소년, 작은 소년, 통통한 소년, 마른 소년. 남부인, 동부인, 서부인, 북부인. 모두 비슷하게 사나운 표정이다. 비웃음을 숨기지 못하는 경우도 많다. 너무 긴장해서 손에 땀이 나며 위가 뭉친다. 갑자기 내 추레한 외관이 심하게 의식된다. 흐트러진 머리, 누덕한 옷, 가면 쓰지 않은 얼굴.

나는 시선을 내리고 바닥에 집중한다. 더 이상은 못 보겠다. 내 기도에 응답이 올 리가 없다. 소년들은 우리만큼이나 이곳에 있는 게 싫은 듯하다. 몇몇은 심지어 잔뜩 화나서 우리 얼굴도 보려 하지 않는다. 불순한 소녀들과 일하게 되다니, 무슨 생각을 할지 상상하면 끔찍하다. 저 거만한 소녀처럼 자기들을 던져버릴 수 있을 정도로 힘센 악마의 자손과 함께하다니 말이다.

나는 연신 땀을 흘리며 시선을 내린 채 꿈쩍하지 않는다. 마침내 "멈춰라" 하는 소리가 들린다.

고개를 들 수가 없다. 어떤 표정을 마주하게 될까? 혐오, 공포? 나는 심호흡하고 단단히 각오한 후 고개를 든다. 놀랍게도 내 앞에는 키 작은 서부 소년이 서 있다. 검은 머리, 턱에서 입술까지 문신한 선이 세 개. 웃음 짓는 갈색 눈이 친절하고 순해 보인다. 나는 안도하여 부르르 떤다. 크고 위협적인 녀석들과는 달라 보인다. 자세히 보니, 곱상한 외모를 지녔다. 긴 속눈썹과 수줍은 미소. 나도 마주 보고 웃자, 긴장이 풀린다.

켈레치 대장이 외친다. "신병들, 한 걸음 더 가서 짝과 마주 서라."

한 걸음 더 가라고?

내가 기겁하자 서부 소년이 힘없이 사과하듯 어깨를 으쓱한 다음 명령에 따라 불타는 빨간 머리 소녀 앞에 선다. 나는 앞을 보고 절망에 빠진다. 단호한 황금빛 눈동자가 내 눈을 쏘아본다. 케이타 신병. 그가 내 짝이다.

다시 말을 시작한 켈레치 대장의 소리가 제대로 들리지 않는다. "인사 나눠라."

나를 내려다보는 케이타의 얼굴은 무표정하다. "나는 케이타. 가르 파투의 케이타다."

수치심을 느끼며 고개를 처박고 싶은 충동을 간신히 이기고 대답한다. "나는 이르푸트의 데카."

케이타가 고개를 끄덕한다.

이제 켈레치 대장과 그의 짝이 서로 마주 본다. "손을 내밀어라." 대장이 지시하며 자기 손을 내민다. 계속 침묵을 지키는 지휘관은 여전히 가면을 쓰고 있다.

이제 나는 그가 여자임을 확신한다. 다른 사람들은 이미 모두 가면을 벗었으니까.

지휘관이 대장의 팔을 잡고, 대장도 그렇게 한다. 결혼 의식의 외설적 모방 같다. "동료애의 정신으로 서로의 팔을 잡아라."

케이타와 나는 마주 보며 그렇게 한다.

케이타의 손이 피부에 닿자 나는 흠칫 떤다. 따뜻하고 굳은살……. 강인한 군인의 손이다. 내 배를 칼로 찌르던 이오나스와 같은 종류의 손이다. 기억이 나를 뒤흔든다. 손을 확 빼버리지 않으려 있는 힘을 다한다. 공포를 누르고 그의 눈을 똑바로 올려다본다.

하지만 그 눈빛이 멀어진다. 냉담한 표정이 그의 얼굴을 가린다. 내 팔을 잡은 손의 힘이 풀어진다.

켈레치 대장이 다시 말을 시작한 게 고마울 지경이다. "이제부터 너희는 죽을 때까지 짝이다. 전쟁터의 남매, 우루니다."

그 말에 등골이 서늘해진다. 마치 불길한 예언 같다. 다시 보니 케이타의 표정이 어두워지며 그 어느 때보다 사나워진다. 나는 숨도 쉬지 못하고 간신히 서 있다. 이렇게 가까이 서 있는 소년이 이제부터 정상적인 세상과 나를 이어주는 것이다. 내가 원하는지 더 이상 확실치 않은 세상이자 나를 조금도 원하지 않는 게 분명한 세상.

"반갑다, 케이타." 내가 불안감을 떨치며 억지로 입을 연다.

그도 무뚝뚝하게 대답한다. "반갑다, 이르푸트의 데카."

그러고 나서 그가 내 팔을 놓는다.

* * *

그렇게 예식이 끝나고 소년들은 줄줄이 홀 건너편으로 빠져나간다. 지휘관들도 그 뒤를 따르고 운송자들은 다시 들어온다. 너무 순식간의 일이라 노란 제복을 입은 두 관리가 빈 연단을 차지하고 선 것도, 이번에는 우리가 다시 한번 연단 앞에 줄을 맞춰 선 것도 몰랐다. 이제 실질적 입대가 시작된 듯하다. 소녀들이 관리들 앞으로 걸어가면 관리들이 소녀들을 검사하고 세부 사항을 두루마리에 기입한다. 그 옆에서 갈색 예복을 입은 보조자들이 개미처럼 종종거리며 돕는다. 내 앞의 소녀는 허약하고 병들어 보이는 남부인인데,

조용히 흐느끼는 동안 보조자들이 그녀를 이리저리 찌르고 움직이며 특징을 큰 소리로 외쳐댄다.

"키 다섯 손, 세 매듭. 심각한 영양부족. 괴혈병 조짐."

나는 눈살을 찌푸린다. 나는 배에서 몇 주씩 잠들어 있어도 멀쩡한데 저 소녀는 왜 영양부족이지? 비정상……. 다시 그 단어가 머릿속에서 울린다. 케이타와 그의 차가운 눈초리가 머릿속에서 사라질 정도의 두려움을 억누르며, 저 소녀와 내가 다른 이유를 생각해 보려 애쓴다. 어쩌면 어떤 알라키는 다른 알라키보다 병약하고 나 같은 알라키는 자연스레 건강을 타고난 건지도 모른다. 다른 설명도 얼마든지 가능하다.

저 소녀의 운송자인 수염 난 땅딸막한 남자가 대가로 금을 반 자루밖에 받지 못하자 큰 소리로 항의한다. "60오타스를 준다고 했단 말이오, 60오타스!"

보조자도 크고 단호한 목소리로 대답한다. "이건 병들고 제대로 먹지도 못했어. 황제의 소유물을 함부로 다루지 말라고 경고받았을 텐데."

황제의 소유물. 소름 끼친다. 군인이 되는 줄로만 알았는데.

이제 모든 운송자가 방 가운데로 나왔고 하얀손만 보이지 않는다. 그녀는 운송의 대가인 금이 필요 없는 것이다. 우리의 여행이 그녀에게는 여가인 것 같았다. 다시 한번 그녀는 대체 누구이며 무슨 재미로 이런 여행을 했던 걸까 궁금해진다.

그러고 있는데 뭔가가 타는 끔찍한 냄새와 함께 누군가의 절박한 비명이 뒤쪽에서 들린다. 나는 깜짝 놀라 돌아선다. 보조자 하나가 어느 빨간 머리 소녀의 손을 액체 황금 같은 것이 담긴 단지에 담갔다.

저주받은 금, 우리의 피다.

입 안이 시큼해지고 욕지기가 솟지만 삼키고 만다. 소녀는 정신없이 울며 자신의 손을 바라본다. 이제 도금되어 손끝에서 팔꿈치까지 황금색이 되었다. 그녀는 벌써 거의 죽은 것처럼, 반쯤 금빛 잠에 빠져든다. 줄이 다시 앞으로 움직이자, 등에 땀이 흐른다.

도금은 아프지 않다고 스스로를 다독인다. 그냥 조금 따가울 뿐이다. 하지만 그건 사실이 아니다. 저 탄내가 강해지며 더욱 생생하고 원초적으로 내 기억을 침범한다. 저 단지에 담긴 저주받은 금에 뭔가가, 그것이 만들어지는 방식에 특수한 뭔가가 있어서 알라키 피부에 달라붙는 것이다.

더 많은 비명이 터지고 내 시야가 점점 어두워진다. 나는 온몸이 곤두서서, 마치 피부를 찢고 나올 것 같은 기분이 된다.

"데카, 숨 쉬어, 데카!" 브리타의 목소리가 멀리서 들려온다. 부드러운 팔이 나를 감싼다. 안전함과 온기가 느껴진다. "나 여기 있어, 데카." 브리타가 속삭인다. "나랑 있으면 괜찮아. 안전해."

안전…….

잠시 후 나는 결국 숨을 토해내며 고개를 끄덕인다. "난 괜찮아." 목이 메어 끅끅거린다.

목까지 치밀어 오른 토기를 누르고 허리를 펴는데 마침 보조자가 내 앞에 선 소녀를 도금하는 게 보인다. 손을 빼내자 황금이 피부에 달라붙어 번뜩인다. 손이 떨린다. 이제 내 차례다.

내 위쪽 침침한 빛 아래에 앉은 동부인 관리는 창백하고 위협적으로 보인다. "앞으로 나와라, 애야." 그가 오만한 태도로 안경을 조정하며 손짓한다.

내가 나가자 관리가 보조자에게 묻는다. "이름은?"

"이르푸트의 데카입니다." 보조자가 성실히 읽는다.

"여기 네 의지에 따라 온 것이냐?" 관리가 묻는다.

"네." 내가 중얼거린다. 저쪽에서 또 다른 소녀가 단지에 손을 담그고 비명을 지른다. 살 타는 냄새가 피어오른다.

"더 크게."

"예, 그렇습니다." 나는 단지 쪽을 보지 않으려 애쓴다.

"사면을 바라느냐?"

"예, 그렇습니다."

관리가 만족한 듯 끄덕인다.

잔뜩 긴장한 나를 보조자가 검사하기 시작한다. 거친 손이 내 몸을 잡아당긴다. "체중 적당, 키 다섯 손에 다섯 매듭, 머리칼 흑색. 눈동자 회색, 눈에 띄는 흉터 없음. 건강 탁월."

신체검사가 끝나자 다시 관리가 질문을 이어간다. 나는 목을 빼고 그를 올려다본다.

"게조 황제와 그분의 군대에 충성을 맹세하느냐?"

예상하지 못한 질문에 잠시 머뭇거리다가 결국 대답한다. "네."

더욱 많은 비명이 들려오고 식은 땀이 등에 흥건하다.

"에쿠스 부인이 널 데려왔지?"

"무슨 부인이요?" 하얀손을 말한다는 걸 깨닫는 데도 시간이 좀 걸린다. 브라이마와 마사이마 때문에 그런 별명이 붙었나 보다. 그녀는 그들을 가축이라기보다는 동료로 대했는데. "네, 맞습니다."

관리가 다시 고개를 끄덕인다. "그녀는 너를 학대하거나 네 정조를 다른 이들에게 팔려 하지 않았지?"

뜻밖의 질문에 나는 눈을 껌뻑인다. 텅 빈 눈동자의 소녀들에게 무슨 일이 일어났는지 알게 된 것이다. 운송자들은 소녀들을 해치면 안 되지만 지난 몇 달간 배운 게 있다면 종종 사람들은 해서는 안 되는 일을 한다는 것이다. 원로들이 재차 피를 내려고 칼과 들통을 들고 다가오던 모습이 퍼뜩 떠오른다. 나는 심호흡하며 기억을 몰아낸다.

"그렇습니다."

관리가 중얼거린다. "그거 다행이군. 이쪽은 별도의 두루마리가 필요 없겠어."

나는 이를 악문다. 소녀들이 정조를 빼앗기고 삶을 유린당했는데, 관리는 일이 느는 것만 걱정한다. 권리와 자유에 대한 가짜 약속을 남긴 자투와 마찬가지로. 나는 얼굴에 분노를 드러내지 않으려 다시 숨을 내쉰다.

관리가 보조자에게 명령한다. "황금."

보조자가 단지를 가지러 가고 관리는 나를 본다. "이 황금은 네가 황제의 소유물임을 표시하기 위해 특별히 조제되었다. 매년 조금씩 닳아서 스무 해가 지나면 사라질 거야. 금빛 잠으로는 흐려지지 않을 테니 남은 시간을 줄이려고 스스로를 죽여봐야 소용없어."

스스로를 죽여봐야 소용없다…….

이제 반쯤 넋이 나가 있다. 겨우 정신을 차려보니 보조자가 벌써 내 소매를 걷어 올리고 단지에 손을 담근다. 신음이 나오지만 막상 금이 피부를 덮자 잠깐 따끔하고 차가운 느낌만 난다. 살이 타는 냄새에 반응하지 않으려 애쓰지만 몸이 떨리고 코를 자극하는 끔찍한 냄새에 신물이 올라온다.

"도금되었습니다." 보조자가 말한다.

"다 잘 처리되었다." 관리가 결론 내린다. 그러고는 안경 너머로 나를 본다. "앞으로 오테라를 자랑스럽게 해다오, 알라키. 네 우루니와 함께."

홀 밖으로 나와서 나는 즉시 토한다.

9

위장에 위액과 먼지 말고는 아무것도 없었다. 그래서 토했을 때 우리 그룹을 감독하던 자투들의 분노가 덜했다. 도금 때문에 아직도 손이 얼얼하지만 벌써 나아진 게 느껴진다. 얇은 도금 아래로 새 피부가 자라난다. 도금된 황금은 기묘하게도 피부처럼 신축성이 있다. 도금에 사용된 금이 왠지 불길하게 느껴진다.

키 작은 자투가 짜증 내며 말한다. "정신 똑바로 차려, 괴물." 그러더니 홀 뒤편의 볼품없고 감옥처럼 생긴 마차들이 대기하는 곳으로 나를 밀어 보낸다.

마차는 모두 스무 대. 모두 다른 색이고, 헤마이라 외곽 언덕 위에 흩어진 각각의 훈련장으로 향한다. 브리타와 나는 줄 끝에 있는 흉하게 생긴 빨간 마차로 간다. 와르투베라로 가는 마차들이다. 적어도 백 명은 되는 소녀들이 이 밤이 지나기 전에 그리로 갈 것이다. 자투 신병들도 이동하며 첫 훈련에 대비하고 있을 것이다. 마차에 가까이 갈수록 공포의 냄새도 진해진다. 소녀들은 절박하게 서로를 붙잡고 속닥거린다. 소문, 추측, 오면서 들은 이야기를 속닥인다. 하지만 브리타의 관심은 우루니에게 쏠려 있다.

"왜 바로 같이 훈련하지 않지?" 브리타가 중얼거린다.

내가 의아해하며 돌아보자 브리타가 도금된 자기 손을 눌러보다가 작게 소리 지른다. 브리타 눈에 눈물이 핑 돈다. 나는 브리타에게 몸을 붙이며 말한다. "곧 나을 거야. 다 괜찮아지겠지."

브리타가 떨리는 숨을 들이마시고 고개를 끄덕인다.

"들었어?" 아까 본 빨간 머리 소녀가 말을 건다. "훈련장의 교관들이 그림자단이래. 황제의 친위 스파이 말이야."

"전부 여자라던데." 작고 검은 아이가 끼어든다.

사령관 중에 작은 쪽이었던 자가 떠오른다.

"여자?" 또 다른 소녀가 말한다. "그럴 리가. 여자 교관이 어디 있어."

나도 들어보지 못했다.

무한의 지혜는 여성이 남편이나 가족을 도울 때 말고는 집 밖에서 일하는 걸 금지한다. 하지만 와르투베라에는 여자 교관이 있을 것도 같다.

나조차 황제의 그림자단에 대해서 들어봤을 정도이니 모두 아는 존재다. 황제가 어떤 일을 빠르고 조용히 처리하고 싶을 때 보내는 자들인데, 보통 사람을 능가하는 힘을 가지고 있다고 한다. 이름 그대로 그림자 속에 섞여들어 아주 먼 곳에 있는 적을 쓰러뜨린다고 한다. 그들이 우리 교관이라고? 상상이 되지 않는다.

빨간 머리가 고개를 젓는다. "여자를 쓸 수밖에 없대. 남자 운송자들 때문에 사고가 너무 많이 나서. 몇몇 여자애 봤지……."

"브리타, 아샤, 아돠파, 벨칼리스, 데카." 작은 자투가 두루마리를 보며 외친다. "엉덩이 빨리 움직여!"

서둘러 마차로 가며 아직도 떨리는 몸을 추스르려 애쓴다. 도금이 많이 아프진 않지만, 끔찍한 탄내가 아직도 코끝에 맴돌며 떠올리고 싶지 않은 기억을 자극한다. 자투들이 마차 문을 열고 우리를 태운다. 브리타는 얼굴색이 돌아온 걸 보니 이제 좀 괜찮은 듯하다.

"괜찮아?"

내 말에 브리타가 고개를 끄덕이고 작은 자투가 문을 단단히 잠근다. "탑승 완료!" 큰 자투가 외치고 지붕을 두드린다.

"전진!" 작은 자투가 외친다.

"전진!" 큰 자투도 외치며 지붕을 다시 친다.

마차가 덜컹 움직이고, 조르 청사를 떠나 거리를 지나간다. 마차 안을 둘러보니, 우리와 다른 소녀 셋이 탔다. 셋 중 둘은 자매다. 한밤처럼 새까맣기에 남부 지방 끝 쪽 산지에 사는 독립적인 부족 니바리라는 걸 바로 알아챘다. 이들도 매우 불행한 사건을 겪고 이곳까지 왔을 것이다. 니바리 부족은 서로 유대감이 대단하고, 사실상 오요모를 숭배하지 않는다고 어머니에게 들었다. 많은 부족이 하나의 왕국이 되기 전부터 섬겨오던 비밀스러운 신만을 숭배한다.

더욱 놀랍게도 우리 마차에 마지막으로 거만한 소녀가 탔다. 그녀는 가능한 한 네 명에게 멀리 떨어져 웅크리고 있다. 검은 머리를 산발한 채 시선은 창살 달린 문으로 굳건히 고정시켜 바깥세상을 응시한다. 벌써 남기로 한 결정을 후회하고 있는지 모른다.

도망칠 수 없다고 말해주고 싶다. 쇠창살이 문을 막지 않더라도 자투가 막아설 것이다. 각 행렬에 분대 하나가 할당됐고 다들 알라키를 상대하도록 특수 훈련된 군인이다. 새 '자매들'과 함께 가는 신병들도 마찬가지일 것이다.

마차가 움직이자 자갈길에 바퀴가 크게 덜컥거린다. 그럼에도 침묵으로 먹먹하다. 감도는 긴장감에 질식할 듯하다. 브리타가 옆에서 꿈틀거린다. 어색한 침묵 혹은 침묵 자체를 싫어하는 아이니까.

"저기, 이것도 인연이네." 브리타가 최대한 명랑한 미소를 짜낸다. 다들 돌아보자 브리타는 불편하지만 그래도 용감하게 나선다. "훈련장에 도착하면 뭐가 우리를 기다리는지 아는 사람 있어? 아, 물론 신병들 말고 말이야." 브리타가 불안하게 웃으며 말도 안 되는 농담을 시도한다.

"넌 이게 장난 같니?" 거만한 소녀가 쏘아붙이며 독수리 같은 표정으로 돌아본다. "우리가 궁전으로 신부 수업이라도 가는 줄 알아?" 몸을 일으키며 비웃음을 띤다. "우린 괴물이고 저들도 우릴 괴물 취급 할 거야. 우릴 이용해서 피 흘리게 하고 쓸모없어지면 하나씩 최종 죽음을 맞을 방법을 찾아내서 처리하겠지."

거만한 소녀가 다시 의자에 기대며 코웃음 친다. "우루니라니, 그런 거짓말을 믿어? 감시자지. 우리가 전투 때 도망치거나 한 발짝이라도 물러서지 못하게 막을 거야. 빨리 이해할수록 너한테 좋아."

브리타의 얼굴이 붉어지며 눈물이 차오른다. 나 또한 갑자기 분노가 치민다. 이 아이는 누군데 브리타에게 이리 심하게 말하는 걸까? 그리고 하필 오늘, 우리가 온갖 모욕을 겪은 날에 고통과 괴로움을 또 더하는 걸까? 왜 상황을 조금이라도 낫게 하려 애쓰는 사람을 괴롭힐까?

나는 거만한 소녀를 보며 말한다. "그럴 필요 없잖아. 괜히 겁줄 필요 없어."

한밤중의 빛깔을 띤 눈이 나를 흘긋 본다. "필요? 넌 지금 케이타 신병인지 뭔지랑 짝이 될 망상에 빠져 있나 보네." 그녀가 대놓고 조롱한다. "하지만 난 아니야. 차라리 말없이 대비하는 편이 나아."

내 눈에서 불꽃이 튄다. "내가 누구와 짝이 되는지는 내 감정과 상관없어. 그리고 명확히 해두자면 너도 이 길을 선택했어, 우리 모두와 마찬가지로 너도 남기로 선택했다고."

"아니. 난 단 며칠이라도 죽음 칙령을 피하는 길을 선택한 거야. 살아남으려고 선택한 거지, 안 그랬으면 그 문을 나서는 순간 사형당했을 테니까. 내 선택을 오해하지 마."

"참 나, 우리 모두 죽음 칙령을 피하려고 선택한 거야." 짜증스러워하는 목소리가 끼어든다.

돌아보니 두 쌍의 눈동자가 우리를 지켜본다. 둘 다 짜증스러운 표정이다. 둘 중 키가 큰 소녀의 벗어진 머리가 마차의 어둠 속에서도 빛난다. "우린 다 같은 길을 선택한 거야. 어쩔 수 없었든 아니든, 그런 건 중요하지 않아. 같은 마차에 탄 신세잖아. 상황을 최대한 잘 이용하지 않으면 죽어. 간단한 거야."

나를 도와주다니 놀랍다. 북부인과 남부인은 잘 지내는 일이 없다. 외모와 다르게 내 억양은 분명하게 북부인을 나타낸다. 어쩌면 저 애는 북부와 남부 간의 원한을 신경 쓰지 않는지도 모르겠다.

그저 이곳의 다른 애들도 저 아이와 같기만을 바랄 뿐이다.

두 소녀는 우리보다 나이가 있어 보인다. 열여덟 살 정도. 키 큰 쪽이 훨씬 사나워 보인다. 작은 쪽은 검은 머리를 조금씩 땋아 늘어뜨렸다. 그녀가 어깨를 움츠리자 달빛이 그녀의 뺨과 어깨 위에 복잡하게 새긴 흉터를 비춘다.

흉터를 알아보자 심장이 죄어든다. 저것은 부족의 상징이다. 아마 피가 바뀌고 저주받은 황금이 모든 상처를 치유하기 훨씬 전에 새긴 것이리라. 남부 부족들은 자기 부족을 표시하기 위해 저런 흉터를 새긴다. 엄마도 양 뺨에 저 흉터가 있었다.

"그럼 친구가 돼서 상황을 최대한 잘 이용해보자." 브리타가 말한다. 두 소녀가 쳐다보자 브리타는 잠시 움찔하더니 어깨를 편다.

"아니면 최소한 동지라도." 브리타가 좀 더듬거린다. "지, 진정한 동지 말이야. 우루니처럼 말고."

나는 브리타의 용기에 감탄할 수밖에 없다. "브리타 말이 옳아. 우린 모두 끔찍한 것들과 싸우러 알지도 못하는 곳으로 가고 있어. 혼자서 견딜 수도 있을 테고." 어두운 지하. 돌바닥에 흐르는 황금. "서로 도우면서 함께 맞설 수도 있어. 브리타는 전에도 날 도왔어. 내가 바다를 건너는 내내 잠들었을 때 브리타는 내 음식을 먹어 없애면서 다른 사람들이 이상하게 생각하지 않게 해줬어. 내가 어떻게 먹지 않고도 살 수 있는지 묻지 않도록 말이야."

"그런 대단한 희생을 했다고." 거만한 소녀가 브리타의 통통한 몸매를 경멸적으로 훑는다. "며칠 식탐을 부리며 도와주다니."

비꼬는 소녀의 말에 나는 발끈하여 냉랭하게 말한다. "4주나 됐다고. 거의 한 달이었어."

거만한 소녀의 눈이 그제야 휘둥그레진다. "한 달?"

니바리 소녀들도 기겁한 표정이다. 키 큰 쪽이 말한다. "한 달이나 안 먹었는데 그렇게 건강해?"

작은 쪽도 의아한 표정을 짓지만 여전히 말하지 않는다. 말을 못하는 건가 싶다.

"알라키는 굶주려 죽지 않는 걸로 아는데." 내가 대꾸한다.

"그렇지." 거만한 소녀의 음울한 표정을 보니 경험에서 아는 것이다. "하지만 상태는 나빠져. 치유 능력도 마찬가지고. 나으려면 연료가 필요하니까. 그런데 넌 머리카락도 잔뜩 있고 몸도 마르지 않고 피부도 주름지지 않았어. 입 주변에 염증도 보이지 않아. 다시 뭔가를 먹은 지는 얼마나 됐지?"

생각해 보려는데 브리타가 나선다. "앤 아직까지 아무것도 먹지 않았어."

나는 브리타의 말을 듣고 깜짝 놀라 눈을 껌뻑인다. 내가 언제 마지막으로 먹었더라? 물이라도 마셨던가? 날짜를 헤아려봐도 기억이 가물가물한다. 지하실에 있는 동안 그랬던 것처럼.

거만한 소녀의 입술이 경멸로 뒤틀린다. "넌 비정상이야."

내가 인상 쓰자, 작은 니바리 소녀가 내 옆으로 다가오며 거만한 소녀에게 말한다. "우리 모두 마찬가지야. 너도 그렇잖아." 언니와 마찬가지로 이 소녀도 영민한 눈과 반항적인 표정을 가졌다. 의례의 흉터가 그녀의 뺨과 어깨를 뒤덮고 있다. "아니면 넌 조르 청사에서 그 경비병들을 다 어떻게 던진 거야? 그런 힘을 가진 여자가 어딨어?"

거만한 소녀가 얼굴을 굳힌다. "물론 나도 알아……."

"너도 같은 이유로 남들에게 경멸당하면서 다른 사람을 비정상이라고 비웃으면 안 되지." 작은 니바리 소녀가 말을 자른다.

"그래서 더 우리가 뭉쳐야 해." 브리타가 선언하며 자매를 향해 손을 내민다. "난 브리타야."

자매는 브리타의 손을 보고 서로 마주 본다. 키가 크고 머리가 벗어진 소녀가 먼저 손을 잡는다. "난 아돠파. 니바리 부족장 타벨로의 맏딸."

작은 쪽이 땋은 머리를 넘기며 고개를 끄덕인다. "나는 아샤. 니바리 부족장 타벨로의 둘째 딸."

둘 다 나를 보자 내가 먼저 손을 내민다. "이르푸트의 데카."

우리는 서로 손을 맞잡으며 "만나서 반가워"라고 인사한다.

그리고 모두 거만한 소녀에게 몸을 돌린다. 처음에는 그저 우리를 경멸 어린 표정으로 보기만 하다가 결국 한숨을 쉬고 눈을 굴린다. "알았다고. 나는 후알파의 벨칼리스." '미지의 땅'에 가까운 머나먼 서쪽 도시 이름이다.

"만나서 반가워." 나머지 넷이 모두 말한다.

"이런다고 친구가 되는 건 아니야." 벨칼리스가 내뱉는다.

브리타가 보조개를 드러내며 씩 웃는다. "그래도 동지는 되는 거야."

내가 끄덕인다. "서로 최대한 도와주고 지켜주자."

이 약정에 벨칼리스도 차분해지는 듯하다. "최대한은. 하지만 이거 하나는 이해해줘. 난 이 지옥 굴에서 최대한 빨리 달아날 거야."

브리타가 눈살을 찌푸린다. "그럼 순수해지는 걸 바라지 않는 거야? '온화하고 순종하는, 겸손하고 진실한 딸들은 축복을 받으라, 무한의 아버지 앞에 흠결이 없으니'라고 무한의 지혜에 써 있잖아."

벨칼리스가 눈을 굴린다. "그런 쓰레기를 믿는구나. 순수는 망상이야. 사면이랑 그 저주받을 책 내용도 다 마찬가지고. 아무리 멍청해도 이제는 정신 차려야지."

입이 떡 벌어진다. 순수에 대해서는 고사하고 무한의 지혜에 대해 저런 식으로 말하는 사람을 본 적이 없다. 나는 재빨리 위를 올려다보며 무한의 아버지께 얼른 용서의 기도를 빈다. 제발, 제발, 제발 우리를 벌하지 마세요, 하고.

다른 아이들에게 내 생각을 말한다. "우리, 기도해야겠어."

"꼭 그래야겠다면." 아돠파가 어깨를 으쓱한다. 아무래도 기도할 생각이 없어 보인다. 동생인 아샤도 마찬가지다. 남부 지역 사람들은 다 무한의 아버지에게 반항하는 걸까?

나는 끼고 싶지 않다. 그 지하실로, 모든 피와 고통 속으로 다시 끌려갈 어떤 행동도 저지르고 싶지 않다.

브리타가 내 손을 잡는다. "나랑 같이 기도해, 데카."

"고마워." 나는 안도하며 속삭인다.

우리는 함께 조용히 기도하며 수도 밖으로 나간다.

우리 목적지는 도시 외곽, 성벽 바로 옆의 외진 언덕 지대다. 밤이 깊어지고 어둠이 알라키 마차 행렬을 짓누른다. 어쨌든 내 눈에는 다 잘 보인다. 가장 높은 언덕 위의 커다란 건물, 그곳에 있는 바늘구멍만큼 작은 창들, 매끈한 붉은 벽. 위압적이고 불길한 느낌마저 풍기지만 원래 그렇게 보이도록 만들어진 건물일 것이다. 저 벽과 조그만 창문들은 그곳의 거주자들을 최대한 지키고 외부인을 물리치기 위한 것이다. 그러니까 저것이 와르투베라, 우리의 새로운 훈련소다.

크기만 봐도 입이 벌어진다. 구릉지 언덕 한가운데 호수가 있을 정도로 와르투베라는 마을 하나가 들어갈 만큼 크다. 사실 마을과 아주 비슷하다. 언덕 꼭대기의 큰 건물을 작은 건물들이 빼곡히 에워싸고 있다. 그럼에도 마을이 아닌 이유는 순전히 전쟁을 위해 만들어졌기 때문이다. 멀리서 모래 구덩이처럼 보이는 성 둘레의 해자를 자세히 보면, 그 속에 날카롭게 튀어나와 있는 송곳들을 볼 수 있다. 탈출하지 못하도록 설치한 것이다. 성벽에 세운 감시탑들에도 무장한 자투가 우글거린다. 알라키의 새로운 간수들이다. 케이타와 다른 이들은 우리가 스스로 군인이 되었다고 하지만 나는 그 말에 넘어가지 않는다. 보통 병사들도 탈영하면 벌을 받지만 우리는 보통 병사가 아니다.

이어지는 음울한 생각을 밀어버리려 노력하는데 성문이 열리고 다리 건너 오르막길이 시작된다. 마침내 제일 큰 건물 안뜰에 도착하자 주황색 로브를 입은 중년 여성들이 게조 황제 동상 양쪽으로 늘어선다. 충격적이게도 다들 가면을 쓰지 않고 머리도 가리지 않았다. 그리고 짧은 나무 지팡이 같은 걸 들고 있다. 당황스러운 광경에 나는 눈을 돌려버린다.

이 사람들이 우리를 훈련시키는 건가?

마차가 멈추자 "하차!"라는 외침이 자투에서 자투로 전달된다.

짤랑거리는 열쇠 소리에 브리타와 내가 서로 마주 본다.

"잘 버텨야 해." 어둠 속에서 창백해진 브리타가 속삭이자 나도 속삭여 답한다.

"너도."

마차에서 내리니 밖은 아직 더웠다. 안뜰에 모인 소녀의 무리 속으로 들어간다. 이곳의 기온은 밤이 되어도 북쪽처럼 곤두박질치지 않는다. 공기는 촉촉하고 날카로운 금속성 냄새가 떠돈다. 피 냄새, 저주받은 황금 냄새라는 걸 알기에 깊이 들이마시지 않으려 애쓴다. 지하실에서 지낸 몇 달 동안, 냄새가 약간만 풍겨도 바로 알 수 있게 되었다.

어마어마한 가슴의 건장한 여성이 앞으로 나선다. 마치 황소 같은 모습에 툭 튀어나온 이마, 조그맣게 반짝이는 눈, 무엇보다 가면도 쓰지 않은 모습에 긴장하여 시선을 내리깐다. 그러자 그녀 손등의 조그만 태양 모양 문신이 눈에 들어온다. 눈에 띄는 빨강 문신이다. 너무 놀란 나머지 신음이 터져 나오려 한다. 저 붉은 태양은 신녀의 상징이다. 결혼도 하지 못하고 신전과 다른 숭배 장소들에 매여 봉사해야 하는 불행한 여자들.

그제야 왜 얼굴을 가리지 않았는지, 심지어 자투 앞에서도 왜 가면 쓰지 않았는지 이해된다. 이 여자들은 우리의 새 교관이 아니라 교관들을 위해 일하는 사감이다.

"신참들은 나를 따르도록!" 사감장으로 보이는 여자가 외치며 건물로 들어간다.

'신참'이라는 말은 처음 들어봤지만 우리를 말한다는 걸 알 수 있다. 나도 줄을 서서 따라간다. 거대한 아치 회랑을 지나서 나온 입구 위의 가장 큰 돌에 일식 태양의 상징이 있다. 오래되어 닳고 변형되었지만, 그래서 더 친숙해 보이는 상징이다. 어디서 봤더라? 와르투베라의 인장 말고……. 나는 눈썹을 모으며 생각에 잠긴다.

어디서 봤더라?

"서둘러!" 사감장이 소리치며 우리를 계단 아래로, 건물 깊숙한 안쪽으로 몰아댄다. 타일로 만든 욕조가 죽 늘어선 지하 목욕장이 나온다.

노란 로브를 입은 보조자들이 각 욕조 옆에 얇은 수건과 날카로운 면도날을 들고 서 있다. 심장이 더욱 빨리 뛴다.

"옷 벗어!" 황소 같은 사감장이 외친다.

우리가 깜짝 놀라 돌아보자 사감장이 옆구리에 찬 막대 손잡이를 잡는다. 우리는 서로 보지 않으려 애쓰며 재빨리 옷을 벗는다. 양 볼이 달아오른다. 시선 둘 곳이 없어 바닥, 천장으로 우왕좌왕한다. 그러는 와중에도 온갖 크기와 피부색의 신체가 눈에 들어온다. 어떤 몸은 털이 덮여 있고 어떤 몸은 머리 외에는 매끈하다. 니바리처럼 부족의 흉터와 문신이 새겨진 몸도 있다.

다른 소녀들의 몸을 보니 모두 얼마나 제각각인지 충격적이다. 어머니와 나는 이르푸트의 여성 목욕장에서 환영받은 적이 없었다. 그래서 완전히 벗은 여성을 본 건, 나처럼 검고 풍만한 어머니의 몸뿐이었다. 그중에서 한 소녀만 옷을 벗지 않고 있다.

벨칼리스다.

그녀는 팔로 몸을 감싼 채 반항적인 몸짓에도 불구하고 불안과 수치심으로 눈빛이 흔들린다.

사감장이 다가가 채찍 손잡이 끝으로 벨칼리스의 턱을 들어 올린다. "말썽꾼이 하나 있다고 들었지." 발음이 잔뜩 물결치는 짙은 억양이다. "너구나. 말해봐, 알라키. 왜 내 명령을 무시하지?"

"난 옷을 벗고 싶지 않아." 벨칼리스가 이를 악물고 뇌까린다.

"정숙한 아이구나?" 사감장이 비웃는다.

"좋을 대로 생각해."

"난 네가 옷을 벗으면 좋겠어!"

소리가 먼저 들린다. 공기를 가르는 묵직한 윙 소리와 함께 막대기의 손잡이가 벨칼리스의 등에 내리꽂힌다. 벨칼리스가 헉하고 신음하며 쓰러진다. 황금 피가 등에서 솟구친다. 숨이 막힌다. 저건 지팡이가 아니라 전투에 쓰이는 룬구, 곤봉이다. 아버지가 군대에 있을 때 사용하다가 가져온 다른 많은 무기와 함께 곤봉으로 연습하곤 했다. 하지만 그건 저것처럼 묵직하게 만든 끝에 가시가 달려 살과 뼈를 찢지는 않았다.

저렇게 우리를 다스리는구나.

사감장이 쓰러진 벨칼리스의 등을 발로 세게 밟아댄다. 벨칼리스가 괴로워하며 신음하지만 사감장은 발을 치우지 않는다. 히죽거리며 싸늘하게 쳐다볼 뿐이다.

"건방진 야수." 사감장이 으르대며 벨칼리스의 등에서 룬구를 빼낸다.

나는 속이 울렁거려 손으로 입을 막는다. 벨칼리스 등에서 피가 더 뿜어 나오지만, 더욱 끔찍한 것은 그 아래, 엉망으로 헤집어진 상처다. 벨칼리스 등에는 이미 깊은 상처가 겹겹이 나 있다. 이제야 그녀가 왜 그렇게 반항적인지, 권위자에게 위협당하면서도 물러서지 않는지 알 수 있다. 그녀는 얻어맞고 피 흘리고 굶주리는 데 익숙하다. 앙상한 갈비뼈, 수척한 등뼈, 멍한 무표정이 모든 것을 말해준다. 이루 말할 수 없는 공포를 들려준다.

나도 지하실에서 저렇게 보였을까? 저렇게 망연자실해 보였을까?

사감장이 짜증 내며 룬구를 고쳐 잡는다. "말 안 들어, 알라키? 시키는 대로 안 따라와? 그럼 두들겨서 끌고 가는 수밖에." 사감장이 다시 막대를 들어 올리자 벨칼리스가 꿈틀거린다.

어딘가 부러진 듯, 온전치 못하게 움직인다.

"안 돼!" 나도 모르게 외친다. "제발 때리지 말아요."

사감장이 나를 돌아본다. 섬뜩한 비웃음이 얼굴에 번진다. "이건 뭐야? 말썽꾼에게 친구가 있네." 그녀는 벨칼리스를 내버려두고 내 쪽으로 걸어온다. 그제야 얼굴이 자세히 보인다. 네모나고 강인한 턱과 얇은 콧날. 주름진 이마 아래 조그만 눈이 반짝이더니 중얼거린다. "낯이 익네. 전에 우리가 만난 적이 있나?"

나는 고개를 젓는다.

"입 열고 소리를 내."

공포에 목이 메지만 겨우 침을 삼키고 갈라진 목소리를 낸다. "아뇨, 처음 봅니다."

"흠. 잘 알았어. 그럼 네 친구에 대해 뭔가 할 말이 있나? 뭐라고 했지?"

나는 돌바닥 위에 흘러내리는 황금 피를 흘긋 보며 몸을 떤다. 저 피, 지하실에 흘러 고이던 나의 피……. "제발 저 애를 때리지 말아주세요……." 나는 중얼거린다.

사감장이 다가와 룬구 끝을 내 목에 댄다. 그 가시에 움찔하자 눈이 빛난다.

내가 끽끽거리며 말을 꺼낸다. "저 애는 반항하려는 게 아니라, 벨칼리스는 아주…… 독실해서 다른 사람들 앞에서 벌거벗는 데 익숙하지 않아서 그런 거예요."

"독실?" 사감장이 내 거짓말에 껄껄 웃는다. "지옥에서 온 야수들인 너희에게 오요모께서 눈길이라도 한번 주실까 봐?" 그러고는 벨칼리스를 보더니 차갑게 웃는다. "네 이름이 벨칼리스군. 잘 알겠어."

저쪽에서 벨칼리스가 나를 슬프게 쏘아본다. 나도 당황한다. 이러려던 게 아니었다고 눈빛으로 설명하려 애쓴다.

사감장이 다시 벨칼리스에게 다가가려는 찰나에 보조자 하나가 나서더니 고개를 깊이 숙인다. "나스라 사감장, 시간이 촉박합니다. 카르모코들이 기다립니다."

나스라 사감장이 혀를 찬다. "알았어. 여자아이들을 확실히 씻기도록. 특히 저 아이." 그러면서 벨칼리스를 가리킨다. "그리고 모든 털을 바짝 깎아내. 와르투베라에 이가 있어서는 안 돼."

사감장이 떠나자 보조자가 소녀들에게 말한다. "모두 스스로 씻어. 서둘러라, 시간이 없다." 그러고는 다른 보조자에게 벨칼리스를 맡긴다. "저 애를 데리고 개인실로 가라. 저주받은 황금이 물에 섞이지 않게 해."

보조자가 고개를 숙인 후 벨칼리스를 데리고 나간다. 그들이 나를 지나칠 때 벨칼리스가 나를 보며 으르렁거린다. "다음에 또 날 돕고 싶어지거든, 그냥 하지 마."

그러고 나서 나와 나머지 소녀들은 물속으로 들어간다. 보조자 하나가 면도날을 들고 나에게 다가와 머리를 밀어낸다. 꼬불꼬불한 머리 가닥이 바닥에 떨어진다. 보지 않으려, 울지 않으려 애쓴다. 더 이상 무슨 생각을 해야 할지도 모르겠다. 기진맥진하고, 감정에 북받치고, 도금까지……. 머릿속이 뒤죽박죽 녹아내리는 듯하다.

하지만 나는 살아남으리라 마음을 다잡는다. 여기서도 반드시 살아남고 다음 일어날 일도 모두 견뎌낼 것이다.

오요모여, 도와주소서.

10

한 시간도 안 되게 다 씻고 나서 거친 천으로 만든 초록 로브를 입고 가죽 샌들을 신었다. 다른 소녀들과 마찬가지로 보조자들의 면도날 움직임에 머리가 벗겨졌다. 혹시나 새로운 지위에 대한 기대가 있었더라도, 머리칼이 쓰레기처럼 화로 속에 던져지던 순간 모두 날아가버린다. 무한의 지혜는 머리털이 여성에게 가장 큰 자부심이라고 말한다. 우아함과 미모의 원천이라고.

이곳의 어떤 소녀도 갖지 못한 것이다.

이 순간부터 나는 정말 괴물일 뿐이다. 마지막 남았던 여자의 자부심을 빼앗겼다. 그런 현실을 깨닫자 현기증이 난다. 사감과 보조자들이 미로 같은 복도를 지나 거대한 중앙 홀로 우리를 데려간다.

그곳에는 또 다른 소녀들이 기다리고 있다. 가죽 군복을 입고 나무칼을 차고 있다. 우리처럼 그들도 머리가 밀렸던 건지 목선 정도까지 다시 자라 있다. 우리보다 두세 달 먼저 들어온 듯하다.

선배 알라키인 것이다.

그들 앞으로 가면 쓰지 않은 여자 셋이 서 있다. 와르투베라의 금색과 붉은색 깃발이 그들 뒤에 우뚝 서 있다. 그들 중 가운데 있는 여자에게 즉시 눈길이 쏠린다. 짙은 갈색 피부, 강인해 보이는 근육질 팔, 엄하고 굳건한 시선. 가장 인상적인 건 복잡하게 땋아 휘감은 머리채에 칠한 붉은 진흙이다. 여자의 윤곽선만큼이나 익숙한 모습이다.

조르 청사에서 말이 없던 사령관!

바로 그 사람이다. 비록 지금은 가면을 벗고 짙은 초록 로브를 입었지만. 어깨에 꽂힌 커다란 금속 핀에는 아까 입구에서 보았던 일식 상징이 새겨져 있다. 전에 어디서 봤더라? 생각이 날 듯 말 듯하다.

그녀가 앞으로 나서며 손을 들어 인사하자 내 주변의 소녀들도 그렇게 한다. 나는 시선을 내리깔지 않으려 애쓰고, 다른 소녀들도 괴로운 표정이다. 마스크를 쓰지 않은 여자들을 이렇게 많이 보는 건 다들 처음인 것이다.

"만세, 우리 영예로운 알라키 신참들." 엄한 표정의 여자가 외친다.

"만세!" 군복 입은 소녀들이 따라 외친다. 강력한 한 사람의 목소리처럼 단합돼 있다.

그 소리에 오싹해진다.

엄한 표정의 여자가 우렁차게 외친다. "하나의 왕국, 우리의 사랑하는 오테라의 영광스러운 통치자, 다섯 번째 군주 게조 황제 폐하를 대신해 와르투베라에 온 여러분을 환영한다."

"환영한다!" 무장한 소녀들이 복창한다.

"나는 카르모코 탄디위, 너희가 배정된 영광스러운 훈련장 와르투베라의 수석 교관이다. 다른 직책으로 부르거나 내 이름을 잘못

발음하면 그 오만불손한 혀를 잘라 단지에 넣어 잘 보관해주마."

그 말에 분위기가 얼어붙고 겁에 질린 소녀들은 서로 쳐다본다. 나는 조용히 그녀의 이름을 열심히 외운다. 탄, 디, 위. 탄, 디, 위.

카르모코 탄디위는 연설을 계속한다. "내 왼쪽은 카르모코 캘더리스다."

그녀가 손짓하자 거의 곰 같은 체격의 갈색 머리가 앞으로 나와서 가죽 안대로 가리지 않은 파란 눈으로 우리를 훑어본다. 그녀의 어깨 양쪽에도 일식 핀이 빛난다.

"앞으로 너희에게 무기를 가르칠 거다."

그녀가 다시 손짓하자 갈색 머리는 고개를 까딱하고 돌아간다.

"오른쪽은 카르모코 휴온."

자그마하고 친절하게 생긴, 흰 피부와 검은 눈의 여자가 앞으로 나선다. 등 뒤로 폭포수처럼 늘어진 검은 머리에 조그만 보석 꽃이 장식돼 있다. 전혀 전사처럼 보이지 않는 얼굴로 웃음 지으며 우리에게 고개를 끄덕인다. 그녀 역시 일식 상징이 새겨진 핀을 어깨에 꼽고 있다. 그녀가 무의식중에 핀을 쓰다듬자 왠지 내 심장이 빠르게 뛴다.

"너희에게 격투술을 가르칠 거다." 카르모코 탄디위가 말한다.

카르모코 휴온은 물러서서 주저하듯 우리를 흘긋 훑어본다. 어쩌다 이런 여인이 격투 교관이 된 걸까? 조심하지 않으면 망가뜨릴 나비처럼 섬세하고 아름다운데.

"이제부터 너희가 와르투베라를 떠나는 날까지 우리 카르모코가 너희를 가르칠 교사다. 너희를 인도할 안내자다. 우리는 이전까지 황제 폐하의 그림자단, 그분의 최정예 암살단으로 복무해왔다. 여기 명성 높은 와르투베라 '여자들의 집'에 있는 그림자들의 공훈을 적은 '그림자단 명부'에 우리 모두 주요 자리를 부여받았다. 우리 역시 자랑스러운 이곳에서 훈련받았고, 너희에게 같은 명예를 나눠 줄 수 있어서 더욱 자랑스럽다."

카르모코 탄디위가 이어 말한다.

"이제부터 너희가 이 훈련장을 떠나는 날까지, 지금까지 겪어온 그 어떤 고통보다 더 많은 고통을 겪을 것이고 더 열심히 노력하게 될 것이다. 그렇게 해서 우리는 나약하고 쓸모없는 소녀였던 너희를 전사로, 오테라의 수호자로 만들어낼 것이다. 무찌르거나 죽어라. 이것이 우리의 구호다."

나는 눈썹을 모은다. 전사라고? 수호자? 우리를 말하는 게 맞나? 나는 카르모코 휴온을 흘긋 보며 무시무시한 암살자의 모습을 그려본다. 만일 저런 여자도 전사가 될 수 있다면…….

뭔가 오고 있어…….

반갑지 않은 예감이 살갗에서 스멀거린다. 나는 굳어버린다. "브리타." 헐떡이며 속닥인다. 브리타도 느낄 수 있을까? 날카로워지는 감각, 척추를 타고 오르는 공포를 느낄까?

다른 소녀들은? 다들 그냥 평온해 보인다. 하지만 곧 무슨 일이 일어나려 한다. 너무도 또렷이 기억하고 있다. 이 감각을 느꼈을 때 마을이 어떻게 되었는지. 피, 공포, 눈 위에 흩어지던 살점들…….

"왜 그래?" 브리타도 속닥인다.

"죽음비명들이, 놈들이 오고 있어."

"무슨 말이야, 오다니?"

브리타가 당황하여 주변을 돌아보는데, 카르모코 탄디위가 우리에게 걸어온다. "다들 죽음비명에 대해 들어보았지?"

소녀들이 고개를 끄덕인다.

"직접 마주친 사람 있나?" 소녀들이 겁내며 다시 고개를 끄덕이자 카르모코 탄디위가 외친다. "입을 열어 혀를 써! 올바른 대답은

'예, 카르모코'다!"

나는 펄쩍 뛰어오를 뻔한다. 목소리가 엄청나다. 여자가 저렇게 말하는 건 처음 보았다. 저런 권위가 여자에게서 나오다니. 다른 소녀들을 따라 대답하면서 심장이 더 빨리 뛴다. "예, 카르모코." 목소리가 날것으로 터져 나와 당황한다.

"더 크게!" 탄디위가 명령한다.

"예, 카르모코!"

"좀 낫군." 탄디위는 대답한 소녀들을 둘러본다. "괴물과 마주치고도 살아남다니 대단히 운이 좋은 거다. 나머지도 동등한 점수를 기록하도록 도와주마."

동등한 점수? 무슨 점수?

탄디위가 손짓하자 선배 소녀들이 절도 있는 발걸음으로 우리에게 다가온다.

"물러서라, 신참들!" 앞줄에 있던 작고 날씬하며 검은 머리에 연갈색 피부인 중동 지방 소녀가 외친다. 뺨 옆에 거친 흉터가 길게 나 있다. 묵은 흉터지만 치료가 잘되지 않은 듯하다. 최근에 죽음을 경험하지 않은 것이다. "물러서! 물러서!" 그녀가 계속 외친다.

나는 서둘러 뒷걸음질 치다가 다른 신참들과 함께 방 가장자리까지 밀려난다. 선배 소녀들이 쫙 퍼지더니 마치 우리를 막는 것처럼 앞에 한 줄로 선다.

너무 당황스럽고 긴장된다. 설마 진짜 죽음비명을 이리 데려오는 걸까? 월별 습격 때 보게 될 거라고 켈레치 대장이 말했는데. 괴물이 탈출하면, 이르푸트에서처럼 우리를 공격하면 어떻게 하지? 내가 전처럼 반응하면 어떻게 하지? 눈색도 바뀌고 악마 같은 목소리가 터져 나오면?

나는 신음을 흘린다. 모두가 그런 내 모습을 목격하게 된다는 생각에 견딜 수가 없다.

카르모코들은 다른 알라키보다 더 이상한 능력을 가진 나 같은 존재를 어떻게 할까?

그때 카르모코 탄디위가 나스라 사감장에게 손짓하자, 나스라 사감장이 벽에 있는 둥근 금속 장치를 누른다. 바닥이 우르릉거리며 양쪽으로 갈라지고 어두운 지하 동굴이 나타난다. 돌계단 아래에는 쇠 우리들이 놓여 있다. 인간이 아닌 것들의 으르렁거리는 소리가 쇠 우리에서 나온다. 그 주위로 알 수 없는 안개가 감돈다. 내 몸이 굳어지고, 두려움은 이제 현실이 되었다. 와르투베라 지하에는 죽음비명들이 있다. 카르코모는 저것들을 꺼내려 한다.

흉터 소녀가 한 무리의 선배 소녀들을 이끌고 계단을 내려가 제일 큰 우리로 간다. 불길한 소리가 더 커지며 사슬이 덜걱거린다. 쇠 우리 안에서 날카롭고 흉포한 검은 눈이 빛난다. 거대하고 수척한 형체는 어둠 속에서 잘 보이지 않지만 사슬에 묶인 죽음비명이 분명하다.

심장이 쿵쾅거리고 이가 악물리며 등에서 땀이 쏟아진다.

브리타가 가까이 온다. "괜찮아, 데카. 나 여기 있어."

속닥이는 브리타에게 나는 고개를 끄덕여 보이고는 심호흡하며 아래에서 벌어질 일에 주의를 집중한다. 죽음비명은 아직 나오지 않았다.

초조해 보이는 흉터 소녀가 다른 소녀들에게 명령한다. "꺼내."

명령을 들은 소녀들이 재빨리 움직인다. 큰 키의 검은 피부 소녀가 뛰어나가 쇠 우리 문을 열고 다른 소녀들은 검을 뽑은 채 기다린다. 이상하게도 죽음비명은 움직이지 않는다. 뭐 하는 거지? 왜 그냥 있지?

결국 흉터 소녀가 우리로 들어가 사슬 하나를 잡아당긴다.

분노가 억눌린 으르렁거림과 함께 검은 눈을 가늘게 뜨고 곤두세운 옅은 은색 털을 휘날리며 죽음비명이 나온다. 흉터 소녀와 다른 소녀들은 물러서거나 달아나지 않고 사슬을 붙잡고 인간 같지 않은 힘을 쓰며 계단 위로 끌어올린다. 카르모코 탄디위 앞으로 끌어내자 그녀는 괴물을 간단히 쳐서 쓰러뜨리고 목을 꽉 밟는다. 세게 밟아 누르자 괴물이 축 늘어진다.

너무 놀란 나머지 숨이 막혀 정신이 없다. 죽음비명이 바로 근처에 있는 것이다. 하지만 지난번과는 너무나 다른 상황이다.

나는 브리타를 본다. "내 눈이 잘못된 건가?"

브리타가 흘긋 보며 인상을 쓴다. "아니. 그런 것 같아?"

안도감에 고개를 부르르 흔들고 다시 앞을 보는데 카르모코 탄디위가 발을 떼고 기절한 죽음비명을 가리킨다.

"이것이 죽음비명이다. 지금 하나의 왕국을 침략하고 있는 적이자 너희의 천적이지. 오테라 전역에서 죽음비명이 인간을 사냥하고 있지만 이곳 와르투베라에서 너희는 그들에게 맞서는 법을 배울 것이다. 그들의 비명과 극악한 힘과 속도에 대처하는 법도. 너희는 사냥감에서 사냥꾼으로 변화하게 될 것이다. 더 열심히, 더 무자비하게 훈련하는 법을 배워서 모든 황제의 알라키 군대 중에서도 최고의, 가장 무서운 전사가 될 것이다. 그렇게 스무 해를 황제에게 복무하고 나면 '정화의 예식'으로 보상받을 것이다. 그때 대신관이 신성한 예식으로 너희 악마의 피를 씻어줄 것이다."

카르모코 탄디위가 우리를 하나하나 쏘아보며 말한다.

"너희는 다시 순수해질 것이다."

순수……. 나는 숨도 쉬지 못하고 듣는다.

20년은 짧은 시간이 아니다.

다들 웅성거린다. 기쁨과 안도의 신음. "너도 들었어?" 근처 소녀 하나가 헐떡이며 말한다. 카티야라는 이름이었던 것 같다. 불타는 듯한 빨강 머리였는데 이제는 우리와 마찬가지로 머리가 밀리고 눈썹도 깎였다. "우리가 순수해진대. 진짜 순수해진대."

그녀도 나만큼이나 흥분한 듯하다. 비록 켈레치 대장이 했던 말과 같은 취지의 내용이지만 왠지 그녀의 말은 내 안에 불을 지핀 것 같다. 어쩌면 말한 사람이 여성이어서 그런 건지도 모른다.

하지만 그다지 영향받지 않는 사람도 있다. 아돠파는 어쩐지 심드렁한 모습으로 중얼거린다. "뭐, 좋겠네." 원래 벗어진 머리였던 그녀는 머리털이 깎이는 모욕은 당하지 않았지만 이제는 옆에서 끄덕이는 동생 아샤의 머리가 번들거린다.

카르모코 탄디위가 손을 들어 조용히 시킨다.

"왼쪽을 봐라." 우리는 재빨리 복종한다. "이번엔 오른쪽을 봐." 우리는 다시 따른다. "너희 양쪽에 서 있는 것은 너희 자매다. 피의 자매이자 전우다. 피로 맺어진 자매는 전장에서 함께 죽고 살 것이며 이제 너희 가족이다. 이해하겠나?"

"네, 카르모코 탄디위." 우리는 일제히 외친다.

"이제 너희 선배, 피의 자매들을 봐라. 수련생들이다." 카르모코 탄디위가 무장한 소녀들을 가리킨다. "이제부터 이들을 늘 '존경하는 선배 자매'로 불러라. 그들이 너희를 안내할 것이다."

우리는 끄덕인다.

"한 가지 이해할 것이 있다. 헤마이라로 온 수백의 알라키 가운데 너희가 가장 재능 있는 50명이다. 가장 빠르고 강하고 치명적인 알라키다. 너희 대부분은 의식을 치르기 전부터 마을 원로들에게 주목받았다. 헛되이 운명에서 도망치려 한 경우도 있었지. 너희 모두 가능성을 보여주었다. 힘, 꾀, 회복력 등이 보통 알라키보다 훨씬 커서 선택되었다."

그러자 브리타가 암소를 들어 올렸던 것과 내가 몇 번이고 죽었다 다시 살아난 것에 놀라워하던 하얀손이 기억난다.

“잘 기억해라.” 카르모코가 경고한다. “너희가 이곳에 온 건 오로지 한 가지 목적 때문이다. 정확히 열 달 후 황제께서 죽음비명에 대한 정벌을 시작하실 것이고 알라키가 공격을 주도하도록 결정하셨다.”

카르모코가 엄숙한 표정으로 소녀들을 둘러본다.

“너희가 황제의 군대 맨 앞에 설 것이다. 전장으로 돌진해 오테라의 영광을 위해 싸울 것이다. 너희는 죽음비명과의 전쟁에서 승리하거나, 몇 번이고 승리를 위해 싸우다 죽을 것이다.”

11

카르모코의 연설 후, 침묵이 내려앉는다.

그녀가 한 말이 아직도 귓가에 맴돌아서 나는 넋이 빠진 채 헐떡인다. 황제 군대 맨 앞에 선 채, 죽음비명과의 전쟁에서 이겨야 한다니. 손이 떨려 맞잡는다. 내가 어떤 거래를 했는지는 알고 있었다. 하지만 여기서 내 발 아래 숨겨져 있던 죽음비명을, 조만간 내가 맞서게 될 괴물을 실제로 보는 것은 또 다른 문제다.

수련생들이 기절한 죽음비명을 들어 올려 쇠 우리에 다시 넣는다. 나스라 사감장이 지하실 문을 닫고 카르모코들에게 공손히 고개를 숙인다. 나는 멍하니 보고 있다가, 카르모코 탄디워가 다시 우리 쪽으로 몸을 돌리자 간신히 정신을 차린다. 이상한 느낌이 들었다. 카르모코가 묘한 눈빛으로 나를 똑바로 응시한 것이다. 나를 알아보는 듯하다. 눈 깜짝할 사이 그 표정은 사라졌지만 틀림없이 보았다.

낯이 익은 얼굴이네. 나스라 사감장이 했던 말이 생각난다.

마침 사감장이 앞쪽으로 나서더니 손뼉을 친다. "좋아, 신참들, 움직여. 식사 시간이다!"

나도 다른 소녀들도 그녀를 따라 다음 방으로 간다. 그 방에는 긴 나무 탁자와 비슷한 의자들이 놓여 있다. 브리타 옆에 소녀들이 앉고 나도 앉지만 머릿속은 혼란스럽고 다시 카르모코들의 일식 브로치가 생각난다. 카르모코 휴온이 자기 브로치를 쓰다듬을 때 이상한 느낌이 든 것도. 나는 머릿속으로 그 상징을 다시 떠올려본다. 그림자진 태양 모양을 손으로 쓰다듬는 상상을 한다. 오랜 세월 써서 닳은 윤곽을…….

나도 모르게 헛숨을 들이켠다.

전에도 봤던 상징이다. 하얀손이 준 인장에서 보기 전에도 수천 번 만졌던 상징이다. 어머니 목걸이에 있던 것과 같다. 너무 닳아서 전혀 알아보지 못했다. 그런데 이제 그게 사방에 보인다. 보조자들이 들어온 문 위 아치에도, 내 앞에 놓인 음식 그릇과 탁자 중앙에도, 심지어 우리 위로 높이 솟은 천장 가운데에도.

나는 상징을 가리키며 옆의 소녀들에게 묻는다. "너희 중에 저 상징이 뭔지 아는 사람 있니?"

지금까지 한 번도 물어보지 못했다니. 벨칼리스도 아샤도 고개를 젓지만 아돠파가 끄덕인다. "움브라야. 그림자단의 표식."

얼굴이 구겨지고 머릿속이 더욱 어지러워진다. 어머니가 그 표식이 있는 목걸이를 매일 목에 걸고 있었다. 황제와 관련된 저런 상징은 특별한 허락이 있어야 쓸 수 있다. 실수로 저 상징을 새겼다가는 사형당한다. 그런 건 어린아이도 안다. 바닥이 기우뚱하는 느낌과 함께 생소하고 불가능한 가설이 머릿속에 떠오른다.

어머니가 그림자단이었을까?

그럴 리가 없다. 불가능한 일이지만 그렇게 되면 많은 게 설명된다. 어머니가 마을 주변부에 머물며 늘 조심했던 이유, 애초에 어머니가 이르푸트라는 머나먼 지방까지 이주한 사실. 대부분의 여자는 고향을 떠나지 않는다. 설령 떠나더라도 옆 마을 정도고, 다른 지방으로 가지는 않는다.

이르푸트 마을의 남자 몇몇이 수군대는 소리를 들은 적이 있다. 황제가 이상한 사람들을 모아 곁에 둔다고. 자연의 질서를 거스르는 사람들이지만 신관에 의해 특별 면제를 받은 사람들. 어머니도 그중 하나였을까? 만일 그랬다면 나는 어떻게 되는 걸까?

여기 어딘가에 답이 있을 것이다.

보조자들이 약초 넣은 닭과 밥을 담은 접시를 우리 앞에 놓는다. 브리타가 남부 지방 관습을 따라 손으로 닭을 뜯어 먹으며 나를 지그시 본다. "너, 이상한 표정 하고 있다?"

어머니도 저렇게 하곤 했다. 아버지는 어머니가 식사 도구를 쓰기를 바랐지만 어머니는 늘 손이면 충분하다고 말했다. 추억이 떠올라 슬퍼진다. 생각에 잠겨 불편한 닭고기 냄새를 잠시 잊는다. 내 살이 타는 냄새를 맡고 나서는 계속 속이 뒤집혔다.

나는 브리타에게 몸을 기울이며 조용히 속삭인다. "내 어머니도 그림자단이었던 것 같아."

"뭐?"

"어머니가 늘 하던 목걸이가 있는데 그거 없인 아무 데도 안 갔어. 목걸이에 움브라 상징이 있었어." 입 밖에 내어 말하니 정말 이상하게 들린다. 실없는 것 같지만 생각을 목소리로 내니 더 확실해지는 듯하다. 내 짐작이 옳을 것이다.

"저 끔찍한 사감장도 네가 낯익어 보인다고 했지." 브리타는 흥분한 표정이다. "네 어머니를 아는 게 아닐까? 같이 훈련받았다든지."

"나도 그런 생각이 들어."

브리타가 목소리를 낮춘다. "그래서 네가 죽음비명이 아래쪽에 있는 걸 느낀 걸까?"

그랬나? 속으로 곱씹어본다. "모르겠어. 가끔 그런 느낌이 들어. 어머니도 그랬고……."

나는 브리타가 어떻게 생각할지 걱정하며 흘긋 본다. 혐오? 공포? 하지만 브리타는 그저 끄덕인다. "그럼 카르모코가 말한 그림자단 명부를 봐야겠네. 네 어머니도 있으면 정보를 더 알아낼 수 있을지 몰라."

브리타가 비웃거나 외면할까 봐 두려웠는데, 의욕적으로 보여 왠지 마음이 놓인다. 나는 끄덕이며 대답한다. "혹시 거기 없다면 아니었다는 확인도 가능하니까."

"그런 거라도 있어야 한시름 돌리지. 월별 습격을 떠난다느니, 전사가 된다느니 같은 소리뿐이잖아. 내가 어떻게 전사가 된다는 거지? 나, 골마의 브리타, 배추 농부의 딸이 말이야. 상상이 안 가."

"누구나 마찬가지야." 옆에서 벨칼리스가 끼어들어 나는 깜짝 놀란다. 어머니에 대해 의논하는 데 열중한 나머지 누가 듣고 있는지도 몰랐다. 다른 소녀들도 들었을까?

놀랍게도 소녀들은 지방에 따라 나뉘어 앉지 않았다. 이르푸트를 방문하는 사람들은 자주 그러는 걸 봤는데 말이다. 북부인과 남부인이 특히 그런다. 하지만 소녀들은 다들 가까이 모여 앉아 벨칼리스의 말에 고개를 끄덕인다.

"집에 가고 싶어." 떨리는 목소리로 카티야가 말한다. "전쟁? 전사? 죽음?" 그녀가 우리를 보며 면도된 눈썹을 하얀 애벌레처럼 꿈틀거린다. "난 그런 거 원하지 않아. 그저 결혼해서 아이를 낳고 싶을 뿐인데. 집에, 리안에게 돌아가고 싶어."

"리안? 네 약혼자니?"

카티야가 끄덕인다. "내가 붙잡혀 갈 때 리안은 마차를 쫓아오면서 기다리겠다고 외쳤어. 아무리 오래 걸리더라도." 카티야는 새로 도금된 손을 내려다보며 울먹인다. "날 기다리고 있을 거야, 아직도 날." 그러더니 흐느낀다. 브리타가 그녀에게 팔을 두른다.

나는 어찌할 바를 몰라 그저 바라본다. 내 피가 황금으로 솟아난 순간, 내가 알던 모두가 나를 버렸다. 아버지는 떠났고 마을 사람들은 나를 공격했다. 심지어 엘프리데도 도망쳤다. 열여섯 해의 우정이 그렇게 끝났다.

하지만 카티야의 약혼자는 남았다. 마을 원로와 신관들에게 대항하게 되더라도 그녀를 위해 싸우려 했다. 나는 남자에게서 그런 의리를 기대할 수 없게 되었다. 사실 그 누구에게서도.

세상에 그런 사람이 정말 있을까? 나를 위해서 그래줄 사람이 있을까?

그게 가능한지도 알 수 없어졌다. 이 넓은 세상 어딘가에 나이도 들지 않고 죽지도 않는 악마의 자손인 나 같은 사람을 사랑할 누군가가 있을지. 하지만 나도 찾고 싶다. 오래 살아남아 그런 사랑을 하고 싶다. 어머니가 돌아가시기 전에 내게 주었던 변치 않고 움츠러들지 않는 꾸준한 사랑을, 카티야와 브리타가 쉽게 얻어낸 것 같은 종류의 사랑을.

나 혼자 찾을 필요는 없다.

다른 소녀들을 둘러본다. 두려워하는 카티야와 불안해하는 브리타. 다른 곳이었다면 우리는 말도 섞지 않았을 것이다. 하지만 이제 우리는 모두 같은 배를 탔다. 수년간의 고통, 수고, 피를 예감하고 있다. 피의 자매……. 카르모코 탄디워가 말해줬지. 우리에게 용기를 주는 말, 피의 자매들이다.

나는 오요모께 짧게 기도하고 다시 소녀들을 본다. "난 너희를 모르지만, 오래 살아남아서 꼭 이곳을 떠날 생각이야. 죽음은 이미 충분히 겪었어."

카티야가 다시 눈썹을 꿈틀거리며 말한다. "충분히 겪었다고? 그럼 넌 벌써 죽어봤다는……."

"아홉 번." 속삭이는 입 안이 까끌까끌하다.

카티야의 눈이 휘둥그레진다. "아홉 번이라고?" 얼굴에 믿을 수 없다는 표정이 번지고 다른 소녀들도 똑같이 경악하며 나를 돌아본다.

"난 여기 오기 전에 이미 사형 집행을 당했어. 다만 나를 진짜 죽일 방법을 찾지 못해서 또다시 사형시켰지. 다시는 그런 경험 하고 싶지 않아. 더 이상 죽고 싶지 않아. 더 이상 고통당하고 싶지도……. 난 살고 싶어. 이번에는 진짜인 삶을, 행복한 삶을 살고 싶어. 하지만 그러려면 살아남아야 해. 우리 모두 마찬가지야……."

나는 소녀들을 차례로 돌아본다. "카르모코 탄디위가 우리를 피의 자매라고 했어. 그러니 서로 돕자. 우리가 20년 동안 살아남으려면 그래야 해. 그냥 동료가 아니라 친구로서, 가족으로서……."

손을 내미는 순간 심장이 목에 걸린 것 같다. "피의 자매로서?" 나는 물으며 머릿속으로 몰아치는 상념에 휩싸인다. 내가 너무 많은 걸 바란 걸까? 코웃음 치며 마을 사람들이 그랬듯 고개 돌리면 어쩌지? 만일…….

부드러운 손이 내 손을 덮는다. "피의 자매." 브리타가 말하며 씩 웃는다. "언제까지나 영원히. 넌 이미 알고 있잖아, 데카."

내가 끄덕이자 카티야도 손을 겹친다. "피의 자매. 만난 지 얼마 안 되지만 너희가 그렇다면 나도 함께하고 싶어." 나는 다시 고개를 끄덕이며 미소를 지어 보인다.

이번에는 니바리 자매 차례다. 웬일로 서로 진지하게 마주 본다. "그것도 좋을 듯" 하고 으쓱하더니 손을 겹친다. "피의 자매." 그렇게 그들도 선언하며 나를 보고 웃는다.

온몸에 온기와 행복감이 퍼진다. 다들 그러자고 하는 것이다. 심지어 또 다른 손이 겹쳐진다. 벨칼리스의 손이다.

"피의 자매" 하고 말하는 벨칼리스가 입매를 굳히며 다른 이들의 웃음 띤 포옹을 받는다.

그렇게 우리는 뭉친다.

피의 자매들.

행복감에 휩싸여 밥을 가득 집어 먹기 시작한다. 닭고기 조각도 주의해서 집어 먹는다. 힘을 길러야 한다. 결국 생존은 힘든 일이다. 어머니의 과거에 대한 진실을 찾는 일도 마찬가지일 것이다.

12

흔들리지 않는 암흑의 바다로 시작된다. 아주 오래된, 그러나 익숙한 암흑. 나는 따뜻한 그 안에서 움직이지 않고 둥둥 떠다닌다. 목소리가, 강력한 여성들의 목소리가 나를 부른다. "데카……" 하고 속삭인다.

그중 하나는 어머니의 목소리 같다.

나는 목소리를 향해 몸을 돌려, 멀리서 빛나는 황금빛을 발견하고 놀란다. 내가 열기를 기다리는 문이다. 그리 헤엄쳐 간다. 광대한 바다에서 둥둥 떠가는데, 뭔가 다른 소리가…….

"게으른 엉덩이 당장 일으키지 못해, 신참들!"

나는 깜짝 놀라 일어난다. 수련생 알라키 두 명이 공동 침실로 쳐들어와 꾸물거리는 소녀들을 침대에서 밀쳐낸다. 복도에서 더 많은 수련생이 외쳐대고, 어디선가 북소리가 정신없이 울린다.

"무슨, 헛, 무슨 일이야!" 브리타도 깨어나며 허우적거린다.

"일어나서 준비해야 해." 내가 브리타를 침대에서 끌어내다시피하며 말한다.

수련생들이 출입구에 자리 잡고 선다. 그중 하나는 지난밤에 보았던 흉터 있는 소녀다. 다른 하나는 통통한 천사처럼 보이는 갈색 피부의 소녀로, 짙은 색 머리칼이 구불구불하다. 둘 다 진청색 로브, 즉 제복을 입고 있다. 우리 것은 초록색으로 어제 받았다.

"좋은 아침이다, 신참들." 흉터 소녀가 으르렁거린다.

"좋은 아침입니다." 흉터 소녀 가까이로 모이며 한 내 대답은 다른 소녀들과 마찬가지로 자신감이 없다.

흉터 소녀가 말한다. "나는 가잘이다. 너희의 존경하는 선배, 피의 자매다. 너희는 나를 '존경하는 선배, 피의 자매 가잘' 혹은 '존경하는 고참, 피의 자매'라고 불러라. 다른 방식의 모든 호칭은 용납하지 않는다."

공기는 즉시 무거워지고 통통한 소녀가 나설 때까지 긴장이 높아 간다. 우리를 향해 웃음 짓는 그녀는 가잘에 비하면 따뜻하고 밝다. "난 제네바, 너희가 존경하는 선배, 피의 자매야. 곧 친구가 되길 바랄게."

그제야 분위기가 좀 풀어진다. 제네바는 누구와도 잘 지내는 기분 좋은 유형 같다.

고개를 끄덕여 호응하려는 순간 다시 가잘의 연설이 시작된다. "제네바와 나는 이 공동 침실을 감독하는 임무를 맡았다. 우리는 와르투베라에서 너희의 첫 주를, 그리고…… 이 훈련장에서 살아남는다면 전체 훈련 기간 동안 이끌어줄 것이다."

긴장된 침묵이 내려앉으며 신참들은 서로 불안하게 흘긋거린다. 이번에는 제네바가 나서서 손뼉 친다. "자, 신참들, 15분 준다. 얼른 씻어. 어서, 어서!"

우리는 화들짝 놀라 세면실로 밀려간다. 나도 서둘러 달려갔지만, 세면실 광경이 눈에 들어오자 경외심에 저절로 걸음이 느려진다. 매끄러운 청동 거울, 열 개의 돌 세면대, 옆에는 물 단지와 세면 용품이 가지런히 놓여 있다. 이르푸트에서 세면대를 본 건 신전에서뿐이고 그것도 남자용이었다. 세면대 앞에 섰다가 또다시 화들짝 놀란다. 머리칼이 이미 자라나 조그맣게 보슬거린다. 다른 신참들도 마찬가지인데, 아까는 정신이 없어서 미처 눈치채지 못했다. 알라키의 치유 능력 때문일 것이다. 그래도 불순한 몸에 장점이 있다.

"14분 남았어!" 제네바가 외친다.

허둥지둥 다시 몸을 움직여, 물과 수건으로 얼굴을 씻는다. 그러고 나서 보니 물 단지 옆에 작은 나무 막대가 있다.

"이게 뭐지?" 브리타도 어리둥절한 표정이다.

"이쑤시개야." 벨칼리스가 대답하며 그것으로 이를 문지른다.

나도 따라 하다가 차가운 맛 같은 게 입 안에서 터져 나와 기겁한다. 이르푸트에서는 천으로 이를 닦아냈는데 헤마이라 사람은 이걸 쓰는 모양이다. 그러고 나서 서둘러 초록색 로브를 걸치고 가죽 샌들을 신는다. 다시 북소리가 울릴 때는 다 입고 제네바를 따라 마당으로 나갈 수 있었다.

밖은 아직 어두워서 침침한 횃불 몇 개가 앞길을 밝힌다. 그래도 공기는 따뜻하고 이른 아침의 상쾌함에 낯선 꽃냄새가 은은히 실려 온다. 나는 잠시 지금 이 순간의 감각을 음미한다. 이르푸트에서 해뜰 녘은 언제나 추웠다. 이런 더위는 북부인에게 불편할 텐데 왠지 나에게는 딱 알맞게 느껴진다.

출입구 아치에 새겨진 움브라 표식이 나를 빤히 보는 듯하다. 그림자단 명부를 찾아서 어머니의 과거를 알아봐야 한다. 명부가 어디 있는지 제네바에게 물어봐야겠다. 다른 수련생에 비하면 친절해 보이니까.

카르모코 탄디위는 안뜰의 게조 황제 석상 앞에 조용히 서 있다. 가잘도 그녀 옆에 서 있는데, 한 손은 등 뒤에, 다른 한 손은 가슴 위에 올리고 군인처럼 꼼짝하지 않는다. 우리를 깨울 때보다 더 위압적으로 보인다.

"잘 잤나, 신참들?" 카르모코 탄디위가 근육질의 몸을 꼿꼿하게 세우며 외친다. 붉은 진흙이 발린 땋은 머리가 어둠 속에서 빛난다.

우리는 서로 돌아본다. "네, 카르모코."

카르모코 탄디위는 미소 짓는다. "아직 제대로 못 하는군."

가잘이 앞으로 나서서 주먹 쥔 손으로 가슴을 친다. "신참들, 카르모코 앞에서는 차려 자세다! 등을 펴고 오른손은 가슴에, 왼손은 등 뒤에!"

우리는 재빨리 그렇게 한다. 제네바가 우리를 점검하며 제대로 했는지 확인한다. 다른 공동 침실을 맡은 수련생들도 신참들을 이끌고 온다. 점검받는 동안 나는 위쪽 창문가의 움직임을 알아챈다. 사감들이 지켜보는 것이다. 재미있어하는 듯하다.

모두 차려 자세가 교정되자 카르모코 탄디위가 말한다. "전사가 되기 위해서는 몸과 정신이 강해야 한다. 그러려면 우선 달려야지, 매일 아침."

나는 눈이 휘둥그레진다.

달린다고?

오테라에서 여자가 달리는 건 허용되지 않는다. 발걸음만 조금 빨라져도 불손하다고 매를 맞는다. '순수한 여성의 발걸음은 차분하고 우아할지니.' 무한의 지혜는 경고한다. 달린다는 생각만 해도 속이 울렁거린다.

"가자, 신참들!" 가잘이 외친다. "뛰어!"

그녀가 앞장서서 빠르고 일정한 보폭으로 뛰어 나아간다. 다른 수련생들도 뒤를 따른다. 신참들과 나는 주저하며 비슷하게 따라간다. 하지만 우리는 금세 헉헉대며 호흡이 거칠어졌다. 다리 근육이 쥐어짜이는 것 같다. 첫 번째 언덕 아래서 가잘이 멈추자, 나는 너무 기진해서 무릎을 짚고 허리를 숙인 채 헐떡거린다.

"좋아, 신참들." 가잘이 외친다. 오히려 더 기운이 넘쳐 보인다. "이제 몸이 다 풀렸을 거야. 그럼 속도를 두 배로 올린다!" 그러고서 언덕을 쏜살같이 올라간다.

나는 겁에 질려 고개를 젓는다. "이 이상 빨리 못 가겠어. 다리도 너무 아파."

브리타도 헐떡이며 말한다. "나도."

"엄살 그만 떨어." 아돠파가 한마디 하고 바람처럼 우리를 지나쳐 달린다.

아돠파와 그 동생은 우리가 뛴다는 사실에 당황하지 않는 유일한 이들이다. 니바리 부족이기 때문이다. 신관이나 칙사가 그들이 살고 있는 사막으로 굳이 들어와 지켜볼 때만 무한의 지혜에 복종하는 척할 뿐이다. 어머니는 늘 그렇게 말했다.

그 말이 사실이었나 보다. 아돠파는 거의 깡충거리며 말한다. "가볍게 뛴 걸 가지고. 우리 고향에선 몇 킬로미터씩 뛰곤 했어."

아샤도 거든다. "열기 속에서 산꼭대기까지."

"그렇게 좋으면 우린 여기서 죽게 놔두고 너희나 산꼭대기까지 뛰어가지 그래." 브리타가 쏘아붙이다가 헉하고 후회한다. "미안. 너무 지쳐서 진심이 아니었어. 난 아무래도 이거 하다가 처음으로 거의 죽을 것 같아."

나도 지쳐서 "정말 그래" 웅얼거리면서도 어쩔 수 없이 다시 뛴다.

두 번째 뛰기는 첫 번째 뛰기보다 더 힘들었다. 물집이 생길 것 같다. 그러나 놀랍게도, 계속 달릴수록 점점 쉬워진다. 근육이 점점 힘을 얻으며 생각도 못 한 잠재력을 향해 뻗어나가는 듯하다. 곧 나의 불편함은 과거가 되어, 나는 쌩하니 언덕을 달려 올라가고 내려간다. 발이 땅에 닿을 새도 없는 듯하다. 주변 풍경이 잔물결을 일으키고 환한 물속으로 부드럽게 나무들이 잠긴다. 대기도 뒤틀려 소리는 멀게 느껴진다. 나는 완전히 다른 세계 속에 들어온 듯 모든 것이 날카로울 정도로 명료하게 밝아진다.

눈앞에서 이슬 한 방울이 천천히 떨어지는 것을 보며 나는 함박웃음을 짓는다. 날카로워진 시각 덕분에 수정 같은 아름다움을 쉽게 알아볼 수 있다. 이렇게 기분 좋았던 적은 처음이다. 이렇게 자유로웠던 적은 처음이다.

"새들이 이런 기분일까?" 브리타도 신나서 외친다. "이래서 뛰지 못하게 한 거구나!"

뜻밖의 해석에 기억이 화살처럼 날아와 박힌다. 무한의 지혜는 소녀들에게 달리기를 금지했다. 소녀들이 결혼하고 가족에게 봉사하는 데 필요하지 않은 대부분의 일을 금지했다. 소녀들은 소리칠 수도, 술을 마실 수도, 말을 탈 수도, 학교에 갈 수도, 장사를 배울 수도, 싸우는 법을 배울 수도, 남자 보호자 없이 돌아다닐 수도 없다. 남편을 맞이하고 가족을 꾸리는 데 관련되지 않은 일은 아무것도 할 수 없다. 두르카스 원로는 늘 무한의 지혜가 행복하고 올바르게 사는 법을 보여주려 하기 때문이라고 말했다.

그냥 우리를 가두려 했던 게 아닐까?

죄책감이 솟아서 그런 생각을 억지로 떨쳐버린다. 신실한 자의 길은 믿고 복종하는 것이다. 두르카스 원로가 얼마나 많이 말했던가. 지금은 이해되지 않아도 오요모께서는 나를 위한 더 큰 계획을 가지고 계신다. 나는 그저 복종하고 믿으면 된다.

비록 내가 지금은 여기서 그런 가르침에 거스르는 일을 하고 있지만, 오요모께서는 내 마음을 알아주실 거라 믿어야 한다. 내가 믿음을 지키려 온 힘을 다하고 있음을 그분은 아신다.

나는 복종할 것이다. 그리고 믿음을 지킬 것이다.

더 이상의 위험한 생각은…….

가잘이 드디어 훈련장으로 돌아간다. 도착하자마자 나는 쓰러진다. 갑자기 너무 지쳐서 더 이상 서 있을 수가 없다. 다른 아이들도 마찬가지다. 하지만 웃고 킬킬거리며 조금 전에 발견한 감각을, 달릴 때 느낀 환희를 음미한다. 하지만 나는 잊으려 노력한다.

오요모여, 용서하소서.

뛰면서 쾌감을 느끼다니, 옳지 않다. 머릿속에서 몰아내야 한다.

가잘이 예의 그 차가운 표정으로 우리를 노려보자 나는 감사할 지경이다. "오늘 아침 준비운동은 이걸로 됐다, 신참들. 20분 줄 테니 방으로 돌아가서 씻고 받은 옷으로 갈아입은 다음, 10분 안에 아침을 먹도록. 수업이 바로 시작될 거다."

우리는 서둘러 방으로 돌아간다.

13

다시 밖으로 나가려는데 브리타가 말한다. "저기, 제네바야."

지금까지 우리는 씻고 옷 입고 보조자들이 차려준 아침인 귀리와 꿀을 먹었다. 함께 나온 소시지는 브리타에게 주었다. 여전히 냄새도 못 맡겠다.

이제 고기를 먹지 못할 것 같다.

"그림자단 명부에 대해 물어볼 거지?" 브리타가 말하더니 서둘러 제네바에게 간다. "존경하는 선배, 피의 자매 제네바! 존경하는 선배, 피의 자매 제네바!"

제네바가 우리를 돌아본다. "신참 브리타, 무슨 일이지?"

"저, 질문이 있어서요, 존경하는 선배, 피의 자매 제네바. 그 그림자단 명부는 어디 있나요?"

"위층 도서관 옆 기록실에." 제네바는 잠시 브리타를 보더니 묻는다. "네 어머니나 할머니가 그림자단이었나?"

"아마도 어머니요." 내가 대답하여 제네바의 관심을 끌어 온다.

제네바가 한쪽 눈썹을 치켜올린다. "네가 궁금한 거였군, 신참 데카. 흥미롭네. 뭐, 행운이 따르길 빌지." 브리타와 내가 어리둥절한 표정으로 쳐다보자 제네바가 설명한다. "신참은 휴일에만 도서관에 들어갈 수 있어. 너희는 첫 3주가 지나야 휴일을 가지게 될 거야. 그러니 행운을 빌게, 신참들."

제네바가 가자 나는 기가 막혀서 브리타에게 말한다. "3주라고? 어떻게 기다려?" 그때까지 무슨 일이 일어날지 어떻게 알겠는가? 죽음비명과 훈련을 시작할지도 모르는데. 수련생들이 아침 먹을 때 말해준 바에 따르면 그들이 들어왔을 때는 세 달이 지나도 죽음비명을 상대하지 않았다고 한다. 그때는 지역 내 죽음비명의 소굴을 습격하는 훈련만 받았기 때문이다.

지금은 죽음비명의 이동이 닥쳐오고 있으니 모두 원정을 준비하고 있다. 즉, 우리는 그들보다 더 강력한 훈련을 받을 것이다. 이번 주부터 죽음비명과 상대한다고 해도 놀랄 일이 아니다.

"다른 방법도 있을 거야. 그래야 해!" 나는 허둥거리며 브리타에게 외친다. 죽음비명 앞에서 또 눈색이 바뀌면 어쩌지? 누가 보고 알아채면?

갑자기 두려워져 호흡이 가빠진다. 이르푸트의 원로들이 그랬던 것처럼 카르코모들이 나를 와르투베라 지하실에 집어넣고 실험하면? 자투들이 나를 끌고 나가 계속 처형시키면? 또다시 그런 일을 겪을 수는 없다. 안 돼! 어머니에 대한 정보를 찾아내야 한다. 내 안에 어떤 능력이 자라고 있는지 알아내고 제어할 수단이 필요하다.

지금으로선 그 명부가 유일한 희망이다.

초조해하는데 브리타가 말한다. "방법이 있을 거야, 데카. 찾아내면 돼. 더구나 네가 죽음비명을 감지할 수 있는 건 좋은 거잖아."

나는 어리둥절해한다. "뭐?"

"우리가 공격하거나 할 때 쓸모 있는 능력이잖아. 엄청난 능력이야. 죽음비명이 보이지 않아도 알아낼 수 있으면 우리한테 유리할 거야." 브리타가 어깨를 으쓱한다. 자신이 내 세계관을 완전히 뒤집어놓은 줄 모르는 것 같다.

엄청난 능력…….

지금까지 나는 그 능력을 끔찍하게만 생각했는데. 하지만 필요할 때에 꺼내 쓸 수 있는 칼처럼 쓸모 있는 무기가 될 수 있다면. 브리타는 내가 상상하지 못한 걸 너무 쉽게 생각해낸다. 내 가족조차 받아들이지 못한 걸 너무나 쉽게 받아들여준다.

눈물이 나서 눈을 빠르게 깜빡인다.

브리타가 말을 계속한다. "숨기는 대신 활용해봐. 발전시켜봐."

"네 말이 맞아." 나는 간신히 그렇게 말한다.

"그렇지?" 브리타도 기뻐한다. "네 어머니에 대해 어떻게 알아낼지 생각해보자. 그리고 훈련도 따로 해보자. 처음 몇 주는 지난 다음에 말이야." 브리타가 나를 잡아끌며 다른 소녀들 뒤로 가서 줄을 선다.

첫 수업은 언덕 중턱에 있는 평범하고 작은 목재 건물에서 이뤄졌다. 태양이 막 하늘에 떠오르기 시작했는데 벌써 뜨겁다. 안에서는 카르모코 휴온이 갈대 깔개 위에 책상다리로 앉아 있다. 연노랑 반가면이 그녀의 얼굴을 이마에서 코까지 가리고 있다. 분홍 꽃들이 수놓인 예쁜 파란 로브를 입고 머리는 보석 장식이 달린 빗으로 틀어 올렸다. 중무장한 두 자투가 그녀 뒤에 서서 위협적인 모습으로 팔짱을 끼고 있다.

"자리에 앉아라, 신참들." 휴온이 부드럽고 침착한 목소리로 말하며 두 줄로 정연하게 놓인 갈대 깔개들을 가리킨다.

브리타와 한 번 마주 보고 재빨리 무릎을 굽혀 인사한 다음 서둘러 뒤쪽 깔개로 간다. 니바리 자매, 카티야, 벨칼리스도 우리 근처에 앉는다. 무릎을 꿇고 앉는데, 근처 그늘에서 가잘이 우리를 노려보는 게 언뜻 보인다. 다른 수련생도 몇몇이 앉아 있다. 대여섯쯤 돼 보이는데 가잘과 제네바 말고는 처음 보는 수련생인 듯하다.

카르모코 휴온이 손뼉을 치고 수업을 시작한다. "첫 격투 수업에 온 걸 환영한다. 나는 카르모코 휴온이고, 몸을 무기처럼 사용하는 법을 가르칠 거다. 너희를 알게 되어 기쁘구나." 그러고는 우리를 향해 정중히 고개 숙인다.

우리는 그녀를 빤히 보며 이 새로운 인사 방식에 어떻게 대응할지 몰라 당황한다.

"카르모코께 경례!" 가잘이 외친다.

우리가 허둥거리며 고개 숙이려는데, 휴온이 손을 들어 올린다. "가잘, 내 생각엔 먼저 시범을 보여야 해." 휴온이 웃으며 말한다. "이렇게 말이야" 하고는 머리를 바닥에 댄다. "깔개 위에 앉아서는 이렇게 인사해야 해. 이제 해보도록."

우리가 재빨리 따라 하자 휴온이 비죽 웃는다. "좋아. 완벽하지 않지만 좋아."

"적어도 완전히 엉망은 아니었네." 안도한 브리타가 종알거린다.

나는 갑자기 신병들도 우리처럼 허둥거리고 있을까 궁금하다. 아닐 것 같다. 케이타의 굳은살 박인 손이 떠올라 몸이 부르르 떨린다.

휴온이 우아하게 일어난다. "자, 격투하기 위해서는 먼저 자세를 알아야 해. 여러 격투 자세는 너희가 곧 속속들이 익히게 될 춤의 아주 짧은 부분이야. 죽음의 춤이라 하지."

나는 미간을 찌푸린다. 춤이 죽음비명과 싸우는 데 무슨 도움이 되지?

건너편에 있는 아돠파가 작게 코웃음 친다. "죽음의 춤이라니, 죽으라는 말인가."

머리핀 하나가 날아와 아돠파 뒤쪽 벽에 꽂힌다. 그 핀에 뭔가가 꽂혀 있는데…… 황금 피가 뚝뚝 떨어지는 살점이다. 아돠파가 돌아보고 눈을 휘둥그레 뜬다. 그러고는 왼쪽 귀를 잡고 소리친다.

"내 귀!" 귀 위쪽이 뜯겨 나간 것이다.

카르모코 휴온이 상냥하게 웃으며 흘러내린 머리칼을 정리한다. 처음으로 눈빛에 엄혹함이 깃든다. 잘 꾸민 외모 뒤에 숨어 있던 힘이다. 아돠파에게 차분히 손을 뻗으며 말한다. "머리핀을 놓쳤네. 신참, 네가 가져다줄래?"

피 흘리는 귀를 붙잡고 아돠파가 천천히 핀을 뽑아 떨리는 손으로 휴온에게 건넨다. 휴온은 웃음 지어 보이더니 고개를 끄덕하고는 아돠파를 돌려보낸다. "그럼 계속해볼까?"

"예, 카르모코." 우리는 겁에 질려 재빨리 대답한다.

"첫 번째 자세를 보여줄게."

그녀는 발을 벌리고 무게중심을 낮춘다. 우아하면서도 절도 있게 팔을 펼친다. 단호한 표정에 나도 모르게 부르르 떤다. 예쁜 외모 안에 치명적인 성정이 깃든 하얀손도 생각난다.

"너희는 '움직이지 않는 대지' 자세에서 가장 강력하게 중심을 잡을 수 있다. 공격하거나 피하기에 완벽한 자세다." 재빨리 시범을 보이는 동작은 정확하면서도 유연하다. "대련을 보여줄게."

휴온이 두 자투 가운데 큰 쪽을 부른다. 우락부락한 남자가 다가오자 휴온이 정중히 고개를 숙이고 남자도 재빨리 고개를 숙인다.

남자가 공격을 시작해서 우리 모두 몰입한다. 이런 정면 공격은 어떻게 막아낼까? 놀랍게도 휴온은 그가 손끝도 대기 전에 휙 넘겨

자빠뜨리고 고통스러워하는 방향으로 손목을 꺾는다.

"항복! 항복합니다!" 자투가 눈을 희번덕거리며 외친다.

카르모코 휴온이 혀를 차고 눈빛은 얼음처럼 차갑다.

"신참들, 첫 번째 교훈이다. 알라키는 항복하지 않는다. 너희는 무찌르거나 죽는다. 알라키에게, 어떤 전사에게든 죽음은 친한 친구가 되어야 한다. 죽음은 전장으로 들어가기 전에 인사하는 오래된 파트너다. 두려워하지 마라. 꺼리지도 마라. 껴안고 너의 의지로 길들여라. 그래서 우리는 늘 전투하러 떠나기 전에 사령관에게 '죽은 우리가 경례를 드립니다'라고 말한다."

나는 이상한 기분이 들어 불편하다. 죽음이 친한 친구가 되어야 한다니. 무슨 말인지 가늠이 되지 않는다.

휴온이 그제야 자투의 손을 놔주고 다시 인사한다. "도움에 감사한다." 상냥하게 말하자 우락부락한 남자가 괴로운 표정으로 고개를 끄덕이고 절뚝이며 돌아간다.

모두 긴장으로 조용하다.

휴온이 우리에게 묻는다. "내가 왜 그와 시범을 보였는지 아니?"

우리는 천천히 고개를 젓는다.

"크기는 상관없다는 점을 보여주려고 그랬어. 무찌를 수 없는 적은 없어. 얼마나 크든 마찬가지야. 죽음비명은 더 크지. 하지만 아무리 무서워 보여도 너희는 그만큼 강하고 빨라. 특히 전투 상태에 들어가면 말이야. 오늘 아침에 경험했겠지. 달리면 감각도 날카로워지고 반사 신경도 좋아지니까."

휴온이 설명한다.

"시간이 지나면서 더 많이 알게 될 거야. 지금은 수업을 계속하지."

14

"게으른 엉덩이 일으켜라, 신참들!"

이제 이런 호통은 필요 없었다. 2주 하고도 반이 지나 일과는 몸에 뱄고, 제네바가 들어왔을 때 우리는 벌써 씻고 옷을 입고 있었다. 신병들은 가죽 갑옷이 깜빡이는 횃불을 받아 어둑하게 빛나는 곳에서 기다리고 있다.

그들을 보고 놀라서 눈을 깜빡거린다.

조르 청사에서 짝이 지워진 후로 신병들을 처음 본다. 물론 그들도 훈련받고 있다는 말을 들었고 목소리가 담 넘어 들리기도 했지만 태음 일에 우리 모두 각자 오후 시간을 보낼 때도 전혀 마주친 적이 없다. 기대했다는 건 아니다. 우리와 달리 그들은 그런 날에 도시로 가볼 수 있다. 와르투베라의 성벽 너머의 사람들과 자유롭게 어울릴 수 있다. 보조자와 사감들도 마찬가지다. 와르투베라를 나가지 못하는 건 알라키뿐이다. 훈련장에서 돌아다니는 것도 허용되지 않는다. 나는 지난 두 번의 태음 일에 기록실로 들어가려다가

이 점을 확인했다.

보조자와 사감들이 계속 복도를 지키고, 정해진 장소를 벗어나는 알라키가 있으면 가시 달린 륜구를 휘두르며 맞이한다. 제네바가 말한 대로, 신참은 3주가 지나기 전에는 제한구역으로 들어가지 못한다.

다행히도 그 시기가 거의 끝나가고 있다.

정확히 3일 후면, 기록실에 들어갈 수 있다. 그러고 나면 그림자단의 명부를 읽고 훈련장에 들어온 이래 나를 괴롭혀온 질문들에 대한 답을 얻을 수 있겠지.

이제는 그 장면이 거의 머릿속에 떠오른다. 어머니의 이름을 발견하고, 어머니의 삶과 공적에 대해 읽고, 어떤 능력이 있었는지 알아보겠지. 내 능력에 대해서도 배워갈 것이다.

기대감에 초조해진다.

그런 상상에 빠져 있는데 맞은편의 금색 눈과 마주친다. 나는 긴장해서 굳어버린다. 케이타가 나를 보고 고개를 끄덕인다. 그의 표정은 처음 만났을 때와 마찬가지로 차갑다. 수련생들이 우리에게 그들과 함께 서라고 지시한다. 나도 어쩔 수 없이 케이타를 향해 간다. 그래도 머리칼이 이전 길이로 다 자라서 다행이다. 하지만 훈련에 방해되어 곧 다시 잘라야 한다. 대부분의 소녀는 수련생처럼 매일 아침 대충 잘라서 버렸다. 그리고 몇몇은 아돠파처럼 아예 완벽하게 민머리를 유지한다.

우리가 나란히 서고 나자 케이타가 다시 고개를 까딱이며 중얼거린다. "좋은 아침이야, 데카."

"좋은 아침이야." 나는 고개를 돌려버리고픈 충동을 누르며 대답한다. 여전히 그가 불편하다. 그를 보면 왠지 이르푸트에서 이오나스와 있었던 일이 생각나기 때문이다.

아마도 그의 키 때문일 것이다. 이오나스만큼 큰 키가 흔하지 않으니까. 나는 간신히 다시 주의를 앞쪽의 카르모코 탄디위에게 돌린다. 짙은 갈색 피부에 진흙 바른 머리칼을 빛내며 앞으로 나선다. 오늘 아침 그녀는 검푸른 로브를 입고 칠흑 같은 반가면을 썼다. 그녀 뒤의 다른 카르모코들과 켈레치 대장도 비슷한 가면을 썼다. 그녀들은 남자들이 주위에 있으면 늘 가면을 쓴다.

부럽지는 않다. 땀과 흙 범벅이 되어버리는 훈련 중에 가면을 쓰면 얼마나 불편할까 하는 생각뿐이다.

"지난 2주 반 동안 너희는 속도, 힘, 무기, 격투의 기본을 배웠다. 오늘은 짝을 지어 아침 달리기 훈련부터 시작할 것이다. 기억해라. 이제부터 너희는 파트너고 서로의 강점과 약점을 알아야 한다. 이해하겠나?"

"예, 카르모코."

탄디위가 가잘에게 고갯짓하자 가잘이 앞으로 나서고 그녀의 우루니인 날씬한 북부 소년이 그 옆에 선다. "가자, 신참들. 어서 엉덩이 움직여!" 명령하고 빠르게 뛰기 시작한다.

나도 그녀를 따라가며 속도를 올린다. 그동안 달리기는 내가 가장 좋아하는 일과가 되었다. 빠르게 언덕을 오르기 시작하자 어느새 주변 공기가 느리게 움직이고 근육이 풀어지며 감각이 살아난다. 나는 금방 전투 상태로 들어간다.

늘 그랬듯 브리타와 수다를 떨려고 돌아보는데, 보이지 않는다. 다른 소녀들도 마찬가지다. 이제 보니 전부 언덕 아래서 발을 끌며, 신병들보다 적어도 다섯 걸음은 뒤처져 있다. 저렇게 일부러 느리게 뛰려면 근육에 경련이 일 텐데도, 고향에서나 했을 행동을 하고 있다. 잠재적 남편감의 신경을 거스르지 않으려고 삼가는 것이다. 하지만 와르투베라는 고향이 아니다. 소년 몇 명을 화나게 하는 것보다 훨씬 큰 위험이 기다리고 있다. 이르푸트의 눈 위로 널브러진 시체들이 떠올라 나는 주먹을 꽉 쥔다.

나는 브리타와 다른 소녀들에게 달려간다. 신병들이 내 속도에 깜짝 놀라 쳐다봐도 상관없다. "쟤들 때문에 천천히 달리면 안 돼. 우릴 따라오게 해야지."

그러자 브리타가 얼빠진 신병들 눈치를 보며 당황해서 속닥인다. "데카, 전투 상태 같은 모습 보이면 안 돼. 쟤들이 겁먹을지도 몰라."

다른 소녀들도 고개를 끄덕인다.

"브리타 말이 맞아." 카티야가 말한다.

"신병들이 겁먹는다고?" 대체 무슨 말인가 싶다. "여기까지 와서 온갖 새로운 것을 배우고, 온갖 위험을 무릅쓰고 있는데, 그게 다 장난 같아? 저 성벽 밖에 죽음비명이 있어. 싸우는 법을 배우지 못하면 우릴 죽일 거야. 우린 싸우다가 죽게 될 거라고."

갑자기 머릿속으로 기억이 마구 쏟아져 들어온다. 황금피……. 구역질이 나고 입 속으로 스미던 맛이 느껴지는 듯하다.

"죽어본 적 있어, 카티야?" 내가 묻는다.

카티야가 눈을 껌뻑인다. "글쎄, 아니……."

"고통스러워. 난생처음 느껴보는 고통이야. 게다가 정말 죽지 않는다면, 깨어나서 그런 일이 다시 생길까 봐 몸서리쳐져. 그렇게 몇 번 죽고 나면 진짜 죽길 바라게 되지. 마침내 죽어서 다시 또……." 나는 말을 잇지 못하고 격한 감정에 휩싸여 눈물이 솟는다.

심호흡하며 마음을 진정시킨다. 내 친구들을, 모여든 다른 신참들을 돌아본다. 모두 두려움에 질린 눈이다. 대부분 아직 죽음을 경험한 적이 없다. 수도에서 가까운 마을 출신들이라 의식 후에 곧장 조르 청사로 보내졌다. 와르투베라에 어떻게 오게 되었는지 이야기를 나눌 때마다, 다들 운송자들이 이미 신전에서 기다리고 있었다고 했다.

살을 가르는 검의 얼음장 같은 차가움을 경험해본 적이 없는 것이다. 자비로운 망각이 찾아오기 전, 그 길고 끔찍한 순간을 견뎌야 했던 적도 없는 것이다.

벨칼리스와 나 같은 아이들만, 수도에서 멀리 떨어져 있어서 운송자가 오기까지 몇 달이 걸린 곳에 살던 알라키만 죽음 칙령과 지독한 공포를 경험하는 불운을 겪었다. 하지만 우리 둘 다 살아남았다. 두세 번의 죽음을 견뎌내지 못한 다른 소녀들과 달리, 우리 둘 다 살았다.

그건 자랑스러운 일이다.

나는 심호흡을 하고 다른 소녀들을 본다. "우린 평생 자신을 남자보다 낮추고 약하게 하는 가르침을 받아왔어. 무한의 지혜에서 소녀답다는 건 영원히 순종하는 거라고 했지."

이르푸트에서, 나는 언제나 모든 걸 받아들였다. 그게 오요모의 뜻이라고 생각했으니까. 마을 사람들이 나를 저버리고 원로들이 피를 팔기 위해 내 사지를 절단했던 것도 오요모의 뜻이었을까? 내가 비명 지르지 못하도록 혀를 자른 것도 오요모의 뜻이었을까? 무한의 지혜에 나오는 다른 규칙들은 어떨까? 뛰지 말고 크게 웃지 말고 옷을 어떻게 입으라고 한 그 모든 게 오요모의 뜻이었을까?

"진실은 이래. 여자들은 미소 가면을 써야 하고 자신을 뒤틀어 온갖 종류의 관계에 맞춰 타인을 기쁘게 해야 해. 그러다가 죽음 비명이 오면 죽는 거야. 여자들은 그냥 죽어." 나는 피의 자매들을 차례로 둘러본다. "내가 보기에 이제 우리에겐 선택권이 있어. 우린 여자야, 아니면 괴물이야? 그냥 죽을 거야, 아니면 살아남을 거야?"

그동안 나는 이런 생각을 하지 않으려고 무진 애써왔다. 하지만 어차피 이렇게 되었다면? 다시 죽음을 예감하고 있다면? 이렇게 우리 모두 육체와 목숨을 걸고 오테라를 위해 싸워야 하는 거라면, 앞으로 어떻게 해야 할까?

다른 소녀들이 겁에 질린 눈으로 나를 노려본다. 하지만 나는 대답하지 않는다. 그들 스스로 결정해야 한다.

내 결정은 내려졌다.

이 끔찍한 곳에서 죽지 않을 것이다. 나에 관한 진실을 발견하기 전까지는 죽지 않을 것이다. 살아남을 것이다. 오래 살아남아 이곳을 떠날 것이다. 그리고 카티야의 정혼자가 그랬던 것처럼 나를 사랑하고 아껴줄 사람을 찾아낼 것이다. 그러기 위해서는 용감해져야 한다. 용감해지기만 하면 된다.

나는 로브 옆쪽에서 핀 하나를 빼내어 손바닥을 찌른다.

찌르르하게 날카로운 아픔이 온몸을 꿰뚫는다. 하지만 인상 한번 쓰지 않는다. 이곳에서 보낸 몇 주가 벌써 나를 강인하게 만들었다. 내 피부도 둔감하게 만들었다. 황금이 뚝뚝 떨어지는 손을 가슴, 바로 순수의 의식 때 베는 그 자리에 문질러 표시한다. 이제는 스스로 베어낸 상처에서 흘러나온, 저주받은 황금 피로 빛난다.

"뭐 하는……." 한 소녀가 입을 열지만 나는 무시하고 선언한다.

"난 괴물이야. 난 여기서 살아남아 사면을, 내 삶을 얻어낼 거야."

"나도." 벨칼리스가 내 뒤에서 말한다. 돌아보자 그녀의 손바닥에서도 피가 흐른다. 결연한 표정으로 이해를, 공감을 말한다. "난 괴물이야."

"난 괴물이야." 니바리 자매가 합창한다. 황금 피투성이 손바닥으로 가슴을 문지른다.

그리고 다른 소녀들도 따라 한다. 처음에는 기겁한 표정이더니 브리타와 카티야도 손에 피를 흘리며 다가온다. "난 괴물이야." 브리타가 손바닥으로 가슴을 문지른다.

신병들이 당황해 웅성거린다. 갑작스러운 피 칠갑에 경계심을 드러낸다. 하지만 막기에는 이미 늦었다. "괴물. 난 괴물이야." 모든 소녀가 황금 피를 흘리며 선언한다. 오랫동안 저주받았다고 규정되던 피. 그 피가 우리를 서로 묶어준다.

오래지 않아 소녀들은 모두 함께 선다.

피를 흘리며.

이번에 우리가 다시 뛸 때는 머뭇거리지 않는다.

아침을 먹으러 가는데, 반갑지 않은 발걸음이 앞을 가로막았다. 케이타다. "인상적인 연설이었어" 하고 말을 걸어온다. "인간 소녀가 될 것이냐, 괴물이 될 것이냐. 영리한 선동이었지……."

익숙하긴 하지만 멀리서 들리는 고음의 비명을 무시하려 애써야 했던 나는 엉겁결에 멈춰 선다. 늘 그렇듯 잔뜩 흥분한 죽음비명들이 갇힌 동굴 입구 바로 옆이다.

"하지만 경고 하나 하지. 지휘관들은 너희가 본성을 너무 기꺼이 받아들이는 걸 그다지 좋게 보지 않을지도 몰라, 데카."

두려움이 덮쳐오지만 한숨을 내쉬며 떨쳐낸다. 겁에 질리는 것도 지쳤다. "그거 협박이야?"

"아니, 경고야."

"그럼 고려해볼게."

미소가 그의 입가를 스친다. 그리고 그가 한 걸음 더 내게 다가온다. "안심이 되네."

"뭐가?" 나는 궁금해서 묻는다.

케이타가 어깨를 으쓱한다. "우리가 짝이 됐을 때, 난 네가 너무 섬세해서 전사가 되기 어렵겠다고 생각했거든."

"너무 섬세하다고?" 내가 놀라 되묻는다. 내 피가 황금으로 흘러나온 이후 나를 그렇게 생각한 사람은 없었다. "난 알라키야."

내 지적에 케이타가 고개를 끄덕인다. "그건 사실일지 몰라도 알라키 모두가 죽음비명을 죽이는 데 적합한 건 아니야."

"그러는 너는?"

케이타는 다시 어깨를 으쓱한다. "난 그놈들 제거하는 데 탁월하다고들 하더라."

간단히 대답하는 그의 눈빛은 절대적 자신감으로 가득 차 있다.

"네가 적합하지 않은 부류인 듯해서 걱정했지. 전장에서 짐이 될 것 같았어. 내가 널 잘못 봤나 봐. 공포를 잘 견딜 것 같네."

그의 눈에 깃든 차분한 확신이 짜증 나지만, 드러낼 일은 아니다.

나는 대신 상냥하게 웃음 짓는다. "있지, 나도 마음이 놓여."

"왜 그런데?"

"너같이 예쁘장한 애는 손을 더럽히기 싫어할 것 같아서 걱정했거든."

케이타가 놀라 눈을 크게 뜬다. 잠깐 입가가 비틀린다. "뭐, 우리 둘 다 남을 놀라게 하는 부류인 것 같네." 그렇게 말하고 떠나간다.

15

"마침내 여기까지 오다니 믿을 수가 없어!"

도서관에 들어서자 흥분한 브리타가 외친다. 와르투베라 최상층의 어둡고 휑한 방에 카티야, 벨칼리스, 니바리 자매도 함께 왔다. 한 걸음씩 내디딜 때마다 기대감이 점점 더 커진다. 이제 명부를 보게 된다. 마침내, 이 훈련장에 도착한 날부터 나를 괴롭혀온 문제의 답을 얻게 될 것이다.

적어도 그렇게 되리라 희망을 품고 있다.

명부에 아무 해답도 들어 있지 않을 가능성도 있다. 그렇게 되면 모두의 시간을 낭비한 것이다. 어쩌면 좀 용기를 내서 나스라 사감장이나 카르모코 탄디위에게 추측한 걸 말해야 할지도 모른다. 그럼 이렇게 초조하게 떨며 서가를 다 뒤지고 다니지 않아도 훨씬 쉽게 해결할 수 있을 것이다. 하지만 그럴 수는 없다. 나스라 사감장은 너무 싫고 카르모코 탄디위는 가까이 가기도 무섭다. 친구들과 찾는 편이 훨씬 낫다.

브리타는 내 심정도 모르고 들떠 있다. "생각해봐. 이제 찾아내면 넌 모든 답을 얻게 되는 거야."

"아무것도 못 찾을 수도 있지." 벨칼리스가 콧방귀를 뀐다. "아무것도 아닌데 법석을 떨고 있으니까. 쉬는 날인데 우리까지 데려와서 진짜 난리가 따로 없네."

벨칼리스는 늘 나의 내면 깊은 곳 두려움을 큰 소리로 떠들어주어서 참으로 고맙게 생각한다.

"네가 늘 오줌방귀인 것처럼?" 카티야가 혀를 찬다.

"오줌방귀?" 아돠파가 카티야를 보며 묻는다. "네가 만든 말이야?"

브리타가 씩 웃는다. "내가 만들었어. 딱 맞는 말이지? 정말이지……."

"여기야." 카티야가 커다란 나무 문, 기록실 입구 앞에서 말한다.

우리 공동 침실을 맡은 보조자, 새까만 피부의 이사투가 입구 옆 선반의 두루마리들을 정리하고 있다. 우리를 보며 씩 웃는 이사투의 얼굴은 호의와 쾌활함으로 가득하다. 대부분의 보조자와 사감과는 달리 이사투는 2년 전 신전 하녀가 되고 즉시 와르투베라에 배정받았다. 그래서 신관들을 섬겼다면 완전히 꺼져버렸을 행복감을 아직 유지하고 있다.

"오, 신참들이네." 이사투가 말하며 문을 열어준다. "이쪽이야. 명심해. 여기에서 읽은 걸 외부인 그 누구에게도 발설하면 안 돼. 고통 속에 죽는 일이 있어도 말이지. 만일 발설하면, 벽이 늘 듣고 있음을 기억해라. 특히나 그림자단에 관해서라면……."

나는 끄덕이고 부르르 떤다. 이사투는 우리를 육중한 유리 천장을 통해 빛이 희미하게 비쳐 드는 작고 둥근 방으로 안내한다. 벽에 설치된 선반에 두루마리가 줄줄이 놓여 있다. 가장자리가 오래되어 바스라질 것 같다. 수백 년쯤 된 걸까. 촛대들 불빛이 깜빡거린다. 움브라의 표식이 바닥에 새겨져 있고, 그렇게 신기하게 생긴 방은 아니다. 방 가운데 커다란 돌 연단이 놓여 있고 그 위에 가죽으로 장정된 책이 있다.

이사투가 그리로 가서 책을 펼친다. "어머니가 너를 낳았을 때 스물다섯 살이었다고 했지?" 내가 끄덕이자 이사투가 설명한다. "대부분 그림자단 후보는 열 살 때 뽑혀 와. 네가 지금 열여섯이면 너희 어머니는 31년 전쯤에 와르투베라에 들어왔을 거야." 이사투가 책장을 넘기다가 한쪽에서 멈춘다. "여기부터 찾아보면 되겠다. 그림자단은 들어온 연도와 이름 순서로 적혀 있어. 각 이름은 두 쪽씩이고. 좋아. 그럼 직접 찾아봐."

나는 고개를 끄덕이고 책에 다가간다. "진실의 순간……." 나는 중얼거리며 긴장한다.

"진실의 순간……." 브리타가 격려의 미소를 짓는다.

나는 책장을 넘긴다. 이름들이 휙휙 지나간다. 아다, 아날리스, 빈타, 카트카, 니르미르, 트란……. U자에 도착하자 속도를 늦춘다. 심장이 빨라진다. 어머니의 이름은 이르푸트에서는 흔하지 않았다. 하지만 이곳 헤마이라에서는 흔한 이름일 수도 있다. 같은 이름이 대여섯 명이나 돼서 누가 어머니인지 알아낼 수 없으면 어쩌지? 하지만 모든 그림자단은 서로 다른 식별 배지를 가진다. 그들 이름 아래에 기록돼 있으므로 알아볼 수 있을 것이다.

계속 넘기다가 마침내 몇 명 남지 않은 끝부분에 다다랐다. 우아, 우다, 우나, 우자드, 우즈마. 끝이다. 다시 책장을 뒤로 넘긴다. 숨이 가빠진다. 어머니의 이름이 없다. 아무리 이리저리 넘겨봐도 마찬가지다.

"어머니가 없어." 눈물이 앞을 가린다. "어머니가 없어." 나는 구석으로 가서 주저앉는다. 열패감에 휩싸인다.

그동안 내내 어머니의 이름을 찾는 상상을 해왔다. 어머니가 누구였고 나는 누구인가, 하는 모든 의문에 답을 얻는 상상을. 하지만 답은 없다. 어머니는 이곳 사람이 아니었으니까. 내가 이 모든 환상을 만들어낸 건 현실에서 잠시 벗어나서 실은 그냥…….

"데카, 이거 봐! 여기 있어!" 브리타가 외치는 소리에 나는 벌떡 일어난다. 어느새 브리타는 책 옆에 서서 한쪽을 가리키고 있다. "내가 찾았어! 이사투가 생각한 것보다 1년 전에 있었어."

"뭐?" 나는 달려간다.

"푼툼의 우무. 아홉 살. 짙은 갈색 피부. 검은 눈. 짧은 갈색 머리. 양쪽 뺨에 오템네 부족 표식. 식별 배지는 움브라를 새긴 금목걸이."

"엄마가 맞아!" 나는 헐떡이며 눈물을 담고 겨우 한 단락짜리 책장을 내려다본다. 여기 있었어. 엄마는 그림자단이었어……."

내 추측이 모두 확인되자 감당하기가 힘들어 울기 시작한다. 곧이어 눈물이 뚝뚝 떨어진다.

"아, 데카." 브리타가 나를 안는다.

카티야가 나머지를 읽는다. "15년 복무 후 개인적 이유로 은퇴." 그러고 멈추기에 내가 묻는다.

"또 뭐라고 써 있어?"

카티야가 고개를 젓는다. "그게 다야."

그게 다라고? 나는 인상을 쓴다. "그럴 리가. 뭘 했는지, 뭘 공부했는지가 없어? 특기 같은 거는?"

카티야가 눈살을 찌푸린다. "특기라고? 그런 건 없어."

"나도 볼게." 나는 브리타의 품에서 벗어나 책을 본다. 카티야의 말대로다. 더 이상의 내용이 없다. 능력에 대해서도 언급이 없고 아무것도 없다.

가슴이 답답해진다. 피부가 따끔해지는 건? 죽음비명을 감지하는 능력은? 괴물들이 주변에 있으면 눈과 목소리가 달라지는 건? 명부가 답을 줄 거라 생각했는데 아무것도 도움 될 게 없다니.

다시 시작점으로 돌아간 기분이다. 더 나쁜 건, 죽음비명과의 첫 대련이 몇 주 앞으로 다가왔다는 거다.

그날 저녁 무기고로 가는데, 너무 우울해서 공기 중에 떠도는 피 냄새도 눈치채지 못했다. 비명이 들려오고 나서야 정신이 번쩍 든다. 브리타와 나는 어둠 속에서 마주 본다. 우리 둘 다 무슨 소리인지 알고 있다. 헤마이라 외곽으로 공격을 나갔던 부대가 돌아온 것이다. 할당된 죽음비명을 다 죽이지 못한 수련생들은 채찍질을 당한다.

지난 몇 주 동안 수없이 봐왔다. 나스라 사감장이 수련생의 등가죽을 귤껍질 벗기듯 손쉽게 벗기는 광경을. 운 나쁜 소녀의 피가 뚝뚝 떨어지며 터져 나오는 처절한 비명을 수없이 들었다. 그러고 나서는 끔찍한 침묵이 찾아든다.

"고통은 괴물을 더 강하게 만들지." 사감장은 늘 그렇게 말하며 섬뜩하게 웃는다. 그 말이 사실이라면 와르투베라의 모든 알라키는 강철처럼 단단할 것이다.

또 다른 비명이 허공을 가른다. 나도 모르게 주먹을 꽉 쥔다. 너무 꽉 쥐어 터질 듯하다. 아무 내용 없는 어머니 정보에 이어 비명까지. 이 비참한 날이 끝날 때까지 뭘 더 견뎌야 할까?

"듣지 마." 케이타가 계속 걸으며 나를 흘긋 보고 말한다. 연습용 검인 나무로 된 아티카 꾸러미를 들고 있다. 그와 다른 우루니 둘이 우리를 거들며 무기고로 가고 있다. 그러고 나서 그들의 막사로 갈 것이다. "그냥 흘려버려."

그 말에 분노가 끓어오른다. 불편한 협정을 맺긴 했지만 그는 내 친구가 아니다. 친구가 된 소년은 드물다. 달리기 때 우리 힘에 놀란 그들은 그 이후로 우리를 경계한다. 이제 그들은 우리 소녀들의 힘이 얼마나 엄청난지 안다. 게다가 힘은 점점 더 세지고 있다.

"넌 그게 쉽겠지." 내가 그를 보며 말한다. "채찍질당하는 건 네가 아니니까."

"우린 재생이 안 되잖아." 벨칼리스의 우루니인 아칼란이 빈정거린다. 키 크고 몸집이 큰 북부인으로 신경질적이고 잘난 체하는 표정이 두르카스 원로를 생각나게 한다. 특히 경건한 척할 때의 그를 닮았다.

브리타가 씩씩댄다. "설령 그렇다고 해도, 그런 문제가 전혀 아니잖아. 너희는 애초에 벌을 안 받잖아."

"그래. 남자아이들은 벌받지 않지, 여자아이들은 죽어도." 카티야가 동의한다.

"하지만 오요모는 신병이 무한을 맛보는 걸 금지하셔. 그래서 모든 습격조 여자아이들이 채찍질당하는 거야." 내가 덧붙인다.

"그래서 뭐, 우리가 모두 피 흘리길 바라니?" 아칼란이 빈정거린다. "우리가 너희처럼 고통……."

"말싸움은 그만하자." 카티야의 우루니인 수렘이 차분하고 부드러운 태도로 재빨리 끼어든다. 내 짝이 될 줄 알았던 아이다. 잘 웃음 짓는 타투 많은 서부인. "무기고에 다 왔어. 그냥……."

난 그의 말이 더 이상 들리지 않는다. 갑자기 찌르르한 감각이 온몸을 휩싼다. 원인은 바로 알아챌 수 있다. 죽음비명……. 하지만 지하 동굴에 있는 게 아니다. 심장이 쿵쾅거린다. 바로 옆의 성벽을 살핀다. 무시무시한 낯익은 형체 넷이 눈에 바로 들어온다. 돌벽을 기어 내려오고 있다. 그것들의 몸에서 피어오르는 안개 속으로 가죽이 멀겋게 빛난다.

도약종. 먹잇감에게 펄쩍 뛰어들어 손톱과 이빨로 갈가리 찢는 종류의 죽음비명이다. 놈들이 진짜 성벽을 넘어왔다. 그럴 수 있다고 수없이 경고받았지만 다른 아이들은 아직 눈치채지 못한 것 같다.

수련생이 대련 상대로 쓰는 놈들보다 훨씬 크다. 이 죽음비명은 근육질에 건강해 보이기까지 한다. 어둠 속에서도 또렷한 눈. 포로로 잡힌 죽음비명과 바깥에 있던 죽음비명의 차이다. 거의 잊고 있었는데, 시력이 더 좋아지고 있다. 그래서 나에게는 그것들이 또렷이 보이고 귀는 다른 소리를 차단하여 희미한 발자국 소리만 들린다. 어느새 나는 카르모코 휴온이 가르쳐준 전투 상태로 들어가고 있다. 상태를 자극하기 위해 달릴 필요는 없다. 본능적으로 솟아나고 있다.

들었던 여분의 아티카를 내려놓고, 죽음비명들의 주의를 끌지 않도록 천천히 움직인다. 이미 케이타의 눈은 나를 훑고 있다. 대련 때를 제외하고 이렇게 주의 깊은 모습은 처음 본다. 그도 느끼는 것일까, 우리를 향해 조금씩 밀려오는 죽음비명들의 차가운 안개를.

"무슨 일이야?" 케이타가 속삭인다.

나는 성벽 쪽으로 눈짓한다. "서쪽 성벽에 죽음비명 넷. 모두 도약종이야. 엄청 커."

모두 놀라서 굳는다. 하지만 나는 재빨리 전력을 계산한다. 우리는 여섯이고 놈들은 넷. 하지만 죽음비명 하나를 쓰러뜨리는 데 셋에서 네 명의 소녀가 필요하다. 게다가 그것도 진검을 가지고 있을 경우다.

"상대가 안 돼." 브리타가 속삭인다. "메인 홀로 도망쳐서 경보를 울려야 해."

케이타가 끄덕인다. 눈을 가늘게 뜨며 어둠 속을 보려 애쓰지만 알라키처럼 볼 수는 없다. 잔뜩 긴장한 일행에게 그가 말한다. "나한테는 안 보여. 그러니 데카에게 맡기고 우린 달린다. 아주 조용히 해야 해."

"하지만." 아칼란이 허세를 부리려 한다.

케이타가 단호하게 자른다. "여긴 우리뿐이야. 진짜 무기도 없고 그것들의 비명을 막을 투구도 없어. 데카에게 맡긴다." 그러고 나서 나에게 고개를 끄덕인다.

죽음비명 가운데 첫 번째 놈이 이제 막 땅에 발을 디뎠다. 내가 보는 게 느껴졌는지, 고개를 들자 나와 눈이 마주친다. 그 눈빛에 비친 포식자의 지능. 놈이 입을 쫙 벌린다.

"뛰어!" 바로 내가 외치며 뛰어간다.

그때 앞으로 뭔가 휙 지나간다. 카티야가 금세 앞장선다. 공포에 질린 눈을 휘둥그레 뜨고 고래고래 외친다. "죽음비명이야!" 당황해서 케이타의 지시를 잊은 것이다. "죽음비명들이 우리를 공격……."

거대한 형체가 카티야를 덮쳐, 그녀가 덤불 속으로 굴러 떨어진다. 죽음비명도 쫓아가지만 수렘이 재빨리 아티카를 들고 막아선다. 죽음비명이 짜증스레 으르렁거리며 이빨과 손톱을 드러낸다.

"망할, 카티야!" 케이타가 달려나간다.

나도 달려나가지만 다른 세 놈이 우리 뒤쪽으로 갈라지며 카티야의 외침을 듣고 달려오는 수련생과 신병들을 향하는 걸 보고 깜짝 놀란다. 놈들이 왜 비명을 지르지 않지? 우리가 제일 가까이 있는데, 왜 우리는 공격하지 않지?

하지만 그런 생각 할 시간이 없다. 카티야를 공격한 놈이 움직이기 시작한다. 손톱으로 수렘의 목검을 손쉽게 조각낸다. 수렘이 헉 신음을 흘리자 죽음비명이 다시 손톱을 쳐든다. 하지만 카티야가 달려들어 수렘을 밀쳐낸 다음 재빨리 물러선다.

카티야가 잘 피한 줄 알았다. 와르투베라에서 가장 빠른 소녀니까. 하지만 빠직하는 기분 나쁜 소리와 함께 카티야의 가슴으로 손톱이 튀어나온다.

"악!" 카티야의 눈이 휘둥그레진다.

죽음비명의 손톱이 카티야의 등뼈를 뜯어낸다.

시간이 멈춘 듯, 내 몸이 호박 속에 갇힌 듯, 카티야의 등에 벌어진 구멍에서 뿜어져 나오는 피를 보고만 있다. 이상한 푸른빛이 가슴에서 빠져나온다. 어디에서도 보지 못한 푸른색이다. 카티야의 몸이 한 번, 두 번 들썩이더니 잠잠해진다. 그것으로 그녀가 죽었다는 걸 알 수 있다. 죽음의 금빛을 거의 발하지 않는 그녀의 몸은 금빛 잠이 든 게 아니다.

"카티야." 내가 중얼거린다. 나는 납덩이같은 몸을 간신히 움직여 죽음비명을 본다. 놈은 그냥 카티야를 보고 있다. 마치…… 놀란 것 같다. 그렇게 쉽게 죽여서 충격받은 것 같다. 내 몸 깊은 곳에서 뭔가 끓어오르며 화산처럼 뜨거워진다. 내 피가 불로, 숨결은 재로 바뀔 것만 같다.

"카티야에게서 떨어져, 이 야수!" 분노로 가득한 말이 입에서 터진다. 내 목소리에 겹겹의 힘이 실린 듯하다. "저리 꺼져!"

죽음비명의 몸이 즉시 굳는다. 눈동자가 뒤로 넘어간다. 비틀거리며 꼭두각시처럼 팔다리를 뒤튼다. 놈이 물러서자 아돠파와 아샤가 달려들어 카티야의 시신을 안아 든다. 그 순간 나는 탈진한다. 피로의 물결이 주변의 모든 것을 둔하게 만들며 감각이 바닥을 친다. 눈앞에 뭐가 언뜻언뜻 지나가나 싶더니 다른 죽음비명들이 비틀거리는 놈을 붙잡고 도망쳐 다시 성벽을 넘는다. 아돠파가 카티야의 시신을 조심스레 땅에 눕히는데 수련생과 카르모코들이 도착한다. 수렘이 카티야에게 달려가 눈물 흘린다.

카르모코 탄디위가 수련생들을 시켜 그에게서 카티야를 떼어낸다. "누가 처음 발견했지?" 탄디위가 우리를 둘러보며 묻는다.

"데카가요. 그러고 나서 카티야가……." 대답하는 브리타의 목소리가 갈라진다.

내 눈은 카티야에게 고정돼 있다. 그녀의 등뼈에서 스며 나오는 끔찍한 푸른색에서 눈을 뗄 수가 없다. 방금 어둠 속에서 긴 빨간 머리를 휘날리며 내 앞으로 달려 나갔던 카티야……. 그런데 지금은, 지금은……. 무릎이 푹 꺾인다. 갑자기 서 있을 수가 없다.

여기서 거의 한 달을 지내며 매번 습격에 나섰던 알라키 중 적어도 하나씩은 시체로 돌아오는 모습을 봤지만, 나는 아직도 우리가 얼마나 쉽게 죽을 수 있는지 몰랐다. 어차피 그들은 수련생이고, 나와 내 친구들과는 거리가 있는, 우리보다 먼저 들어온 소녀들이었으니까. 하지만 카티야가 어떻게 이리 쉽게 당할 수가 있지? 어떻게 죽음비명의 첫 번째 일격에 그냥 죽은 거지? 눈물이 마구 흘러내리며 피로감에 몸을 가눌 수가 없다. 그때 누군가의 손이 내 턱을 잡아 올린다.

카르모코 탄디위가 나를 내려다보며 찌푸리다가 놀란 듯 중얼거린다. "데카, 네 눈이…… 눈이 어떻게 된 거지?"

거기까지 듣고 어둠이 내 의식을 덮친다.

16

"어제 네가 어땠는지 봤어." 반갑지 않은 케이타의 목소리가 속삭인다.

다음 날 저녁, 호숫가에서 우리는 카티야의 장례식을 지켜본다. 알라키는 매장이 허용되지 않기에 우리는 그녀를 물 위에서 태운다. 작은 배가 장례용 장작더미가 되었다. 남자 보호자가 없으니 수렘이 장례식을 맡았다. 그가 무한의 지혜를 엄숙하게 읽는다. 장례식이 끝나면 그는 헤마이라를 떠나 서부의 고향으로 돌아갈 것이다. 더 이상 동료의 죽음을 목격하는 걸 감당할 수 없기에.

수렘을 비난할 수는 없다. 내게도 그런 선택이 가능했다면 떠났을 것이다. 어머니가 예전에 이곳에 있었고 아직 알아내야 할 질문이 남아 있어도 상관없다. 여기서 도망치고 싶다. 어딘가 먼 곳으로 달아나고 싶다. 하지만 카티야처럼 나도 이 성안에 갇힌 몸이다.

카티야의 피부는 이제 지금의 여름 하늘처럼 진청색이다. 그 위로 불꽃이 번지자 그녀의 빨갛고 긴 곱슬머리가 점점이 흩어진다.

카티야는 훈련에 아무리 방해돼도 첫날 이후 한 번도 머리를 자르지 않았다. 사감들이 벌줄 거라고 생각했는데, 그러지 않았다. 이제 타는 냄새에서 사과 향기가 난다. 그녀가 좋아한다던 북부 지방의 크고 붉은 사과. 상상의 냄새인지 아닌지는 모르겠다. 하지만 덕분에 코끝에 달라붙었던 금속성의 피 냄새가 흩어지는 듯하다. 척추가 뜯겨 나가던 기억이, 내가 외치자 돌변하던 죽음비명의 눈빛, 이르푸트에서도 봤던 그 표정도 기억에서 희미해진다.

그 끔찍한 기억을 없애고 싶어 냄새를 깊이 들이마시고 케이타를 본다. "무슨 뜻이야?" 나는 지금도 너무 멍해서 케이타가 나를 수상하게 생각하는 것도 카르모코 탄디위의 의심도 두렵지 않다. 사람이 그렇게 쉽게 죽는데, 친구가 그렇게 쉽게 죽는데, 내가 뭘 더 두려워해야 할까?

그래도 이전에 비하면……. 나는 도움 되지 않는 생각을 억누른다. 지금은 실리적으로 생각하고 싶지 않다. 어제의 일을 생각하고 싶지 않다. 죽음비명이 카티야를 보며 서 있을 때 내가 고함을…….

케이타가 몸을 가까이 가져온다. "아무한테도 말하지 않을 거야. 도움이 된다면 카르모코 탄디위도 마찬가지로 그럴 거야."

케이타의 다짐에 나는 오히려 흠칫 떨고 스멀스멀 불길한 기분을 느끼며 묻는다. "정확히 원하는 게 뭐야?"

죽음비명과 늘 지척에서 지내며 배운 게 한 가지 있다면, 브리타의 말이 옳았다는 거다. 내 능력은 가치가 있다. 즉, 다른 사람들이 나를 차지하려고 끔찍한 일을 저지를지도 모른다.

다시 이르푸트 신전 지하의 기억이 머릿속을 스친다. 바닥에 흐른 황금 피, 다가오는 원로들, 그들 손에 들린 들통. 기억을 떨쳐내고 케이타의 답을 기다리지만 시간이 좀 걸린다.

"내가 원하는 건 다른 모두와 마찬가지야. 죽음비명들을 끝장내는 거."

"그게 나랑 무슨 상관이지?"

"모른 척하지 마, 데카. 네가 어제 무얼 한 것이든, 엄청 도움 될 것 같아 보였어. 더 연구해봐야 한다고 생각해. 물론 은밀히."

어이가 없어서 웃을 뻔한다. 몇 주 전에 브리타도 같은 제안을 했다. 나는 억지로 귀를 기울인다.

"지휘관들은 그런 일을 좋게 보지 않을 것 같아. 신관들은 물론이고."

신관이라는 말에 나는 더욱 신경이 곤두선다. 다시 머릿속으로 기억이 스친다. 손에 칼을 든 두르카스 원로. 나는 심호흡하며 마음을 다스린다. "내가 왜 널 믿어야 하지? 네가 뭘 봤는진 모르겠지만 신관이나 지휘관에게 일러바치지 않는다고 어떻게 믿어?"

케이타가 어깨를 으쓱한다. 그의 금색 눈동자와 눈이 마주친다. "이 성만 나가도 비명 한 번으로 우리 고막을 터뜨리고 손톱 한 번 휘두르는 것으로 우리 몸을 썰어버리는 괴물들이 돌아다녀. 너는 복수하고 싶지 않아?"

그의 눈빛에 독기가 어린다. 나에게 하는 말이라기보다는 자신에게 이야기하는 것 같다. 어쩌면 다른 우루니들도 마찬가지일 것이다. "놈들에게 사람을 잃는 게 지긋지긋하지 않아? 언제까지 놈들이……."

나도 모르게 고개를 끄덕인다. 내 안에서도 분노가 끓어오른다. 이번에는 마을 사람들이 생각난다. 놈들의 급습, 눈밭에 널브러진 시체들. 그리고 카티야의 가슴을 뚫고 나온 손톱.

죽음비명이 내게서 모든 걸 빼앗아 갔다. 또 뭘 더 잃어야 하지? 내가 놈들에게 명령을 내릴 수 있다는 걸 안다. 복종하게 만들 수 있다. 내 능력에 대해 더 잘 알아내야 한다. 내 안에 존재하는 이 능력을 제대로 사용할 수 있어야 한다. 카티야의 복수를 하려면.

"피곤해." 갑자기 내가 잃은 모든 것이 떠오른다. 어머니, 아버지, 내 인생. 고향으로 돌아갈 날만을 고대했던 카티야. 리안의 아내가 되어 가족을 꾸리고……. "난 너무너무 피곤해."

케이타가 고개를 끄덕인다. "나도 마찬가지야. 그래서 기꺼이 너에게 충성을 맹세할 거야. 목숨 걸고 널 지킬게. 내가 본 너의 능력이 놈들을 죽이는 데 도움이 된다면."

갑작스럽고 열렬한 선언에 깜짝 놀라 케이타를 쳐다보니, 오른손을 내밀어 온다. "진심이야. 이번엔 진짜로 짝이 되자는 말이야."

나는 케이타의 손을 노려보며 어리둥절해한다. 남자가 나한테 이런 적은 처음이다. 케이타는 마치 우리가 동등한 것처럼 행동한다. 정말 말한 대로 할 생각인 것 같다. 아니면 속임수일 수도. 이번에야말로 내 인생을 끝장낼 수 있는 속임수. 어쨌거나 이미 케이타는 나를 수상하게 여기고 있다. 일단은 동맹을 맺는 게 나을 것이다. 그에게 어떤 약점이 있는지 내가 이용할 수 있는지, 지켜봐야 할지도 모른다. 악마의 거래지만, 지금 우리 인생에 뭔들 그렇지 않을까?

나는 케이타의 손을 잡는다. 맞잡은 두 손이 얼마나 이상해 보이는지 속으로 경악한다. 인간의 피부 대 도금된 손, 갈색 대 황금. 케이타를 보고 말한다. "진짜 파트너."

이번에는 케이타가 내 손을 꽉 잡았다 놓는다. 이유는 모르겠지만 나는 잠시 숨을 죽인다. 어쩌면 너무 피곤해서인지도.

17

"뭐 달라진 거 있어?" 케이타의 목소리가 어둡고 눅눅한 벽을 울린다.

잠깐 내 능력을 시험해보기 위해, 다음 수업 전에 와르투베라 지하 동굴에 들어왔다. 다른 친구들은 아직 카르모코 휴온의 무술 수업 뒷정리를 하고 있다. 케이타에 대해 확신이 들 때까지 지켜보자고 친구들에게 말해두었다. 이 아이의 동기가 무엇인지 아직 확신이 서지 않는다. 케이타가 통로 끝에서 망을 보는 동안 나는 물이 담긴 들통을 내려다본다. 죽음비명들이 갇힌 창살이 저쪽에 있어서인지 피부가 심하게 따끔거린다. 그르렁거리는 신음 소리와 딸깍거리는 손톱 소리가 내 피를 점점 끓게 하고 주위의 안개를 움직인다. 놈들은 흥분하면 안개를 분비하는데, 이곳에서는 항상 흥분해 있다.

물에 비친 얼굴을 보다가 한숨을 쉰다. 내 눈은 여전히 지루한 회색이다. "아니, 똑같아." 나는 케이타에게 말하고 물을 버리려 들통을 들어 올린다. 그러다가 멈추고 생각한다. "좀 더 가까이 가 볼까?"

"뭐? 재갈도 안 채웠는데……."

"망이나 봐줘." 내가 말을 막고 달려간다.

마굿간 비슷한 옆 동굴에 양쪽으로 창살이 설치돼 있다. 벽에 꽂힌 횃불에서 침침한 불빛이 깜빡거리며 달려가는 내 그림자를 바닥에 드리운다. 사슬이 각 감방의 죽음비명을 묶어놓고 있다. 한 감방에 두면 더 공격적이 돼서 분리해놓는 거다. 이곳 와르투베라에는 약 스무 마리가 있다.

피부가 더 심하게 따끔거린다. 가까이 가자 심장박동도 빨라진다. 이곳에 있는 죽음비명들에게는 재갈을 채우지 않았다. 그러니 비명을 지른다면…….

하지만 걱정할 필요는 없는 것 같다. 이르푸트에서도 경험했듯, 모두의 귀에서 피가 흐를 때 나만 멀쩡했다. 카티야가 죽을 때도 마찬가지였다. 비명을 들었고 그 힘을 느꼈지만 다른 사람들처럼 영향받지는 않았다. 나는 그저 카르모코 휴온의 가르침대로 호흡에 집중하며 정신을 모으면 된다. 괜찮을 것이다.

힘을 모으기 위해 깊이 숨을 들이마시고 지하 동굴 중앙으로 걸어간다. 검고 흉포한 눈들이 번뜩인다. 구석에 있던 거대한 몸들이 사슬을 덜컥거리며 일어난다. 코를 찌르는 지독한 냄새가 더 강해진다. 그와 함께 뭔가 더 가볍고 역겨운 달콤한 냄새도 난다. 낮게 그르렁거리는 소리를 무시하려고 애써도 겁나는 건 어쩔 수 없다. 가운데 있는 제일 큰 감방으로 가는데, 그 안의 죽음비명이 천천히 일어서자 창살 사이에서 뭔가 쉭쉭거리는 소리가 들린다. 눈에 띄는 은색 뿔 같은 가시가 등에 난 저놈은 내가 와르투베라에 처음 온 날 밤에 본 바로 그놈이다. 놈이 천천히 앞으로 나온다. 거대한 몸이 침침한 빛 속에서 희미하게 빛난다. 입이 말라온다.

진동종. 이곳에 있는 죽음비명 중 대장이다.

나는 놈을 올려다본다. 나를 향한 증오로 번들거리는 놈의 눈을 보며 속닥인다. "어서 비명 질러봐. 어디 한번 해봐."

어둡고 충동적인 감각, 분노와 아주 비슷한 무엇인가가 내 안에서 솟아난다. 하지만 그 감각은 면도날과 같은 또 다른 감정으로 들끓고 있다. 슬픔. 나는 카티야를 생각하며 저 증오스럽게 생긴 손톱이 카티야의 몸을 꿰뚫던 기억을 떠올린다. 한 걸음 더 다가간다. 손톱에 겨우 닿지 않을 정도로 가까이. 이제는 주변의 동요하는 다른 죽음비명들도 보인다. 매끄러운 하얀 도약종, 그 긴 팔다리로 창살을 쉽게 잡고 오를 수 있다. 저쪽의 거대하게 크고 껑충한 몸집의 일꾼종들이 절걱거리는 소리를 낸다. 카르모코 탄디위가 우리에게 그들을 분류하고 약점과 강점을 파악하는 법을 알려주었다.

나는 그들을 무시하고 진동종에게 집중한다.

놈이 다른 죽음비명들에게 명령을 내릴 수 있다는 것을 알고 있다. 이들은 무리 동물이고 늘 대장이 있다. 인간처럼 지성이 있는 건 아니지만 영리하지 않은 건 아니다.

"왜 아무것도 하지 않지?" 놈이 구석에서 그르렁거리고만 있자 내가 묻는다.

놈은 나를 공격하려 하지 않고 움직이지도 않는다. 다른 죽음비명들도 마찬가지다. 지켜보며 달각거리기만 한다. 왜 공격하지 않지? 왜 맞서 싸우려 하지 않지? 카티야를 죽였던 놈들보다, 이르푸트에서 본 놈들보다 느리고 둔한 듯하다. 의욕 없는 모습을 보니 짜증이 나고 분노가 솟는다.

"대체 왜 이러는 건데?" 내가 진동종을 노려보며 으르댄다.

갑자기 너무 가까워져도 상관없다.

달각거리는 소리가 커진다. 진동종과 다른 죽음비명들이 서로에게 달각거리는 소리가 점점 커지다가…….

"데카!" 케이타의 목소리가 먼 곳의 외침처럼 들려온다. "데카, 가야 해. 북이 울리고 있어."

숨을 내쉬며 물통을 내려다보니, 내 눈은 여전히 그대로다. 뭘 더 해봐야 할지 모르겠다.

나는 들통을 근처 구유에 비운 후 심호흡하며 정신을 가다듬는다. "갈게!" 하고 외치고 동굴을 나간다. 죽음비명들은 계속 달각거리고 있다.

케이타가 통로에서 기다리며 초조해한다. 그 표정을 보니 또 짜증이 난다. 왜 걱정하는 척하는지 모르겠다.

"무슨 일이야? 괜찮아? 놈들이 비명 질렀어?"

나는 고개를 젓는다. "아무 일도 없었어. 눈동자도 안 바뀌고. 적어도 물에 비치진 않더라."

케이타가 끄덕이지만 실망한 듯하다. "저런, 그랬군."

우리는 통로를 걸으며 각자 생각에 빠진다. 그때 그늘에서 뭔가 나타난다. 다음 동굴 입구에 서 있는 가잘이다. 이곳은 두 달 전에 나스라 사감장이 바닥을 열었던 동굴로, 전투 전략을 배우는 교실이다. 공격을 전개하는 법과 전투 중 효과적으로 싸우는 법을 배우는 수업이다.

"신참 데카." 가잘이 말한다. "수업 끝나고 남아라. 카르모코 탄디위께서 말씀하실 게 있단다."

그 말을 듣자 식은땀이 난다. 카티야가 죽은 날에 대해 물으려는 걸까?

나는 공손하게 고개를 끄덕이며 긴장을 감춘다. "알려주셔서 고맙습니다. 존경하는 선배, 피의 자매."

가잘은 만족해하며 제일 큰 동굴로 들어간다. 케이타와 나도 그 뒤를 따라간다. 잔뜩 긴장하여 신경이 곤두선 채 들어가니 카르모코 탄디워가 중앙에 서 있고 다른 신참과 우루니들도 다들 그 앞의 나무 책상에 앉아 있다. 수업 시작 직전이었다.

제발 죽음비명과 무슨 일이 있었는지 묻는 게 아니었으면. 죽음비명이 나타나면 내가 어떻게 변하는지 말해야 하는 게 아니었으면. 간절히 기도하며 자리에 앉는다.

다행히 탄디워는 내가 들어가도 신경 쓰지 않고 책상 앞으로 간다. 두루마리를 손에 들고 그림 한 장을 보여준다. 볼 때마다 두려움에 떨게 되는 그림이다. "너희 모두 금빛 존재들, 알라키의 사악한 조상에 대해 알 것이다."

황금 핏줄에 휘감긴 괴물들을 보며 나는 마지못해 고개를 끄덕인다. 넷이 그려져 있다. 하나는 하얗게 빛나고 또 하나는 갈색에 배가 늘어지고 젖가슴이 튀어나왔다. 세 번째는 붉은 비늘로 뒤덮였고 용처럼 날개가 있다. 네 번째는 무정형에 잉크처럼 새카맣다. 보는 것만으로도 불안해진다. 내가 그것들의 후손이라는 것이, 저렇게 무섭고 악몽 같은 존재의 후손이라는 것이. 비록 알라키로서의 삶을 받아들이기로 했지만, 저런 것을 보고 다시 그 사실을 떠올려야 하는 건 괴롭다.

탄디워가 두루마리를 근처에 있는 신참에게 건넨다. 키가 작고 사슴 눈을 한 남부인 메루트다. "오늘 우리는 금빛 존재들이 너희에게 남긴 악마적 유산에 대해 가르치려 한다. 그것을 어떻게 죽음비명에 대항하는 무기로 이용하는지 알아볼 것이다. 두루마리의 3장을 펴라."

수업이 끝나고 나서 나는 그대로 자리에 앉아 기다린다. 탄디워가 내게 무얼 물으려는 걸까? 너무 긴장되어 좀 전에 배운 알라키 생리학은 다 까먹고, 내 능력에 대한 온갖 질문과 함께 날아올 피 묻은 룬구만 머리에 떠오른다. 거의 현기증 날 지경이 됐을 때 케이타가 다가와 내 어깨에 손을 얹는다. 나는 화들짝 놀라면서도 따뜻한 체온에 문득 차분해지는 걸 느낀다.

"카르모코 탄디워가 자투에 보고하고 싶었으면 바로 그렇게 했을 거야. 그러니 침착해."

어떻게 내 기분을 눈치챘는지 모르겠다. 나는 한숨을 쉬며 말한다. "알겠어."

케이타가 고개를 끄덕이고 문으로 나간다. 하지만 내가 따라가지 않는 걸 다른 아이들이 눈치챘다.

"넌 안 가, 데카?" 브리타가 묻는다.

"조금 있다 갈게." 내가 손을 흔들며 말한다. "저녁 남겨놔. 카르모코 탄디워께서 나랑 할 이야기가 있으시대."

"무슨 일 저지른 거야?" 브리타의 우루니인 리가 묻는다. 동부 지역에서 온 홀쭉한 소년으로 잘 웃고 느긋하다.

"그건 아니고." 재빨리 대답하고 인상을 찌푸려 보인다. "왜 그렇게 생각하는데?"

아칼란이 짐짓 헛기침을 한다. "그게 아니면 왜 부르겠어?"

"얼른 가자. 배고파죽겠어." 리가 투덜댄다.

"넌 맨날 배고프지." 브리타가 타박한다.

"지금 강물이 시냇물보고 너무 빨리 흐른다고 타박하는 거니?" 리가 코웃음 친다.

케이타가 나를 보며 침착하라고 눈짓한다. "저녁은 내가 챙겨놓을게, 데카."

나는 억지로 고개를 끄덕인다. "고마워."

아이들의 목소리가 멀어진다.

이제 나는 커다랗고 으스스한 동굴에 카르모코 탄디위랑 둘이 남았다. 수업에 쓴 두루마리를 치우는 그녀를 보자, 점점 긴장감이 차오른다.

드디어 탄디위가 나를 본다. "따라오렴, 데카."

"네, 카르모코."

탄디위를 따라 동굴을 나가서, 한 번도 본 적이 없는 좁은 계단을 오른다. 올라갈수록 어쩐지 벽이 점점 좁아지는 듯하다. 어디로 가는 걸까? 무슨 일일까? 실험하고 피를 내려고 혹시 나를 가두려는 건 아닐까? 머릿속이 점점 핑핑 돌아서 더 이상 참지 못하고 주저하며 묻는다.

"카르모코 탄디위."

"어?"

"그날 때문에 그러시는 건가요? 죽음비명이 습격했던 날이요."

탄디위가 인상 쓰며 나를 본다. "죽음비명이 습격한 날 무슨 일이 있었니?"

내가 눈만 껌뻑이자 탄디위가 몸을 가까이하더니 속삭인다.

"혹시 무슨 일이 있었더라도, 일어난 건 어쩔 수 없지. 나라면 현명하게 비밀로 간직할 거야, 그렇지 않니? 기회가 될 때마다 최대한 현명하게 연구해야 할 것이기도 하고."

온몸에 충격이 관통한다.

나를 가두지 않을 거라고? 와르투베라 지하에 갇힌 죽음비명들처럼 실험당하지 않는다고? 다리에서 힘이 풀린다. 몸이 휘청거린다. "그게 무슨 말씀이죠?" 나는 탄디위를 보며 중얼거린다.

그녀는 어깨를 으쓱한다. "난 널 해칠 생각이 없어, 알라키. 너는 우무의 딸이지, 그렇지?

나는 깜짝 놀라 눈만 껌뻑인다. 지난 몇 주 동안 은밀히 고민해왔던 사실을 아무렇지 않게 누군가가 말하다니. "어머니를 아세요?"

탄디위가 고개를 끄덕인다. "나보다 4년 아래였지. 훌륭한 그림자단이었어. 열심이었고 강단 있고. 그런데 안타까운 일이 있었지. 그게 아니면 전설적인 그림자가 되었을 텐데. 아이를 가지게 된 거야. 아마도 너겠지?"

나는 끄덕이며 그녀를 멍하니 보다가 묻는다. "그래서 어머니가 나 때문에 떠난 거예요?"

탄디위가 끄덕인다. "꽤 심각한 사건이었지. 그림자단은 결혼할 수 없어. 그래서 처형 명령이 내려졌지. 다행히 우무를 돕는 귀족이 있어서 그 전에 그녀를 도망시켰어. 사방이 홍수인 우기 마지막 주에 도망쳤는데, 어떻게 성공했는지 놀라워. 잘 살아남았다니 반갑네. 어떻게 지내고 있지?"

"붉은 수두로 돌아가셨어요." 이제 나는 거의 혼미한 상태에서 대답한다.

탄디위는 당황하더니 고개를 끄덕인다. 그리고 다시 묻는다. "행복하게 살다 갔니?"

"마지막까지 행복하셨어요. 그런데…… 묻고 싶어요. 어머니도 나와 같았나요? 어머니도 나처럼, 이상한 점이 있었나요?"

"내가 아는 한 우무는 그냥 인간이었어." 탄디위가 나를 꿰뚫듯 들여다본다. "솔직히 황제의 칙령 이후 2년 동안 만나본 모든 알라키 가운데, 너 같은 아이는 한 번도 본 적이 없어."

"단 한 번도……." 계단 위쪽에서 들려오는 낯익은 휘파람 소리가 내 귀를 파고들어 말을 멈춘다. 그곳의 열린 문 밖으로 처음 보는 작은 정원이 있다. "하얀손?"

"에쿠스 부인을 말하는 거니?" 탄디위가 눈썹을 치켜올린다. 밖으로 나가더니 나를 위해 비켜선다. "널 기다리고 계셨어."

나는 반가움에 달려간다. 방석을 깔고 앉은 하얀손 앞에 잔칫상이 차려져 있고 에쿠스 형제도 양쪽에 앉아 와구와구 먹고 있다. 하얀손이 피우는 물담배의 알싸한 향이 정원에 자욱하게 퍼져 따뜻한 저녁 공기와 섞인다.

"에쿠스 부인!" 내가 외치며 달린다. "브라이마, 마사이마, 다들 왔네요!"

에쿠스들이 노란 사과와 다른 열대과일을 먹다가 고개를 든다.

"안녕, 조용한 아이." 마사이마가 씩 웃는다.

"우리 보고 싶었어?" 브라이마가 일어서며 덧붙인다.

내가 그들을 얼싸안자 그들도 내 머리를 토닥인다.

"너무 보고 싶었어!"

이들을 마지막으로 본 게 언제더라? 마차에 실린 사과를 전부 먹어가며 다정하게 이야기 나누던 때가……. 나는 그들을 더욱 꾹 껴안는다.

"우리랑 같이 있을 때가 세상이 훨씬 아름다웠지, 그렇지 않니?" 브라이마가 갈기를 휙 넘기며 흐뭇하게 말한다.

마사이마가 맞장구친다. "정말 그랬지, 형제. 우리랑 있으면 모든 게 좋아져."

나는 솟아나는 눈물을 얼른 날려버린다. "그래, 너희랑 있을 때 정말 행복했어" 하면서 그들을 놓아준다.

그러고 나서 하얀손을 향해 몸을 돌리는데 약간 긴장된다. 그녀가 아니었다면 나는 아직도 이르푸트의 지하실에 있을 것이다. 하지만 지금 왜 온 걸까?

"에쿠스 부인."

그녀가 손을 흔들며 대답한다. "하얀손이라고 불러도 돼. 그 이름이 꽤 마음에 드는구나."

나는 그녀 앞으로 다가가다가 어찌할 바를 몰라 멈춰 선다.

그녀는 재미있다는 듯 나를 본다. "그래, 요즘 와르투베라에서는 선배한테 어떻게 인사하라고 가르치나? 어색하게 다가가서 멀뚱히 서 있으라고?" 하면서 나른하게 물담배 연기를 퐁퐁 뿜는다.

"아뇨." 나는 황급히 한쪽 무릎을 바닥에 대고 수업 이외의 시간에 카르모코에게 하는 인사를 정식으로 올린다. "저녁 인사 드립니다, 하얀손."

"좋은 저녁, 데카." 그녀는 나를 위아래로 훑어보더니 말한다. "옛날보다 확실히 생기 있어 보이네. 와르투베라에서 잘 지내나 보다."

나는 어깨를 움츠린다. "그런 편이에요" 하면서 카티야를 생각한다. "저와 브리타를 이곳에 보내주셔서 고맙습니다."

이제는 알고 있다. 하얀손이 아니었다면 우리는 다른 알라키처럼 흩어져서 나쁜 훈련장으로 보내졌을 것이다. 우리를 와르투베라에 보내야 한다고 결정한 건 하얀손이다. 그녀가 호의를 베푼 것이다. 탄디위가 어머니에 대해 한 말이 심상치 않아 아직 당혹스럽지만, 잠시 눌러두고 하얀손에게 집중해야 한다.

"늘 명랑한 브리타는 어때?" 하얀손이 묻는다.

나는 웃음 짓는다. "더 쾌활해졌어요. 남자아이들을 모래판 위에서 던져버리니까."

"아주 활기가 넘치는군." 하얀손이 물담배를 내려놓고 과일을 조금 먹는다. "듣자 하니 너도 요즘 피를 내서 문지르고 자신을 괴물이라고 부른다며? 내가 얼마나 놀랐을지 생각해보렴. 다른 사람도 아니고, 내가 '저주받은 황금' 이야기를 할 때마다 수치심에 질려 넋이 나가던 그 알라키가 말이야. 그렇다면 이제 더 이상 내 말을 의심하지 않겠지."

나는 이마 끝까지 벌게진다. 나를 이곳까지 오게 한 그녀의 약속을 그때는 의심했다는 것도 아는 듯하다. "그렇습니다." 나는 솔직하게 말한다. "와르투베라는 약속해주신 그대로예요. 더 이상 제가 부끄럽지 않습니다. 내 선조가 어떻든 난 가치 있는 존재니까요."

놀랍게도 하얀손은 껄껄거리며 웃는다. "뭐, 그건 분명 잘됐구나. 마차에서 질질 짜던 것보다 훨씬 나아. 그런 건 입맛 떨어지니까. 카람볼라 먹을래?" 하얀손이 섬세한 노란색이 도는 별 모양의 초록 과일 접시를 내민다.

나는 고개를 저어 사양한다. "아니요, 괜찮습니다."

"우리가 먹을게." 브라이마가 욕심이 깃든 눈빛을 보이며 손을 뻗는다.

"좋은 과일을 버릴 필요는 없지." 마사이마도 덧붙인다.

하얀손이 그들의 손가락을 쳐낸다. "너희 것이 아니야. 너희는 저리 가서 먹어. 저 나무에 달린 무화과 맛을 봐."

하얀손이 엄하게 이르며 나무를 가리키자 에쿠스들이 입을 비죽거리며 터덜터덜 가버린다. 하얀손이 나에게 다시 말한다. "한 가지 가르치마, 데카. 누가, 특히 너보다 나이 많은 사람이 음식을 주면 먹는 거야. 남부의 관습이지."

나는 황급히 고개를 끄덕이고 접시를 받는다. "감사히 먹을게요, 하얀손." 나는 조심스레 맞은편에 앉고 나서 묻는다. "여긴 왜 오신 거죠? 와르투베라에 소녀들을 더 데려왔나요?"

나는 정원 문을 흘긋거리며 안뜰 쪽을 넘겨다본다. 달빛이 황제의 석상을 비추고 있다. 그곳에는 마차 한 대가, 내가 타고 온 바로 그 마차가 서 있다.

하얀손이 고개를 젓는다. "아니. 와르투베라에 더 데려올 소녀는 없어."

"그럼 왜……?"

"당연히 가르치러 왔지."

"가르쳐요?"

"에쿠스 부인께서는 겸손해서 자신의 높은 지위를 잘 드러내지 않지." 카르모코 탄디위가 우리에게 와서 말한다. "이분은 와르투베라뿐 아니라 다른 훈련장도 모두 감독하신다."

나도 모르게 입이 벌어지며 하얀손을 본다.

"정말……."

"훈련장을 감독하냐고? 그래, 내가 맡은 일이지." 그러더니 치즈 한 조각을 내 접시에 놓는다. "이거랑 먹어보거라. 카람볼라와 잘 어울리니까."

나는 놀라서 고개를 절레절레 젓는다. 모든 훈련장을 감독할 정도면 귀족이라는 뜻이다. 부유하고 권력 있는 자만 그런 중요한 임무를 맡는다. "그럼 전 먹을 수 없어요. 그런 불경을 저지를 수는……."

"난 너의 새 카르모코야."

하얀손이 히죽 웃더니 말을 가로챈다. 나는 탄디위와 하얀손을 번갈아 보며 혼란에 빠진다.

하얀손이 말을 계속한다. "난 이따금 학생 한두 명을 맡아서 가장…… 까다로운 공격에 대비시키지. 그래서 내가 너와 브리타를 이리 데려온 거야. 네 친구 벨칼리스 역시 내 흥미를 끌지. 늘 화나 있는 가잘도."

나는 눈썹을 모은다. "벨칼리스를 아세요? 가잘도?"

"물론 유망한 학생들을 주시하고 있다. 너희 넷이 내 새로운 훈련생이 될 거야. 내일부터 수업을 시작하자."

"저녁 식사 후에 바로 알려라." 탄디위가 덧붙인다.

나는 절하며 대답한다. "네, 부인."

"'네, 카르모코'라고 해야지." 하얀손이 교정하며 웃는다. "뭐, 그렇지만 여기 남아서 우리와 함께 담배 피워도 돼."

몹시 유혹적인 제안이지만 나는 벌떡 일어난다. "아뇨, 카르모코." 나는 고개를 깊숙이 숙인 후 서둘러 물러난다. 정원에 하얀손과 카르모코 탄디위를 남겨두고.

기숙사에 반쯤 가까워졌을 때, 탄디위가 한 말에 왜 계속 신경이 쓰이는지 깨닫는다. 어머니는 우기 마지막 주에 도망쳤다고 했다. 하지만 나는 은늑대 달에 태어났다. 우기 마지막 주로부터 열 달도 더 지난 달이다.

나는 탄디위가 수업 내용을 통째로 외우는 것을 보았다. 그녀는 날짜도 늘 정확했다. 하지만 인간 아기는 열 달 이상 배 속에 있을 수 없다. 만일 탄디위의 말이 맞는다면 어머니는 아버지를 만나기 전에 적어도 임신 한 달째였을 것이다. 내가 아버지의 친딸일 리는 없다. 내가 사람의 딸이긴 할까.

나는 탄디위의 말을 곱씹고 또 곱씹으며 이게 무슨 의미일지 생각하고 또 생각한다.

18

다음 날 저녁 호숫가에 도착해 보니, 하얀손이 조그만 카펫 위에 앉아 있다. 이 근방에서 만든 강한 야자 술이 담긴 청동 잔을 손에 들고 있다. 요즘 날이 더 더워졌고 나이트 재스민의 달콤한 향이 모든 것을 아련하게 감싸는 듯하다. 향이 너무 독해서 하얀손 옆에 놓인 무기들을 조금 늦게 알아챘다. 금속이 희미한 저녁 불빛 아래 번뜩인다. 덕분에 심장박동이 빨라지며 온종일 나를 괴롭힌 탄디위와의 대화, 내 아버지가 누구일까 하는 의문은…….

이제 모든 주의는 무기에 쏠린다. 불길하게 빛나는 저것들은 두 달 미만 신참들에게 주어지는 나무 무기가 아니다. 두 달이 되려면 아직 멀었다. 세 달째가 되어서야 금속 무기가 주어지고 공격 나갈 준비를 한다고 했는데.

이곳에 놓인 금속 무기들은 분명 우리가 사용할 것이다.

수많은 질문이 머릿속을 스친다. 하얀손은 무슨 의미로 '가장 까다로운 공격'이라고 말했을까? 왜 그 공격 때문에 우리 넷을 골랐을까?

나는 다른 세 소녀를 곁눈질한다. 하얀손을 아는 브리타는 빼고, 다들 긴장한 듯하다. "저녁 인사 드립니다, 카르모코." 브리타가 활짝 웃으며 무릎을 굽힌다.

하얀손도 비딱하게 웃는다. "오랜만이구나, 브리타." 그러고 나서 모두에게 말한다. "다들 제시간에 왔구나. 좋아. 난 지각을 싫어해. 너희도 그렇지?"

우리는 뭐라 대답해야 할지 몰라 서로 바라본다. 그러자 하얀손이 일어나 먼지를 턴다. 그녀는 카르모코의 차분한 갈색 로브를 입었다. 당연히 예전 여행 때 입던 낡은 검은 로브보다 더욱 잘 어울린다.

"나는 너희의 새 카르모코다." 그녀가 다가와 고개를 끄덕이며 선언하듯 말한다. "앞으로 카르모코 혹은 카르모코 하얀손이라고 부르도록. 그 이름이 아주 마음에 드니까." 그러고서 나에게 윙크한다.

나는 재빨리 고개를 숙인다. "저녁 인사 드립니다, 카르모코 하얀손." 그러자 다른 소녀들도 따라 한다.

"좋은 저녁이다." 하얀손도 답한다. "다들 내 수업 도구를 봤겠지. 이미 들었겠지만 중요한 공격을 위해 특별히 너희 넷을 뽑았다. 그리고 나는 연습용 검과 무기로 훈련시키면서 타고난 너희 능력을 모욕할 생각이 없다. 너희는 알라키야. 최악의 상황에 맞설 수 있고 이미 겪어보기도 했지. 아닌 경우도 있지만." 그러면서 브리타를 흘긋 본다. 브리타는 당황하여 얼굴을 붉힌다.

"그래서 나는 이 수업을 하기로 결정했다. 이 학교의 수호자를 길러낼 예정이다."

"수호자?" 벨칼리스가 뇌까린다.

하얀손은 대답하지 않고 걱정스러운 표정으로 가잘에게 간다. 나도 가잘을 보고 눈썹을 모은다. 가잘의 이마가 땀으로 빛나고 눈도 살짝 풀려 있다. 가잘이 창백한 안색으로 호수를 노려본다. 아픈 건가 싶지만 알라키는 아프지 않다. 우리 몸의 피가 바뀌기 시작하면, 대부분의 질병에 걸리지 않게 된다. 다른 상처와 마찬가지로 빠르게 치유해버리는 것이다.

하얀손이 조용히 말한다. "상태가 안 좋아 보이는구나. 그렇지, 가잘?"

"네, 카르모코." 가잘이 끄덕이며 호수를 흘긋거린다.

하얀손이 가잘의 시선을 따라가더니 가늠하는 표정이 떠오른다. 그리고 가잘의 팔꿈치를 턱 잡는다. "저리 가서 좀 씻고 올래?"

"싫어요!" 가잘의 입에서 고함이 터지며 하얀손을 뿌리친다.

하얀손이 차분히 알겠다는 표정을 짓는다. "호수가 싫은 거구나? 그렇지, 수련생?"

가잘이 어쩔 수 없이 고개를 끄덕인다.

"왜지?"

가잘이 미친 듯 고개를 젓고, 겁먹은 표정에 휩싸인다. "나, 나는." 나는 눈을 휘둥그레 뜨고 가잘을 바라본다. 이런 모습은 처음 본다.

하얀손이 조용히 말한다. "극복하려면 말해야 해. 호수는 어디 가지 않아. 나도 장소 바꿀 생각은 없고. 그러니 네가 말하고 우리가 수업을 계속할 수 있게 해야 해."

"제발……." 가잘이 애원하며 검은 물에서 눈을 떼지 못한다.

"제발, 뭐?"

"제발 저 물가에 가지 않게 해주세요."

가잘의 이런 행동이 가능할 거라고 생각도 못 했다. 갑자기 몹시 불안해진다. 뭔가 내가 봐서는 안 되는 걸 보는 것 같다.

"이건 좀 아닌 거 같아." 브리타가 속닥인다.

나도 고개를 끄덕인다. 하얀손은 사람 놀리기를 좋아하지만 이건 지나치다.

그러나 하얀손이 가잘을 바라보는 표정이 완강하다. "왜 물가로 가기 싫은 거지? 이유를 말하지 않으면 내가 아무것도 할 수 없잖아."

가잘은 눈을 희번덕거리며 고개만 흔든다. 말한다는 생각만으로도 무서운 모양이다.

"그렇다면." 하얀손이 가잘의 팔을 잡고 호수로 끌고 간다.

"안 돼요, 안 돼!" 가잘이 비명을 지르며 버티지만 하얀손은 거침없이 가잘을 점점 더 물가로 끌고 간다.

가잘은 마침내 더 이상 참지 못하고 외친다. "저 안에 가뒀었어요!" 가잘이 몸을 부들부들 떨며 그 자리에 엎드려 통곡한다. "나를 창살에 가두고 저 호수에 넣었어요! 그렇게 나를 죽이려 했지만 나는 죽지 않았어요. 계속 익사만 했어요. 계속 익사했어요!" 눈물이 줄줄 흘러내린다. "다시, 또다시, 또다시……."

하얀손이 그녀를 잡아 일으킨다. "누가 그랬지?"

"가족이요." 가잘이 흐느낀다.

하얀손이 고개를 젓는다. "네 피의 자매가 네 가족이야. 다시 말해봐. 누가 그랬지?"

"아가월 가문이요." 가잘이 조금 당황하여 대답한다. 눈물은 계속 흘러내린다.

하얀손이 가잘을 잡고 일으켜 세운다. "아니, 다시 말해. 누가 그랬지?"

나는 더 이상 볼 수가 없다. "하얀손, 제발 멈춰요. 그렇게 겁줄 필요는 없잖아요."

하얀손이 무시무시하게 차분한 표정으로 나를 돌아본다. "나를 방해하다니, 데카. 너희 중 누구라도 나를 방해하면 상상도 못 할 고통을 안겨주마."

우리는 놀라서 일제히 물러선다.

하얀손은 계속 가잘의 머리를 잡고 끌고 간다. 가잘이 미친 듯이 버텨도 가차 없이 끌고 간다. 머리가 거의 물에 닿기 직전까지 밀어붙인다.

"누가 그랬지?" 하얀손이 고함친다.

"아무도 아니에요!" 이제 이해한 가잘이 울부짖는다. "아무도 아니었어요. 제발, 카르모코! 이제 나랑 아무 상관 없는 사람들이에요."

그제야 만족한 하얀손이 가잘의 머리를 놔주고 무기 쪽으로 가더니 검을 하나 집어 든다. 그러고는 내려다보며 날을 확인한다. "그때 너에게 검이 있었다면 아무도 그런 짓은 할 수 없었을 거야."

하얀손이 다시 가잘에게 가서 검을 던져 준다. "이제 너에겐 검이 있다. 뭘 할 거지?"

가잘이 떨면서 검을 집어 든다. 하얀손을 한번 보고 검을 본다. 하얀손이 나머지 무기를 우리에게 나눠 준다. 마지막으로 브리타에게는 전투용 망치를 건넨다.

그러고 나서 다시 가잘에게 말한다. "나한테 덤벼도 되지만 그럼 너무 금방 끝날 테니"라며 우리를 가리킨다. "저 애들 중에 하나를 골라."

가잘이 누구를 고를지 나는 본능적으로 알아차린다.

"저 아이요." 가잘이 차가운 목소리로 뇌까리며 나를 가리킨다.

하얀손이 기쁜 듯 손뼉을 친다. "좋은 선택이야, 수련생! 데카는 완벽한 상대가 될 거야."

가잘이 살기등등한 눈으로 다가오자 왠지 차분해진다. 내 안의 무언가가 바뀌며 감각이 날카로워진다. 한 걸음 물러서서 숨을 깊이 들이마신다. 그리고 검을 꽉 쥔다. 가잘이 피에 굶주려 있는 건 보기만 해도 알 수 있다. 그렇다면 기꺼이 준비돼 있다. 카르모코 휴온이 늘 말하는 '전투의 첫 번째 법칙. 언제든 준비돼 있으라.'

나는 발을 벌린다. 하얀손이 가잘에게 고개를 끄덕인다. "해치워."

가잘이 잽싸게 내게 달려든다. 나는 가까스로 그녀의 검을 피한다. 하마터면 목이 잘릴 뻔해서 나도 모르게 신음이 터져 나온다. 가잘은 내 피만 노리는 게 아니라 내 목을 노린다. 알라키를 죽이는 가장 쉬운 방법은 목을 자르는 것이다. 하지만 나는 카르모코 휴온이 가르쳐준 대로 전투에서 죽을 준비가 돼 있다. 그리고 더 정확히 말하자면, 난 머리가 잘린다고 해서 죽지 않는다는 걸 이미 알고 있다. 이 점을 기억하며 숨을 쉬고, 다시 공격하는 가잘의 움직임을 좇는다. 번개처럼 빠른 공격이다. 전투 상태에 들어간 가잘은 바람처럼 움직인다. 카티야가 없는 지금, 와르투베라에서 가장 빠른 알라키다.

그렇다면 나는 더 영리한 수를 생각해야 한다. 조심하지 않으면 이번 수업은 가잘이 내 머리를 베는 것으로 끝난다.

"조심해, 데카!" 브리타가 외친다.

획 돌아보니 가잘이 벌써 내 뒤에 와 있다.

내 배를 겨누는 가잘의 검을 겨우 피한다. 하지만 팔뚝이 베이고 말았다. 나는 신음을 흘리며 이를 악문다. 황금이 솟아서 상처가 따끔거리지만 그에 신경 쓸 겨를이 없다. 이 정도는 아무것도 아니다. 훨씬 더한 일도 겪은 내게 이런 생채기는 아무것도 아니다.

하얀손이 다시 웃으며 잔을 들어 올린다. "무찌르거나 죽어라, 데카. 어느 쪽이든 교훈을 배울 거다."

교훈이라……. 그 말이 귓가에 윙윙 울린다. 지난 한 달간 배워 온 많은 교훈. 내가 살아남도록, 아니 승리하도록 가르치는 교훈. 무슨 수를 써서라도.

무찌르거나 죽어라…….

다시는 죽지 않을 것이다. 적어도 오늘은 아니다.

형형한 눈빛으로 흉포함에 사로잡힌 가잘을 본다. 말을 걸어봐야 소용없을 것이다. 가잘은 자신의 고통을 배출해야 하고, 나는 그 상대로 선택됐다. 내가 취할 수 있는 명예로운 유일한 방법은 맞서 싸우는 것이다. 이기는 것이다.

제압하는 것이다.

나는 검을 들어 올린다. "덤벼."

가잘이 비명을 지르며 덤벼온다. 하지만 그녀가 달려들 때, 나는 옆으로 비키며 칼자루 끝으로 그녀의 머리를 친다. 가잘은 내 소매를 잡을 듯하더니 고꾸라지며 기절한다. 머리에 난 자국으로 봤을 때 깨어나려면 적어도 한 시간은 걸릴 것이다.

하얀손이 다가오며 손뼉을 친다. "대단해, 대단해! 머리 회전이 그렇게 빠르다니." 나는 온몸에 힘이 빠져 부들부들 떤다. "눈부신 솜씨였어. 내가 제대로 골랐지."

"골랐다고요?" 늘 그랬듯 싸움 내내 조용히 관찰만 한 벨칼리스가 질문한다. "왜 재죠? 왜 우리예요? 와르투베라의 많은 아이 중에서도 왜 하필 우리입니까, 카르모코?"

하얀손이 어깨를 으쓱한다. "너희는 분노를 가졌어, 깊은 분노의 우물을." 그러고 나서 기절한 가잘을 가리킨다. "저 아이는 고통을 가졌지. 너희도 보았듯 호수 전체만 한 고통을 말이야." 이번에는 브리타를 가리킨다. "저 아이는 강해. 의리가 있고, 해야 할 일을 할 거야." 브리타가 놀라 눈을 껌뻑이자 이번에 하얀손은 나를 가리킨다. "그리고 저 애는 비정상이고."

또 나왔다. 혐오스러운 말, 비정상. 하지만 나는 예전처럼 수치와 욕지기를 느끼지 않는다. 이제 나는 내 능력이 가치 있다는 것을 안다. 이제 내 감정은 호기심 쪽이다. 하얀손은 내 능력이 어디서 온 건지 안다. 이르푸트에서도 짐작은 갔지만 이제는 확신이 든다. 그래서 비정상이라는 표현을 사용하는 것이다. 비난하는 게 아니라 사실을 말하는 것이다.

"비정상이라는 게 무슨 뜻이죠? 난 정확히 뭐예요? 내가 알라키이긴 한 거예요?" 마지막 질문이 나도 모르게 입 밖으로 나온다. 깊이 감춰뒀던 두려움, 한 번도 인정해본 적 없는 질문.

하얀손이 재미있다는 듯 웃는다. "알라키이긴 하냐고? 어리석은 질문이구나, 데카. 당연히 알라키지. 와르투베라에서 가장 가치 있는 알라키란다."

나는 이해가 가지 않아 인상을 구긴다. 그러자 하얀손이 한 걸음 더 다가와 나를 똑바로 바라본다.

"이곳의 모든 소녀 중에서 너만이 죽음비명에게 명령할 수 있는 능력이 있잖니."

어느 정도 짐작했다고 해도 하얀손의 확언은 충격적이다. 다른 깨달음도 마찬가지다. 만일 하얀손이 내 능력에 대해 알고 있다면 아마 이르푸트에서부터 내 정체를 알았을 것이다. 이전부터 나를 찾고 있었을지도 모른다. 나 같은 소녀가 또 있을까? 전에는 그럴 리 없다고 생각했지만, 이제는 모르겠다. 확실한 건, 하얀손이 내 의문들의 대답을 알고 있다는 거다.

"당신이 어머니를 도와준 귀족인가요?" 나는 불쑥 묻는다.

온종일 생각했다. 카르모코 탄디위가 말한 어머니를 도망시켜준 사람은 당시 와르투베라의 카르모코 중 하나라고 생각했다. 자투나 관리일 수도 있다. 하지만 실은 하얀손이 아니었을까? 그녀는 귀족이고 돈과 권력이 있으며 사람들을 원하는 곳으로 이동시킬 능력이 있다.

"당신이 어머니를 와르투베라에서 탈출시킨 사람인가요?"

하얀손은 눈을 깜빡인다. "네 어머니가 와르투베라에 있었니? 흥미롭네……."

하얀손은 늘 그렇듯 긍정도 부정도 하지 않는 방식으로 답을 하고 나는 그녀가 거짓말하는지 아닌지 알 수 없다. 내가 알 수 있는 건 그녀가 많은 걸 알고 있다는 점뿐이다.

"나에 대해 아는 게 뭐죠? 난 대체 뭐예요?" 그동안 궁금했던 걸 간절하게 묻는다.

하얀손을 어깨를 으쓱할 뿐이다. "네가 능력을 사용하면 기력이 쇠한다는 걸 알아. 그 능력을 사용한 다음엔 약해지지. 이 싸움에서 넌 우리에게 가치 있는 존재야."

귓가에서 심장박동이 둥둥 울린다. 우리에게 가치 있어? 말하는 방식이 아주 의미심장하다. 무슨 생각을 하는지 알 것 같다. 공격 때 내 능력을 사용하려는 것이다. 모두에게 보여주려는 것이다. 온몸이 경직되고 숨이 가빠진다. 내 마음 깊은 곳 어딘가에서 본능적 비명 소리가 점점 커지는 듯하다.

하지만 하얀손이 손가락을 딱 부딪으며 내 주의를 현재로 돌려놓는다. "묻고 싶은 게 많다는 거 안다, 데카. 정벌이 끝나기 전에 모두 답해줄 작정이야. 하지만 지금은, 내가 너를 해하지 않으리라는 것만 알아둬."

그렇게 머릿속의 비명 소리는 흩어지고 나는 다시 숨 쉴 수 있게 된다. 내가 하얀손에 대해 하나 아는 게 있다면, 자신이 한 말을 지키는 사람이라는 것이다. 비록 의도는 잘 알 수 없어도.

하얀손이 다시 브리타를 향한다. "아까 왜 네가 선택되었는지 물었지? 데카가 약해졌을 때, 다치지 않게 보호하기 위해서다." 그리고 브리타의 전투용 망치를 가리킨다. "그 전투용 망치로, 브리타 넌 데카의 보호자가 되는 거야."

브리타가 망치를 내려다보고 눈썹을 일그러뜨리며, 천천히 말한다. "그래서 나를 선택했군요. 우리를 같이 데려온 이유가 그거였어요……."

하얀손은 굳이 부정하지 않는다. "와르투베라의 가장 강한 전사인 너희 넷은 가장 힘든 공격에 차출될 거야. 죽음비명이 더 많거나 교활한 곳, 더욱 지독한 곳에. 데카의 목소리가 필요한 곳들에."

하얀손이 우리를 훑어본다. 그러다가 브리타에게 머문다. "브리타, 넌 강할 뿐 아니라 진정으로 데카를 아끼지. 그래서 데카를 안전하게 지켜줄 보호자인 네가 필요해. 앞으로 다가올 공격의 공포 속에서 제정신으로 지켜줄 친구가 말이지. 그 일을 할 수 있겠니?"

나는 브리타를 본다. 내가 하얀손에게 질문한 것들을 밀어낸 더 강한 감정은 공포다. 브리타가 나를 두려워하면 어쩌지? 이런 위험한 상황에 자기를 끌어들인 나를 미워하면 어쩌지? 지나친 생각이라는 걸 알지만, 그럴 가능성이 있다는 것만으로도 괴롭다.

하지만 브리타는 망치를 견줘 보며 웃음 짓는다. "데카와 나는 피의 자매예요. 우린 함께합니다."

하얀손이 웃음 짓는다. "그렇게 말해주니 기쁘구나." 이번에는 벨칼리스를 본다. "그리고 후알파의 벨칼리스. 네 생각은 어떠냐?"

벨칼리스는 퉁명스럽게 대꾸한다. "데카의 가치가 어쩌고 하는 게 다 무슨 소린지 모르겠네요. 난 그저 살아남아서 이곳을 떠나고 싶을 뿐이에요. 만일 우리가 죽음비명을 더 빨리 물리치는 데 데카가 도움이 된다면, 나도 그녀를 보호할 거고요." 벨칼리스가 브리타와 내 곁으로 온다.

안도감에 몸이 부르르 떨리며 무릎에 힘이 빠진다. 벨칼리스도 나를 미워하지 않는다. 여전히 내 친구다.

하얀손이 웃음 짓는다. "그럴 줄 알았지. 결국 넌 그 누구보다 데카가 견뎌야 했던 고통을 이해하니까. 그래서 뭘 해야 할지 제일 잘 알겠지."

갑자기 그제야 벨칼리스 등에 있던 상처가 생각난다. 지도처럼 마구 겹쳐져 있던 상처들. 이제는 희미해졌지만 벨칼리스도 나만큼 고통을 받았다는 걸 잊어버릴 수는 없다.

벨칼리스가 고개를 끄덕하자 하얀손이 말을 계속한다. "당분간 데카의 비밀은 너희만 알고 있도록 해라. 너희와 카르모코들만 아는 거야. 지금은 그래야 한다."

다른 이들이 약속하고 나자 하얀손은 검을 하나 들어서 살핀다. "자, 그럼…… 누가 나한테 덤벼볼 거지?"

19

"네 꿈을 이야기해봐라, 데카." 하얀손이 말한다.

호숫가에서 수업하는 네 번째 날이다. 제한 없는 격투 대련이 끝나고 브리타, 벨칼리스, 가잘이 메인 홀로 돌아갔지만, 하얀손이 나에게 남으라고 지시했다. 이유는 말해주지 않았다. 그녀는 질문에 대답하지 않는 데 매우 능숙하다. 아무리 물어도 소용이 없다. 그저 적당한 때에, 이 전쟁이 끝나기 전에 언젠가 다 설명해준다는 말만 한다.

지금은 단념하는 수밖에 없다. 카르모코 탄디위에게 물을 수도 있지만 하얀손만큼 알지는 못할 것이다.

"내 꿈이요?" 나는 어리둥절해서 되묻는다. 내 꿈을 대체 왜 묻는 걸까?

"악몽을 꾸고 있잖니. 되풀이되는 꿈도 있고." 충격받은 내 표정을 보고 웃으며 말한다. "그렇게 놀랄 필요 없어. 알라키는 다 그런 꿈을 꿔. 비정상인 알라키는 더더욱. 꿈에 대해 이야기해봐라."

나는 당황해서 목소리를 고른다. "늘 바다 한가운데서 시작돼요. 바다 같은 느낌이에요. 어둡지만 그…… 누군가가 있어요. 서로 다른 존재인지 하나의 존재인지 모르겠지만 그들이 나를 불러요."

"뭐라고 부르지?"

"내 이름을요. 내 이름을 불러요. 이…… 문 쪽으로 오라고 해요. 황금으로 된 빛나는 문이에요." 그러고서 나는 말하기가 무서워 입술을 깨문다.

"왜 말을 멈추지, 데카?"

"실은……."

"말해봐." 하얀손이 재촉한다.

"그들이 어머니의 목소리를 내고 있어요. 어머니의 목소리로 나를 불러요. 하지만 난 그게 어머니가 아니란 걸 알아요. 어머니는 죽었어요. 이제 없으니까." 지나간 슬픔이 되살아나, 나는 가슴을 문지른다.

하얀손이 끄덕이며 생각에 잠긴다. "그 문, 거기로 들어가본 적 있니?"

"아뇨."

하얀손이 나를 보더니 이상한 표정을 짓는다. "다음에 그들이 너를 부르거든, 들어가라."

나는 인상을 찌푸린다. "하지만 꿈은 마음대로 안 되는……."

날카로운 통증이 내 목을 꿰뚫는다. 그리고 하얀손의 희미한 웃음만 보인다. "기억해. 그들이 널 부르거든, 가거라."

그러고 나서 모든 것이 어두워진다.

완벽한 암흑. 바다처럼 따뜻한 곳. 늘 똑같다.

어머니가 죽은 후 매번 같은 장소가 나타난다. 그 안에서 뭔가 거대하고 아주 오래된 것이 소용돌이치지만 나는 두렵지 않다. 전에도 수없이 만났으니까. 내 안에서도 휘몰아치는 그 존재를 느꼈으니까.

"데카……." 그것이 부른다. 물속에서 울려 퍼진다.

어머니 목소리 같다.

하지만 아니다. 어머니를 이용해서 나를 속이려 한다. 그래서 나는 반대편으로 헤엄쳐 피하려 한다. 그런데 갑자기 황금빛이 비치며 뒤쪽에서 문이 하나 열린다.

"데카……." 다시 목소리가 들린다. 이번에는 애원조다.

그 목소리가 기억을 긁어낸다. 뭔가 중요한 걸 잊고 있었던 기분이다. 저 문, 저 문에 대한 기억이 나는 것 같다. 나는 돌아선다. 그곳에 황금빛으로 빛나는 문이 있다. 점점 커지다가 내 시야를 다 차지해버린다.

'들어가, 데카…….' 목소리가 으스스한 감각과 함께 머릿속으로 흘러들어 온다. 명령이다.

나는 일단 복종하여 황금빛 문으로 점점 가까이 헤엄쳐 간다. 마침내 문이 나를 삼키자, 문의 아름다운 색이 나를 휩싸고 아무것도 남지 않는다.

"이제 일어나도 돼, 데카."

나는 숨을 헉 들이켜며 하얀손 목소리에 복종해서 일어난다. 하지만 진짜 깨어난 것이 아님을 깨닫는다. 다시 호숫가로 돌아온 게 아니다. 그게 아니라면 모든 게 이토록 밝게 빛나는 게 설명되지 않는다. 주변은 어두운데, 살아 있는 모든 것이 빛을 낸다. 식물, 벌레, 나무 모두가 마치 후광에, 신비한 빛에 둘러싸인 것 같다. 내 옆에는 하얀손이 서 있다. 그녀도 하얀 불꽃처럼 어둠 속에서 몸 전체가 발광하며 빛난다.

"뭐가 보이니?" 하얀손이 묻는데, 멀리서 들려오는 듯하다.

하얀손이 아득히 멀리 있는 듯하다. 하지만 그녀가 이곳에 있는 걸 나는 알 수 있다. 나와 함께 있다. 아직 꿈꾸고 있는 걸까?

"당신이…… 빛나요." 나는 경이로움에 휩싸여 속삭인다.

"그거 잘됐구나."

"무슨 일이죠?" 하얀손에게 묻는 내 목소리도 우렁우렁 울린다.

하얀손이 주위를 한 바퀴 돌며 묻는다. "전투 상태가 뭔지는 배웠지?"

나는 천천히 고개를 끄덕인다. 모든 게 너무나 가볍고 고요하다.

"네가 그동안 경험했던 건 아주 표면적인 상태였어. 지금 네가 보고 느끼는 이것이 가장 순수한 전투 상태란다. 감각이 고도로 강화되고 잠과 깸의 중간, 이 세상과 다음 세상의 중간 단계에 들어서는 거지. 네 손을 보렴."

내려다보니 나도 하얀손처럼 빛이 난다. 게다가 내 손에는 다른 모든 것보다 더욱 밝게 빛나는 줄들이 그어져 있다. 핏줄이다. 온몸으로 뻗어나간 혈관이 어둠 속에서 빛을 발한다. 심지어 도금된 피부를 뚫고 나오는 빛이다.

"깊은 전투 상태에 들어가면 너는 다른 이들에겐 보이지 않는 것을 볼 수 있고, 다른 이들은 느낄 수 없는 것을 느낄 수 있어. 그러면서 보통 알라키와 비교할 수 없는 수준으로 더 빠르고 강해지지. 이 상태에서 '포획 목소리'라는 걸 발전시킬 수 있어."

그림자 하나가 나를 향해 윙 날아온다. 나도 모르게 손을 들어 그 물체를 잡는다. 잡고 보니 날카로운 검이다. 날을 맨손으로 잡았는데도 나는 피 한 방울 흘리지 않는다. 조그만 상처 하나 남지 않았다. 저주받은 황금이 피부 아래로 모여 보호 작용을 하고 있는 걸 나는 경이에 차서 바라본다. 피부 아래 황금이 움직이고 작용하는 광경을 도금된 피부를 뚫고 들여다볼 수 있다.

하얀손이 빙긋 웃는다. "훌륭해. 벌써 피를 조종하기 시작했구나. 네 목소리도 조종하게 되면 훨씬 유리한 상황이 될 거야. 그럼 시작해볼까? 배울 게 많단다. 네 스스로 전투 상태에 들어가는 연습부터 하자."

다음 날 아침, 평소보다 더 일찍 일어난다. 쇠 우리에 가보니 진동종은 벌써 창살 앞으로 나와 있다. 어둠 속에서 빛나는 한밤처럼 까만 눈동자가 내가 올 줄 알았다는 듯 나를 좇는다. 하지만 다른 사람이 먼저 와 있었다. 일그러진 괴물 반가면을 쓴 하얀손이 작은 벤치에 앉아 있다. 나는 놀라서 눈을 껌뻑인다. 남자가 주변에 없을 때 카르모코가 가면 쓰는 일은 드물다. 아마도 진동종이 수컷인가 보다. 놈의 아래쪽을 자세히 들여다본 적은 없지만.

"아침 인사 드립니다, 카르모코."

긴장한 상태로 인사하는데 하얀손은 조급하게 손을 흔들고 묻는다.

"준비됐니?"

숨을 깊이 들이마시고 진동종을 본다. "그런 것 같아요."

하얀손은 고개를 끄덕인다. "전투 상태로 들어가라."

그냥?

불안감을 감추려 노력하며, 지난밤 하얀손이 지시한 대로 머릿속에 검은 바다를 떠올린다. 처음에는 아무 일도 일어나지 않는다. 오히려 오만 가지 별별 생각이 머릿속으로 밀려들어온다. 할 수 없으면 어떻게 하지? 무슨 일이 생기면 어떻게…….

하얀손이 명령한다. "잡념을 잠재워. 집중할 곳을 찾아."

그래서 나는 내 손을 내려다본다. 손을 감싸고 있는 황금을 본다.

단지에 담갔던 그날과 똑같이 두껍다. 한참 응시하면 그 아래 핏줄이 보일 것도 같다. 황금 광택 바로 아래 고동치는 혈관이 느껴질 것 같다. 지난밤 검을 잡았을 때 손을 보호하며 그 안에서 끓어오르던 피를 기억한다. 내 손만큼이나 황금빛인 피. 그 문만큼이나 황금빛인…….

잡념이 멈춘다. 몸의 무게가 느껴지지 않는다.

"그렇지." 하얀손의 속삭임이 멀리서 들려온다. "문에 집중해."

내 바로 앞에 문이 나타났다. 나는 그리로 움직이며 어둠 속을 헤엄친다. 빛 속으로 헤엄친다. 모든 것이 빛에 감싸인다. 하얗게 빛난다. 모든 살아 있는 것이 빛을 낸다. 진동종도 마찬가지다. 놈의 몸 전체가 어둠 속에서 하얗게 빛난다. 놈의 눈만 아직 검다. 놈은 이상한 표정으로 나를 보고 있다. 호기심? 두려움?

나는 놈에게 가까이 간다. 마치 공중에 떠가는 듯하다. 바로 앞까지 가서 그 눈을 들여다보며 말한다. "진동종, 꿇어라."

내 목소리가 여러 겹으로 들린다.

시간이 흐르지만 아무 일도 일어나지 않는다. 그러다가 낯익은 달각 소리와 함께 그의 등에 난 가시가 움직인다. 놈은 천천히, 하지만 확실히 무릎을 꿇는다. 그 멍한 표정은 카티야를 죽였던 놈과, 이르푸트에서 봤던 놈과 똑같다. 소름이 쫙 돋으며 나는 깨닫는다. 내가 한 것이다. 명령을 내렸다!

"세상에, 데카." 하얀손의 목소리가 갑자기 바로 귓가에 들린다. "처음으로 네 의도대로 명령을 내렸구나."

나는 활짝 웃으며 피로가 밀려오는 것을 느낀다. 그리고 눈앞이 깜깜해진다.

20

"죽음비명들이 헤마이라 남쪽 경계 근처 동굴에 모였다." 카르모코 탄디위가 방을 둘러보며 말한다.

늦은 오후에 나와 다른 알라키 몇 명이 탄디위 서재에 서 있다. 초록 눈에 검은 머리의 사려 깊은 북부인 수련생 비어크스, 아돠파가 맨날 쳐다보는 키 작은 남부인 신참 메루트 그리고 브리타, 벨칼리스, 가잘, 아돠파. 하얀손과 다른 카르모코들도 한쪽 구석에 조용히 앉아 우리를 지켜본다. 내일 이 시간에 우리는 헤마이라 외곽에서 죽음비명을 사냥하고 있을 것이다. 이놈들은 보통 놈들이 아니다. 남쪽 경계선에 근거지를 마련하고 50명 넘게 죽였다. 죽음비명이 이 정도 참사를 일으키려면 적어도 두세 달이 걸린다. 우리의 첫 임무로 이들을 사냥하는 것이다.

심장이 뛴다. 두려움, 긴장, 열의를 모두 느낀다. 지난 몇 달간 해온 훈련이 바로 내일을 위한 것이었다.

"죽음비명들이 이리로 모여들고 있어. 몇몇 귀족의 밀림 속 저택 근처지." 탄디위가 말하며 서재 가운데, 바닥에 오테라의 지도가 새겨진 곳으로 간다. 창끝으로 우리가 갈 곳, 헤마이라의 왼쪽 끝 작은 마을을 가리킨다. "너희와 우루니들은 내일 출발해서 이 동굴을 습격한다." 탄디위는 해당 지점을 가리키더니 나를 보고 손짓한다. "데카, 네 능력이 여기서 사용될 거다."

어쩔 수 없이 그녀에게 다가가며, 다른 피의 자매들 눈에 의문이 떠오르는 걸 느낀다.

탄디위가 내 어깨를 두드리며 다른 피의 자매들에게 설명한다. "너희 모두 데카를 알지만 지금까지 모르는 게 하나 있었다. 데카는 너희와 다른 점이 있어."

소녀들은 서로 마주 보며 어리둥절한 표정을 짓고, 나는 그만 경직된다. 하얀손의 수업을 듣지 않는 아이들에게는 내 능력에 대해 말하지 않았지만 이제 때가 되었다. 나는 공포에 사로잡힌다. 나를 미워할까? 아니면 두려워할까?

브리타가 내 손을 잡는다. "괜찮아, 데카." 웃음 지으며 속삭인다. "내가 여기 있잖아."

나도 웃으며 긴장을 좀 푼다.

"데카는 너희 중에서도 특이한 존재야." 탄디위가 말한다. "죽음비명에게 명령을 내릴 수 있지."

다른 소녀들은 깜짝 놀란다. 아돠파도 놀란 눈으로 나를 보며 속삭인다. "데카?"

나는 얼른 고개를 끄덕인다.

비어크스가 손을 든다. "이해가 안 갑니다, 카르모코. 최면을 걸 수 있다는 뜻인가요?"

"그와 비슷해. 아주 잠깐 할 수 있지만 매우 유용한 능력이다. 더 연구해봐야 해."

이제 탄디위는 엄한 눈으로 방을 둘러본다. "경고하겠다. 소수의 사람만 데카의 능력을 안다. 이 방에 있는 사람들 그리고 자투 사령관과 그 밖의 몇몇만 이 정보에 비밀히 관여하고 있다. 다른 사람들이 알아선 안 돼. 다른 피의 자매들도 마찬가지야. 죽음을 각오하고 지켜라."

비어크스가 나를 찬찬히 보며 고개를 끄덕인다. 나는 몸을 더 곧게 세우며 강해 보이려 애쓴다. 그러면 마치 가치 있어 보일 것처럼. 내가 왜 이런 능력을 가지게 되었는지 알 수 없다. 하지만 주눅들지 않을 것이다. 다른 피의 자매들에게 불신받지 않을 것이다.

"그럼 전략을 이야기해보자." 탄디위가 말하고 나와 다른 피의 자매들을 본다. "계획은 간단해. 우루니와 브리타를 양쪽에 거느리고 데카, 네가 먼저 접근해. 죽음비명들을 밖으로 꾀어낸 다음, 네 목소리를 이용해 움직이지 못하게 만들어. 그러면 다른 이들이 빠르고 간단하게 제거한다. 알겠나?"

나는 끄덕인다. "예, 카르모코."

드디어 때가 왔다. 목적을 완수할 시간이다. 벌써부터 입 안이 바짝 마른다. 나는 할 수 있다. 나는 할 수 있다…….

탄디위가 웃음 지으며 고개를 끄덕인다.

"그럼 좀 더 자세히 검토해보자."

* * *

그날 저녁 우루니들과 다시 모였는데 분위기가 음침하다. 새로 습격조가 편성되었을 때의 관습으로, 두 시간의 여유를 허락받았다. 그래서 우루니들과 같이 저녁 먹으며 시간을 보내기로 한다. 결국 우리 중 누군가 내일 죽을 가능성이 크기 때문에, 마치 장례식

같은 분위기다. 미리 작별 인사를 하는 시간인 것이다.

나 혼자 그런 기분인 것은 아니다. 저녁으로 나온 뜨거운 국과 빵을 씹어 삼키는데, 벨칼리스의 우루니 아칼란이 입을 달싹거리다가 조용히 내게 묻는다. "죽는 건 어떤 느낌이야?" 처음 보는 표정을 짓는데 한없이 약해진 느낌이다.

"추워. 아주 차가워. 몸속의 피가 느려지는 게 느껴지고 그러다가 어둠과 외로움이 찾아오지. 죽는 건 아주 외로워……."

"그러고 나선?" 아칼란이 망설이다가 재차 묻는다. 항상 허세 부리거나 거만하진 않은 것이다.

"그러고 나서?" 나는 기억을 떠올려보려 애쓴다. 잘 생각나지 않는다. 죽어가던 순간은 늘 기억난다. 하지만 그다음에 어떻게 됐는지 잘 생각나지 않는다. 그저 어둠과 평화만 기억난다. 그 이상 생각해내려 하면 기억이 떠나가버린다. 많은 기억이 떠나간다. 때로는 기억하고 싶지 않다는 생각이 든다. 그때의 공포를 느끼고 싶지 않기 때문이다.

"따뜻해." 놀랍게도 벨칼리스가 대답한다. 저녁 내내 휘젓고 있는 연고에서 고개 들어 대답하는 그녀의 입에 희미한 웃음이 걸려 있다. 벨칼리스는 연고와 물약을 잘 만든다. 친척이 운영하는 약국에서 일하며 배운 재능이다. 알라키에게는 그런 게 필요 없어도, 그녀는 긴장하거나 불안할 때마다 연고와 물약을 만든다. "항상 따뜻해. 마치 뭔가 나를 감싸서 안전하게 지켜주는 것처럼."

"죽는 걸 좋아하는 것 같네." 아돠파의 통통하고 보통은 명랑한 우루니인 퀘쿠가 의아해한다. 퀘쿠는 눈썹을 모으고 커다란 갈색 눈을 찌푸린다.

벨칼리스가 어깨를 으쓱한다. "난 죽는 거 상관없어. 그냥 그래. 사실 따뜻하고 행복한 곳에서 둥둥 떠다니는 것처럼 평화롭기도 하고. 사람들이 우리를 괴물이라고 부를 때마다 난 내가 죽었을 때의 기분을 생각해. 만일 내가 괴물이라면 왜 오요모는 사후대지에서 나한테 그렇게 친절할까?"

아칼란이 반발하며 벌떡 일어난다. "오요모는 모두에게 친절하셔. 지엄한 높은 분부터 천한 아랫것에까지. 그리고 그런 말을 여러 사람이 함께 있는 데서 하면 안 되지. 신관들이 불경죄로 처벌할 거야." 그러고는 뻣뻣하게 몸을 굳히며 가버린다. 우리와 달리 신병들에게 죽음은 한 번뿐이다.

"내가 이야기해볼게." 브리타의 우루니인 리가 미안한 표정으로 말하고 나간다. 퀘쿠도 재빨리 따라간다.

모두 침묵에 잠겼다가 결국 브리타가 한숨을 쉰다. "역시 예상대로네."

우리는 씁쓸하게 쿡쿡 웃으며 소년들이 언덕을 내려가 막사로 들어갈 때까지 지켜본다. 놀랍게도 케이타가 남아 있다. 전보다는 가까워졌지만 여전히 한가한 대화를 나누는 관계는 아니다.

케이타가 벨칼리스에게 묻는다. "많이 죽어봤어?"

"여섯 번. 대부분 피를 빼다가."

"여섯 번? 게다가 피를 뺐다고?" 케이타가 침을 튀기며 말하지만 벨칼리스는 무심하다.

"우리 피를 빼서 파는 신관들이 있어." 벨칼리스가 찜질약을 점점 더 빨리 젓는다. 더 이상 이야기하고 싶지 않은 것이다.

"늘 많이도 가져가지." 내가 대신 대답한다. "한번은 마을 원로들이 내 몸을 토막 내고 있는데 깨어났어. 지하실이 온통 피투성이였지. 불쾌했어, 고통스러웠고. 하지만 익숙한 상태에서 불쾌한 게 더 컸어. 꽤 여러 번 토막 났으니까."

이제는 예전 같은 공포와 구토증 없이 말할 수 있게 됐다. 그래서 케이타의 표정을 보고 오히려 놀란다. 그것은 공포, 순수하게 드러난 공포였다.

"난…… 미안, 그만 가봐야겠다." 케이타가 허둥거리며 일어난다. 걸어가는 몸이 떨린다.

나는 지켜보다가 한숨을 쉰다. 신병들이 이런 것에 무지하다는 점을 가끔 잊는다. 물론 그들은 군인이고 무시무시하고 잔혹한 일을 하도록 훈련받았지만 알라키의 삶이 어떤지 전혀 모른다. 우리가 견뎌야 하는 고통에 대해서도 알지 못한다.

과거에 대해 더 순화해서 말했어야 하는데. 하지만 말해버린 걸 후회하진 않는다.

"나도 혼자 시간을 좀 보내야겠어."

다른 이들이 자리를 뜨는 내게 고개를 끄덕인다.

* * *

내가 가장 좋아하는 나무는 옆 언덕에 푸른 꽃이 피는 니스트리아다. 거대한 늙은 나무로, 가지가 너무 굵어서 주변 시야를 거의 모두 차단한다. 나뭇가지 아래 작은 공간으로 슬쩍 들어가면, 와르투베라는 멀게만 느껴진다. 머릿속에서 멀어지는 듯하다. 그 그늘에서 은은한 꽃향기를 들이마시며 조용히 누워 있는데, 나중에 케이타가 찾아온다.

"아까는 도망쳐서 미안해." 케이타가 웅크리며 옆에 앉는다. "끔찍한 경험을 털어놓는데, 나는 어린애처럼 도망치다니. 난…… 그런 일이 있었을 줄은 상상도 못 했어. 어떻게 그런 짓을 할 수가 있는지 아직도 난……." 케이타가 눈을 피한다.

그러다가 마음을 가다듬고 다시 나를 본다. "유감이야, 데카. 내

영혼 깊은 곳에서, 네가 그런 일을 당해서, 너희 모두 그런 일을 당해서 정말 안됐다고 생각해. 내가 이런 말 해봐야 별 소용 없겠지만 그래도 말하고 싶어. 내가 미안하게 생각한다는 걸."

나는 놀라서 눈을 깜빡인다. 이런 말을 들을 줄은 예상도 하지 못했다. 아마도 케이타가 이렇게 많은 말을 한 것도 처음일 것이다.

나는 그를 보며 빙긋 웃는다. "어린애 같지는 않았어. 나무 도마뱀 같기는 했지." 니스트리아 가지를 후다닥 타고 오르는 연초록 도마뱀을 가리킨다.

케이타가 피식 웃는다. "뿔도마뱀 이하는 받아들일 수 없어."

"그럼 뿔도마뱀."

케이타가 조금 더 웃더니 한숨을 쉰다. "정말 미안하다. 너한테 일어난 일도 미안하고, 네 이야기를 끝까지 들어주지 못해서 미안하다."

"괜찮아. 이야기하지 말았어야 하는데."

"그런 끔찍한 일을 겪으면 안 되는데. 그 원로들, 그런 짓을 해선 안 됐어." 그의 눈에 분노가 어린다.

"하지만 사형 칙령에 대해서는 어떻게 생각해?" 나는 조용히 묻는다. 신관들이 실패하면 자투가 맡아서 집행하게 돼 있다. 물론 이제는 알라키가 필요해져서 상황이 달라졌지만. "사형 칙령은 아직도 존재해. 늘 그랬잖아."

케이타는 미안한 표정으로 시선을 피한다. 그래서 나는 더 다가앉는다. 그가 이 대화를 외면하지 않길 바란다. 이번이 기회일 수도 있다.

"우리 같은 부류는 선택의 여지가 없어. 싸우든지 죽든지, 어느 쪽이든 우리 삶은 우리 게 아니야. 벨칼리스의 말이 옳아. 우리보고 괴물이라고 하잖아. 정말 우리가 괴물일까?"

케이타가 고개를 숙이고 한숨을 쉰다. "나도 몰라. 더는 모르겠어. 처음 신병이 됐을 때는 정말 그런 줄 알았어. 너희랑 같이 일하면서도 너희를 미워할 거라고 생각했지. 너랑 협상하면서도 널 믿지는 않았어. 하지만 이제는……."

"이제는?"

"이제 너희는 그저 동료일 뿐이야. 그리고 너희가 그런 일까지 겪었다니……." 케이타가 주먹을 꽉 쥔다. "너를 토막 낸 사람들이 누구지? 이름이 뭐야?"

"그게 뭐가 중요해?" 내가 어깨를 으쓱한다. "무한의 지혜에 의하면 나는 괴물이야. 더구나 이제 끝난 일인데."

케이타가 내 손을 꽉 쥔다. 손의 온기가 용광로처럼 뜨겁게 내 손을 감싼다. "나한테는 중요해. 너는 나한테 중요하니까."

그 말에 내 심장이 뛰며 위장이 뒤틀린다. 갑자기 얼굴이 뜨거워진다. "넌 내 우루니야." 다짐하듯 중얼거린다. "그렇게 생각해줘서 고마워."

"우루니가 아니었어도 그렇게 생각했을 거야."

놀랍게도 케이타의 다른 손이 내 뺨을 감싼다. 그리고 나와 눈을 맞춘다. 그 따뜻하고 진솔한 눈빛에…… 온몸이 따끔거리는 것 같다.

"조르 청사에서 널 처음 보던 날을 기억해. 브리타와 함께 겁에 질려 있는 너를 보고, 잊고 있던 뭔가가 생각났어."

이제는 심장이 너무 빨리 쿵쾅거린다. 가슴에서 튀어나올까 봐 겁이 난다. "뭐가?"

"나 자신이, 내 어릴 때가 생각났어. 미안해……" 하면서 케이타가 손을 홱 뺀다. "내가 힘이 없어서 미안해, 데카. 네 삶을 빼앗긴 것도…… 그렇게 심한 일을 겪으며 여기까지 온 것도. 나도 마찬가지지만."

나는 케이타를 뚫어지게 보며 마지막 말이 무슨 뜻인지 해석하려 애쓴다. 케이타에게도 과거에 좋지 않은 일이 있었다는 걸 알고는 있다. 하지만 캐묻는 걸 좋아하지 않을 듯해서 묻지 않았다. 지금도 대답하고 싶어 하지 않는 것 같아서 그냥 가만있는다.

"괜찮아. 그래도 이젠 피의 자매들이 있으니까 그걸로 충분해. 고향에는 그런 친구가 없었어. 그럴 사람도 별로 없었지." 아버지가 얼마나 쉽게 나를 버렸는지, 엘프리데 역시 얼마나 쉽게 나를 버렸는지 기억한다.

갑자기 그동안 그 두 사람을 전혀 생각하지 않고 지냈다는 것에 깜짝 놀란다. 내가 아버지의 자식이 맞는지 궁금하지도 않았다. 하얀손이 있으니까 답을 기다리면 된다. 진실이 어떻든 간에, 이제는 더 이상 내 능력 때문에 나를 지하실에 가두거나 피를 뽑으려는 사람은 없을 거라는 사실을 알고, 안도감을 느끼고 있다.

그래서 지금 여기, 케이타와 함께 있을 수 있는 것이다.

나를 곁눈질하는 그의 눈이 빛난다. "나는 네 친구야, 데카?"

"그러고 싶어?" 나는 거의 들리지 않을 정도로 작게 말한다.

그러나 케이타가 내 귀에 속삭이며 그의 숨결이 내 귓가에 짧은 머리털을 휘젓는다. "난 그보다 더 좋은 존재인 것 같아. 우루니니까. 우리가 죽는 날까지 말이야."

오랜만에 듣는 행복한 말이다.

21

다음 날 지평선 위로 태양이 솟아오를 때 나는 이미 수천 번, 습격에 대비해 마음을 다잡는다. 무기는 날카롭게 갈아놓았고 가죽 갑옷은 단단히 죄어놓았으며, 헤마이라 외곽으로 오래 타고 갈 말에도 필요한 걸 다 갖췄다. 긴장한 채 말에 안장을 얹는데 이상한 에너지가 나를 채운다. 알라키에게 지급되는 기괴할 정도로 무거운 가죽 갑옷 때문에 느껴졌던 답답함도 이제는 들지 않고 가벼운 압박감만 있다.

주변의 다른 이들도 말에 안장을 얹고 짐을 싣는다.

놀랍게도 아돠파는 여전히 어젯밤 탄디위 공지에 대해 아무 질문도 하지 않는다. 말에 타면서 오히려 내가 묻자 아돠파는 눈을 굴린다. "뭐, 네가 이상하다는 건 알고 있었으니까."

나도 더 이상 말하지 않는다.

와르투베라 성문으로 가면서 케이타와 다른 우루니들이 기다리고 있는 걸 발견한다. 켈레치 대장도 함께다. 화려한 주황색 신병 갑옷을 입은 눈부신 모습을 보자 이상하게 더워진다. 숨을 내쉬어 내보내려 하지만 점점 열기가 퍼지는 듯하다.

신병들 뒤로 군중이 모여 목을 빼고 소수의 알라키 군대인 우리를 응시한다. 전투 경험이 있는 사감 둘, 우리를 지원할 보조자 넷도 함께인데 다행히 그중 하나는 이사투, 우리 공동 침실을 자주 담당하는 보조자다.

도개교가 내려간다. 이번 원정의 상급 알라키인 가잘이 주먹을 들어 올렸다가 절도 있게 내리며 "투구!" 하고 외친다.

우리는 재빨리 투구를 쓴다. 날카로운 송곳과 으르렁거리는 괴물 모양의 전투 가면이 붙은 투구다.

"해자를 건넌다!" 가잘이 명령한다.

우리는 말을 타고 도개교를 건넌다. 건너편에 도착하는 순간 이상한 느낌이 밀려온다. 불안감이 핏줄을 타고 돈다. 와르투베라 바깥을 보는 건, 감금과 보호에서 풀려나는 건 처음이다. 몸이 부르르 떨리며 심장이 빨리 뛴다. 평범한 사람들이 우리를 보면 어떻게 생각할까. 갑옷을 입었음에도 우리 대부분은 신병들보다 작다. 우리 정체를 알기는 할까?

수련생들이 말하기로는 전투에 나갈 때 시민 대부분이 그들을 무시했다고 한다. 하지만 최근 웅성거리며 불만을 표시하는 사람들이 생겼다고 한다. 심지어 떠나가는 수련생들을 지켜보는 우리에게 들리기도 했다. 오늘은 어떨까…….

행진이 도개교 끝에서 멈췄다. 마침 장날이라 군중이 잔뜩 오가며 물건을 거래한다.

켈레치 대장이 우리를 맞이한다. 그가 우리 습격조를 이끌 것이다. 모든 자투의 수장인 그의 지위를 생각할 때 놀라운 일이다. 더욱 놀랍게도 그가 나에게 온다. 그러더니 멈춰 서서 나를 찬찬히 본다. 나는 그를 수없이 보았지만 그가 나를 보는 건 처음인 듯하다. 큰 키에 검은 피부의 단단한 자세는 어디서든 눈에 띈다.

"네가 이르푸트의 데카군." 켈레치가 냉랭하게 말하며 나를 위아래로 훑는다. "괴물 중의 괴물."

나는 최대한 무표정을 유지한다. "네, 대장."

그가 말을 더 가까이 댄다. "죽음비명에게만 적용되는 거냐? 네 재능 말이야."

난 잠시 어리둥절하다가 이해한다. 내 능력이 인간에게도, 그에게도 적용되는지 묻는 것이다.

"죽음비명에게만입니다."

대장이 퉁명스레 끄덕인다. "계속 그래야 할 거다. 네 불경한 방식을 잘 숨겨야 할 거고. 왜냐하면 어떤 이유에서든 네가 다른 곳에 사용한다는 의심이 들면, 나는 너에게 아주 잔혹한 죽음을 선사할 것이고, 너는 내 기발함에 영원히 경탄하게 될 테니까."

나는 끄덕인다. 온몸이 차가워지는 듯하다. "네, 대장." 대답하는 목소리가 갈라져 나온다.

그는 말을 돌리고 외친다. "계속 전진!"

나는 말을 재촉하며 시선을 앞쪽으로 고정한다. 주변에 모인 군중이 의심스레 쳐다보며 투덜거린다. 알라키들의 작은 체구와 눈에 띄는 갑옷의 굴곡을 보고 그러는 것이다.

"창녀!"라는 외침도 이따금 들린다.

나는 서둘러 케이타에게 간다. 그의 엄한 표정이 일종의 장벽이 되어 웬만한 용기가 아니면 감히 선을 넘지 못할 것이다. 케이타가 나를 보더니 걱정스러운 눈빛을 보인다.

"무슨 일 있어, 데카? 대장이 널 위협한 건 아니지?"

"아니. 왜 그렇게 생각해?" 케이타에게 알리고 싶지 않다.

"너한테 말하는 거 봤어. 뭐라고 했어?"

나는 얼굴이 붉어지지만 아무렇지 않은 척 어깨를 으쓱한다. "그냥 조언."

"네 재능에 대해서?"

나는 고개를 끄덕인다. 케이타에게는 하얀손과의 수업에 대해, 어제 탄디위의 공지에 대해서도 말했다. "대장은 내가……."

"괴물!" 군중 속에서 고함이 터진다. "모두 괴물이야!"

누더기를 걸친 남자가 군중을 뚫고 나와 눈을 희번덕거린다. "우리를 속이고 있어! 저것들이 속임수로 뒤덮인 갑옷으로 몸을 감싸고 성문을 나갈 때마다 우리를 타락시키는 거야. 오테라를 근본부터 썩게 하는 거라고."

군중이 웅성거리기 시작한다. 많은 이가 고개를 끄덕인다. "그 말이 옳아!" 한 남자가 외친다.

"괴물!" 또 다른 남자가 외친다.

"창녀!" 이 말은 얼마 되지 않는 여자 중에서 나온다. 기괴하게 웃는 밝은 노란빛 태양 가면을 쓴 할머니 그리고 의심할 여지 없이 할머니와 동행한 보호자인 어린 남자아이 둘 중 하나가 한 말이다.

얼마 지나지 않아 군중이 외친다. "창녀! 창녀! 창녀!"

소리가 점점 커지자 나는 본능적으로 오른쪽에 있는 브리타를 향해 몸을 웅크린다. 우리가 아무리 훈련받았어도 군중의 힘은 잘 알고 있다. 전에 살던 마을이 생각난다. 죽음비명이 공격하고 나서 어떻게 됐는지. 마을 사람 모두 모여들어 나를 찌르는 이오나스를…….

이곳은 우리 마을이 아니다.

현실감이 돌아온다.

이 사람들은 나를 배신하고 고문한 마을 사람들이 아니다. 나는 무기력하게 당하기만 하던 여자아이가 아니다. 나는 이제 강력하고 빠르다. 무엇보다 나는 전사가 되었다.

누더기를 걸친 남자가 게거품을 물며 브리타에게 달려든다. "괴물! 창녀! 내가 널 죽……."

내가 그의 앞섶을 잡고 끌어 올린다.

"내 친구 손끝 하나만 대봐." 내가 으르렁거린다. "조각조각 내버릴 테니까."

"그러고 나면 내가 오테라 사방으로 흩어버리지." 브리타가 콧방귀를 뀐다.

나는 남자를 흙바닥에 떨구고 요란하게 먼지를 턴다. 그러자 후끈하게 몸이 달아오르며 짜릿한 감각에 휩싸인다. 내가 이런 행동을 할 수 있다니 믿기지 않는다. 스스로 나 자신을, 친구를 방어하다니. 저 남자와 대적하다니. 몇 달 전만 해도 구석으로 밀려나 몸을 웅송그릴 뿐이었는데.

"잘했어." 브리타가 자랑스러워하며 속삭인다.

케이타가 말을 내 곁으로 바싹 대자, 다른 우루니들도 얼른 그렇게 하며 군중과 우리 사이에 장벽을 만든다.

케이타가 웃는다. "상상도 못 했네. 우리 꼬마 데카가 드디어 이를 드러내다니."

"계속 놀려봐. 그 이에 너도 당할 테니." 내가 씩씩댄다.

그러나 이제 그 남자가 군중에게 호소한다. "저것들은 괴물이에요! 자투라고 해도 우릴 속일 순 없어. 저 언덕에서 뭘 하고 있는지 우리도 알아요. 온갖 종류의 불경을 저지르고 있다고요. 더 이상 참을 수가 없어요!"

"저 사람 말이 옳아!" 태양 가면의 노부인이 손자들을 끌어당기며 외친다.

“저런 더러운 것들을 더 이상 놔둘 수 없어!” 또 다른 남자가 외친다.

긴장이 고조되어 나는 손을 아티카 손잡이로 가져간다. 철로 만든 검을 차고 있어서 다행이다. 이건 연습용이 아니다. 무슨 일에든 대비해야 한다.

그때 켈레치 대장이 말머리를 군중으로 돌린다. “그럼 좋아.” 그가 외친다. “이들을 없애고 나면, 누가 대신 저 인근의 죽음비명 근거지를 공격하러 나갈 텐가?”

군중이 잠잠해진다.

켈레치 대장이 말을 계속한다. “나의 군인들이 괴물이라서 싸울 수 없다면, 오테라를 위해 죽을 수 없다면, 너희 중 누가 대신해 죽을 거지?” 그러고 나서 그 남자를 가리킨다. “자네가 할 텐가?” 그러고 다른 사람을 가리킨다. “너는 어때? 아니면 너는?”

켈레치가 군중 속 사람들을 하나씩 가리키며 대신하겠느냐고 묻는다. 사람들은 겁을 먹고 눈을 피한다. 스무 명가량의 사람 중 아무도 켈레치를 바라보지 않는다.

아무도 나서지 않자 켈레치가 다시 말한다. “다음번에 내게서 군인들을 빼앗아 가려거든, 먼저 너희가 그 자리를 대신할 준비를 하라.” 그리고 부루퉁한 표정으로 슬금슬금 도망치는 남자를 노려본다. 더 이상 아무도 이의를 제기하지 않는다.

나도 남자가 가는 걸 보며 안도한다. 수도의 사람들은 시골 사람들보다 증오감이 덜한 듯하다.

남자가 사라지자 켈레치가 우리를 본다. “뭘 하고 있어? 얼른 움직여!”

우리는 재빨리 말을 재촉한다. 계속 나아가자 멀리서 ‘에메카의 눈물’이 우르릉거리기 시작한다.

나는 케이타에게 묻는다. "대장은 원래 저런 사람이야?"

케이타가 어깨를 으쓱한다. "생각보다 좋을 때도 있고 나쁠 때도 있고."

헤마이라의 동쪽 외곽은 메마르고 먼지가 날린다. 질서정연하던 수도의 경관이 점차 노란 풀밭과 거대한 바오바브나무로 가득한 야생 황무지로 대체된다. 바오바브나무는 이곳 터줏대감이지만 심한 여름 열기에 시들어 잎사귀가 오그라들었고, 냇물과 폭포도 말라붙었다. 무자비한 태양열에 모두 타버린 것이다.

멀리 갈수록 우리의 불안감도 커진다. 우리가 공격할 소굴은 밀림 끝의 어느 동굴 깊숙한 곳이다. 켈레치 대장은 죽음비명의 움직임을 정찰병 및 전령 새 코칼을 통해 추적한다.

오늘 그 새들이 유난히 소란했다. 나도 벌써 놈들을 막연히 멀게나마 느낄 수 있다. 피가 점점 더 빨리 도는 느낌. 하얀손과 함께 훈련을 시작한 이후 내 피는 점점 더 민감해졌다.

계획은 다음 날 아침 일찍 소굴을 급습하는 것이다. 죽음비명이 가장 약할 때다. 인간처럼 죽음비명도 낮에 활동하고 밤에 잠든다.

하루가 저물어가며 나는 더욱 신경이 날카로워진다. 마침내 죽음비명을 죽이게 되어서, 카르모코의 훈련 목표를 실천하고 카티야 죽음에 복수하게 되어서 기쁘다. 하지만 목소리를 쓸 수 없으면 어떻게 하지? 하얀손과 훈련하면서 목소리 불러내는 법을 익혀왔는데, 이제 와서 안 되면 어떻게 하지? 하얀손 없이 안 되면 어쩌지?

밀림 끝에서 야영하기로 한다. 점점 두려움이 커져서 그 생각에 너무 골몰한 나머지, 30분 동안 멍하니 아티카를 갈다가 케이타가 다가오는 것도 알지 못했다.

케이타가 내가 앉은 통나무에 앉으며 놀리듯 속닥인다. "아직도 갈고 있어?"

나는 펄쩍 뛰며 놀란다. "오요모시여! 케이타! 나 손가락 자를 뻔했어!"

케이타가 주의 깊게 검을 들어 살펴본다. "벌써 몇 번째 가는 거야? 아직 피 맛도 못 본 검 아니야?" 그러고서 나를 흘긋 보더니 묻는다. "겁나?"

"물론 겁나지." 나는 억지로 웃는다.

"겁나지 않으면 미친 거지." 케이타가 나무에 등을 기댄다. 너무 가까이 앉아서 그의 허벅지 온기가 느껴지는 듯하다. 나는 흠칫 피하지 않으려 애쓴다. "나 처음 전투에 나갔을 때 토하다가 기절했어. 일어나 보니 벌써 끝났더라."

"그랬어?" 그러고 보니 이런 이야기는 처음이다. 조르 청사에서 훈련받던 건 들었지만.

"창피하지. 토사물에 범벅이 돼서 깨어났어."

"몇 살 때였어?" 함께 훈련받으면서도 케이타의 예전 삶에 대해서는 아직 잘 모른다. 그도 내 예전 삶에 대해서는 잘 모르고. 우리 둘 다 말하고 싶지 않은 게 있다.

케이타는 잠시 말없이 시선을 돌린다. "여덟 살."

나는 눈이 휘둥그레진다. "여덟 살?" 케이타는 열일곱이니 벌써 9년째 죽음비명과 전투하고 있는 것이다. 나는 기겁해서 묻는다. "누가 그런 어린애를 전투에 데리고 간 거야?"

"내가 고집부렸어. 죽음비명이 우리 집을 습격해서 가족을 몰살했거든. 어머니, 아버지, 형제들……. 놈들에게 복수하고 싶었어. 쉽지 않았지. 눈 깜짝할 사이에 막내에서 고아가 됐으니."

그제야 이해가 간다. 케이타가 왜 그렇게 복수하고 싶어 하는지. 왜 다른 소년들처럼 농담도 하며 편하게 지내지 못하는지. 내가 사랑하던 모든 사람이 한 번에 그렇게 끔찍하게 살해당했다면 나라도 케이타처럼 엄격해졌을 것이다.

케이타가 슬픈 미소를 짓는다. "결국 정신을 잃은 채 첫 전투를 치른 거야."

나는 너무 끔찍해서 그의 무릎에 손을 얹는다. "정말 유감이야. 몰랐네."

"이야기하지 않았던 거니까. 괜찮아. 그래서 내가 가르 파투의 영주가 된 거야."

"가르 파투?" 그러고 보니 케이타와 처음 만났을 때 들은 듯하다. 그때는 생각하지 못했는데, 가르 파투는 아버지가 군대에 있을 때 복무하던 지역이다. "가르 파투의 영주라고?"

케이타가 귀족일 거라고는 생각했지만 정말 영주라고? 게다가 하필이면 가르 파투? 그곳은 오테라와 미지의 땅 사이 국경을 지키는 최후의 보루다. 오테라의 전략적 요충지인 성이다. 케이타는 궁정에서 화려한 귀족으로 지내지 않고, 왜 이곳에서 우리와 있는 거지? 그의 가문은 지체 높은 귀족이다. 적어도 예전에는 그랬다. 이제는 모두 죽어서 케이타가 이곳에 있는 건지도 모르지만.

케이타는 다시 슬프게 웃음 짓지만 눈은 전혀 웃고 있지 않다.

그런 얼굴을 보고 있자니 가슴이 아프다. "그러지 마." 나는 불쑥 말한다.

"뭘 말이야?"

"모든 게 아무렇지 않은 척. 그런 거 아니잖아. 고통을 숨기려고 끔찍한 농담 하는 거. 나도 부모를 잃는 게 어떤 건지 알아, 가족을 잃는 게. 나한텐 숨길 필요 없어. 그러지 마."

케이타는 놀란 듯 황금색 눈으로 나를 한참 본다. 그러더니 고개를 끄덕인다. "다신 안 그럴게."

"맹세해?" 어머니에게 그랬던 것처럼 케이타에게 새끼손가락을 내민다. 그러다가 무슨 짓인지 깨닫고 황급히 손을 내린다.

그러자 케이타가 내 손을 잡아 자기 새끼손가락과 얽는다.

"맹세할게."

그렇게 손가락을 얽은 채 앉아 있는데, 밤바람이 서늘하게 우리를 감싼다. 야영지의 다른 이들은 모두 저리로 멀어지는 듯하다. 알라키들이 이리저리 움직이고 신병들은 모여서 긴장감을 풀려고 보드게임을 한다.

결국 침묵을 견디지 못한 내가 어색하게 손을 빼고 나서 목을 고르고 묻는다. "그 후로도 다른 전투에 나갔어? 처음 토한 다음에 말이야."

케이타가 발을 툭툭 구른다. "셀 수 없이. 그래서 내가 조르 청사에 배정받은 거야. 비록 난 신병일 뿐이지만 거기 있는 자투 모두를 합친 것보다 더 많은 죽음비명을 상대했어. 그러니 알라키 몇 명 감독하는 일쯤은 잘해낼 거라고 하더라. 그러고 나서는 와르투베라에 가기로 결정됐어. 나한테 더 잘 맞을 거라고 해서. 지위를 포기해야 했지만……. 이제 난 한낱 신병이야. 다른 신병들과 똑같지."

"너 생각보다 대단하구나. 네가 내 우루니라서 기쁘네."

케이타가 씩 웃는다. 입술 아래로 이가 반짝 빛난다.

어쩐지 나는 호흡이 얕아진다. 갑자기 내 세상이 전부 저 미소에 달린 것 같다.

"공격이 시작될 때까지만 기다려봐. 내가 며칠씩 씻지 않으면 내 냄새가 그 어떤 것보다도 대단하게 느껴질 거야."

나는 킥킥 웃는다. "농담하지 마, 케이타. 난……."

"맞는 말이다, 알라키."

올려다보니 켈레치 대장이 우리를 굽어보고 있다. 엄한 눈빛으로 찌푸리고 있다. 케이타와 나는 벌떡 일어난다.

케이타가 목을 고른다. "대장님, 전……."

"주변을 경계해야 할 때 파트너와 잡담이나 나누고 있었나?"

케이타가 고개를 숙인다. "죄송합니다, 대장님. 주의하겠습니다."

케이타가 어둠 속으로 사라지자 켈레치 대장이 나를 본다. "좀 자둬라, 알라키. 아침에 최고의 상태를 유지해야 한다."

"네, 대장님." 나도 얼른 고개를 숙였다가 들지만, 그는 이미 가고 없었다.

22

하늘에서 달이 막 기울기 시작한 새벽, 우리는 죽음비명 소굴에 도착했다. 밀림에는 아직 열기가 남아 있지만 이쪽 지역은 차갑고 축축한 안개에 싸여 있다. 제대로 찾아온 것이다. 나는 나무들을 올려다보며, 근육을 죄어오는 긴장에도 머릿속에서 경이를 떠올린다. 고향 숲에서는 이런 거대한, 가지에서 이슬이 뚝뚝 떨어지는 덩굴과 둥치에서 피어나는 형형색색의 꽃들을 보지 못했다. 너무나 아름답다. 심장을 갉는 듯한 공포도 잊을 것 같다.

전투 상태에 바로 들어가지 못하면 어쩌지? 심지어 그 목소리가 나오지 않으면? 카티야가 죽었을 때처럼 그냥 얼어버리면?

혹시, 혹시, 혹시…….

브리타가 정신 차리라는 뜻으로 어깨를 톡톡 친다. 나는 끄덕이고 도움 되지 않는 생각을 밀어낸다. 하얀손이 가르쳐준 대로 심호흡한다. 머릿속에서 검은 바다를 떠올리며 황금 문을 향해 나아간다. 다행히 쉽게 된다. 그렇게 나는 깊은 전투 상태에 들어선다. 그러자 어둠 속에서도 모든 게 더욱 또렷이 보인다. 모든 생명체가 이 세상 것 같지 않은 기묘한 빛으로 물든다. 나는 다른 이들과 함께 소리 없이 나무 사이로 나아가다가 금방 도약종을 발견한다. 나뭇가지 위에 숨어 있는 죽음비명의 보초병이다. 그들의 박동하는 심장이 가장 밝게 빛나며 살아 있는 북처럼 시끄럽게 고동쳐서 마치 피부 아래서 진동하는 듯 느껴진다.

나는 멈추자는 신호를 보내고 위를 가리킨다. 도약종은 두 마리다. 둘 다 나무 위에 잘 숨어 있다. 나 이외에 아무도 보지 못했다. 나처럼 그들의 심장박동만 느껴서 찾아낼 수 있는 사람은 아무도 없다. 다행히 아직 그들도 우리를 보지 못했다. 한 발짝만 잘못 디뎌도 알아차릴 테지만.

켈레치 대장이 나를 가리킨 후 손짓한다. '네가 나설 때'란 신호다.

나도 알겠다고 손짓한 후 브리타와 함께 움직인다. 덤불 아래로 천천히 기면서 소리 내지 않도록 조심한다. 케이타도 내 곁에 있다. 그의 그림자가 나무와 섞이다가 빠져나온다. 수많은 야간 습격이 그를 저렇게 조용하게 움직일 수 있도록 만들었다. 하지만 브리타는 그렇게 우아하게 움직이지 못한다. 그래도 밀림 속을 조용히 잘 전진하는 모습이 듬직하다.

우리는 곧 죽음비명들에 가까이 다가간다. 눈을 부릅뜨고 주변을 훑어보고 있다. 만만치 않다. 두 달 전 성벽을 넘어온 놈들과 마찬가지로, 갇힌 놈들보다 훨씬 날카롭고 생기 있어 보인다. 그래도 밑에 웅크린 나를 보지 못한 듯하다. 하얀손 수업 덕분이다.

나는 사냥꾼이 다 되었다.

"소리 내지 마." 내가 명령한다. 목소리가 울려 퍼진다. 익숙한 힘이 몸에서 밀려나간다. "이리 내려와."

두 죽음비명이 동시에 나를 본다. 검은 눈이 휘둥그레지다가 재빨리 멍해진다. 심장도 느려지며 박동이 약해진다. 천천히 내려오는 그들을 보며 온몸에 안도감이 든다. 정말 된다!

그들이 곧 땅으로 내려오자 케이타가 재빨리 움직여 머리를 베어낸다. 푸른 피가 솟구치며 역하게 달콤한 냄새가 코를 찌르자 나는 토하지 않으려 애쓴다.

다시 머릿속을 스치는 기억. 바닥에 흥건한 황금. 아버지의 눈빛. 카티야의 눈빛…….

브리타가 어깨를 쳐서 나는 끔찍한 기억에서 놓여난다. 이곳은 그 지하실이 아니다. 아무도 내 머리를 자르지 않을 것이다. 다시 정신을 차리자 케이타가 다가오며 내 기색을 살핀다. 명령을 내릴 때마다 덮쳐오는 피로를 아직 극복하지 못했다. 벌써 느껴진다. 아련한 감각이 팔다리에 퍼지고 있어서 오래 서 있지는 못할 것이다.

"훌륭했어. 눈치도 못 채던데……."

그때 갑자기 나뭇가지 흔들리는 소리에 우리는 경계 태세로 들어간다. 돌아보니 한 쌍의 까만 눈이 근처의 나무 뒤에서 나타난다. 놈은 다른 동료들의 사체를 보더니 깜짝 놀라 멈춘다.

그리고 입을 벌리지만 역겨운 꾸르륵 소리만 터져 나온다. 단도가 놈의 목을 뚫고 나무에 박혔기 때문이다. 벨칼리스가 손을 내린다. 하지만 너무 늦었다. 놈이 죽어가며 지른 소리가 나무 사이로 울려 퍼진다. 케이타와 나는 잠시 마주 보며 다른 죽음비명들이 듣지 못하기를 바란다.

하지만 비명이 시작된다. 점점 더 커진다. 귀를 찢는 소리가 투구를 뚫고 들린다. 투구를 벗고 방향을 가늠해본다. 나는 그 비명에 크게 영향받지 않는다. 와르투베라 지하에서 진동종과 다른 죽음비명을 경험하며 더 강해지기도 했다.

안개가 짙어진다. 분노에 찬 죽음비명들이 더욱 연무를 분출한다. 케이타가 나를 잡고 다른 이들 쪽으로 달린다. "무한이 도우시길. 놈들이 너무 많아!" 케이타가 더욱 빨리 달려서 나는 따라잡으려 애쓰지만 피로가 점점 심해진다.

"데카는 내가 맡을게." 브리타가 나를 가볍게 들쳐 멘다.

"잘 들고 있어!" 케이타가 검을 고쳐 잡고 달린다.

켈레치 대장이 우리를 기다리다가 명령한다. "검을 앞으로!" 전원이 둥글게 모여 선다.

브리타가 원 안쪽에 나를 내려놓는다. 모두 내게 등을 돌리고 다가오는 위협을 준비한다. 안개는 더욱 짙어지며 나무 꼭대기들이 부스럭거린다. 번들거리는 형상들이 이리저리 가지를 건너뛴다. 덤불 아래로 접근하는 놈들도 있다. 나는 이제 온몸에서 힘이 빠져 팔다리가 무거워지고 서 있기도 힘들다.

"절대 틈을 만들어서는 안 된다!" 켈레치 대장이 외친다.

"예, 대장." 혀가 잘 움직이지 않는다. 몸이 더욱 무거워지며 눈뜨기도 힘들다.

하지만 상관없다. 죽음비명들이 왔다. 커다란 몸집이 어둠 속에서 조용히 움직인다. 최소 서른 마리는 돼 보인다. 이렇게 많이 본 건 처음이다. 깊은 전투 상태의 강화된 감각으로 놈들의 은은한 윤곽 안쪽에 심장이 하얗게 번뜩이는 게 보인다. 동료들의 사체를 보자 다시 비명을 지르기 시작한다. 분노에 찬 괴로운 소리가 귀를 파고든다. 하지만 그 이상은 아니다. 뇌를 태울 듯 작열하는 고통은 없다.

죽음비명들의 울부짖음이 최고조에 달하고 제일 큰 죽음비명, 하얀 뿔 같은 가시가 줄줄이 등에 솟아난 회색 흉물이 앞으로 나선다. 지하실의 진동종과 비슷하게 생겼다. 다른 죽음비명들을 향해 몸짓하자 가시들이 달각거린다. 하지만 지하실의 진동종은 이 거대한 우두머리 괴물에 비하면 전혀 무섭지 않다. 놈의 명령에 따라 다른 죽음비명들이 천천히 원을 그리며 주변을 돌기 시작한다. 일부러 저러는 것이다.

나는 마치 물속을 헤쳐나가는 기분으로 눈꺼풀을 들어 올리려 애쓴다.

놈들이 우리를 완벽히 에워싸자 은색 죽음비명이 우리를 보며 증오에 찬 눈을 번뜩인다. 그리고 차분히 목 긋는 동작을 해 보인다. 다른 죽음비명들도 낮게 으르렁거린다. 무슨 말인지 모를 수가 없다. 우리를 천천히 고통스레 죽이겠다는 거다.

"오요모시여! 너도 봤어? 방금 저것들이……." 퀘쿠가 기겁한다.

"우릴 죽이겠다는 거잖아. 전부 죽이겠다는 거지." 브리타가 중얼거린다.

브리타의 목소리로 너무 많은 공포가 떨려 나오고 그것이 내 피로를 파고든다. 검을 사용해서 승리를 바라기에는 수가 너무 많다. 어떻게든 해야 한다. 나는 숨을 들이마시고 전투 상태로 들어가기 위해 애쓴다. 온몸을 옥죄는 피로의 촉수를 떨쳐내려 애쓴다.

"명령할 수 있겠나, 데카?" 켈레치 대장이 속삭인다.

나는 공포와 피로에 잠긴 혀로 마른침을 삼킨다. "해보겠습니다."

켈레치 대장이 검을 다잡는다. "해내야 해."

나는 눈을 감고 더욱더 깊은 무의식의 검은 바다로 빠져든다. 늘 그렇듯 그 목소리가 속삭인다. 나의 생각과 내 안에서 소용돌이치는 힘이 혼합된 목소리다. 나는 그리로 손을 뻗는다. 황금 문, 목소리가 제공하는 황금 문으로 손을 뻗는다. 그리고 거의 즉시, 느껴진다. 내 피를 타고 밀려드는 힘이.

나는 웃는다. 그 힘이 내 안에 차오르도록 놔둔다. 다시 기운이 생긴다. 친구들을 죽게 내버려두지 않을 것이다. 이번에는 안 된다.

"움직이지 마라!" 내가 명령을 내린다. 몸에서 힘이 울려 퍼진다. "그 자리에서 꼼짝 마."

죽음비명들의 심장박동이 확 흐려지며 은빛 벌떡임이 회색으로 잦아든다. 눈빛이 멍해지며 모두 얼어붙은 상태로 더 이상 움직이지 않는다. 다들 경이에 찬 눈으로 나를 돌아본다. 밀림에 적막이 찾아든다.

"오요모시여!" 신병 하나가 탄식한다.

그제야 켈레치 대장이 정신 차린다. "뭘 기다려? 얼른 끝내!"

다들 화들짝 행동에 나서서 움직이지 못하는 죽음비명들을 공격한다. 죽음비명들은 어쩔 줄 모르고 눈만 껌뻑이며 차례로 목이 잘린다.

뭔가 암담한, 숨 막히는 기분이 내 안에서 차오른다. 이건 잘못되었다. 너무나 잘못된 것 같다. 죽음비명들은 완전히 무기력하다. 손가락 하나 까딱 못 하고 베여 넘어간다. 학살당한다. 더 이상 몸을 지탱할 수가 없어 나는 푹 주저앉는다. 그리고 콸콸 흘러나와 대지를 물들이는 죽음비명들의 피를 바라본다.

목 없는 사체들이 금세 작은 산을 이뤄가며 쌓이자 나는 구토감에 휩싸인다. 달이 산등성이 뒤로 사라질 때쯤 악취는 공기를 완전히 점령하고 숨을 들이켤 때마다 속이 울컥거린다.

마침내 모든 것이 끝났을 때 다른 피의 자매들과 심지어 우루니들마저도 바닥에 누운 나를 껴안으며 기쁨에 겨워 키스한다. 하지만 나는 전혀 움직이지 못한다.

"네가 해냈어. 네가 해냈어!" 브리타가 꽥꽥거린다.

"오요모시여! 데카, 네가 우리를 구했어." 벨칼리스가 말하다가 나를 뚫어지게 본다. "데카, 네 눈이……."

"나도 알아." 내가 가까스로 입을 움직인다. 이제 어둠이 차올라

나를 삼킬 것이다.

결국 완전히 굴복해 기절하기 직전, 갑자기 무엇인가 눈에 들어온다. 갈색 피부의 작은 소녀. 열한 살쯤 됐을까. 우리에게서 달아나 깊은 숲으로 들어가는 흰옷이 펄럭인다.

"여자애네……."

그러고 나서 모든 게 암흑으로 뒤덮인다.

23

일어나 보니 이른 새벽이고, 이제는 비워진 죽음비명들의 동굴 밖에서 야영 중이다. 이번 습격의 임무 중 하나는 놈들 중 아무도 동굴에 숨지 못하도록 점검하는 것이다. 그래서 밤샘 공격이 될 경우, 우리는 동굴 바로 앞에서 야영해야 한다. 죽음비명 주변의 모든 것이 그렇듯, 이곳의 대지는 차갑고 축축해서 나는 몸을 부르르 떨며 번쩍 눈을 뜬다.

"일어났구나!" 브리타의 외침을 들으며 나는 일어나 앉는다. 내 옆에 무릎 꿇고 앉아 있는 브리타는 피곤하고 지쳐 보인다. 다른 이들과 마찬가지로 밤을 새우며 남은 죽음비명이 있나 정찰했을 것이다.

"으응." 나는 쉰 목소리로 대답하고 주변을 둘러본다.

죽음비명의 피 냄새가 다시 후각을 자극한다. 근처에 쌓인 사체들을 보며 나는 또다시 부르르 떨고 구역질한다. 신병들이 부근을 에워싸고 있다. 아칼란과 퀘쿠가 몸을 굽히고 눈을 가늘게 뜨며 은색 가시가 달린 사체를 살핀다. 그러더니 단도를 꺼내…….

"뭐 하는 거야?" 나는 너무 놀란 나머지 브리타에게 묻는다.

브리타가 으쓱한다. "전리품을 취하려고. 아칼란이 가시를 가지고 싶대. 선물로 나눠 준다고."

너무 역겹다. 나는 브리타가 만들어준 침상에 토하고 만다. 어쩔 수 없이 원로들 생각이 난다. 손에 들통을 들고 내 피를 빼던.

브리타가 내 옆에 쭈그리고 이마를 짚는다. "너 괜찮아? 열은 없는데……."

나는 입을 닦고 끅끅거리며 끄덕인다. "괜찮아. 아직 좀 피곤해서 그래."

브리타가 미심쩍게 고개를 끄덕이는 순간, 문득 떠올랐다.

"소녀. 누가 그 소녀를 찾았니? 숲속에 있던 여자애 말이야."

브리타가 인상을 쓴다. "무슨 소리야? 무슨 소녀?"

"우리가 죽음비명들 죽인 다음에 달아나던 소녀."

브리타가 내 이마를 다시 짚는다. "너 정말 괜찮아, 데카? 숲에 우리 말고 인간은 없었어."

"하지만……."

"여자애를 볼 리가 없잖아."

사실 나도 확신이 서지 않아서 동의하며 고개를 끄덕인다. "내가 환각을 봤나 봐. 어제 너무 피곤하고 지쳐서 그랬나 보다."

브리타가 다시 의심스러운 눈빛을 한다.

그때 케이타가 다가와서 다행이다. 그런데 피투성이 가죽 같은 걸 들고 있다. 나는 애써 눈을 피하고 케이타는 웃음 지으며 나를 본다. 케이타는 이제 편안해 보인다. 끔찍할 정도로 편안해 보인다. 이런 일에 익숙한 것이다. 죽음비명을 죽이고 다른 신병들처럼 전리품을 챙기고. 어린아이였을 때부터 이래왔던 건가? 배 속이 다시 요동친다.

"일어났구나. 눈 뜬 거 보니 좋네." 케이타는 내가 가죽을 흘금거리는 걸 눈치챈다. "내가 지난밤에 처음으로 죽인 놈이야." 설명하는 표정이 쑥스러워 보인다. "묻어주려고 했어. 이상한 습관이지. 하지만 왠지 그래야 할 것 같아서……."

"데카! 우리가 놈들을 몰살시켰어! 네 덕분이야." 아칼란이 활기찬 표정으로 다가온다. 저게 무슨 표정인지 잠시 후 깨닫는다. 피에 굶주린 표정인 것이다. "너 정말 죽음비명들에게 명령을 내릴 수 있구나." 아칼란이 끔찍한 눈빛으로 말한다.

"우리는 '죽음 처단자'들이고 말이야." 아돠파가 걸어오며 쾌활하게 덧붙인다. "데카가 놈들을 양처럼 순하게 만들어서 도살자 앞으로 보내면……."

"우리가 전멸시키는 거야!" 리가 말을 받으며 씩 웃는다. 퀘쿠도 그 옆에서 웃으며, 다들 나를 내려다본다. 얼마나 행복한 얼굴인지 무서울 지경이다. 얼마나 편안해 보이는지.

내가 이 모든 걸 가능하게 했다…….

무슨 짓을 한 거지?

더 이상 이런 대화를 참을 수 없어서 나는 벌떡 일어난다. "이제 어떻게 되는 거야?" 하면서 동굴 쪽으로 고갯짓한다.

아돠파가 대답한다. "제리자드들이 있어. 길들인 제리자드들이."

나는 눈살을 찌푸린다. "죽음비명에게 제리자드가 필요해?"

"죽음비명들 게 아니야. 놈들은 가축을 기르지 않아." 케이타가 확신을 가지고 대답한다. 그는 가죽을 내려놓고 동굴을 한번 보더니 나를 다시 본다. 이상하게 주저하는 눈빛이다.

"왜 그래?"

케이타가 목을 가다듬는다. "저 안에…… 사람들이 있어. 정확히는 시체들이. 입구 쪽에만이긴 하지만." 결국 그 말을 듣자, 나는 작은 소녀가 생각나 가슴이 죄어온다.

고개를 끄덕이고 나니, 케이타의 말이 이해되어 구토가 올라온다. 죽음비명들은 죽인 사람들을 넣어둘 장소가 필요했던 것이다. 나는 비트적비트적 걸어가며 웅얼거린다. “괜찮아. 더한 것도 봤는데.” 내 몸이 조각나 바닥에 흩어진 광경…….

케이타가 고개를 끄덕이며 내 뒤를 따라온다.

동굴 안은 바깥보다 적어도 몇 도는 더 낮다. 끔찍하게 낯익은 냄새가 공기에 섞여 있다. 날것의 금속 냄새가 입구 한쪽 구석에서 난다. 검붉은 것이 바닥에 튀어 있고 이상한 갈색 형체들이 흙 위에 아무렇게나 흩어져 있다.

케이타의 말처럼 인간의 조각이다.

나는 갑자기 추위를 느껴 몸이 부르르 떨린다. 더 이상 보고 싶지 않다. 작은 소녀의 머리 비슷한 걸 보게 될까 두렵다. 공격당한 귀족일 것이다. 이빨 자국을 발견할까 두렵다. 죽음비명은 사람을 조각내 죽인 후에 뼈를 갉아 먹는 것을 좋아한다고 한다.

“괜찮아?”

나는 끄덕이며 표정을 무너뜨리지 않으려 노력한다. “이젠 추위가 낯설어진 모양이야.”

“곧 익숙해질 거야. 그리고…… 시체에도.”

내가 놀라 케이타를 쳐다보니 그가 고개를 끄덕인다.

“나도 처음에는 쳐다보기도 힘들었어. 여전히 그렇긴 해. 어떤 광경은 정말이지 쉬워지지가 않아. 아무리 많은 세월을 전장에서 보내도.”

이상하게 그 말이 위로가 된다. “안으로 들어가자.”

동굴 내부는 생각보다 훨씬 크다. 답답하고 어두운 좁은 구조가 아니라, 놀랍게도 거대하고 탁 트인 공간이 나타난다. 육중한 벽이

곡선을 그리고, 천장이 높이 솟아 있다. 천장 가운데 뚫린 작은 구멍으로 한 줄기 빛이 들어와, 동굴 안을 돌아다니는 제리자드 무리를 비춘다. 열매들이 뒤섞여 있는 구유 같은 데에 고개를 박고 먹다가 우리를 보더니 흥분해서 꽥꽥거린다. 케이타는 가까이 가서 뭔가 확인하지만 나는 계속 두리번거린다.

벽면 가까운 곳의 흙이 골라져 있는 걸 보니 죽음비명들이 여기서 자는 것 같다. 그러고 보니 발톱 자국이 보인다. 휘어진 발가락이 네 개 달린 발자국이 흙속에 뚜렷하게 남아 있다. 긴장해서 둘러보는 동안 미묘하게 따끔거리는 감각이 내 몸 깊은 곳에서 되살아난다. 이건 예감과는 다르다.

뭔가 다가오는 느낌이 아니다. 이미 존재하는 걸 감지하는 거다.

나는 동굴의 어느 구석으로 몸을 돌린다. 작고 어두운 통로가 나 있다. 이 감각은 그곳에서 온다. 너무 강력해서, 금방이라도 깊은 전투 상태로 들어갈 것 같다. 하지만 아직 나는 멀쩡하다. 시야도 바뀌지 않았다. 빛이 바뀌지도 않았다. 그럼에도 어두운 바다가 내 안에서 펼쳐지며 황금 문이 열리고 있음을 느낄 수 있다. 그 비밀이 나를 향해 손짓한다.

나는 그리 손을 뻗으며 거친 덩굴에 덮인 통로를 따라 슬슬 들어간다. 통로는 더욱 깊이 휘어지고 좁아진다. 나는 서두르면서도 따라오는 사람이 없는지 확인한다. 어디로 가는지는 몰라도 가야 할 것 같다. 이 이상하고 급박한 느낌을 따라야 한다. 이제 내 안의 대양이 부풀어 오르며 밀려든다. 내가 정말 깨어 있는지 더는 모를 정도로 모호한 느낌이다. 하지만 무슨 이유에서인지, 목소리를 훈련할 때처럼 깊은 전투 상태는 아니다. 다른 종류의 상태다.

인식의 상태다.

곧 통로의 끝에 도착한다. 누가 깎아서 만들어놓은 듯한 출입구가 있다. 나는 눈을 가늘게 뜨고 그리 다가간다. 이게 뭐지?

“데카?” 뜻밖에도 브리타의 목소리가 갑자기 크게 들린다. “데카, 너 거기 있니?”

친근한 브리타의 모습이 모퉁이에서 나타나자, 나는 쉿 하고 조용히 시킨다. 이곳은 신성한 공간인 것 같다. 우리가 와서는 안 되는 곳. 그때 벨칼리스도 나타난다.

한숨이 나온다. 나는 아마도 눈에 띄지 않게 움직이지 못하는 모양이다.

“뭐야, 여긴?” 벨칼리스가 물으며 두리번거린다.

“나도 몰라. 데카에게 물어봐.” 브리타가 말하며 나를 돌아본다.

하지만 내게 대답할 시간은 없다. 인식은 나에게 계속 나아가라 재촉한다. “쉿, 조용히 해야 해.” 둘에게 경고하고 출입구로 들어간다. 즉시 헉하고 숨이 막힌다.

동굴의 새로운 구역은 인간의 손 모양으로 만들어졌다. 거대하게 깎아낸 기둥들과 천장 모양을 보면 알 수 있다. 바닥에는 푸른 돌이 깔렸다. 그러나 놀란 건 거대한 석상들 때문이다. 이 동굴 네 구석에 하나씩 서 있는 석상은 모두 여성이다. 오테라 각 지방의 여인들로, 생김새와 옷차림이 뚜렷이 구별된다.

현명하게 생긴 남부인은 치렁치렁한 로브를 입고 각진 얼굴은 영리해 보인다. 모피를 입은 부드러운 북부인은 웃음 띤 얼굴만큼이나 몸도 둥글둥글하다. 호전적인 동부인은 비늘 달린 갑옷으로 머리부터 발끝까지 감싸고 등에 날개를 달았다. 어머니 같은 서부인은 풍만한 배에 친절한 눈빛을 하고 있다.

석상의 여자들은 나이를 가늠할 수 없다. 나이 들어 보이기도 하고 어려 보이기도 한다. 그리고 그들은 천장 높이 솟아 있다. 우리는 거인 앞에 선 개미 같다. 제일 가까운 석상으로 가본다. 현명하게 생긴 남부인. 그러다가 뭔가 발견하고 중간에 딱 멈춰 선다.

황금 핏줄들.

핏줄들이 석상 피부 위로 은은한 빛을 발한다. 내 피부 아래 있는 핏줄과 똑같다. 더 가까이 갈수록 내 피부가 더욱 따끔거린다. 그제야 깨닫는다.

브리타가 다가오더니 석상들을 멍하니 바라본다. “혹시…….”

“금빛 존재들…….” 벨칼리스가 말한다.

그 핏줄을 보고 모를 수 없지만 다른 특징도 마찬가지다. 서부인의 임신한 배, 남부인의 어두움, 북부인의 창백한 광채, 동부인의 비늘 달린 갑옷, 거기 솟은 날개.

“괴물처럼 안 보여.” 충격 받은 브리타가 말한다. “마치…….”

“신 같아. 신 같은 모습을 하고 있네.” 나는 중얼거리며 신전에서 우리를 내려다보던 오요모의 석상들을 떠올린다.

“누가 괴물들을 신으로 모시는 거지?” 벨칼리스가 묻는다.

“절박한 사람들. 가족이 잡아먹히지 않기를, 아이들이 도륙당하지 않기를 바라는 사람들. 자기 아이들이 신이 되기를 바라는 사람들.” 아돠파가 조용히 대답한다.

“이해가 안 가. 그게 무슨 소리야?” 브리타의 미간이 구겨진다.

아돠파가 어깨를 으쓱한다. “넌 우리 같은 종류가 어떻게 생겨났는지 궁금한 적 없어?”

“여신들이 우리 조상을 낳았잖아. 이미 알고 있다고.” 브리타가 대답한다.

“그래. 하지만 어떻게 우리를 낳았는데? 만일 우리가 인간과 괴물이 합쳐진 거라면 인간 쪽은 어디서 왔는데?”

나는 헉 숨을 들이쉰다. 아돠파의 말이 이해된 것이다. “여길 만든 사람들, 금빛 존재들을 섬긴 사람들, 그들이 바로 금빛 존재들과 교접한 거야. 우리의 인간 쪽 조상이지."

"맞아." 아돠파가 끄덕인다.

"근데 신전이 깨끗해. 누군가 관리하는 거야." 브리타가 말한다. "여기 어디 아직 신도들이 있을 거 같지 않아?"

"불경죄인들을 말하는 거지?" 벨칼리스가 말한다. "신관이라면 그렇게 불렀을 거야."

나는 더 이상 친구들에게 관심을 기울이지 못한다. 갑자기 머릿속에서 속삭임이 느껴졌기 때문이다. 무엇인가 다른 것이 나를 부른다. 여신들의 발치와 마찬가지로 동굴 가운데 있는 연못도 촛불과 꽃에 둘러싸여 있다. 그 안에서 이상한 푸른빛이 흘러나오며 흔들린다.

안에 무엇인가 있다…….

이제 몸 전체가 간질거린다. 나는 천천히 그쪽으로 간다. 갑작스레 움직이지 않도록 조심한다. 마치 안내받는 것처럼, 멀고 먼 곳에 있는 하얀손이 내 무의식 속에서 지시를 속삭이는 것처럼.

"데카, 뭐 하는 거야?" 브리타의 목소리가 멀리서 들려온다. 나는 무시하고 연못을 내려다본다. 생각보다 훨씬 깊은 것 같다. 연못이라기보다는 땅속 깊숙이 있는 호수의 끝부분인 듯하다. 이상하게도 바닥이 또렷이 보인다. 그 안에서 뭔가 헤엄치고 있다. 파충류 같은 것이 금빛이 나는 커다란 돌덩이처럼 생긴 물체 위를 미끄러진다.

나는 숨을 죽이고 그 생물체가 나선을 그리며 수면으로 올라오는 모습을 바라본다. 모습을 바꾸며 변신하는 동물이다. 뱀의 형태와 비슷하다. 수면 바로 아래서 움직임을 멈추고 나를 바라본다. 어렴풋이 까만 눈 두 개가 보인다. 고양이처럼 짧은 주둥이와 물속에서 펴지는 막처럼 생긴 귀. 드라코스다. 물속에 살며 땅과 하늘을 오가는 용과 닮았지만, 아니다. 아무도 모르는 생물이라는 확신이 든다.

나한테 원하는 게 있는 듯, 녀석이 나를 빤히 응시한다. 바로 이유를 알아낸다. 내 안의 어두운 바다에서 우르릉거리며 명령이 들려온다.

'손을 뻗어라…….'

나는 즉시 복종한다. 물속으로 손을 넣다가 찌르는 듯한, 피를 얼려버리는 차가움에 깜짝 놀란다. 난생처음 느껴보는 차가움이다. 내려다보자 녀석이 입을 벌리고 날카로운 이빨을 드러낸다.

내 팔을 물었다. 이빨이 살갗을 파고들며 물 위로 황금 피가 떠오르기 시작한다.

"데카!" 브리타가 놀라 달려오지만 이미 나는 팔을 빼내고 있고 생물체는 아직 팔에 붙어 있다.

녀석은 이제 줄어드는 듯하다. 푸른 비늘이 털로 바뀌고 귀가 작은 삼각형으로 작아지며 마치 고양이 같은 모습으로 변한다. 금방 내 팔을 놓더니 허겁지겁 타고 올라와 목을 감는다. 큼직한 푸른 고양이 같은 모습이지만 이마에 옹이 진 하얀 뿔 두 개가 나 있고 까만 눈에는 지성을 띠고 있다. 엄숙한 눈빛으로 나를 바라봐서 나도 모르게 뺨에 코를 비빈다.

보드라운 털 감촉 아래로 여전히 비늘도 느껴진다.

'나의 것…….' 그런 느낌이 내 마음 깊은 곳에서 솟아오른다. 검은 바다가 아직 이해되지 않는 정보를, 비밀을 속삭인다.

그럼에도 나는 이게 현실임을, 진짜임을 알 수 있다. 하얀손이 그 목소리를, 내 안에 숨겨진 능력을 믿으라고 말했다. 그래서 나는 이 생물이 죽음비명이나 동굴 속 인간들과 상관없다는 것을 안다. 지금까지 마주친 그 어느 존재와도 상관이 없다. 이 생물은 그보다 훨씬 오래전부터 이곳에 있었고 앞으로도 오래 있을 예정이었다. 이 호수에서 저 빛나는 돌덩이들을 지키고 있을 예정이었다.

'나의 것.' 피부 아래로 인지의 감각이 퍼져나간다.

나는 동물의 턱밑을 긁어준다. 녀석의 깩깩거리는 소리에 웃음이 난다. "나랑 같이 집에 갈래?" 녀석이 다시 깩깩거려서 또 웃는다.

"데카." 브리타가 부르는 소리에 나는 정신을 차린다. "그게 뭐니?"

벨칼리스도 무기를 빼 들고 의심스레 바라본다.

나는 놀라서 동물을 가슴에 안는다. "이 애는 이그사야." 정보가 머릿속으로 흘러들어온다. "내 거야."

* * *

"아까 신전에 대해서 아무한테도 말하지 마." 야영지로 돌아가며 소녀들에게 말한다. 이제 이그사는 내 갑옷 속 가슴 위쪽에 잘 숨어 있다.

다른 신병과 알라키들은 동굴을 철저히 수색했고 더 이상 죽음비명은 없다. 우리가 갔던 통로는 알아채지 못한 듯하다. 우리가 알려주지 않으면 모를 것 같은 느낌이 든다. 아직도 어떤 감각이 내 안에서 웅웅거리며 나를 이끌어가고 나는 왜 그런지, 어떻게 이럴 수 있는지 알지 못한다.

"왜?" 브리타가 묻는다.

"나도 모르겠어. 그냥 그곳이……."

"신성해서." 벨칼리스가 대신 대답한다. "거긴 신성한 곳이라 우리가 건드리면 안 돼."

다른 이도 나와 같은 느낌을 받은 것에 안도하며 고개를 끄덕이는데 아돠파가 코웃음 친다. "너희 둘 다 멍청하구나. 그런 느낌은 어리석고 위험해. 데카, 네가 가지고 나온 그것도. 하지만 나중에 다시 이야기하자. 지금은 괴물 조상들에게 바쳐진 신전을 자투 무리에게 고자질하는 괴물이 되고 싶진 않아. 그리고 더구나 그런 신기한 동물을 자투 무리에게 갖다 바치는 괴물도 되고 싶지 않아. 우리 중 누구에게도 좋은 결과는 생기지 않을 것 같고. 이해하지?"

우리 모두 재빨리 알아듣고 고개를 끄덕인다.

"집에 돌아가서 다시 이야기해보자." 브리타가 말하며 이그사가 숨어 있는 갑옷 부분을 바라본다.

다시 와르투베라로 돌아가며 나는 가끔 이그사가 있는 부분을 두드려 확인한다. 녀석은 움직이며 나에게 들릴 정도로 아르렁거리기도 한다. 그 소리를 들으면 이상한 안도감이 느껴진다. 이그사는 나의 것이고 나는 무슨 일이 있어도 녀석을 보호할 것이다. 지켜줄 것이다. 녀석도 같은 기분인 듯하다. 헤마이라로 들어갈 때, 머릿속에서 아주 작고 희미하지만, 그럼에도 또렷한 목소리 하나가 들렸기 때문이다.

어린아이처럼 천진한 이그사의 목소리다. '데……카…….'

24

다음 날 아침 일찍 일어나 보니 친구들이 무기를 손에 들고 내 침대를 향해 살금살금 다가온다. 이그사는 내 가슴 위에서 자다가 나와 동시에 벌떡 일어나 낮고 겁먹은 아르렁 소리를 낸다. 나도 팔의 털이 일어선다.

"괜찮아, 이그사." 내가 불안하게 속삭이자 아르렁거림은 멈춘다.

하지만 소녀들은 무기를 들어 올린다.

이그사가 펄쩍 뛰어 바닥에 내려선다. 근육을 불룩거리며 마구 변하다가 금방 지난번 물속 용처럼 보이던 모습이 된다. 그게 원래 모습인가 보다. 비늘이 번들거리며 강력한 근육이 그 아래서 꿈틀거리더니 커다래진다. 으르렁 소리가 점점 커지며 내 몸 전체가 울린다.

"오요모시여! 대체 이게 뭐야?" 벨칼리스가 기겁하며 검을 다급하게 휘두른다.

"저 비정상! 내가 말했지!" 아돠파도 겁에 질려 손가락질한다.

"빌어먹을 괴물!"

이그사가 다시 으르렁거리고 나는 양손을 뻗어 양쪽 다 진정시키려 애쓴다.

"쉿, 이그사." 내가 손을 뻗자 다행히도 녀석의 거대한 코가 내 손바닥을 킁킁거린다. 위협적인 동물치고는 아주 상냥하다. 마치…… 아이 같다.

'데……카?' 녀석이 불안하게 속삭인다. 더욱 또렷해진 목소리가 머릿속에서 크게 울린다.

"그래그래." 심장이 빠르게 뛴다. "나야, 데카." '다시 원래 모습으로 돌아와.' 내가 생각한다. '부탁이야, 이그사!'

'데……카.' 이그사가 줄어들고 곧 새끼 고양이 크기로 돌아와 침대 위로 뛰어오른다.

"저거 봤어?" 브리타가 깜짝 놀라 허둥거린다. "모양이 바뀌었어. 그냥 뚝딱! 왜 바뀐 거야?" 하면서 눈을 가늘게 뜨고 나를 본다. "네가 시킨 거야?"

나는 질문을 무시하고 묻는다. "너희 대체 뭐 하는 거야?"

브리타가 이그사를 가리킨다. 이그사는 내 베개로 조르르 달려가 틈새를 파고든다. "저것 때문에 왔지. 저게 대체 뭐야?"

나는 어깨를 으쓱한다. "솔직히 나도 잘 몰라."

"정상적인 동물이 아닌 건 너도 알지?" 아샤가 말한다. 아돠파가 습격 때 일을 다 말해준 것이다. 물론 내 능력에 대한 이야기는 빼고.

"아샤, 정말 그래야겠어? 사람들이 우리가 정상이 아니라고 하는데, 지금 우리를 봐. 새끼 고양이 한 마리 가지고 난리 치고 있잖아."

"괴물들에게 바쳐진 신전에서 네가 발견한 동물이잖아. 모습이 변할 뿐 아니라 네 피를 먹어." 브리타가 말한다. "신전에서 너 무는 거 봤어."

"저게 밤에 우릴 죽이면 어떻게 해? 그 생각은 해봤어?" 아돠파가 덧붙인다.

나는 눈살을 찌푸린다. "아이고, 오요모시여! 이그사가 무슨 동물인진 몰라도 괴물은 아니야. 나도 그 정도는 알아. 그저 변신종일 뿐이지. 그 신전에서 누가 키웠을 거야." 그 정도는 사실이라는 걸 알 수 있었다. "더구나 내가 전투 상태일 때 녀석을 곁에 두라는 목소리를 들었어."

브리타가 어리둥절해하며 묻는다. "전투 상태일 때?"

다른 아이들은 내 전투 상태에 대해 잘 알지 못한다. 하얀손이 다른 아이들은 가르치지 않으려 했기 때문이다. 나와 같은 능력이 없으니 헛수고가 될 거라면서. "난 전투 상태가 되면 평소보다 더 사물이 또렷이 보여. 하얀손이 가르쳐줬어. 그 목소리도 그중 하나야. 이그사는 우리를 해치지 않아."

'데……카…….' 이그사도 동의한다.

"너 미쳤구나. 너도 알지?" 브리타가 말한다.

나는 한숨을 쉬며 다시 침대로 들어가 이불을 끌어당긴다. 더 이상 입씨름하기 싫다. "이건 어때? 내가 내일 하얀손에게 이그사에 대해 말할게. 그분이 없애라고 하면 생각해볼게."

"좋아." 브리타가 씩씩댄다. "하지만 나도 같이 갈 거야. 진짜 말하는지 볼 거라고."

"좋아." 내가 대답한다.

넷이 툴툴대며 물러가는 소리를 듣다가 이그사를 본다. "재들한테 책잡히지 말자, 알았지?" 내가 조용히 속닥인다.

'데……카…….' 녀석의 대답이다.

녀석은 내 옆을 파고들고 우리는 잠이 든다.

* * *

다음 날 저녁, 수업을 받으러 호숫가로 갔더니 하얀손은 늘 그렇듯 야자 술 단지를 들고 깔개 위에 늘어져 있다. 여러 가지 말린 과일, 치즈 한 접시와 함께. 하얀손은 그런 음식에 탐닉한다. 그것만큼은 결코 바뀔 것 같지 않다. 내가 제일 먼저 도착하자 하얀손이 옆자리를 두드린다.

"여기 앉아라, 데카."

"네, 카르모코." 나는 우선 관습에 따라 무릎을 꿇어 인사하고 주저하며 옆자리에 앉는다. 몸이 그만 굳는다.

이그사에 대해 말해야 하는데 어떻게 말해야 할지 모르겠다. 더구나 아직 브리타가 오지 않아서 나는 브리타가 올 때까지 기다렸다가 말하기로 한다.

"첫 습격이 성공적이었다고 들었다." 하얀손이 말하며 야자 술을 한 잔 따라 내게 건넨다.

나는 고개를 저어 거절한다. "예, 카르모코. 우리는 동굴에 은거지를 마련하던 죽음비명을 모두 물리쳤습니다.

"대단하구나." 하얀손이 중얼거리며 특유의 재밌다는 표정을 짓더니 야자 술을 한 모금 마신다. "그 과정에서 네 능력에 대해 더 알아낸 게 있니?"

동굴에서 내 마음속을 흐르던 인식이 생각난다. 피가 경계하며 따끔거리자마자 깊은 전투 상태에 휩싸였던 것도. 명상할 필요도 일부러 정신을 집중할 필요도 없었다. 그저 필요할 때 찾아왔다가 필요 없어지니 떠났다.

"이제는 어떻게 작동하는 건지 알게 된 것 같아요." 결국 그렇게 대답한다.

"어떻게 작동하는데?"

"전투 상태는 내 피와 연결돼 있어요. 피가 빠르게 밀려들면 전투 상태가 자극돼요. 그래서 전투 상태가 되기 위해서 달리거나 공포를 느껴야 했던 거예요. 이젠 그 목소리가 어떻게 작동하는지도 알겠어요. 목소리가 죽음비명의 몸에 영향을 미치는 것 같아요." 죽음비명을 보기도 전에 심장박동이 느껴졌던 게 기억난다. 내가 명령을 내리면 심장박동이 느려졌다. "능력이 나한테서 빠져나오고 거기에 죽음비명이 반응해요. 느려져요. 그래서 내가 원하는 대로 움직이는 거죠."

하얀손은 왠지 눈을 가늘게 뜬다. 이상하게 흥분된 표정이다. "그럼 넌 말할 필요도 없겠구나……. 목소리를 내는 데 집중하는 대신, 네 능력을 움직이는 데, 보내는 데 집중하면 어떨까?"

"어떻게요?" 내가 놀라 묻는다.

"조준된 움직임. 춤 같은 거지." 하얀손이 자기 입술을 건드리며 깊은 생각에 빠진다. "그래……. 너만을 위한 무술을 고안해내야겠어.

나만을 위한 무술? 상상도 가지 않는다. 하지만 당연히 하얀손은 만들어낼 수 있을 것이다.

모든 그림자단은 무술에 조예가 깊다. 심지어 자기만의 독특한 격투 방식도 있다. 우아하고 공기처럼 가벼운 움직임을 보여준 적이 있는 카르모코 휴온처럼. 하지만 알라키에게는 쓸모없다. 거기에 필요한 섬세함을 우리는 더 이상 가지고 있지 않기 때문이다. 우리의 움직임 속에는 너무 강한 야성적 힘이 존재한다.

하얀손은 흥분해서 말을 계속한다. "처음 너를 가르치기 시작했을 때 생각해보긴 했는데, 이제 보니 꼭 필요하겠다. 내일부터 시작하자. 서둘러야지. 곧 원정이 시작될 거고 너도 필요한 상황에 준비돼야 하니까."

필요한 상황이라고? 나는 웃음을 삼킨다. 과시성 상황이겠지. 하얀손이 전쟁 동안 나를 어떻게 이용하려는지 안다. 황제에게 화려하게 선보일, 총애하는 무기로써 말이다. 그래서 나를 계속 밀어붙이며 원정이 얼마나 힘들지 경고하는 것이다.

나를 완벽한 무기로 만들면 하얀손은 황제에게서 더 큰 지위를 얻어낼 수 있을 것이다. 이제 하얀손의 생각이 이해되기 시작한다.

그때 브리타의 친숙한 모습이 다가와 다행이다. 원정 때의 과시적 상황에는 준비됐다고 해도 굳이 더 생각하고 싶은 것은 아니다.

"저, 드리고 싶은 말씀이 있어요, 카르모코."

"응?"

"죽음비명이 있던 동굴에서 발견한 게 있는데요."

"아, 네 동물 친구?"

나는 방금 도착한 브리타를 노려본다. "벌써 말했어?"

브리타가 얼굴을 붉힌다. "어쩔 수 없었어, 데카. 널 보호하는 게 내 의무니까!"

나는 분개해서 일어선다. "날 보호해? 내가 말하지 말라고……."

"뭐, 고양이는 아닌 게 확실하고." 하얀손이 말을 자르며 입술을 만진다. "비슷하게 생기긴 했지만…… 넌 그게 뭐라고 생각하지?"

나는 당황하여 분노를 잊는다. "변신 동물의 일종 아닐까요. 어머니가 그런 동물이 남부에 가끔 있다고 했어요."

하얀손이 어깨를 으쓱한다. "네 어머니의 믿음이 틀렸다고 할 생각은 없다만."

"위험할 거라고 생각하세요?" 나는 걱정이 되어 묻는다.

"네가 계속 가슴에 품고 피를 먹이기 전에 그 동물이 정확이 무엇인지 알아내야 한다고 본다."

나는 브리타에게 획 돌아선다. "그것도 일러바친 거야?"

이그사가 이따금 내 피를 마시게 놔두었다. 좋아하는 것 같고 크게 해롭지도 않을 것 같기에. 하지만 브리타가 이렇게 배신할 줄은 몰랐다.

브리타의 반항적인 표정은 전혀 그렇게 생각하지 않는다는 것을 보여준다. "말씀드려야 했어! 네가 이성적으로 행동하지 않으니까!"

"난 완벽하게 이성적이야! 이 애를 발견했을 때 반쯤 전투 상태였다고. 만일 이 애에게 뭔가 사악한 기운이 있었다면 알아챘을 거야. 더구나……."

"난 이렇게 생각한다." 하얀손이 언쟁을 중단시킨다.

내가 마지못해 돌아보자 하얀손이 말을 계속한다. "정말 넌 전투 상태에 있을 때 육감이 뛰어나 보이더구나. 그러니 그 말을 믿어보는 것도 좋겠지. 당분간은 말이야……."

하얀손이 고개를 끄덕이며 결정을 내린다. "내가 알아볼 동안 데리고 있도록 허락하겠다. 다만, 녀석에게 저주받은 황금을 더 먹이면 무슨 일이 일어나는지 확실히 보고하도록. 무슨 반응이나 변화가 나타나면 그게 녀석의 정체에 대한 단서가 될 수도 있으니까."

브리타가 얼굴을 구긴다. "그건 아닌 거 같아요. 정말 아닌 거 같아요."

나는 어깨를 으쓱하고 씩 웃어 보인다. "카르모코께 물어보자고 한 건 너야. 결정하셨으니 이제 수업 시작할까?"

* * *

하얀손은 나를 위한 무술을 개발한다는 의욕에 불탄 나머지, 수업 시간에 우리를 가르칠 여유가 없어 보인다. "검을 가지고 시작해. 모든 수단을 동원해 싸운다." 벨칼리스와 가잘도 도착하자, 그렇게 지시하고 나서 깔개 위에 자리 잡고 앉은 다음 수업 시간 내내 두루마리에 뭔가를 마구 쓴다.

내가 능력을 조절하기 위해 사용할 동작을 생각해내는 것 같다. 하지만 물어보지는 않는다. 전에도 저러는 것을 보았다. 훈련에 열중해 흥분으로 발광할 때였다. 전투라는 것 자체가 그녀를 살아 있게 한다. 그 점에서는 카르모코 휴온도 마찬가지다.

브리타, 벨칼리스, 가잘, 내가 지시받은 대로 온 힘을 다해 서로를 내리치고 베는 동안 하얀손은 계속 메모한다. 서로 상처가 터지고 피가 쏟아져 나오는데도 그녀는 아무것도 모르는 듯 두루마리만 본다. 수업이 끝나자 새 수업 짤 생각에 급해서 곧장 가버린다. 나는 하얀손이 그렇게 정신 팔린 것이 좋다. 이그사와 시간을 더 보낼 수 있으니까.

'이그사.' 내가 머릿속으로 부른다. 이그사는 온종일 고양이 모습으로 나를 졸졸 따라다녔는데, 갑자기 파란 깃털의 작은 새가 되어 날아온다. 까만 눈에 뿔도 두 개 달렸다.

브리타가 인상을 쓴다. "저거 혹시……."

이그사가 순순히 고양이 모습으로 변한다.

나는 녀석을 쓰다듬으며 속삭인다. "넌 대체 뭐야?"

'데……카.'

"데카, 녀석을 어떻게 돌볼 작정이야?" 벨칼리스가 생각에 잠긴 표정으로 묻는다.

“돌본다고?” 내가 얼빠진 표정으로 묻는다.

“조리된 음식을 먹을 것 같지는 않고. 너를 따르는 걸로 봐서 그동안 돌봐주는 사람이 있었던 것 같은데. 넌 뭘 먹일 생각이야?”

나는 잠시 입을 다물었다. 전혀 생각하지 못한 점이다.

대답을 궁리하는데 연못에서 물 튀는 소리가 들린다. 돌아보니 어느새 이그사가 드라코스 모습으로 헤엄치며 입에 퍼덕이는 물고기를 물고 있다. 녀석은 그걸 절반으로 자르더니 한쪽을 내게 준다.

나는 그걸 도로 밀어 보낸다. ‘네가 먹어.’ 머릿속으로 말한다.

‘데……카?’ 이그사가 어리둥절해하며 묻는다.

‘먹어.’

녀석은 한쪽을 꿀꺽 삼킨다.

“그래, 저런 걸 먹고 사나 보네.” 브리타가 한숨을 쉰다.

하지만 벨칼리스는 무시무시한 표정을 짓고 있다. “설마 사람으로도 변할 수 있는 건 아니겠지?”

나는 즉시 이그사를 본다. ‘사람으로 변할 수 있어?’

‘데……카?’ 이그사는 어리둥절한 표정이다. 내 발에 코를 비빈다.

“아닐 거야.” 내가 말하며 자리에 앉아서 이그사가 무릎 위로 편히 올라올 수 있게 해준다. 쓰다듬어주자 아르렁거리며 내 어깨에 굳은 피를 핥는다.

‘다른 사람들 앞에서 그러면 안 돼.’ 내가 머릿속으로 말한다.

이그사는 즉시 멈추고 고개를 들어 갸웃거린다.

벨칼리스가 의심스럽게 쳐다본다. “너 저거랑 얘기하고 있지?”

“그래. 녀석의 목소리가 머릿속에서 들려……. 나도 그렇게 말하고.”

브리타가 난리 친다. “하얀손한테는 그런 말 안 했잖아, 데카!”

"이그사를 안 좋게 생각할 정보는 알리고 싶지 않으니까! 이그사가 정말 안전한지 알고 싶어 했지? 난 녀석의 마음이 들려……. 그다지 많이 말하진 못하지만. 아직 어려서 그런 거 같아." 나는 브리타를 본다. "하얀손한테는 말 안 할 거지?"

브리타는 한숨을 푹 쉰다. "알았어. 네가 하얀손하고 직접 해결하게 놔둘게."

"고마워, 브리타." 나는 빙그레 웃는다.

"괜한 걱정 한다고 생각하는 거 알지만, 난 네가 걱정돼, 데카. 너무 급히 변하는 게 이상해 보여. 무서워." 브리타의 목소리에 담긴 진심 어린 두려움에 나는 벌떡 일어난다.

"난 괜찮아, 브리타. 정말이야." 브리타를 껴안으며 말한다. "아무 일 없을 거야."

"정말 조심해야 해."

나는 고개를 끄덕이고 이번에는 벨칼리스에게 말한다. "이그사가 돌봄받는 데 익숙해 보인다고 했지? 날 어머니로 여기는 걸까?"

벨칼리스가 갸우뚱하며 무릎을 꿇는다. 그리고 이그사에게 손을 뻗는다. 이그사는 쾌활하게 깩 소리를 낸다. 그러자 벨칼리스가 쓰다듬기 시작한다. "진짜 부드럽다." 벨칼리스가 중얼거린다. "꽤 사교적인 것 같은데. 하얀손이 정말 데리고 있어도 된다고 했어?"

"더 알아보자고 했어. 여기 있어도 된다는 뜻이지." 나는 이그사를 들어 올려 조그만 뺨에 키스한다. "그렇지 않니? 그렇지, 이그사?"

이그사가 깩 소리를 지르며 내 뺨에 얼굴을 비빈다.

브리타가 투덜거린다. "내 침대에선 재우지 마."

* * *

"하지만 뭔 줄 알고?"

케이타에게 이그사에 대해 알려줬더니 그렇게 묻는다. 우리는 다시 니스트리아 나무 아래 앉아 저녁 전에 잠시 휴식을 즐긴다. 이그사는 나뭇가지에서 이리저리 뛰어다닌다. 케이타가 찌푸리며 쳐다본다.

"변신 동물이라니까."

"죽음비명 동굴 근처에서 발견했다면 왜 그때 말하지 않았어?"

나는 어깨를 으쓱한다. "못 데려가게 할 것 같아서." 나무 위에서 꺅꺅거리는 녀석을 보니 마음이 몽글거린다. 내가 케이타와 너무 가까이 앉아서 그런지도 모르겠다.

우리는 팔과 다리가 닿게 나란히 앉아 있다. 원한다면 케이타 어깨에 머리를 기대거나 짧게 깎은 머리를 만져볼 수 있다. 고개를 돌리면 케이타의 눈을 들여다볼 수도 있다. 하지만 그런 행동은 하지 않는다. 이 나무 아래 함께 있으면 더 대담해지는 기분이 들지만, 그 정도로 대담하지는 않다.

케이타가 끄덕인다. "그래, 그랬겠지." 그러고서 나를 본다. "조심해야지, 데카. 저게……."

"아직 아기야. 아무것도 모르는 아기. 세상에 혼자 남겨진 거 같아."

"미지의 존재잖아. 우리 모두 한 번도 본 적 없는. 그런 것들엔 조심해야 해, 데카. 위험한 걸 수도 있어. 때론 그냥 존재만으로도 위험한." 옆에서 나를 보며 말하는 표정이, 왠지 이그사에 대한 것만은 아닌 듯하다.

나는 한숨을 쉰다. "잘 숨길게." 나도 이그사에 대해서만 하는 말은 아닌 것이다.

"내가 지켜볼게." 그러고 나서 케이타는 주저하며 다른 말을 꺼낸다. "데카, 너를 가르치는 카르모코…… 에쿠스 부인 말이야."

"그녀가 왜?"

"지휘관들에게 그녀를 아느냐고 물어봤어. 알고 보니 꽤…… 악명 높더라고. 황제의 특별 임무를 맡고 있다는 소문이 있어." 그러더니 숨을 들이마시고 나를 본다. "괴물들을 기른대, 데카."

심장이 멎는 듯하다. "괴물?"

그동안 묵혀두었던 모든 의문이 되살아나는 듯하다.

25

괴물을 기른다고……

밤새 역겨운 예감이 머릿속을 맴돈다. 지난 몇 달 동안 내가 너무 속 편하게 지냈다는 걸 깨달았다. 하얀손은 내가 찾던 해답을 알려 주겠다고 했다. 하지만 하얀손이 모든 의문의 원천이라면? 이르푸트에 수수께끼처럼 나타나, 수개월의 고문에서 나를 구했다. 게다가 나에 대해 온갖 걸 아는 듯했다. 그녀가 황제를 위해 만든 괴물 중 하나가 나일까? 이그사도? 마침 그 연못 안에 있었으니 말이다.

어머니는 아버지를 만나기 전에 임신했다. 내가 태어나는 데 하얀손도 개입한 걸까? 알라키 교배 계획 같은 거였을까? 하얀손이 이그사를 만들었다면 나를 만드는 것도 가능했을 것이다. 나도 변신종은 아닐까? 그러니까 눈이 자꾸 변하고, 아버지가 친부가 아닐 텐데도 외모가 비슷한 게 아닐까? 하지만 그렇다면 왜 아버지가 나를 키우게 놔두었을까? 아니, 왜 내가 그렇게 오래 이르푸트에서 살게 놔두었을까?

머릿속을 맴돌며 파고드는 생각에 빠져 있는데, 낯선 발자국이 방으로 들어온다. 나는 벌떡 일어나다가 안심한다. 가잘이다. 가잘이 새 로브를 들고 내 침대로 온다. 하얀손이 보냈을 것이다. 쓴웃음이 나온다. 악마도 제 말 하면 온다더니. 속담이 괜히 있는 게 아니다.

이그사가 어디 갔는지 찾아보지만 다행히 보이지 않는다. 밤에 종종 그러듯 사냥이라도 하러 나갔나 보다.

"에쿠스 부인께서 오라셔." 가잘이 로브를 던진다. "지금. 어서 일어나."

내 옆 침대에서 브리타가 일어나서 가잘을 보더니 놀란다. "무슨 일이야?" 걱정스레 묻는다.

"아무 일도 아냐. 하얀손이 나보고 오래."

"이렇게 일찍 이상한 일 시키면 가만있지 마." 브리타가 돌아눕고는 하품하며 경고한다. "지난주에 우리가 호수에서 완전 군장하고 대련하게 한 거, 몇 번이나 익사할 뻔했다고……."

"알았어." 나는 대답하며 새 로브를 입는다.

가잘과 함께 걸어 나오자, 밖은 아직 어둠에 싸여 있다. 공단으로 만든 외투처럼, 손을 뻗으면 만져질 듯한 어둠. 횃불이 계속 타오르고 멀리서 헤마이라의 불빛이 희미하게 깜빡인다. 몇 시쯤 됐을까? 하지만 가잘에게 묻지는 않는다. 그녀는 무뚝뚝한 그림자처럼 와르투베라 언덕 가장자리에 있는 외진 건물로 나를 안내해 간다.

하얀손이 안에서 기다린다. 손에는 평범한 횃불을 들고 있다. 그녀 주위로 어둠이 음침하게 모이는 듯하여 나는 불안감을 드러내지 않으려 애쓴다.

"아침 인사 드립니다, 카르모코." 가잘과 내가 인사한다.

"좋은 아침." 하얀손도 화답한다. 그러고서 가잘에게 고개를 끄덕인다. "고맙다, 수련생. 다른 일 보러 가렴."

가잘이 들어올 때처럼 조용하게 고개 숙이고 나간다. 이제 하얀손과 나 둘뿐이다.

하얀손이 나를 흘긋 보고 말한다. "심란해 보이는구나, 데카. 말해봐라."

"소문…… 들은 게 신경 쓰여서요, 카르모코."

"무슨?"

"황제를 위해 괴물을 기른다고요."

하얀손이 헛웃음을 뱉는다. "네가 그 괴물일지도 모른다고 생각하는구나, 내가 널 길렀다고."

내가 굳이 부정하지 않자, 하얀손이 눈을 굴린다.

"재밌게도 넌 항상 생각이 저만큼 앞서가더라. 그 조그만 머리를 굴리고 굴리면서 달려나가지. 그래서는 현상 이면의 진실에 절대 다가설 수 없어. 이번 전쟁이 끝나기 전에 모든 답을 알려주겠다고 하지 않았니. 때가 되면 알아야 할 건 다 알려줄 거야. 지금으로선 이것만 알면 돼. 세상에는 여러 종류의 괴물이 있고, 너만 유일한 건 아니라는 거야."

나는 하얀손의 눈을 들여다본다. 굳건하고 확신에 차 있다. 진실을 말하고 있는 것이다. 하지만 질문 하나는 꼭 해야겠다. "그런데 괴물들을 교배하는 건 맞나요?"

하얀손은 엷은 미소를 짓는다. "난 해야 할 일을 할 뿐이야. 자, 이제" 하면서 방을 가리킨다. 방에는 각 벽에 하나씩 커다란 청동 거울이 늘어서 있다.

대화는 끝났다. 나는 걱정을 옆으로 미뤄놓는다. 싸움터에서 생각하는 시간이 너무 많으면 죽는다.

"이게 다 뭔지 궁금하겠지?" 하얀손이 말하며 거울을 가리킨다.

"예, 카르모코."

"이런 가설을 세워봤어, 데카. 네가 그 목소리를 쓸 때마다 에너지를 모두 쓴다는 생각이 들어. 그래서 탈진하는 거지. 네가 에너지를 적게 쓸수록, 목소리를 더 잘 조절할 수 있을 거야. 그래서 전투 상태 동안 에너지를 조절할 수 있게 움직이는 명상법을 좀 고안해봤어. 그렇게 되면 곧 에너지를 효율적으로 관리할 수 있을 거야. 목소리를 쓰고 난 다음에 탈진하지 않아도 돼. 다음 작전을 할 때쯤엔 전혀 피로하지 않게 능력을 쓸 수 있을지도 몰라."

문득 혐오감이 몰려오지만 무표정을 유지한다. 또 야생의 죽음비명을 냉혹하게 죽여야 한다는 생각에 끔찍해지지만, 오테라를 안전하게 지키는 것은 나의 의무다. 그리고 카티야를 생각한다. 죽음비명이 카티야의 등뼈를 뜯어낼 때 그 눈에 어리던 경악을. 눈 위에 흩어지던 마을 사람들의 피를.

내게는 의무가 있다. 개인적인 메스꺼움 때문에 방기하지는 않을 것이다.

"첫 번째 움직임부터 시작하자. 몸속 에너지를 모아라." 하얀손이 말한다. "다리를 벌리고. 손을 들고. 깊이 숨을 들이쉬어."

하얀손이 시범을 보이자 나는 그 움직임을 따라 한다.

"눈을 감고 네 무의식 속의 바다를 떠올려."

나는 그대로 한다. 눈을 감고 검은 바다를 상상한다. 아마도 밤의 정적, 우리 주변의 고요함 때문인지, 내 마음 가장자리에서 철썩이는 바다가 즉시 느껴진다.

"황금 문으로 들어가. 그 너머에 네 에너지의 원천이, 네 힘이 놓여 있어. 그것이 하얀 빛처럼 네 몸에 흐르는 모습을 머릿속에 그려."

나는 조용히 고개를 끄덕이며 점점 더 마음 깊은 곳으로 잠겨 들어간다. 황금 문이 나를 굽어보고 나는 헤엄쳐 들어간다. 그러고 나자 하얀빛이 밀려와 나를 덮치는 것을 보며 경이에 잠긴다. 내 에너지가 먼 곳에 있는 별처럼 빛난다. 그러고 보니 전투 상태에 들어가면 주변 사람들이 왜 빛을 내는지 알겠다. 내가 그들의 에너지를 보는 것이다. 그들 심장 부근의 힘이 가장 밝게 빛난다.

이번에는 나의 빛에, 내 안에서 따끔거리며 일어나는 빛에 집중한다.

"됐니?" 하얀손이 묻는다.

나는 끄덕인다. "그런 것 같아요."

"좋아." 하얀손이 말하고 내가 미처 눈치채지 못했던 방 뒤쪽의 문을 연다.

가잘과 젠바가 기다리고 있다. 그들 뒤로 어둡고 음침한 계단이 이어진다. 죽음비명들이 갇혀 있는 동굴로 이어지는 계단이란 걸 알 수 있다. 이미 한 놈의 존재는 느껴진다. 점점 올라오고 있다. 즉시 알아볼 수 있는 너무 낯익은 존재, 진동종.

재갈이 물려지고 꽁꽁 묶여 저항하는 그를 수련생들이 끌어당긴다. 나를 보자 멈춰 선다. 경계하는 표정을 짓는다. 이제 나를 보면 늘 짓는 표정이다. 그러고 보니 야생에서 마주쳤던 죽음비명에 비하면 얼마나 고분고분한지 놀라울 정도다. 얼마나 지쳐 보이는지. 딱 집어 말하긴 어렵지만 지하 동굴 속의 죽음비명들은 뭔가 잘못돼 있다.

"에너지는 준비됐니?" 하얀손이 나를 보며 묻는다.

나는 눈을 껌뻑이며 지금에 집중하기 위해 애쓴다. "네."

에너지가 내 안에서 소용돌이치며 하얀 공처럼 빛난다.

"내 동작을 따라 해라." 하얀손이 손을 둥글게 해서 심장 위를 덮었다가 손가락을 뻗는다.

하얀손의 에너지가 흘러나온다. 또렷한 하얀 선을 천천히 위로 뽑아낸다. 그러면서 몸을 돌려 거울을 본다. 똑같이 하라고 고갯짓한다. 이제 우리는 나란히 서서 거울을 본다.

하얀손이 지시 사항을 외친다. "심장에서 목으로 네 에너지를 뽑아내. 그걸로 네 명령에 힘을 실어라. 그저 요만큼만. 더 이상은 쓰지 마." 하얀손이 알려주며 손가락으로 빛나는 줄기를 목까지 뽑아낸다. 뽑혀 나온 빛줄기는 몸속에서 소용돌이치는 에너지보다 더 밝게 빛난다.

하얀손도 볼 수 있었으면 좋겠다. 촛불처럼 밝게 깜빡이는 자신의 몸속 에너지를. 하지만 인간은 저주받은 황금도, 전투 상태에 들어가는 능력도 가지고 있지 않기에, 하얀손에게는 거울에 비친 자신의 모습만이 보일 것이다.

나는 잡념을 몰아내고 고개를 끄덕이며 동작을 따라 한다. 힘이 느껴진다. 목청에서 진동하는 에너지가 보인다. 여기에 정신을 집중하고 진동종을 향해 돌아선다. 마음을 단단히 먹고 죄책감을 지우며 명령한다. "무릎 꿇어." 목소리에 힘이 실린다.

진동종이 재빨리 무릎을 꿇자 하얀손이 손뼉을 치며 기뻐한다. "잘했어, 데카."

나는 하얀손의 표정을 따라 옅게 웃음 짓는다. 하얀손의 말처럼 탈진하지 않은 것은 물론 전혀 피곤하지 않다. "카르모코, 감사합……" 하다가 말이 막힌다. 청동거울에 비친 내 모습이 보였기 때문이다.

내 얼굴을 통해 죽음이 내비치는 것처럼 눈이 새까맣다. 다른 사람들도 이 모습을 본 것이다. 내 눈이 바뀌었다고 했을 때 본 거다. 내가 에너지를 사용했을 때만 이렇게 되기에 전혀 몰랐다. 거울로 가까이 다가가 자세히 들여다본다. 어쩐지 눈이 이렇게 되는 게 맞는 듯하다. 잘 어울린다.

"네 눈이 변한 모습을 처음 보는 게로구나." 하얀손이 다가오며 중얼거린다.

나는 고개를 숙였다가 다시 거울을 본다. "이제야 알겠네요." 혼잣말처럼 속삭인다. 꼼꼼히 뜯어보고 나서 다시 하얀손에게 몸을 돌린다. "계속해야 하나요?" 내가 물으며 진동종을 흘긋 본다.

하얀손이 끄덕인다. "그래."

자신감이 생긴 나는 목으로 다시 빛줄기를 뽑아 올린 다음 죽음비명을 본다. "손 들어."

놈은 다시 복종하고 나는 전혀, 조금도 피로를 느끼지 않는다.

"손 내려." 다른 빛줄기를 뽑아 명령한다.

놈은 계속 복종하고 나는 여전히 일말의 피로감도 느끼지 않자, 별로 집중하지도 않고 다음 빛줄기를 뽑아내며 명령한다. "원 그리며 돌아."

놈이 또 시키는 대로 하자 신이 나서 짜릿해진다. 하지만 이번에는 다른 감각이 덮친다. 피로감이 망치처럼 나를 때린다. 재빨리 거울을 본다. 목에 에너지 덩어리가 휘감겼다. 써야 했던 것보다 훨씬, 훨씬 많은 양이.

왜 집중하지 않았을까?

풀썩 쓰러지며 눈을 감는데 하얀손이 혀를 찬다. "조금만 뽑으랬더니……."

전투 상태를 조절하는 법을 배우는 건 힘든 일이다. 때로는 잘 통제하며 명령을 내리는 데 필요한 에너지만 사용할 수 있지만, 또 어떤 때는 잘못 계산해서 너무 많이 써버린다. 저녁까지 버티는 것도 힘들다. 그래도 이제는 매일 연습으로 능숙해지고 있어서 곧 핏줄을 통해 힘의 흐름을 아주 조금씩 움직여 보내는 법을, 완벽히 관리하는 법을 익혀간다.

잘된 일이다. 이그사를 발견했던 첫 작전 이후로 우리는 많은 전투를 치르며 헤마이라 외곽 지역들을 점검해나간다. 처음에는 내 능력을 사용하는 데 죄책감을 느꼈다. 죽음비명을 무력하게 만들고 나서 살육하니 말이다. 하지만 소굴들 근처에서 시체 더미를, 죽음비명이 무슨 짓을 저지르는지 계속 보게 되니 죄책감이 분노와 증오로 변해간다.

이제는 내 능력을 사용할 때 망설이지 않는다.

우리 소그룹은 금방 매우 효율적이 되었다. 시민들은 아돠파가 우리에게 붙인 명칭을 재빨리 받아들였다. 죽음 처단자들. 발견하는 족족 죽음비명의 소굴을 말살해버리는 기적 같은 능력을 알게 되자, 이제는 우리가 지나가면 환호하며 꽃을 던진다. 우리를 창녀라 불렀던 첫 출전에 비하면 놀라운 반전이다.

"잘했다, 죽음 처단자들!" 우리가 돌아올 때마다 거리에 도열한 시민들이 소리친다.

이제 우리는 영웅 같다. 일부는 인간 같지 않은 여자라는 점도 신경 쓰지 않는다. 물론 내 능력에 대해서는 전혀 모른다. 심지어 와르투베라의 다른 소녀들도 모른다. 비록 이그사에 대해서는 금세 알게 되었지만. 며칠 지나지 않아 이그사의 고양이 형상이 훈련장의 익숙한 존재가 되었다. 주방에서는 물고기를 훔치고 새를 쫓고, 훈련이 끝난 내 목에 제 몸을 감아오는 녀석을.

케이타, 브리타, 가잘, 벨칼리스, 아샤, 아돠파를 제외하고는 다들 녀석을 사교적인 고양이 정도로 생각하는 듯하다. 친구들이 경계하는 말을 할 때마다 웃어넘긴다. 작전이 계속되고 성공이 계속되는 동안은 나도 이런 분위기를 당연하게 여기려 애쓴다.

몇 달이 지나고 겨울 비슷한 것이 헤마이라에도 찾아들기 시작한다. 꽃향기가 좀 덜해지고 밤에는 시원할 정도가 되었다. 이제는 죽음비명도 우리 존재를 아는 듯하다. 습격에 대비해 보초 서는 개체수가 너무 많아졌기 때문이다. 심지어 몇 번 우리의 허를 찔러, 모든 알라키가 적어도 한 번 이상 심각한 부상을 입기도 했다. 하지만 상처에도 불구하고 우리는 결국 승리했다. 어떤 죽음비명도 내 힘에 저항하지 못했다. 내 손짓에 굴복하지 않은 놈은 없었다. 이제 나는 목소리를 잘 쓰지 않는다. 주로 손짓으로 내 의지를 전한다.

모든 게 너무 잘 굴러간다. 어느 날 저녁에는 죽음 처단자들을 위한 특별 손님이 방문했다. 전투 연습 후 모래밭을 줄줄이 빠져나가는데, 이제까지 본 것 중 가장 화려한 마차가 안마당으로 들어와 하얀손을 향해 간다. 그 마차는 얼룩말처럼 흑백 줄무늬가 있고 황금 장신구로 치장한 에쿠스들이 끌고 있다.

제복을 입은 통통한 남자가 내리더니 하얀손에게 두루마리 하나를 건넨다.

하얀손이 받아서 보더니 고개를 살짝 숙인다. 남자는 하얀손에게 깊숙이 고개 숙여 인사하고 다시 마차를 타고 가버린다.

하얀손이 케이타와 나를 향해 손짓해서, 우리는 얼른 뛰어간다.

하얀손은 우리에게 쿠루로 봉해진 두루마리를 건네주며 말한다.

"다른 죽음 처단자들을 불러. 게조 황제께서 우리를 궁으로 초대했다."

오요모의 눈은 바깥과 마찬가지로 내부도 황금빛이다. 다음 날 아침 헤마이라 궁전의 황금으로 아로새겨진 복도를 걸어가면서 그걸 발견하는 내 심장은 긴장으로 미친 듯이 뛰고 있다. 이렇게 화려한 곳은 평생 처음이다. 고개를 돌리는 곳마다 보석과 멋들어진 조각품이 장식돼 있고 입구마다 서 있는 자투는 최고로 화려한 붉은 갑옷을 입었으며, 우리가 지나가면 근엄하게 로브를 차려입은 귀족들이 부채 뒤에서 속닥인다.

다행히 우리도 와르투베라에서 새로 받은 최고 좋은 갑옷을 갖춰 입었다. 다른 카르모코들은 우리에게 화려한 로브를 입히려 했지만 카르모코 휴온이 갑옷을 입히고 전투 가면을 씌워야 한다고 고집했다. 우리 알라키는 더 이상 인간 여자가 아니라고, 휴온이 환기시켰다. 황제에게도 그 주변에게도 그 점을 보여주는 게 좋다고.

"으, 또 배 속이……." 알현실로 통하는 이중문 앞에서 브리타가 속닥인다.

"네 배는 왜 긴장만 하면 아프냐?" 리가 짜증을 낸다.

"그냥 그런 걸 어떡해." 브리타가 한숨을 쉰다. "적어도 전투 가면은 썼으니 창피는 면하겠지" 하면서 가벼운 청동가면을 만진다.

브리타는 어떻게 참는지 모르겠다. 비록 이 거대한 복도의 공기는 선선하지만 얼굴에 닿는 가면이 뜨겁게 느껴지고 이마는 땀으로 축축하다.

케이타가 초조해하는 나를 보더니 웃음 짓는다. "자신감을 가져, 데카. 다 잘될 거야."

"너도." 내가 속삭이고 덧붙인다. "오늘 아주 멋져 보여." 나처럼 케이타도 이번에 만든 휘황한 장식이 달린 갑옷을 입었다.

케이타가 끄덕이자 나는 얼굴이 붉어진다. 심장이 뛴다. 그런 칭찬을 해서는 안 되는데. 왜, 왜 내가 그런 말을 했지?

"너도 예뻐." 케이타가 속삭이자 뺨이 따갑도록 당황스럽고 기쁘다. 나는 헤벌쭉 웃을 수밖에 없다. 아버지와 이오나스 빼고 남자가 내게 예쁘다고 말해준 건 처음이다. 아버지……. 지금의 나를 본다면 어떤 표정일까? 나를 그리워하긴 할까? 아버지가 어떤 표정을 지을지 머릿속에 떠올려보려 하지만, 그럴 수가 없다.

눈 모양도, 눈썹이 어떤 색이었는지, 머리 길이가 어땠는지 기억나지 않는다.

왜 얼굴이 생각나지 않지?

북소리가 울리고 알현실 문이 열리자, 머릿속의 의문을 몰아낸다.

"죽음 처단자들입니다." 황제의 관리가 알린다.

자신감을 가지려 심호흡하고 나서 긴 통로를 걸어간다. 양쪽으로 앉은 귀족들을 흘긋거리지 않으려 애쓴다. 온몸이 금과 보석으로 뒤덮여 있어서 보기만 해도 눈이 아프다. 헤마이라의 보통 사람들도 잘 차려입었다고 생각했는데, 귀족들은 걸어 다니는 보석함이다. 옷과 몸을 아예 보석으로 뒤덮었고 남자까지 황금 가면을 썼다. 하얀손이 알려주기는 했다. 대신은 황제에 대한 복종을 보이기 위해 가면을 쓴다. 여자가 오요모 눈에 거슬리지 않기 위해 가면을 쓰는 것처럼 말이다.

황제는 알현실 저 끝에 앉아 있다. 육중한 왕좌는 가림막으로 다른 이들과 분리돼 있다. 섬세한 붉은 물질과 황금을 짜 넣은 가림막을 보고 나는 입을 쩍 벌릴 뻔한다. 황제는 이 세상에서 오요모에 가장 가까이 있는 분이라고 한다. 심지어 대신관보다도 더 가깝다고 말이다. 왕좌를 보니 정말 그런 듯하다. 왕좌로 올라가는 계단은 순전히 금으로 만들어지고 가장자리에는 얇은 루비를 둘렀다.

대표인 켈레치 대장과 하얀손이 계단 앞에서 멈춘 다음 바닥에 꿇어 엎드린다. 나도 따라 하는데 온몸이 떨린다. 내가 황제 앞에 오다니 믿을 수가 없다. 그 생각이 들자 더 떨린다.

"황제 폐하." 하얀손이 읊조린다.

"에쿠스 부인." 황제가 우렁차게 말한다. 가림막 사이사이로 어렴풋이 보이는 건장한 윤곽에 걸맞게 굵게 울리는 목소리다. "다시 보니 좋군. 게다가 이런 기쁜 일로."

나는 흘금거리며 황제를 더 잘 보려 애쓰지만 가면 때문에 시야가 가려서 쉽지 않다. 내가 이런 가면을 다시 쓰길 염원했다는 게 믿기지 않는다. 나는 눈에 힘을 주고 황제를 보려 애쓴다. 키가 아주 크고 떡 벌어진 어깨에 몸집이 거대하다. 지방이라기보다는 근육질인 듯하다. 세심하게 다듬은 수염이 얼굴 대부분을 뒤덮었고 싱그러운 입술은 꽤 여성적이어서 그래도 신이 아닌 피와 살이 있는 인간처럼 보인다.

하얀손이 갑자기 벌떡 몸을 일으킨다. "다시 보니 반갑습니다, 사촌. 아주…… 건강해 보이네요."

사촌? 그 말에 나는 화들짝 놀란다. 하얀손이 황족이었어? 직위는 높지만 다른 귀족처럼 평범한 피를 가진 귀족인 줄 알았다. 하지만 하얀손이 황족의 피를 가졌다니, 황제의 피가 몸에 흐른다니 많은 일이 설명된다. 사람들이 하얀손을 두려워하던 것, 온갖 일에 하얀손이 자신만만했던 것, 아무도 하얀손의 진짜 이름을 말하지 않았던 것까지. 게다가 황제 앞에서도 일어설 수 있는 것이다. 황제의 특별 임무, 그를 위해 곤란한 괴물들을 육성하는 임무를 맡은 것도 말이다. 사촌이었던 거다!

그때 황제가 웃는다. "농담은 여전하네, 사촌. 내가 지난 몇 달간 좀 찌긴 했지."

하얀손이 어깨를 으쓱한다. "그렇게 말씀하신다면야." 그러고 나서 우리를 가리킨다. "제가 약속드린 것입니다. 죽음 처단자. 오테라 최고의 죽음비명 살육 분대입니다. 폐하의 새 군대 중에서도 최고의 정예 전사들이죠."

분대? 정예? 의아한 단어들을 듣자 고개를 들고 싶어 참지 못하겠다. 무슨 뜻일까? 이리저리 궁리하다가 기억이 떠오른다. 하얀손이 약속 하나를 지킨 것이다. 그녀는 우리를 황제의 군대에서 가장 뛰어난 전사로 만들겠다고 말했다.

하얀손의 진짜 정체가 뭘까 생각한다. 황제의 음흉한 밀사? 뭔가 나로서는 아직 알 수 없는 다른 존재?

황제가 스륵 소리를 내며 고개를 끄덕인다. 그러더니 대신들에게 말한다. "너희는 이제 나가보도록."

"하지만 황제 폐하!" 크고 검은 대신이 항의한다.

"혼자 계시게 할 순 없습니다." 또 다른 대신이 외친다.

"신성모독이 될 것입니다." 또 다른 대신, 이번에는 엄하게 생긴 동부인이 이의를 표한다.

황제는 한마디로 답한다. "서둘러라."

대신들이 황급히 복종하고 나서 몇 초 지나지 않아 모두 사라진다. 문이 쾅 닫히자 황제가 스르륵 일어서며 계단을 내려오는 발소리가 들린다. 보석 박힌 샌들을 신은 커다란 갈색 발이 내 앞에서 멈춘다.

"이 중에서 누가 그 변종인가?"

"데카, 일어나라." 하얀손이 명령한다.

나는 고개를 든다. 나를 내려다보는 황제를 쳐다보지 않으려 최선을 다한다. 가까이서 보니 아주 잘생겼다. 수염과 달리 머리는 짧게 밀었다. 머리에는 비둘기 알만 한 다이아몬드들이 박힌 엄청난 금관을 썼다. 또한 꽤 검은 피부로, 남쪽 끝 지방 사람들처럼 매끄러운 푸른빛이 도는 검은색이다. 게조 왕가는 늘 그랬다.

그는 나를 위아래로 훑어본다. 지적인 갈색 눈이 이채를 띤다. 뭔가 알아본 듯하다.

"전사치고는 아주 작구나."

"예, 황제 폐하."

황제가 인상을 쓴다. “억양이 북부의 것이구나.”

“예, 황제 폐하.”

“하지만 피부색은 갈색이잖나.”

“어머니가 남부인이었습니다.” 하얀손이 설명한다. “예전에 그림자단이었죠.”

게조 황제가 끄덕인다. “전사를 교배하기에 최고의 품종이지.” 그러고 나서 다른 아이들에게 말한다. “너희도 고개를 들어라.”

그러고 나자 황제가 케이타를 보며 눈살을 찌푸린다. “가르 파투의 어린 영주, 너도 죽음 처단자 중에 있다고 들었다.”

“저는 데카의 우루니입니다, 황제 폐하.” 케이타가 말한다.

”잘 보호하고 있구나. 잘해낼 거라 믿는다, 어린 영주여.” 황제가 말한다.

“예, 황제 폐하.”

황제는 다시 왕좌로 올라가 앉는다. 우리를 내려다보며 엄한 표정으로 쳐다본다. “너희도 알다시피 곧 우리는 정벌을 시작할 것이다. 죽음비명을 말살하고 시원지를 파괴하여 이 끝없는 전쟁에서 승리하기 위한 여정을 시작할 것이다.”

황제가 몸을 뒤로 기댄다. “지난 몇 달간 잘해주었다, 죽음 처단자들이여. 너희 위업에 대한 칭송이 내 귀에까지 들려오니, 보상으로 너희는 내 바로 곁에서 싸우게 될 것이다. 내가 오테라 최고의 군인들로 만든 정예 부대의 선두에서 말이다.”

우리는 모두 놀라 얼굴을 마주 본다. 하얀손에게 어느 정도 듣기는 했지만 황제의 입에서 나오는 말을 직접 듣는 건, 지금 이 자리도 그렇고 너무 비현실적이다. 브리타, 벨칼리스, 가잘, 나 모두 얼굴이 하얗게 질린다. 하지만 소년들, 특히 리와 퀘쿠는 뛰어오를 듯 기뻐한다. 우리와 비슷한 반응을 보이는 건 아칼란뿐이다. 너무 큰 영예에 압도된 것이다.

하얀손이 능숙하게 절한다. “영광입니다, 사촌.”

“내가 고맙지.” 황제가 말한다. “네가 알라키 전사들 계획을 생각해낸 것 기억하나?”

나는 놀라서 고개를 획 돌릴 뻔한다. 하얀손이 생각해냈다고? 나는 눈을 휘둥그레 뜨고 그녀를 본다. 알라키 군대, 죽음 칙령의 중단. 그게 모두 하얀손이 한 일이라고? 감사한 마음이 벅차게 솟는다. 하얀손이 어떤 사람인지, 지금까지 무슨 일을 해왔는지는 몰라도, 그녀는 수많은 소녀의 목숨을 구했다. 꼼짝없이 죽을 운명이던 나를 구원해주었다.

그만큼은 인정해야 한다.

그런 생각에 빠져 있는데 황제가 말을 계속한다. “난 회의적이었지. 아니, 듣는 것만으로도 화를 냈어. 불순한 소녀들이 정벌에 참여하다니. 하지만 넌 내가 틀렸다는 걸 증명해 보였다. 너희 모두가 증명해 보였어. 이제 오테라는 더욱 살기 좋아졌어. 알라키 훈련소가 죽음비명을 차근차근 제거해주니 우리 정벌이 훨씬 수월해질 거야. 분명 긴 원정이 될 테지만, 알라키 군대가 우리에게 있다면 우리는 이길 거다. 이렇게 계속 싸워서, 사랑하는 하나의 왕국을 승리로 이끌고 우리를 끈질기게 괴롭혀온 괴물을 영원히 없애버리자.”

“친절한 말씀 감사합니다, 사촌.” 하얀손이 절한다.

그렇게 황제 알현은 끝나고 우리는 뒷걸음질로 밖으로 나온다.

다시 와르투베라로 돌아오는데 이그사가 꾸러미에서 빠져나와 어깨로 올라온다. 하지만 혼란스러운 생각은 더 커진다. 하얀손은 황제를 위해 괴물들을 기르고 알라키 훈련소를 만들도록 황제를 설득까지 한 걸까? 그녀는 진정 괴물을 창조하는 걸까, 아니면 가면처럼 사용하는 많은 협잡 가운데 하나일까? 그녀는 악인일까, 아니면 우리를 돕는 구세주일까? 더 이상 어떻게 생각해야 할지 모르겠다. 알고 보니 나뿐 아니라 우리 모두가 감사할 일이 더욱 크다는 것 이외에는. 그래서 우리 신참들은 뭐라고 말해야 좋을지 모른 채, 하얀손을 계속 응시한다.

하얀손은 마차 앞의 브라이마에 타고, 마사이마와 나란히 가고 있다. 얼마 후에 하얀손이 우리를 돌아보며 말한다. "너희가 무슨 생각을 하는지 다 느껴지는구나. 조그만 벌레들이 내 등에서 졸졸 기어 다니는 것처럼 말이야."

"황제께 훈련소를 만들도록 설득했다고요? 왜죠?" 내가 묻는다.

하얀손이 어깨를 으쓱한다. "나는 물자가 낭비되는 걸 싫어하거든. 알라키가 쓰레기처럼 버려지고 있었잖니."

"우리를 구했군요." 벨칼리스가 중얼거린다. 놀랍게도 눈물이 흘러내리며 눈이 이상하게 떨린다. "우릴 구했어……."

"맞아요." 브리타가 말한다. "당신이 아니었으면 우리가 어떻게 됐겠어요."

"뭐, 너무 감상에 빠지진 마." 하얀손이 웃지만 당황하는 모습은 처음이다. "정말 고맙거든 전장에서 보여주면 돼."

"아, 그럼요." 아돠파가 약속한다. "정말 그럴 거예요."

하얀손이 피식 웃는다. 나는 여전히 어떻게 생각해야 할지 모르겠다.

그날 저녁, 훈련을 마치고 나서 벨칼리스와 나는 뒤에 남아 무기를 치운다. 이건 차례로 돌아가며 하는데 오늘은 우리가 무기를 광내고 보관할 차례다. 늘 그렇듯 연습에 사용된 검들은 더럽다. 그래서 조심스레 세척액에 담갔다가 피 대신 묻은 황금 찌꺼기를 긁어낸다. 평소보다 더 맹렬히 닦는다. 오늘 알게 된 모든 것으로 머릿속이 타오른다. 하얀손이 우리를 죽음 칙령에서 풀어주고 싸울 기회를 주었다. 그리고 그녀가 약속한 대로 우리는 황제의 최정예 전사가 되어 두 달도 남지 않은 정벌에서 황제 곁을 지키며 오테라를 죽음비명에게서 완전히 구해낼 것이다. 하얀손은 자신이 한 약속을 지키는 사람임을 몸소 증명해 보였다.

그런데 왜 불안하지?

검들을 다 닦고 나서 벨칼리스를 보니 세척액을 더 만들고 있다. 화학약품을 섞느라 눈이 벌겋다. 보통은 벨칼리스를 그냥 내버려두지만 오늘은 아무래도 이상하게 누군가와 대화가 하고 싶다.

"하얀손이 다 한 거라니 믿어져?" 검들을 싸고 있는 그녀에게 가면서 말을 걸어본다. "얼마나 행운이야, 우리가 한 해만 일찍 태어났어도 벌써 사형됐을 거야."

"행운?" 벨칼리스의 입에서 산성액이 뚝뚝 떨어지는 듯하다. "우리 같은 종류에게 그런 게 있기는 하고?"

그러고 보니 벨칼리스는 떨고 있다. 분노를 억누르고 있는 몸이 부들부들 떨리는 것이다. 자기 과거에 대해 말하지 않아도, 끔찍한 일이 있었다는 걸 알 수 있다.

무슨 일이었는지는 몰라도 내가 신전 지하에서 겪은 것보다 더 좋지 않은 일이리라. 너무 악몽 같은 일이라 적어도 그녀는 몇 주에 한 번은 밤중에 비명을 지르면서 깨어나고, 아직도 끊임없는 고통과 분노에 시달린다.

"너한테 일어난 일, 나한테 일어난 일……. 그것들이 우리를 바꿔놓았어. 아주 근본적으로 바꿔놓았어. 황제와 관리들이 하얀손과 다른 카르모코들을 이용해서 우리를 전사로 만들 수는 있겠지. 그리고 정말 사면해줄지도 몰라. 하지만 그들이 저지른 짓을 되돌릴 순 없어. 이미 우리에게 가해진 끔찍한 짓들을 결코 물릴 순 없어."

바닥에 고인 황금, 아버지의 눈빛……. 가해지던 고문의 기억이 미처 막을 새도 없이 몰려온다. 그 익숙하고 둔중한 충격도 함께 따라오며 고통과 수치심도 다시 떠오른다.

지난 몇 달간은 완벽한 작은 전사로 거듭나고자 정말 열심히 노력했다. 정말 모든 걸 흘려보낼 수 있을까? 그냥 잊고 용서할 수 있을까?

하얀손이 아니었다면 나는 아직도 그 지하실에서 원로들에게 계속 같은 일을 당하고 있을 것이다. 나의 무지와 절망을 이용해 신심으로 가장한 흉악한 짓을 계속하도록 고분고분 굴었을 것이다. 그 깨달음에 따귀를 얻어맞는 듯하다. 또 다른 깨달음도 함께 온다.

"전에 알던 것들이 기억나지 않아." 나는 벨칼리스를 보며 나직이 읊조린다. 오랜만에, 내 안에 단단히 똬리를 튼 고통을 다시 느껴본다. 괜찮은 척하느라 너무 자주 억누르고 있던 고통을. "기억력이 정말 좋았는데. 그 지하실에서의 일을 겪고 나선, 작은 일들은 다 잊어버렸어. 아버지 얼굴도 생각이 안 나. 이제 기억나는 거라곤 지하실에서 내 머리를 자를 때 아버지가 짓던 표정뿐이야. 생김새나 웃는 얼굴 같은 건 더 이상 생각나지 않아."

너무 끔찍하고 황량한 것들을 인정하고 나니, 나도 그 막막함에 숨이 막히며 몸이 떨려온다. "아버지가 잘못했다는 걸 알지만 그래도 하나밖에 없는 내 아버지야. 좋을 때도 있었는데……. 이제는 아버지를 떠올릴 때마다 얼굴이 사라져버려. 그 전의 기억은 모두 손가락 사이로 빠져나가는 것 같아."

결국 나는 눈물을 흘린다. "그래서 오늘 그렇게 쉽게 분노를 잊은 걸까? 내가 겪어야 했던 일을 다 잊어버린 걸까?"

이번엔 벨칼리스가 조용히 말한다. "그 일이 일어났을 때 난 열세 살이었어. 양파를 썰다가 손을 벴지. 양파라니. 너무 멍청하지 않아? 여자애들은 칼을 쓰면 안 되는데……. 아버지는 내 피를 보고 바로 알아차렸지. 신관이었거든. 아버지는 내 피가 그렇게 일찍 나타난 게 오요모의 뜻이라고, 숨겨도 된다는 계시라고 생각했어. 그래서 가르 칼가라스의 큰아버지에게 연락해서, 순수의 의식을 겪지 않도록 날 도시로 데려가서 숨겨달라고 부탁했어. 아버지는 형을 믿고 사랑했어……. 약제사였고 사람들을 돕는 좋은 남자였으니까."

벨칼리스가 짧게 쓴웃음을 웃는다. "그 좋은 남자가 몇 달도 안 돼 날 사창가에 팔았지. 하지만 그는 실수한 거였어. 포주들이 내 황금 피를 보고 그를 죽였거든. 실수로든 뭐로든 자투에게 알려지지 않도록. 포주들은 날 가장…… 특이한 단골에게 제공했어. 아이들을 상처 내길 좋아하는 남자들. 아이들이 비명 지르는 걸 보길 좋아하는 남자들……."

이제는 내 손이 떨린다. 벨칼리스의 눈 속에 너무나 깊은 고통이 들어 있고 그 울림이 이제는 내 깊은 곳까지 퍼져 들어온다. "벨칼리스……."

"칼을 가지고 들어오곤 했지. '무슨 짓을 해도 돼. 저 여자애는 나을 테니까' 했던 거야, 나을 테니까라고. 무슨 짓을 하든, 아무리 심하게 상처를 내고 아무리 짓이겨도 나을 거라고. 언제나 새것처럼 좋아질 거라고. 목을 베어도……." 벨칼리스의 목소리가 낮게 갈라지다가 결국 흐느낌으로 바뀐다.

그 울음에 깃든 너무나 큰 고통에 내 마음이 산산이 부서지는 듯하다. 지난 몇 달간 나는 마음을 단단히 먹고 고통을 잊으려 노력해 왔다. 이제는 괜찮다고 증명해 보이려 애썼다. 그렇게 내 문제에 너무 몰두해 다른 소녀들도 고통받고 있다는 걸 잊고 있었다.

"벨칼리스……." 내가 속삭인다.

벨칼리스가 갑자기 로브 끈을 푼다.

나는 눈을 휘둥그레 뜬다. "벨칼리스, 그럴 필요 없어……."

"네가 봐줬으면 좋겠어. 예전에 봤던 상처 기억해? 다시 봐봐."

벨칼리스가 로브를 벗고 돌아서며 등을 보인다. 나는 기겁한다.

"사라졌잖아!"

벨칼리스의 등은 이제 완전히 매끈하다. 물론 당연하다. 피가 바뀌기 전에 얻은 상처만이 남아 있게 되니까.

"이제 상처 입지 않으니까 사라졌어." 벨칼리스가 씁쓸히 웃는다. "그래서 더 비참해. 육체는 낫고 상처는 사라지지만, 기억은 절대 없어지지 않아. 심지어 잊어버린다고 해도 속에 남아서 날 비웃고 있어. 생각지도 못한 때 되살아나."

"정말 슬퍼. 너무 힘들겠다." 나는 속삭인다.

"그래서 네가 내 상처를 기억해주면 좋겠어. 나한테 일어난 일을 기억해줄 누군가가 필요해. 누군가……."

나는 벨칼리스를 와락 끌어안는다. "잊지 않을게. 내가 영원히 기억할게."

울음을 참고 있던 벨칼리스가 왈칵 터뜨리며 울부짖는다. "절대, 절대 잊으면 안 돼. 비록 지금은 우리가 가치 있고 필요하니까 받아들이는 척해도, 상을 주는 척해도……. 그들이 우리한테 무슨 짓을 했는지 잊으면 안 돼. 한번 그런 짓을 한 자들이 다시 하지 않을 리가 없어, 데카. 아무리 그럴듯한 약속을 해도."

"잊지 않을 거야." 벨칼리스에게 약속하며 눈물을 줄줄 흘리면서도 나는 마음을 단단히 먹는다. "절대 잊지 않아."

26

저녁에 우리는 헤마이라의 남쪽 끝 늪지대를 헤치고 죽음비명의 은신처로 간다. 짙은 안개와 모기떼에 휩싸여 계속 얼굴을 뜯기지만, 다행히 장화를 신어 거머리들이 다리에 들러붙지는 않는다. 그렇긴 해도 이렇게 진 빠지는 작전은 처음인 듯하다. 원정이 멀지 않아서 우리는 더욱 힘든 지역으로, 더욱 독한 습격 작전을 나가고 있다. 이런 지역에서는 죽음비명이 주변 환경에 완전히 묻혀 있어서 너무 늦기 전까지 알아채지 못할 때가 많다.

"여기가 바로 지옥인가 봐." 브리타가 나지막이 투덜거린다.

"지옥의 똥통이지." 벨칼리스가 이럴 때 제일 좋아하는 욕설을 지분거린다.

케이타가 어깨를 으쓱한다. "이게 최악이라고 생각한다면, 내 고향인 가르……."

돌멩이 하나가 허공을 가르며 날아와 케이타는 간신히 숙여 피한다. 나는 즉각 전투 상태에 들어가며 시간이 느려지는 듯한 감각에 휩싸인다. 그러고 보니 늪지는 정말 조용했다. 부자연스러울 정도로 조용했다. 죽음비명이 근처에 있는 것이다.

내가 손을 들어 올리자 혈관으로 능력이 밀려들며 에너지가 모인다. 나의 소리 없는 명령에 내 몸이 복종하며 주변 공기가 파동치기 시작한다.

"모습을 드러내라." 내가 말한다.

주변의 갈대가 부스럭거리며 죽음비명이 여기저기서 빠져나온다. 놀랍게도 다들 이상한 금속 고리 같은 걸 머리 주위에 둘렀다. 나는 눈을 가늘게 뜨고 살펴본다. 죽음비명 하나가 내 뒤쪽을 향해 고갯짓한다.

나는 놀라서 돌아보다가 실수를 깨닫는다. 저 금속 고리는 코츨런이다. 내 목소리의 영향에서 놈들을 보호하는. 우리도 같은 것을 투구 아래 쓰고 놈들의 비명을 막는다. 놈들이 꼼짝 못 하도록 내가 손짓하기 전에, 죽음비명 하나가 돌덩이를 던져 내 턱에 바로 맞는다. 으깨진 턱에서 컥 신음과 함께 피가 흐른다. 그러나 더 큰 돌덩이가 날아와 내 손을 부순다.

이제 나는 꼼짝 못 하고 공황에 빠진다. 눈앞이 캄캄해진다. 놈들이 돌덩이와 코츨런을 사용해 우리 습격에, 내 명령에 대비하고 있었다. 하지만 나는 대처하지 못하고 통증과 혼란에 빠져 황금 피만 울컥울컥 내뿜는다.

"데카!" 케이타가 달려오며 나를 향해 날아오는 돌덩이들을 몸으로 막는다.

더 많은 놈들이 손에 돌팔매를 들고 수풀에서 달려 나온다. 매복으로 습격당했다. 하지만 나는 무기력하게 꺽꺽거리며 입과 목에서 밀려 나오는 피에 숨이 막힐 뿐이다. 팔을, 아니 손가락이라도 움직일 수 있다면.

"명령을 내려, 데카!" 켈레치 대장이 다른 이들과 후퇴하며 외친다. 인간인 그는 어두워서 내게 일어난 일을 볼 수 없다.

"못 해요! 당했어요!" 케이타가 나를 안으며 대신 외친다.

눈앞이 점점 흐려진다. 팔다리가 흐느적거린다. 피가 모두 빠져나간 듯하다. 다시 죽는 것이다. 이게 마지막일까? 얼굴이 으깨진 적은 없는데. 고요한 생각이 불쑥 일어나며 차가워지는 몸과 무기력에 저항한다.

안 돼. 이대로 의식을 놓을 수는 없다.

케이타가 다급히 내 턱을 덮으며 출혈을 막으려 애쓴다. "데카!" 그가 외친다. "데카!"

주변으로 모여드는 죽음비명들을 보지 못하는 듯하다. 놈들이 손톱을 세우자 나는 다급히 눈짓하며 케이타가 그들을 보도록 애쓴다. 조심하라고 말하고 싶지만 소용없다. 혀가 움직이지 않는다. 팔다리에도 힘이 없다. 주변으로 어둠이 모이며 낯익은 추위가 느껴진다. 피부가 벌써 섬뜩한 금빛으로 물든다. 이건 거의 죽음일 뿐이니 안도해야 하지만 그러지 못한다. 케이타 때문이다. 내 친구들 때문이다. 내가 금빛 잠에 빠지면 그들이 어떻게 되어버릴까 두렵다. 제발, 제발 무사하기를.

데카! 푸른 비늘에 덮인 도마뱀 같은 것이 휙 움직인다. 엄청난 몸집의 괴물이 덮치자 죽음비명들이 비명을 지른다. 이빨이 번득이고 발톱이 허공을 가른다.

이그사? 의식이 흐려지며 생각한다.

그러고 나서 금빛 잠에 빠진다.

깨어나 보니 날이 완전히 어두워졌고 나는 부드러운 담요에 싸여 있다. 그 느낌을 즐기며 몸을 뻗는다. 이렇게 편안한 기분은 정말 오랜만이다.

“일어난다!” 누군가의 목소리가 들린다. “데카, 데카, 데카! 내 말 들려?”

브리타? 생각은 하지만 나를 둘러싼 어둠을 떨쳐내기가 힘들다. 그리고 솔직히 깨어나고 싶지 않다. 어둡고 포근한 이곳이 좋다.

“저 괴물을 그냥 끌어내리는 게 어때? 아니면 쏴버리든지.” 짜증스러워하는 목소리가 말한다. 가잘이다.

“아, 그래. 아주 좋은 생각이네.” 날카롭게 빈정거리는 또 다른 목소리, 아돠파다. “우릴 보호해주는 유일한 존재를 쏘아 떨어뜨리면 죽음비명들이 좋아하며 돌아오겠지.”

“우리를 보호하는 게 아니야. 데카를 보호하는 거지.” 리의 목소리는 평소와 달리 전혀 쾌활하지 않다.

나를 감싼 담요가 부스럭거리고 진흙을 철벅이는 발자국이 다가온다. “데카, 제발 일어나.” 걱정이 가득한 케이타의 목소리다. “네가 일어나지 않으면 우린 여길 떠날 수 없어.”

케이타! 그제야 나는 정신이 번쩍 들며 어둠을 떨쳐낸다.

“케이타?” 나는 갈라지는 목소리로 중얼거리며 깨어난다. “살았구나!”

안도하며 마지막으로 케이타를 본 기억이 떠오른다. 모여드는 죽음비명들에 맞서 몸으로 나를 가려줬다. 나는 주변을 둘러보며 정신 차리려 애쓴다. 놀랍게도 반짝이는 푸른 비늘과 털에 에워싸여 있다. 위를 올려다보니 거대한 고양이 얼굴에 도마뱀 같은 검은 눈이 지켜본다.

‘데카…….’ 이그사가 목을 울리며 거대한 주둥이를 나에게 비벼 온다.

“이그사?” 나는 깜짝 놀란다. “어떻게 이렇게 커졌어!”

이렇게 커다란 도마뱀의 모습으로 변한 건 처음이다.

“네가 죽자 변신했어.” 케이타가 말한다.

걱정스러운 표정을 짓는 케이타는 땅에 서 있고, 나는 나무 위에 누워 있다. 담요라고 생각했던 것은 알고 보니 이그사의 몸이 둥글게 나를 감싸고 있던 것이다. 나를 보호해준 것이다…….

그제야 주변을 둘러본다. 늪지 여기저기 흩어진 죽음비명의 사체 조각으로 난장판이다. 놈들 피에서 나는 익숙하고 매캐한 단내가 진동하여 구역질을 일으킨다. 그렇게 겪고도 아직 익숙해지지 않는다.

케이타가 까치발을 들며 말한다. “너를 공격하던 죽음비명들을 녀석이 다 죽였어. 나머지는 우리가 처리했고. 하지만 녀석이 너를 데리고 그리로 올라가버렸어.”

그제야 다른 사람들이 약간 떨어져 임시 야영지를 만들고 나를 올려다보고 있는 것이 보인다. 다들 이그사의 모습을 보고 있다.

켈레치 대장의 엄한 표정과 마주치자 겁이 난다. 비정상이라고 생각하는 것에 관용을 보이는 사람이 아니니까. 이그사를 손가락질하며 조용히 말한다. “이제 일어났으니, 데카, 저 괴물이 뭔지 말 좀 해봐라.”

이그사가 코를 들어 올리며 못마땅한 듯 킁킁한다. 원래 녀석은 대장을 별로 좋아하지 않았다.

“내 친구예요.” 나는 재빨리 말한다. 죽음비명의 사체를 보지 않으려 애쓰지만, 이그사 혼자 해치웠다는 광경이 너무 끔찍하다. 불안한 표정을 보이지 않으려 애쓰며 대장을 다시 본다. “나를 보호하려고 그랬던 거예요.”

“내 질문은 그게 아니야.” 켈레치 대장은 철두철미한 성격 그대로 다시 묻는다. “저게 대체 뭐지?”

나는 이그사를 보며 답을 찾으려 애쓴다. 하지만 내가 어찌 알겠나? 대부분 고양이처럼 보이지만 필요하면 이따금씩 거대한 괴물로 변하는 동물을.

"그냥 친구인데요." 나는 어쩔 줄 몰라 말을 반복한다.

"무슨 동물종인 거지?" 재차 묻는 켈레치 대장의 귀족적 얼굴에 더욱 의심이 깊어진다.

"나도 잘……."

"모른다고?" 켈레치 대장이 한 걸음 더 가까이 오지만 이그사가 그를 향해 쉭쉭거린다.

"그만해, 이그사." 내가 말하며 툭툭 두들겨서 내려달라고 한다.

이그사는 못마땅한 듯 킁킁거리면서도 꼬리를 꿀렁대며 나를 미끄러뜨려 땅에 내려준다. 발이 땅에 닿을 때쯤 이그사의 몸도 다시 줄어들어 평소의 고양이 크기가 되었다. 녀석은 내 목을 자기 몸으로 감싸더니 작게 깩 하고 소리 낸다.

"저거 봤어?" 신병 하나가 기겁한다. "다시 변신했어!"

"우연히 발견했어요." 나는 대장에게 걸어가며 이그사를 목에서 풀어서 들어 올려 보이기까지 한다.

켈레치 대장은 눈을 가늘게 뜨고 보더니 묻는다. "어디서?"

나는 침을 꿀꺽 삼키자, 갑자기 이마에 땀이 솟는다. "그게……."

"와르투베라요." 벨칼리스가 나서며 대답한다. "다 함께 있을 때 와르투베라 호숫가에서 발견했어요."

"호수?" 대장이 믿을 수 없다는 듯 반문한다. "어느 호수?"

"에쿠스 부인께 수업받는 호수요." 이번에는 브리타가 나서며 대답한다. "처음 발견했을 땐 저렇게 크지 않았어요. 무슨 고양이 같은 건 줄 알았는데, 바로 저 모양이요."

"이제 보니 변신 동물인가 보네요." 아돠파가 덧붙인다. 표정 하나 바뀌지 않고 말한다. "하얀손 카르모코도 그렇게 말씀하셨어요.

그리고 데카에게 돌보라고 맡기셨죠."

나도 모르게 안도감이 퍼진다. 친구들이 이그사를 구해주려고 나섰다.

켈레치 대장은 이 사람 저 사람 번갈아 보더니 고개를 끄덕인다.
"알았다. 에쿠스 부인과 더 의논해보지."

대장이 돌아서자, 나는 안도하여 어깨에서 힘을 뺀다. 생각보다 일이 잘 풀렸다.

늪지 입구의 야영지로 돌아가면서도 근심은 좀체 가라앉지 않는다. 대체 무슨 동물일까? 품에 안은 이그사의 복슬복슬한 푸른 털을 내려다보며 생각에 잠긴다. 이게 진짜 모습일까, 아니면 아까 우리를 구한 모습이 진짜일까. 그보다도, 아까의 죽음비명들은 어떻게 된 걸까? 코츨런을 쓰고 돌팔매까지 사용하다니.

평범한 짐승보다는 훨씬 똑똑한 줄은 알았지만 이건……. 정말이지, 이럴 줄은 상상하지 못했다. 너무 깊은 생각에 잠겨 아도파, 브리타, 벨칼리스가 가까이 다가와 나를 에워싸는 것도 몰랐다.

"왜 그래?" 내가 묻자 브리타가 시선을 피한다.

벨칼리스는 주변을 둘러보며 지켜보는 사람이 없는지 확인한다. 우리는 임시 야영지를 떠나 사감과 보조자 등 보급 인력과 말들이 있는 늪지대 입구의 야영지로 돌아가는 길이다.

"아까 이그사만 변신한 게 아니었어." 벨칼리스가 말한다.

나는 다시 긴장한다. "무슨 말이야?"

"네가 죽음비명들을 부르려 할 때, 네 눈이…… 변했어." 브리타가 속삭인다.

"매번 그러잖아." 내가 대꾸한다.

"그런데 다른 부분도 변하기 시작했어."

벨칼리스의 말에 나는 우뚝 멈춰 선다.

"무슨 말이야?"

"잠시 네 피부가 가죽처럼 변했어."

언제 다가왔는지 가잘이 말하자 우리 모두 가잘을 돌아본다. 늘 그렇듯 침착한 표정이다.

"마치 죽음비명의 가죽과 똑같이."

말이 화살처럼 몸을 꿰뚫고 심장이 멎는 듯하다. 가죽처럼 변했다고? 무슨 말이지?

"그게 제일 문제였던 것도 아냐." 아돠파가 덧붙인다.

"뭐가?" 이제는 심장이 쿵쿵거린다. 마치 가슴에서 뛰쳐나올 듯하다. 아돠파가 다시 불편한 듯 시선을 피하자 더욱 심박이 빨라진다.

"우리도 네 목소리를 느꼈다는 거야. 네가 죽음비명들에게 앞으로 나오라고 했을 때, 우리 모두 그 명령이 우리에게도 강제되는 걸 느꼈어." 가잘이 말한다.

"강제된다고?" 나는 한 사람 한 사람 쳐다보며 어리둥절해한다.

"명령을 들을 수밖에 없었어. 네 목소리가 죽음비명에게처럼 우리에게도 명령을 내리고 있었어. 거기 저항하려면 온 힘을 다해야 했어. 너무 아름답기도 했지만 이상하고 무시무시한 목소리였어."

나는 너무 놀라서 다리에 힘이 빠진다. 그러다 다른 생각이 든다. 신병 쪽을 보니 그들은 이제 늪지에서 빠져나가 말들에게 달려가고 있다. "신병들은? 그들도……."

"신병들은 모르는 거 같아." 브리타가 말한다. "인간에게는 영향이 없었던 거지."

어지럽고 모든 게 멍해진다.

"넌 전혀 느끼지 못했던 거니?" 가잘이 묻는다.

나는 고개를 흔든다. 온몸이 무겁다. 내 목소리가 알라키에게도 명령을 내렸다고? 아직도 이해가 가지 않는다. 이해하고 싶지 않다. 만일 그렇다면 그건 내 잘못이 될 테니까. 내가 이 모든 변화의 원인이니까. 수업을 받고 내 안의 힘을 다스리면서, 스스로를 더욱 괴물로 만들고 있다.

"그럴 리가 없어. 그럴 수가……."

"하지만 사실이야." 벨칼리스가 가차 없이 말한다. 그러나 눈빛은 공포를 담고 있다. "문제는 네가 어떻게 할 거냐야."

나는 벨칼리스를 보며 묻는다. "신병들은 정말 모르는 게 확실해? 내가 변하는 것도 내 목소리에 영향받는 것도?" 나는 케이타를 흘긋 본다. 안장 끈을 조이고 있다. 제발 아니기를, 제발……. 그마저 내게 등을 돌린다면 나는 견딜 수 없을 것이다. 이오나스처럼 나를 혐오하게 된다면…….

벨칼리스가 고개를 젓는다. "너무 어두워서 그들은 볼 수 없었어."

"우리는 야간 시력이 훨씬 좋으니까." 브리타가 말한다. "하얀손이랑 이야기해보는 게 좋을 것 같아. 왜 그런지는 모르겠지만 다른 사람들이 알기 전에 어떻게 해야 할지 알아내야 하니까." 브리타도 케이타를 보며 덧붙인다. "신병들이 알기 전에."

나는 고개를 끄덕인다.

와르투베라에 도착하니, 하얀손을 만나기 위해 따로 기다릴 필요가 없다. 바로 하얀손이 옥상으로 나를 불렀기 때문이다. 이사투를 따라가보니 하얀손은 쿠션 위에 누워 늘 그렇듯 물담배를 피우고 있다. 헤마이라에 밤이 찾아왔고 훈훈하고 달콤한 향이 나지만 나는 그저 두렵고 당황스러울 뿐이다. 이그사 때문에 불렀을 거라는 걸 알지만 사실 그건 별걱정도 아니다.

하얀손은 내 불안감을 눈치채지 못한 듯하다. "듣자하니, 네가 최근에 걱정스러운 변화를 경험했다지?" 하얀손이 담배를 한 모금 또 빨아들인다.

나는 놀라서 쳐다본다. 어떻게 알았지?

그러나 생각해보면 와르투베라를 지휘하는 게 하얀손이다. 모든 사감과 보조자도 마찬가지다. 우리가 작전을 나갈 때 이사투 역시 하얀손을 위해 우리를 감시한다고 해도, 모든 보조자가 스파이 노릇을 한다고 해도 놀랄 필요가 없는 것이다. "보조자들이 당신의 스파이였군요." 그들이 하얀손을 대할 때 유독 공손하던 게 떠오른다.

"사감들도 마찬가지지. 최고의 일꾼만 뽑으니까."

하얀손이 거들먹거리자 나는 더욱 당황한다. 무슨 일이 있었는지 알면서 어떻게 저렇게 침착할 수가 있지? 난 가만히 서 있기도 힘들 정도인데. 나는 주먹을 쥐었다 풀었다 하며, 주먹을 물어뜯고 싶은 걸 참는다.

"수업 때문일까요?" 나는 물으며 이그사를 목에서 풀어 품에 안는다. "그래서 내가 변한 걸까요?"

하얀손은 천천히 고개를 끄덕인다. "그럴 수 있지."

"그럴 수 있다고요? 그런 말로는 안 돼요. 무슨 일인지 설명해주세요! 그러겠다고 약속했잖아요!"

하얀손은 대답하지 않는다. 그저 몸을 일으키더니 지붕 가장자리로 가며 나를 부른다. 헤마이라 시내가 검은 바다처럼 펼쳐지고 침침한 불빛이 흩어져 깜박인다.

하얀손이 그 광경을 향해 손짓한다. "뭐가 보이니?"

"헤마이라요." 대답하면서도 갑자기 왜 이러나 싶어 의아하다.

"헤마이라를 채우는 건 뭐지?" 하얀손은 물으며 나를 가늠하듯 쳐다본다.

"사람들이요."

"헤마이라 밖에는? 야생에는 뭐가 있지?"

"죽음비명이요." 나는 재빨리 덧붙인다. "우리의 적."

언뜻 하얀손이 이상한 표정을 짓는다. 하지만 곧 평소의 재밌어하는 미소로 돌아온다. "그렇군."

"그게 제 변화랑 무슨 상관이에요?" 내가 답답해하며 묻는다.

"모든 게…… 관계있지. 관계없기도 하고."

분노가 치솟는다. "그런 모호한 대답 들을 시간 없어요. 내가 변하고 있다고요, 카르모코." 이를 악물고 말한다. "내가 괴물이 아니라고 했죠? 하지만 난 죽음비명과의 잡종이었던 거죠?" 결국 내 입에서 튀어나오고 말았다. 차마 생각하기도 싫었던 두려움이 또렷한 형상을 얻는다.

"뭐라고?" 하얀손이 웃음을 터뜨린다. "아냐, 그건 아니다."

"그럼 뭐예요? 내가 왜 이렇게 돼가고 있는 거냐고요!"

"네가 계속 힘을 사용하고 있으니까. 사용할 때마다 힘이 자라나서 널 둘러싼 것들을 바꿔놓는 거야."

그러자 떠오르는 생각이 있다. 두렵기 그지없는 예감. "그럼 내 친구들은요? 내가 그 애들에게도 영향을 미치게 될까요? 그들도 변하기 시작할까요?"

하얀손이 고개를 젓는다. "그렇지 않을 거야. 그런 목소리를 가진 건 너뿐이야. 그런 능력을 가진 건 네가 유일해." 하얀손이 다시 도시를 내려다본다. "게다가 네가 멈출 수 있는 것도 아니야. 어쨌든 지금으로선."

하얀손이 너무 확신에 차 보여서 문득 깨닫는다. "전에도 이런 걸 봤죠? 그렇지 않아요? 나 같은 여자애가 또 있었던 거예요! 그래서 수업도 생각해낼 수 있었던 거고요! 전투 상태를 조절하는 법도 그래서 아는 거죠?" 이제는 알 것 같다. 죽음비명에게 명령 내릴 수 있는 능력을 가진 소녀들의 군대. 나는 하얀손에게 다가가며 호소한다. "알려주세요! 어떻게 된 거죠?"

한참 후 나를 흘긋 보는 하얀손의 표정이 단호하다. "지금은 네가 관심 가질 문제가 아니야. 내 말 잘 들어라. 네 능력은 어두울 때만 사용해. 자투들이 너를 못 보도록. 그리고 갑옷을 모두 장착하고 목소리를 사용할 때마다 네 친구들이 주변을 에워싸도록 해. 혹시라도 자투가 네 변신을 보는 일이 생기거든 웃어넘기고 그가 잘못 본 거라고 주장해. 기억해라. 지금은 너를 칭송하는 그 능력이 나중엔 죽임당할 구실이 될 수 있다는 걸."

벨칼리스의 말과 너무나 비슷한 말이다. 심장이 차가워지는 듯하다. 하얀손에게 무엇인가 있는 줄은 늘 알고 있었다. 나에 대한 속셈이 더 있다고 생각했다. 하지만 이 정도인 줄은 감히 상상하지 못했다.

"하지만 당신이 나를 이리 데려왔잖아요." 나는 겁에 질려 속삭인다. "이 전쟁을 위해서 데려온 거잖아요."

하얀손이 고개를 끄덕인다. "그래서 네가 충분히 오래 살아남아야 해. 그리고 이해해야 해. 정말…… 네 위치가 얼마나 변하기 쉬운지. 자투, 내 사촌인 황제 그리고 그의 대신들. 다들 지금은 무찔러야 할 죽음비명이 있으니 널 사랑하지만, 상황이 바뀌는 순간 그들은 네가 여자라는 걸 기억할 거야. 네가 비정상이라는 걸……. 원래 그런 거니까. 남자들은 늘 그러니까."

"어떻게 하면 멈출 수 있는지 알려주세요." 나는 그렇게 변하기 싫어서 애원한다. 하얀손이 무슨 계획을 꾸미고 있든 따르지 않을 것이다. 나는 그저 살고 싶을 뿐이다. 영광이나 존경 따위 다른 사람들이나 가지라지. "어떻게 하면 되돌릴 수 있는지 말해줘요."

"그럴 순 없어." 하얀손의 눈빛은 한없이 차갑다. 이제는 재미있어하는 기색조차 사라졌다. "훈련은 계속될 거고 너는 능력을 자유자재로 다루게 될 거야. 너무나 강력해서, 아무도 우리 앞에 방해가 되지 못할 때까지 힘을 발전시키게 될 거야."

"하얀손……." 나는 공포에 질린다. 그녀는 알라키 부대를 말하는 게 아니다. 이 전쟁을 말하는 것도 아닌 듯하다. 뭔가 다른 것을, 훨씬 무서운 용서받을 수 없는 무언가를 말하고 있다. 반역……. 힘을 모으겠다고 하면 그 뜻인 것이다. 자신에게 명령 내리는 남자들보다, 오테라의 황제보다 강해지기 위해서.

이게 다 그런 게임이었다니. 깨달음과 동시에 질려버려서, 입이 벌어지지 않는다. 부유한 자들, 권력을 가진 자들이 벌이는 무서운 게임 중 하나겠지. 나는 그저 그녀가 부리는 장기말일 뿐이고. 와르투베라를 바삐 오가는 사감과 보조자들처럼.

"하얀손, 나는……."

하얀손이 내 입술에 장갑 낀 손가락을 올려 말을 막는다. 그녀의 눈이 나로서는 헤아릴 수도 없는 깊이로 번뜩인다. "너 같은 존재는 없어, 데카. 그건 알아둬라. 과거에도 없었고 앞으로도 없을 거야."

그녀의 말이 내 폐부를 찌른다. 경고는 계속된다. "자투에게 네 변화를 숨겨라. 그래야 안전하다, 데카. 그리고 네 애완동물을 늘 곁에 둬야 한다."

이그사를 내려다본다. 공포가 솟아오른다. 이그사도 하얀손이 계획한 것일까? 나는 대체 이 녀석을 어떻게 발견하게 된 걸까? 어쩌면 내 모든 의심이 사실일지도. 이그사는 무슨 일인가 싶어 눈을 껌뻑인다.

"다른 카르모코와 자투에게는 내가 비밀히 기르던 새로운 종류의 괴물이라고 설명했다. 지금은 그 정도로 충분할 거야. 나는 괴물을 모아들이는 사람으로 알려졌으니까. 하지만 이젠 알겠지? 네 의심은 틀렸어. 나는 황제를 위해 괴물을 기르는 게 아니야. 그저 찾아낼 뿐이지. 이 제국이 불순하고 바람직하지 못하고 위험하다고 여기는 괴물들을 발견해서……."

공포가 나를 휘감는다. "이그사는요? 이그사는 뭐죠?" 하얀손은 알고 있는 것이다. 모든 걸 알고 모든 걸 숨긴다.

"변신 동물이야. 지금은 그것만 알면 돼."

머릿속이 어지럽다. 점점 더 무서워진다. 하얀손이 자투, 이그사에 대해 했던 말……. "왜 그렇게 말해주지 않는 거예요? 왜 그렇게 비밀이 많아요?"

"왜냐하면 네가 이해하지 못할 테니까. 지금의 너로서는 그래. 네가 알아야 할 것은, 네가 비정상적 존재가 아니라는 거. 그리고 네 머릿속에서 맴돌고 있을 끔찍한 의심이 모두 틀렸다는 거. 네 애완동물도 마찬가지야. 넌 지금까지처럼 다른 이들과 함께 지내면서 괜한 주목을 끌지 않아야 해. 전쟁이 끝날 때까지는 말이지. 이제 거의 다 왔다. 거의 끝날 때가 됐어. 넌 그때까지만 살아남으면 돼. 우리 제국에서 그 괴물들이 사라질 때까지. 그러고 나면 내가 모든 걸 말해주마. 이 모든 게 뭘 위해서였는지 알려주마. 알겠니?"

나는 어찌할 바를 몰라 끄덕인다. "알겠어요." 절망감이 차오른다. 하얀손을 믿을 수 있다고 생각하기 시작했는데. 이제 보니 다른 이들과 똑같이, 아니 더 나쁘다.

거미줄에서 실을 달랑거리는 거미처럼, 모든 정보를 어떻게 엮어야 할지 모르겠다. 이그사, 전투 상태, 내 능력. 이 모든 게 반역 모의를 위해 준비한 것이라니.

하지만 누가 더 있을까? 그리고 왜?

우리 제국에서 저 괴물들이 사라질 때까지……. 무슨 뜻일까? 죽음비명을 말하는 걸까, 아니면…… 우리를 죽음비명과 싸우도록 한 남자들? 거기까지 다다르자 나는 화들짝 놀라 생각을 파묻으려 애쓴다.

나는 일개 병사다. 그런 일은 나와는 상관없다.

하얀손이 도시를 본다. "정말 아름다운 경치야."

이제 물러가라는 뜻이다.

나는 덜덜 떨며 걸어 나온다. 방금 무슨 일이 일어난 건지 모르겠다. 한 가지는 분명하다. 하얀손을 아주 조심해야 한다는 것. 그러지 않으면 죽음비명보다 더 위험한 것과 맞부딪칠지도 모른다.

오테라 제국 말이다.

27

"지옥의 갑옷이라고 부르겠다." 카르모코 캘더리스가 자랑스레 선언하며 황금 투구를 들어 보인다.

이른 아침 우리는 게조 황제 동상 앞에 서 있다. 작년에 알라키 군대가 창설된 이래로 밤낮을 가리지 않은 수개월의 고생스러운 노동 끝에, 그녀는 저주받은 황금으로 갑옷을 만들어냈다. 제련하고 또 제련해서 만든 갑옷은 죽음비명의 손톱도 뚫을 수 없다. 뜨거운 태양 아래서도 쾌적함을 유지하고, 가벼워서 입고 달리기에도 무리가 없다.

"우리는 제련 과정을 혁신했다." 카르모코 캘더리스가 외친다.

"그래, 그랬겠지. 알았다고." 아샤가 씨근거린다. 방금 습격에서 돌아와 아직 진흙투성이다. 그래도 신나 보인다. 아샤의 팀이 할당량을 채웠으니까. 세 소녀는 아직 금빛 잠에 빠져 있고 그중 하나는 눈을 하나 잃었지만 이번에는 아무도 죽지 않았다. 엄청난 승리다. 지난 몇 주 동안 전투가 얼마나 힘들어졌는지를 생각하면 말이다.

우리가 곧 시원지를 정벌하려는 걸 감지라도 한 듯, 죽음비명들은 전력을 다해 공격을 펼쳐왔다. 우리처럼 그들도 최대한 많이 죽이고 싶어 한다. 지금도 이렇게 힘든데 원정은 얼마나 끔찍할지. 전장에 모일 수백 수천의 죽음비명이라니, 상상도 가지 않는다.

"대단한 혁신 하셨겠지." 아샤가 계속 이죽거린다.

"조용히 해." 브리타가 목소리를 낮춰 야단친다.

카르모코 캘더리스는 갑옷 입는 법을 알려주고 있다. 하얀손과의 대화 이후 몸을 더 완벽히 가리는 갑옷이 필요하다는 걸 알게 됐으니 주의 깊게 봐야 한다. 최근 우리가 사용하던 임시 투구는 머리만 간신히 가리고, 도시를 지나갈 때 쓰던 것은 너무 커서 전투 때 쓰기는 거추장스럽다.

얼굴 전체를 가리는 투구와 몸을 전부 감싸주는 갑옷이 필요하다. 사람들이 말한 피부 변화가 또 일어날지는 모르겠지만, 만일 그렇게 된다면 아무도 보지 못해야 한다. 특히 케이타가 보지 못해야 한다. 들킨다는 생각만 해도 끔찍하게 무섭다. 그런 괴물 같은 꼴은 절대 보지 못하게 하고 싶다.

다음 날 카르모코 캘더리스가 대장간을 열 때, 나와 브리타, 벨칼리스, 아샤, 아돠파가 모두 기다리고 있다. 몇 달에 걸친 습격과 피투성이 전투가 피에 대한 두려움을 없애준 덕에 내가 제일 먼저 나선다. 게다가 우리 각자에게 맞는 투구와 갑옷을 만들어주겠다고 해서 무척 기대된다.

캘더리스가 나를 보더니 이를 드러내며 웃는다. 이그사가 내 목을 감싸고 있다. "아, 데카, 마침 제시간에 왔구나. 들어와." 내가 들어가자 캘더리스가 이그사를 가리킨다. "저 짐승은 밖에 놔둬. 털이라도 들어가면 곤란해."

이그사가 당황스러운 듯 검은 눈을 깜빡이며 나를 본다. '데……

카?' 말하는 건 내 이름뿐이지만 요즘 이그사는 점점 더 다른 사람의 말을 잘 알아듣는 듯하다. 언젠가는 그 이상 말할 수 있게 될까 궁금하다. 하얀손에게 물어봐야겠지만, 또 어떤 말로 나를 조종하려 들까 봐 걱정이 된다.

'응, 잠깐 밖에 있어.' 내가 이그사에게 말한다.

이그사는 불만스럽게 킁킁거리며 밖으로 나간다.

나는 대장간으로 들어가다가 몇 달 보지 못한 사이에 바뀐 대장간의 모습을 보고 눈이 휘둥그레진다. 천장을 휘돌며 설치된 금속관들이 뻗어내린 아래, 거대한 화로가 놓여 있다. 그 화로를 쉬지 않고 달구며 보조자들이 비 오듯 땀을 흘린다.

캘더리스가 신이 나서 대장간 한가운데의 나무 의자를 가리킨다. "자, 여기 앉아. 시작해볼까?" 그녀가 칼을 들어 올린다.

나는 심호흡하고 빛나는 날을 바라본다. 의자에 앉은 후 말한다. "준비됐어요."

추운 계절치고는 더운 날이다. 브리타, 벨칼리스, 아돠파, 나는 죽음비명들이 근거지를 만든 바위산 위 어느 절벽에 모여 있다. 헤마이라 외곽의 요코라는 마을을 죽음비명이 위협하고 있었다. 마을 원로들이 직접 죽음 처단자를 요청하고 지도를 제공해서 우리가 이곳에 온 것이다. 피부에 쓸리는 가죽 갑옷을 입고 땀을 줄줄 흘린다. 우리는 선발대인데, 본능적으로 죽음비명을 탐지하는 내 능력이 이런 바위 많은 지형에서 특히 필요하기 때문이다.

우리 아래쪽에 죽음비명 무리가 하얀 바위 돌출부 주위로 모여 있다. 안개도 조금밖에 퍼뜨리지 않아서, 우리가 몸을 숨긴 곳에서 멀리 떨어져 있는데도 꽤 잘 보인다. 보통은 우리가 가기 전에 정찰병들이 먼저 지켜보고 있는데, 내 제안에 따라 나랑 친구들이 대신 정찰을 맡았다. 우리가 적을 효과적으로 다루려면 그들에게 익숙해지는 게 중요하다. 적어도 카르모코 탄디위는 늘 그렇게 말한다.

켈레치 대장도 동의해서 대장을 비롯하여 신병과 다른 알라키들은 야영지에서 대기하며 마지막 준비를 하고 있다. 사실 우리 넷이 죽음비명들을 이렇게 지켜봐야 하는 진짜 이유를 대장에게 말하지 않았다. 죽음비명들은 점점 더 내 흥미를 끌고 있다. 죽음비명들이 그날 늪에서 내 목소리를 막기 위해 코츨런을 쓴 이후, 나는 그들을 관찰하고 연구하기 위해 온갖 애를 써왔다. 그리고 알아낸 것들 때문에 많이 걱정된다.

카르모코와 자투들은 계속 우리에게 죽음비명이 지능이 별로 없는 짐승이라고 말해왔다. 하지만 내가 보기에는 거의 인간만큼으로 보인다. 심지어 언어도 있는 듯하다. 언어에 대해 알아보기까지는 시간이 좀 걸렸다. 하지만 저기 모여 있는 놈들도 서로에게 웅얼거리며 달각거리고 있다. 무시무시한 외관만 빼면 공격을 준비하는 알라키와 신병들 부대와도 비슷한 모습이다. 정말 그러고 있는 거라고 나는 확신한다. 요코에 다시 쳐들어갈, 더 많은 사람을 죽이고 더 많은 소녀를 훔쳐 올 준비를 하는 것이다.

우리가 도착하자 원로들은 울면서 이야기했다. 죽음비명들이 가족을 도륙해 쓰러뜨리고 열두 살에서 열세 살 사이 소녀들을 쓸어갔다고. 나는 차마 그 소녀들이 모두 죽었을 거라고 말하지 못했다.

죽음비명들이 데려간 소녀를 되찾은 적은 한 번도 없었다. 신체 일부조차 발견하지 못했다. 죽음비명 소굴에 쌓인 시체들은 늘 성인 남자였다. 성인 여자나 소녀의 시체는 없었다. 이 점이 의아해질 때마다, 첫 습격을 나갔을 때 작은 소녀를 본 기억이 떠오른다. 그 아이는 어떻게 됐을까? 아직 살아 있을까? 이미 죽음비명에게 먹혔을까, 아니면…….

그 생각에 불안해져서 이그사를 돌아본다. 고양이 모습으로 근처 나무에 올라가 있다. '신병들에게 알려.' 내가 이그사에게 말한다.

이그사는 고개를 끄덕이고 등에서 날개를 솟아나게 하여 날아오른다. 이그사의 최고 능력 중 하나로, 얼마나 유용한지 모른다. 덕분에 켈레치 대장도 아주 만족한다. 나는 심지어 내 피로 황금투구까지 만들어줬다. 녀석은 최대한 빠짐없이 자랑스레 쓰고 다닌다.

"정말 익숙해지지 않는다니까." 아돠파가 내 옆에서 속삭거린다. "또 부르르 떨게 돼."

충분히 서로 멀리 떨어져 있긴 해도 항상 조용하도록 조심해야 한다.

"뭐가?" 다른 쪽 옆에 있던 브리타가 묻는다.

이그사가 전투 형상이 아닐 때는 투구를 쓰고 있을 수 없기 때문에, 브리타 머리에 얹혀 있다. 그래서 브리타는 그 투구를 이리저리 던지면서 장난친다. 브리타는 꼭 어린아이처럼 굴 때가 있다.

"이그사가 변신할 때를 말하는 거야." 내가 대신 설명한다.

브리타가 나를 휙 돌아보며 눈썹을 구긴다. "그거 다시 말해봐."

이번에는 내가 눈썹을 구긴다. "뭘?"

브리타가 투구를 벗더니 들여다본다. "이상하네."

"뭐가 이상해?" 대체 뭘 하는 건지 모르겠다.

브리타가 다시 투구를 쓰더니 나를 본다. "아무 말이나 해봐. 빨리."

"아무 말이나?" 내가 말을 반복하며 고개를 갸웃한다.

브리타가 투구를 벗고 나를 본다. "네 목소리, 투구를 쓰고 들으니까 다르게 들려."

"뭐라고?"

벨칼리스가 꾸짖는다. "그만해. 바로 아래 죽음비명들이 마을을 도륙할 준비를 하고 있는데. 뭔지 몰라도 나중에 다시 이야기해."

아돠파도 동의한다. "벨칼리스가 옳아. 우리도 다 죽여버릴 준비를 하고 있어야지. 나는 준비됐어." 아돠파가 허세를 부린다. 몇 달간의 전투로 대수롭지 않게 말하게 되었지만 아돠파는 늘 할당량만큼의 죽음비명만 죽인다. 한 놈도 더 죽이지 않는다. 우리가 놀리면 "체력을 아끼려고"라고 말한다. 동생인 아샤도 마찬가지다.

브리타가 끄덕이다가 다시 말한다. "그렇지만…… 이게 목소리 문제를 해결할 수 있는 거면?"

내가 돌아본다. "어떻게?"

브리타와 다른 친구들은 이제 계속 내 목소리가 그들의 피를 부르는 것을 느낀다. 내가 죽음비명들을 향해서만 명령을 내리는데도 그렇다. 그 늪지대의 죽음비명들처럼 코츨런을 써봤지만 소용없었다. 내 능력이 점점 강해진다. 그래서 내가 뭔가를 잘못 말해서 친구들이 다치거나 심지어는 죽을까 봐 겁이 난다.

"내가 이걸 쓰고 네가 말하는 걸 들으니까, 네 목소리가 이상하게 들렸어. 들리기는 하는데……. 거의 평범하게. 보통 네가 목소리를 사용하면 굵게, 여러 명이 한꺼번에 말하는 것처럼 크게 들리거든. 이 투구를 쓰니까 보통 때처럼 들렸어. 네 피로 만든 투구라서 그런가 봐."

나는 흥분한다. "그럼 내 피로 만든 투구를 쓰면 내 목소리를 막을 수 있는 거네!"

"그럴 수 있겠다." 브리타가 어깨를 으쓱한다.

"한번 해봐야겠어!" 내 목소리가 친구들을 해칠 가능성을 차단할 수 있다면, 기꺼이 말라 죽을 때까지도 피를 흘릴 수 있다.

벨칼리스도 고개를 끄덕인다. "그럼 이번 공격 후에 시험해보자." 그러고서 죽음비명이 모여 있는 바위를 내려다본다.

파랑새 하나가 그 위를 날고 있는데 어둠 속의 검은 눈은 전형적인 파충류 모양이다. 이그사가 공격 신호를 주는 것이다.

"하지만 먼저 죽음비명들 좀 죽이고." 그러고서 벨칼리스가 일어선다.

나는 한숨을 쉬고 검을 들어 올린다. "그러자."

* * *

와르투베라로 돌아오자마자 나는 카르모코 캘더리스에게 내가 입을 지옥의 갑옷뿐만이 아니라 친구들을 위한 투구 몇 개를 만들어달라고 했다. 카르모코는 더 많은 모양으로 만들 수 있는 기회가 생겨 그저 기뻐했다.

덕분에 나는 피를 더 흘려야 했지만 일주일도 안 돼 반짝이는 투구 네 개가 더 생겼다. 우리는 어느 날 저녁 호숫가에서 하얀손의 수업이 끝나고 시험해본다.

"얼른 줘봐." 아돠파가 흥분하여 꾸러미에서 투구 꺼내는 나를 재촉한다.

"되게 예쁘다." 브리타가 감탄한다.

카르모코 캘더리스가 어떤 사람이든, 대장장이 재능에 예술가의 감식안까지 갖춘 것은 분명하다. 각각의 투구는 매우 독특해서 누구 것인지 고민할 필요가 없다. 브리타 투구에는 뿔 달린 곰이 새겨졌고 벨칼리스 것에는 실제 뿔이 튀어나와 있다. 아샤와 아돠파에게는 각각 날개가 새겨 있다.

"내 말 들려?"

"응." 브리타가 대답하고 다른 애들도 고개를 끄덕인다.

"어서 해봐." 아돠파가 안달한다.

"알았어." 나는 핀잔을 주며 능력을 소환한다. 핏줄을 간질이는 감각에 웃음이 떠오른다. "내게 고개를 숙여." 기대감에 들썩이며 내가 명령한다.

제발 막아내야 하는데…….

절망스럽게도 브리타가 즉시 고개를 숙인다. 안 돼……. 나는 낙담한다. 그렇게 힘들게 피를 뽑았는데…….

그때 브리타가 고개를 번쩍 들며 짓궂게 웃는다. "싫은데. 절대 안 할 거야."

"작동하는 거야?" 나는 다급히 묻는다. "작동하는구나!" 브리타를 껴안고 펄쩍펄쩍 뛰기 시작한다. "작동하는 거야!"

브리타도 웃으며 말한다. "응, 잘되네."

"정말 잘됐다." 벨칼리스가 말하며 브리타의 어깨를 두드린다.

브리타가 깔깔거리며 바닥에 털썩 눕는다. 나도 옆에 드러눕는다. 그제야 안도하여 몸의 긴장을 푼다. "브리타, 고마워. 네 덕이야." 손을 잡으며 말한다.

"이 정도쯤이야." 브리타가 웃으며 내 손을 꼭 쥔다. 이제 내 목소리가 혹시나 친구들을 사로잡을까 걱정하지 않아도 된다. 정벌에 나서기 전에 다른 죽음 처단자들을 위해서도 투구를 만들면 된다.

결국 알라키들의 귀를 덮는 작은 황금 고리만 만들게 되었다. 그렇게 하면 기존 투구를 계속 쓸 수 있다. 가잘과 비어크스를 위한 것도 만들었지만 가잘이 쓸지 모르겠다. 그녀는 나를 별로 좋아하지 않는 것 같으니까. 카르모코 캘더리스는 그저 더욱 새로운 모양을 만들어보는 게 좋아서 내 요구를 얼마든지 들어줄 뿐이다. 여자에게 허락된 일이었다면 진작 대장장이가 되었을 사람이다.

습격도 계속되었다. 다만 이그사 덕분에 접근 방식에 변화가 좀 생겼다. 하얀손의 권유에 따라 녀석은 우리 습격 부대의 어엿한 일원이 되었다. 나는 드라코스 모습의 이그사를 타고 와르투베라에서 나온다. 언제나 우리를 기다리는 군중을 깜짝 놀라게 하는 것이다. 이그사도 신이 나서 어쩔 줄 모른다. 녀석이 정말 좋아하는 게 한 가지 있다면 그건 과시하기다.

켈레치 대장은 다행히 신경 쓰지 않는다. 자기가 키운 신품종이라는 하얀손의 거짓말 덕분이다. 다른 개체가 없는 건 어떻게 설명하나 걱정인데 지금으로선 신경 쓰지 않아도 되는 듯하다.

요즘에는 이그사를 타고 나오면서 케이타와 브리타를 같이 태운다. 이 기회를 이용해 케이타가 어렸을 때 가르 파투에서 부모와 지내던 이야기를 더 듣곤 한다. 고향의 늪지대와 소금 광산을 쏘다니며 그가 겪은 모험 이야기도.

나도 이르푸트에서 지내던 이야기를 최대한 들려주지만 순수의 예식 이야기가 시작되면 바로 멈춘다. 그 이야기가 나오면 케이타 눈에 어리는 분노는 늘 나를 매혹시키고 안심시킨다.

케이타는 아버지나 다른 남자들, 즉 나를 버리고 나를 고문해 부자가 되려 한 남자들과는 다르다. 케이타는 무슨 일이 있어도 나를 위해 싸워줄 것이다. 내게 이런 사람이 생길 줄은 몰랐다. 이런 꿈 같은 일이 생기다니, 둥둥 떠다니는 기분이다. 심지어 아주 우울할 때도.

아무도 보지 않을 때면 때때로 나와 케이타는 손을 잡거나 껴안기도 한다. 케이타의 손길이 닿을 때마다 몸이 떨린다. 케이타의 품속으로 녹아들어가 영원히 떨어지지 않을 것만 같다. 하지만 그러다 누가 나타나면 재빨리 떨어진다.

시간이 지날수록 나도 모르게 영원히 그의 곁에만 있고 싶어진다. 하지만 모든 알라키가 그렇듯 이삼 년 후 육체적 성숙이 끝나면, 나는 나이 들지 않는 몸이 될 것이다. 케이타는 계속 나이가 들 테고, 변하지 않을 나는 그걸 받아들여야 한다. 내가 그에게 어떤 감정을 가지든, 우리가 계속 함께할 순 없다는 걸.

더구나 내 곁에는 늘 브리타가 있을 것이다. 케이타를 생각하면 마음이 따뜻해지지만, 늘 곁에서 나를 지켜주고 바로잡아줄 사람은 브리타다. 나와 함께 웃고 슬퍼할 사람도. 지난 몇 달간 배운 것이 많지만 확실한 게 한 가지뿐이라면 그것이다. 브리타는 가장 소중한 친구고 브리타와의 관계는 내가 설 수 있는 기반이다.

브리타가 나를 짜증 나게 할 때마다 이 점을 기억해야 한다. 바로 지금처럼 말이다.

늘 그렇듯 우리는 밀림 깊숙이 들어와 있다. 죽음비명을 발견할 수 있는 전형적인 환경이다. 무더워야 하는 곳에 차갑고 불길한 안개가 밀려들지만, 놈들은 감지되지 않는다. 원정이 가까워질수록 놈들도 조심스러워지고 있다. 어쨌거나 곧 발견할 수 있을 것이다.

죽음비명의 소굴이 가까이 있다. 저쪽에 사원처럼 보이는 폐허가 덩굴에 에워싸여 있지만 짙은 안개 때문에 분간이 쉽지 않다. 나도 눈을 가늘게 떠 보지만 쉽지 않다.

브리타가 옆에서 투덜거린다. "제기랄. 오요모께서 저주할 안개 때문에 아무것도 안 보이네."

오늘은 브리타, 케이타와 내가 정찰 임무를 맡았다.

"더 가까이 가보자. 수신호 하고."

케이타가 고개를 젓는다. "너무 위험해. 이그사를 이용하자." 그가 나무 위에 새 모습으로 있는 변신 동물을 쳐다본다.

"그러고 나서 이그사가 뭘 봤는지 마음이라도 읽을까?" 나도 모르게 빈정댄다.

"뭐, 그래." 브리타가 눈을 굴린다.

나는 한숨을 쉰다. "내가 할게."

그러고 나서 일어서는데 케이타가 붙잡는다. "정말 조심해야 해."

"알겠어." 나는 다시 한숨을 쉰다. 정말이지 끊임없이 잔소리하는 카르모코 둘을 데리고 다니는 듯하다.

케이타가 말한다. "안 되겠어. 나가자."

'날 따라와, 이그사.' 내가 안개 속으로 들어가며 명령을 내린다.

밀림이 지나치게 고요하다. 새원숭이들도 재잘대기를 멈추었고 자주 보이던 푸른 점박이에 뿔 난 표범용도 보지 못한 지 오래다. 죽음비명이 있다는 뜻이니 사냥꾼 입장에서는 좋은 징조다. 귀찮을 수 있는 다른 포식자들을 쫓아버린 무서운 존재.

사원으로 살금살금 다가가는데 케이타와 브리타가 앞장선다. 도약종들이 나타날까 봐 잠시도 경계를 늦출 수 없다. 이곳까지 오면서도 두 마리와 마주쳤지만 쉽게 처리할 수 있었다. 그들의 심장박동 소리가 들리기에 금방 감지할 수 있어서다. 마음을 열고 집중하기만 하면 된다. 그러면 멀리서도 느낄 수가 있다. 거의 만져질 듯 따끔거리는 감각으로.

사원에 가까이 가자 죽음비명들의 으르렁거림이 가슴으로 느껴진다. 사원 계단 앞에 서서 달각거리고 있다. 나는 더욱 발걸음을 천천히 하며 소리를 죽인다. 더욱 신중하게 기어간다. 그러다가 뭔가 이상한 점을 깨닫는다.

말소리가 들린다.

"누루는 온대?" 낯선 목소리다.

나는 그대로 멈춘 채 혼란에 빠진다. 누가 말한 거지?

사원 지붕에 내려앉은 이그사를 올려다본다. 나를 보고 있다. 이그사가 한 말이 아니다. 녀석은 내 이름은 말할 수 있지만, 그 이상은 무리다. 앞으로도 제대로 된 대화를 하기는 어려울 듯하다.

다른 목소리가 더해진다. "그러지 않길 바라야지. 왔다가는 우리 다 죽을 거야."

"어떻게 누루가 배반할 수 있어? 우릴 좋아하지 않는 거야?" 첫 번째 목소리가 묻는다. 이 목소리들은 내가 이제까지 들은 그 어떤 목소리와도 다르고 기이하다. 굵고 쉭쉭거리는 소리는, 놀랍게도 오테라 말도 아니다. 그럼에도 나는 알아듣고 있다.

어떻게 알아듣는 거지?

목소리들의 주인을 찾다가 죽음비명 두 마리를 발견한다. 더 큰 놈은 마치…… 어깨를 으쓱하는 듯하다.

"아마 모르나 봐."

그러자 다른 죽음비명이 슬픈 듯 고개를 젓는다. 눈앞이 기우뚱한다. 아니야, 이럴 리가 없어. 나는 충격에 휩싸인다. 이럴 리가 없다. 전에도 죽음비명들이 서로 대화하는 것을 보았다. 으르렁거리고 달각거리며 굵은 쉭쉭 소리를 주고받는 걸 보고 알 수 있었다. 그리고 물론, 내가 명령을 내리면 이해했다. 하지만 언젠간 그들의 언어를 이해할 수 있을 거라 생각한 적은 없다.

그런데 눈앞에서 그들이 말하고 있다. 어떻게 가능한지 모르겠지만, 내가 알아듣는 소리를 낸다.

가슴이 너무 답답하다. 숨을 쉴 수가 없다.

'어떻게 이게 가능하지?' 하는 생각만 든다. 전에는 한 번도 이런 적이 없었는데. 왜 지금까지 몰랐을까?

나는 너무 충격을 받아 어두운 형체가 가까이 오는 것도 눈치채지 못하고 케이타가 소리치는 걸 듣고서야 정신을 차린다.

"데카, 목소리를 써!"

고개를 돌리니 죽음비명 하나가 케이타를 향해 손톱을 휘두른다.

내 안에서 작열하는 힘이 솟아난다. "멈춰!" 내가 팔을 들어 올리며 명령한다. 나의 에너지로 공기가 진동한다. "내가 허락할 때까지 움직이지 마."

죽음비명들이 얼어붙는다. 나에게서 울려 퍼지는 힘에 사로잡힌다. 하지만 나는 다급해진다. 곧 나머지 습격대가 사원으로 들이닥칠 것이다.

나는 멈춰 있는 두 죽음비명에게 가까이 간다. 나에게서 뻗어나간 에너지가 허공을 가로질러 그들을 감싼다. 먼저 말을 시작한 작은 놈에게 다가가니, 놈이 나를 내려다본다. 휘둥그레 뜬 눈은 공포와 함께 뭔가 다른 감정을 내비친다. 마치 배신감 같은 것……. 도무지 이해되지 않던 진동종의 표정과 너무 닮았다는 생각이 든다. 가슴이 옥죈다.

이제 다른 이들이 사원으로 들어섰고 검을 빼내는 소리가 어렴풋이 들린다. 검에 베이는 죽음비명들의 작은 신음도. 나는 서둘러 내 앞의 죽음비명에게 집중한다. 에너지 끈으로 놈을 휘감고 질문을 시작한다.

"네가 말했어?" 물어보면서 조금씩 밀려드는 피로감을 이겨내려 애쓴다. 죽음비명을 꼼짝 못 하게 붙들고 말을 건 적은 처음이다.

"데카, 뭐 하고 있어? 얼른 죽여!" 벨칼리스의 목소리가 멀리 있는 것처럼 들린다. 나도 자주 참여해온 일을 상기시킨다. 무기력하게 만들어놓고 베어버리던, 죽음비명 학살 행위.

상념을 밀어내고 다시 눈앞의 죽음비명에게 집중한다. "대답해." 내 말에 강제력이 실린다. 나는 이제 부들부들 떤다. 온몸이 깊숙이 진동한다. 죽음비명은 쓰러지지 않으려 애쓴다. "네가 말했어?"

죽음비명의 눈이 휘둥그레진다. 나를 내려다보며 입을 벌린다. "나는……."

검푸른 피가 내 얼굴에 흩뿌려진다.

깜짝 놀라 휙 물러서니, 죽음비명의 가슴에서 튀어나온 검을 벨칼리스가 심상하게 빼낸다. "얼른 죽이라니까." 벨칼리스가 말하고 죽음비명은 쿵 소리와 함께 옆으로 쓰러진다.

내 손이 너무 심하게 떨려서 맞잡아 진정시킨다. 브리타는 어디 있지? 브리타가 필요하다! "브리타?" 내가 외친다. 브리타의 위안이 필요하다.

벨칼리스가 나를 잡고 흔든다. "데카, 내 말 듣고 있어? 왜 그래?"

나는 대답하지 않고 얼굴에서 피를 닦아낸 다음, 죽음비명 옆에 쭈그리고 앉아 그 몸을 뒤집는다. 놈의 눈에서 눈물이 한 방울 흐른다. 울고 있는 것이다. 나는 멍하니 생각한다. 죽어가면서 울고 있어.

이제 모든 것이 멍해진다. 아무것도 느껴지지 않는다…….

케이타가 달려온다. 근처에 있던 죽음비명 하나를 급히 처리하고 걱정 가득한 표정으로 나를 본다. "데카?"

나는 대답하지 않는다. 대답할 수 없다. 지금은 하지 못한다. 모든 게 뒤죽박죽이다.

케이타가 벨칼리스에게 묻는다. "데카가 왜 이러는 거야?"

"나도 몰라. 와보니 이러고 있었어."

"데카, 괜찮아?" 드디어 브리타도 왔다. 비어크스와 함께 근처의 죽음비명 하나를 후려친다.

"브리타……." 내가 힘없이 부른다. 심장이 밖으로 튀어나온 듯하다.

이 사원에는 죽음비명의 수가 많지 않았다. 이제 나 때문에 다 죽었다. 내가 그들을 감지해내고 다른 이들에게 알린 순간, 그들의 삶은 끝났다. 내가 그들의 움직임을 감지할 수 있고 그들은 내 움직임을 감지할 수 없기 때문에.

내내 스스로를 영웅이라고 생각했다. 오테라를 죽음비명의 재앙에서 해방시키는 정의의 구원자라고. 하지만 실상 나는 파괴자, 괴물을 처단하고 있다고 잘못 생각하는 괴물이었다.

나는 사원을 돌아본다. 사원으로 들어가는 계단이 보인다. 이제 너무 피곤하다. 너무너무 피곤해서 좀 앉아야겠다.

"데카, 왜 그래?" 브리타가 걱정스레 묻는다.

하지만 더는 말할 수 없다. 커져가는 절망감을 더 이상 억누를 수가 없다.

나는 멍하니 휘청거리며 허물어진 사원으로 걸어간다. 내 얼굴을 누구에게도 보이고 싶지 않다. 분명 지금쯤 벌써 내 눈을 에워싸고 있을 가죽화한 피부, 죽음비명 같은 피부를 누구에게도 보이고 싶지 않다.

가까운 데 보이는 돌덩이에 주저앉아 내려다본다. 놀랍게도 발가락 같은 게 보인다. 올려다보니 잡초에 뒤덮인 석상의 일부가 보인다. 여신의 석상. 유려한 로브를 입은, 현명해 보이는 남부인의 모습이다. 저번에 그 사원에서 보았던 것과 같다. 또렷하고 지적인 이목구비에, 손에는 두루마리를 들고 있다.

둘러보니 다른 석상들도 보인다. 이그사를 발견한 동굴에서와 같은 것들이다.

금빛 존재들의 유적.

요코 마을 근처에서 죽음비명들이 근거지를 만들었던 바위들이 언뜻 머리를 스친다. 이곳의 돌과 똑같은 종류의 하얀 바위였다. 그것도 석상들의 유적이었던 것이다.

눈앞이 다시 기우뚱해진다.

죽음비명의 근거지는 모두 금빛 존재들의 신전이었다. 그 여신들을 섬기고 있던 건 죽음비명이다. 꽃과 초를 놓아두었던 것도. 그런

데도 우리는 한 번도 그 가능성을 생각하지 못했다. 죽음비명이 지능뿐 아니라 종교도 가지고 있으리라고는 생각하지 못했다.

하얀손은 내가 죽음비명과의 혼혈이 아니라고 했지만 거짓말이었다. 그녀는 죽음비명과의 혼혈을 만들어냈을 뿐 아니라 모든 다른 죽음비명을 없앨 수 있는 존재를 만들어냈다.

완벽한 괴물을 말이다.

28

와르투베라에 돌아와서도 나는 침묵을 지킨다. 그 사원에서 알아낸 것들로 머릿속이 어지럽다. 지금까지 죽음비명과 마주쳤던 모든 기억이 스쳐 지나간다. 밖에서 만난 죽음비명뿐 아니라 와르투베라에 있는 죽음비명들도. 갑자기 진동종과 다른 죽음비명들 생각이 난다. 야생 죽음비명들에 비해 너무나 생기 없는 눈빛을 하고 있는 그들. 왜 그들은 그토록 멍해 보이고 와르투베라 밖의 죽음비명들은 괜찮은가? 와르투베라 밖의 죽음비명들은 사원을 관리할 정도로 지적인데, 이곳의 죽음비명들은 간신히 으르렁거릴 정도의 힘밖에 없어 보이는 이유가 뭘까? 이 의문을 풀어야겠다.

"데카, 괜찮아?" 자러 가면서 브리타가 묻는다.

나는 고개를 끄덕인다. "응, 괜찮아."

알아낸 사실을 말해주고 싶지만 더 이상 내 문제에 브리타를 끌어들이고 싶지 않다. 너무 위험하다. 지난번에 하얀손이 해준 이야기, 반역과 진짜 괴물들……. 내가 그렇게 똑똑한 사람은 아닐지 몰라도, 그런 대화를 나눴다가는 신속하고 확실하게 진짜 죽음을 맞게 되리라는 정도는 안다.

게다가 나에게 일어나는 변화……. 얼굴과 피부가 변하는 것만 해도 무시무시한데, 죽음비명의 말을 알아듣게 되다니……. 이건 너무 지나치다.

이 저주받은 상황에 친구들이 조금이라도 말려들어서는 안 된다. 무슨 일이 일어나서 최악의 결과가 닥친다 해도 나 하나로 끝나야 한다.

"걱정돼, 데카." 브리타가 부드럽게 말을 건네서 나는 상념에서 빠져나온다.

"응? 왜?"

"네가 계속 바뀌고 있잖아. 매일 점점 더…… 달라지는 것 같아."

무슨 말인지 나도 안다. 아까 사원에서 있었던 일 때문에 그러는 것이다. "바뀌는 건 좋은 거 아니야?" 나는 애써 긍정적인 척해 본다.

브리타는 넘어가지 않는다. "네가 알라키가 아니라면, 며칠 후 원정이 시작되는 게 아니라면, 황제와 모든 이가 너를 지켜보고 있는 게 아니라면 그렇겠지."

어떤 경고를 하는지 나도 안다. "난 괜찮을 거야, 브리타. 주의 끌지 않도록 조심할게."

"하지만 너도 어쩔 수 없는 거잖아. 어떨 땐 네가 완전히 뭔가에 사로잡히는 것 같아. 모든 걸 잊고 아무것도 느끼지 못하는 것처럼. 네가 능력을 사용할 땐, 제대로 생각하기가 힘들어지는 것 같아."

"그래서 네가 보호해줘야 하는 거잖아."

"하지만 내가 없을 땐 어떻게 해?"

"넌 늘 내 곁에 있을 거야, 브리타. 나도 늘 네 곁에 있을 거고."

브리타가 한숨을 쉰다. "조심해, 데카. 제발 조심해야 해."

나는 고개를 끄덕인다.

동굴은 서늘하다. 안개가 축축한 손가락처럼 등줄기를 훑어 내린다. 늘 그렇듯 쇠 우리 안의 진동종은 창살 가까이 서 있다. 죽음비명들을 가둔 쇠 우리들을 차례로 지나가는 나를 지켜본다. 놈의 눈에는 섬뜩하도록 친숙한 눈빛이 담겨 있다. 이제야 이해가 가기 시작한 표정이.

배신감……. "넌 내 말 알아들을 수 있지?" 내가 놈의 쇠 우리로 다가가며 중얼거린다.

놈은 대답하지 않는다. 아무 소리도 내지 않고 그 표정으로 나를 보기만 한다.

"말해. 무슨 말이든 해봐, 진동종."

내가 요구하지만 놈은 침묵한다. 그 모든 일을 겪었는데도 이런 고집을 부리는 걸 보니 화가 솟구친다. "말해!" 목소리에 힘을 더해서 명령한다.

진동종은 흠칫 떨며 눈이 커진다. 입이 움직이지만 아무 소리도 나오지 않는다. 아무 말도 하지 않는다. 뭔가 목에서 걸린 것처럼, 뭔가 막고 있는 것처럼. 나는 가까이 간다. 그 어느 때보다도 가까이. 그리고 그제야 그 냄새를 맡는다. 역하도록 달콤한 냄새. 이전에는 미처 몰랐던, 놈의 주변에서 풍기는 냄새. 푸른 꽃 냄새. 사감들이 가끔 슬픔을 잊기 위해 먹는 조그만 푸른 꽃.

그제야 진동종이 약에 취해 있는 걸 알아챈다. 와르투베라 내 다른 죽음비명들도 마찬가지인 것이다. 그래서 이들이 그렇게 우둔하고 멍해 보였던 것이다. 카르모코와 보조자들이 그렇게 만들었다. 왜 그랬는지는 물어볼 필요도 없다. 와르투베라에 고용된 모든 사람에게는 하나의 목표만 있을 뿐이다. 원정에 참여할 때까지 계속 살려두는 것. 야생 상태의 죽음비명들은 다루기가 너무 어렵다. 더구나 순수의 예식에서 저주받고 이곳에 막 도착한 아무것도 배우지 못한 어리숙한 신참들에게 보여주기에는.

그래서 약을 먹여 유순하게 만들었다.

진동종은 도구일 뿐이다. 우리 모두 마찬가지다. 전쟁을 위한 장기말. 진동종이 내게 말하지 않으려고 고집부리는 게 아니다. 말을 할 수 없는 거다.

나는 고개를 끄덕이며 물러선다. "미안하구나, 진동종." 그러고서 동굴 입구를 향해 걷는다. "이런 짓을 당하게 해서 미안해."

"무슨 짓을 말하는 거야?" 케이타가 그늘에서 걸어 나온다.

나는 기겁한다. "케이타! 여기서 뭐 하는 거야?"

"널 찾고 있었지. 네가 날 피하니까."

꼭 그렇지는 않다. 모두를 피하고 있으니까.

다가오는 케이타를 보자 속이 단단히 뭉친다. 눈이 어둠 속에서도 부드럽게 빛난다. 며칠째, 그에게 마음을 터놓지 않았다. 포옹하지 않은 지는 더 된 듯하다. 그의 품에 안기고 싶은 마음뿐이지만 감당할 수 없을 것 같다. 지금은 그럴 수 있는 상태가 아니다. 그의 품에 안겼다가는 모든 걸 털어놓고 말 것이다. 그러면 돌이킬 수 없다. 케이타 역시 하얀손의 그물에 걸려들 것이다. 그 후로 펼쳐질 죽음의 길에 들어서고 말 것이다.

"이번 습격 때 무슨 일이 있었던 거야? 말 좀 해봐……."

나는 그를 보며 무슨 말을 해야 하나 고민하다가 결국 한숨을 쉰다. "일단 밖으로 나가자."

우리는 결국, 늘 그렇듯 니스트리아 나무 아래로 왔다. 이제 밖은 완전히 어둡다. 와르투베라에 밤이 빠르게 찾아든다. 마지막까지

거리를 배회하던 사람들도 이제는 다들 집으로 돌아갔을 시간. 케이타는 나무뿌리 사이에 자리를 잡더니 옆자리를 손으로 두드린다.

내가 망설이다가 앉은 후에도 몸을 굳히고 있자 케이타가 끌어당긴다. 어깨를 두르는 그의 팔이 따뜻하고 편하다. 그가 이마를 붙여 와서 나는 눈을 감는다. 그에게 나는 사향내를 들이마신다. 별게 아니었으면 좋겠다고 속으로 빌어본다.

"나한테는 무슨 말이든 해도 괜찮아, 데카. 알잖아." 속삭이는 케이타의 입술이 너무 가까이 있어서 조금만 더 가까이 가면 내 입술이 스칠 것 같다.

나는 몸을 뺀다. "아무리 그래도 어떤 건 너무 위험해서 말할 수가 없어."

케이타가 몸을 굳히고 내 눈을 들여다본다. 걱정스레 빛나는 눈. "너한테 위험한 게 있다면 나도 알아야지. 우린 파트너잖아!"

나는 그의 목덜미에 고개를 묻는다. "들어서는 안 되는 말을 들었다면? 우리가 알던 모든 게 뒤집힐 만한 거라면? 모든 게 망가질지도 모르는데……."

"죽음비명 말하는 거 맞아?" 케이타가 몸을 빼며 내 턱을 잡고 눈을 들여다본다. "무슨 말을 들었는데?"

나는 피한다. "추측에 가까워."

"무슨 추측인데?"

"죽음비명의 말을 들은 것 같아." 나는 결국 말한다. "오테라어도, 인간의 말도 아니고. 하지만 알 수 있었어. 네 말을 이해할 수 있는 것처럼 쉽게."

"뭐라고 말했는데?" 케이타의 목소리가 갑자기 갈라진다.

"배신자라고. 나를 배신자라고 했어."

케이타의 몸이 돌처럼 딱딱하게 굳는다. "왜 그런 말을?"

"나도 몰라. 더는 모르겠어." 거짓말이 술술 나온다.

"누구한테 말한 적 있어?"

재빨리 고개를 젓는다.

케이타는 안도한 듯 끄덕인다. 그리고 심각한 얼굴로 나를 본다. "다시는 이 이야기 하지 마, 절대로. 그리고 다시는 죽음비명과 말하려고 하지도 마."

내가 항의하려 입을 벌리자 케이타가 한숨 쉰다.

"넌 이미 죽음비명에게 명령을 내릴 수 있잖아, 데카. 그들의 말을 알아들을 수도 있고……. 그건 자연의 질서를 뒤집을 수 있는 종류의 능력이야. 그런 것들은 증오의 대상이 돼. 너도 죽을 수 있어. 절대 잊지 마, 데카. 무엇보다 네가 알라키라는 사실을. 나 말고 누구에게도 이런 이야기 하면 안 돼."

몸이 부르르 떨리며 차가운 땀이 흐른다. 심장이 쿵쾅거린다. 케이타는 하얀손과 똑같은 말을 한다. 나도 수천 번 생각했던 사실을. "네 말이 옳아. 다시는 말하지 않을게. 놈들에게 말을 걸지도 않을게."

케이타가 다시 나에게 팔을 두르고 꼭 끌어안는다. 피부로 그의 심장박동이 전해진다. 나 못지않게 빠르고 크게, 미친 듯이 뛰고 있다. "넌 그저 전쟁이 끝날 때까지 안전하기만 하면 돼, 데카. 날 위해서 무사해주기만 하면 돼."

"약속할게."

우리는 속삭이고 그렇게 끌어안은 채 서로의 심장 소리를 듣는다. 하나가 되어가는 소리를. 저녁식사를 알리는 북이 울릴 때까지.

29

이런 갑옷이 있어서 오요모께 얼마나 감사한지.

원정이 시작되는 날 오후, 와르투베라 안뜰에서 차려 자세로 있는 동안에도 그 생각을 떨칠 수가 없다. 높이 뜬 한낮의 태양이 작열한다. 다시 건기가 돌아왔고 원정 대열에 뽑힌 수백 명의 소녀는 열기에 숨이 막힌다. 그 밖의 사람들은 뒤에 남아, 더 큰 병력이 필요할 경우 우리를 지원하는 역할을 맡았다. 그럴 일이 없으면 좋겠다. 하지만 매일 더 많은 알라키가 와르투베라로 들어오며 단단히 대비한다. 새로운 알라키들은 안뜰 한쪽에 서서 우리를 뚫어지게 쳐다보며, 갓 깎은 빡빡머리를 타오르는 태양 아래 비참하게 빛내고 있다. 겁에 질려 있을까, 아니면 경외심을 가지고 있을까?

오늘 떠나는 소녀들 모두 머리에서 발끝까지 황금 갑옷을 입어 빛난다. 내 갑옷은 이그사의 드라코스 모습에서 본뜬 비늘로 덮였고 등에는 뿔이 뾰족뾰족 솟아 있다. 그런데도 이상할 정도로 가볍고 시원하다. 눈만 빼고 온몸을 덮는데도 그렇다. 지옥의 갑옷들은 내가 가까이 가면 미묘하게 진동한다. 특히 이그사의 갑옷이 더 그렇다. 내 피로 만들었으니까. 하얀손이 카르모코 캘더리스에게, 이그사의 드라코스 모습에 쓸 갑옷을 그렇게 만들도록 지시했다. 와르투베라의 힘을 군대 전체가 직접 보도록, 다른 훈련장들도 모두 우리의 빛나는 위용을 보게 하기 위해서.

모여 선 소녀들 앞에 하얀손과 다른 카르모코들이 섰다. 하지만 하얀손만 우리와 함께 가고 우리를 지휘할 것이다. 그래서 하얀손은 육중한 흰말을 타고, 브라이마와 마사이마가 양쪽을 호위하며 서 있다. 에쿠스들도 우리처럼 머리에서 발끝까지 갑옷을 둘렀다. 하지만 하얀손의 갑옷은 손에 낀 장갑처럼 새하얗다. 에쿠스 형제 또한 손에 긴 나무 창을 들고 있다. 날카로운 흑요석 날이 달린 창이다. 아주 익숙해 보이는 걸 보니, 그들도 카르모코가 될 수 있을 듯하다.

"너희가 그토록 오래 준비해왔던 날이다." 하얀손이 외친다. "우리는 노요사막으로 행군을 시작한다. 그곳에서 우리 사랑하는 오테라를 괴롭히는 죽음비명들을 찾아내어 절멸시킬 것이다. 그곳에서 너희, 명예로운 오테라의 방어자들이 제국의 역사에 이름을 새겨 넣을 것이다! 그곳에서 너희, 와르투베라의 알라키들은 전설이 될 것이다!"

하얀손의 연설이 소녀들을 흥분시킨다. 나조차 심장이 빨라진다. 드디어 시작되는 것이다. 우리의 때가 다가왔다.

"믿어져, 데카? 드디어 원정을 가는 거야." 브리타가 말한다.

"보이는 죽음비명은 모두 죽여버릴 거야." 아돠파가 흥분해서 말한다. "하루에 스무 놈씩, 아니 서른 놈씩!"

죄책감이 나를 감싼다. 떨지 않으려 주먹을 꾹 쥔다. 죽음비명의 눈에서 솟아오르던 눈물……. 떠오르는 기억에 부르르 몸이 떨린다.

벨칼리스가 아돠파를 흘긋거린다. "흥분 좀 가라앉혀, 아돠파."

아돠파가 피식 웃는다.

이제 하얀손은 주먹 진 손을 들어 올린다. "와르투베라의 알라키들! 무찌르거나 죽어라!"

"죽은 우리가 경례를 드립니다!" 우리도 대답하며 주먹을 들어 올렸다가 가슴을 친다.

"적을 멸망시키거나 전쟁터에 우리를 묻으리라!"

우리는 가슴을 계속 치며 외친다.

"죽은 우리가 경례를 드립니다."

하얀손이 명령한다. "나가라!" 그리고 말을 몰아 앞장선다.

우리도 재빨리 따라간다. 언덕을 내려가 성문을 나서자, 기다리던 신병들이 원래 하나였던 것처럼 우리와 합세한다. 그들도 말을 타고 있다. 자투 대장들은 거대한 회색 매머드 위에 타서 천막을 드리우거나 오릴리언들이 끄는 전차를 탔다. 커다란 은빛 털의 유인원인 오릴리언은 무엇이든 가까이 오면 경고하듯 으르렁거린다.

우리는 나머지 군대와 만나기 위해 헤마이라의 주광장으로 향한다. 시민들이 환호하며 손뼉 친다. "죽음 처단자들이여, 오요모께서 보호하시길!" 나는 그저 고개를 저으며 거리에서 목격하는 인간의 지조 없음에 감탄할 뿐이다.

동부 사막으로 가는 여행은 생각보다도 더 길고 험난하다. 거친 지역으로 작전을 나가는 데 익숙해졌지만 이 사막은 또 다른 지경이다. 황제는 우리에게 노요산맥에서 대기하라고 했다. 사막 끝에 있는 노요 산지까지는 그저 걷는 수밖에 없다. 그래서 우리는 2주

동안 갑옷 틈새로 들어와 약한 부위에 쓸리는 모래 때문에 이를 갈며 사막을 헤쳐나간다. 매일 새가 날아가고 날아오며 별거 없다는 정보를 전달한다. 수천의 죽음비명이 산속에서 우리를 기다리고 있다는 걸 알지만 정찰조들은 가까이 가기는커녕 안개가 너무 짙어 들여다볼 수도 없다.

전에는 헤마이라시가 얼마나 넓은지 가늠하기가 어려웠는데, 이제는 그저 사막 위를 가로지르는 작열하는 태양의 움직임만 바라보며 날수와 시간만 헤아리고 있다. 미지의 지역으로 들어가는 두려움만이 아니다. 다른 병사들, 보통 남자들도 문제다.

비록 이제는 다른 오테라 시민처럼 알라키에 대해 잘 알고 있긴 하지만, 집에만 있는 여자를 봐온 남자들이다. 여성 군인이라는 걸 온전히 받아들이지 못해 행동으로 나타난다. 그래서 자투들이 보지 않을 때는 공격적으로 말한다. 특히 와르투베라의 피의 자매들을 혐오스러워하는데, 우리만 황금 갑옷을 입었기 때문이다.

다른 훈련장의 알라키들도 갑옷을 입고 각 훈련장에 따라 강렬한 색을 칠했지만 우리만큼은 아니다. 우리보다 훨씬 많은 수에도 우리처럼 날쌔지도 용맹하지도, 우리만큼 고통을 견디지도 못한다. 여행 내내 지켜봤는데, 카르모코들의 말이 옳았다. 와르투베라의 알라키는 다른 곳의 알라키보다 강한데, 훈련 덕분에 더하다. 다른 곳의 알리키는 일반 병사처럼 취급받는다. 부상당하면 치료사가 돌보았고 지치면 쉬었으며 배고프면 음식을 먹게 했다. 반면 우리 와르투베라의 알라키는 괴물 취급을 받고 그에 걸맞은 훈련을 했다. 우리는 채찍질당하고 두드려 맞고 죽음비명의 비명에 노출되었다. 얼마나 심한 대우를 받았는지 충격받을 뻔했지만, 그것이 우리를 더 강하게 만들어줬다는 것은 안다. 그래서 보병들이 피의 자매들에 대해 투덜거리며 쏘아붙여도 그렇게 기분 나쁘지는 않다. 싸움이 벌어져도 쉽게 제압할 수 있으니까.

이그사를 타고 갈 때마다 이점을 상기하려 애쓴다. 일반 병사들은 이그사를 보면 더욱 혐오감을 불태운다. 사막의 태양 아래 푸르게 빛나는 비늘이 달린 이그사의 파충류 모습 말이다. 매머트가 열 배는 더 크고 갑옷을 입은 오릴리언이 더 인상적이지만, 말이 두려워하고 제리자드도 피하는 건 이그사뿐이다.

사막 깊숙한 중반 지점, 오아시스를 지나는 지금도 마찬가지다. 동물들이 재빨리 길을 피한다. 깜짝 놀라 소리 지르며 후다닥 도망치는 동물들을 무시하고 나는 서둘러 오아시스 가운데 있는 호수로 달려간다. 이그사가 너무 목말라서 벌써 혀를 반쯤 내놓고 있다.

"이제 괜찮아. 다 왔어." 내가 물가에서 이그사에게 속삭인다.

'데……카.' 이그사는 물속으로 잠수한다. 지난 며칠 동안 마를 대로 말랐다.

나도 물주머니를 꺼내 무릎을 꿇고 물을 채우려는데 그림자 하나가 불쑥 드리워진다. "오요모께서 보시는데 뭘 하는 거지, 알라키?" 성이 난 목소리가 으르렁거린다.

나는 몸을 굳힌다. 바소. 지친 얼굴의 덩치 큰 북부인 보병이 험상궂은 표정으로 다가온다. 다른 많은 보병처럼 와르투베라 피의 자매들을 괴롭히는 걸 업으로 삼은 자 중 하나다. 나는 그를 무시하고 가죽 주머니에 물을 채운다. 같은 편과 싸우는 건 낭비다.

내가 대답이 없자 그는 쿵쿵거리며 가까이 온다. "멍청한 거야, 안 들리는 거야? 오요모께서 지켜보시는데 뭘 하는 거냐고, 이 알라키야!"

나는 한숨을 쉬며 주머니를 봉하고 일어선다. "물 좀 채웠어."

"물을 채워? 커다란 짐승 좀 데리고 있다고 순서도 건너뛸 수 있다고 생각한 거야?"

그러고 보니 바소 뒤에 병사들이 모여 있다. 줄 서 있는 사람은 없지만 모여 있으니 그렇게 말할 수 있다고 생각하는 것이다.

"미안." 나는 대답하고 분노를 눌러 삼킨다. 이 남자들은 인간이다. 자투가 아니어서 훈련도 받지 못했다. 즉, 내가 파리만큼이나 쉽게 죽일 수 있는 상대다.

"이미 필요한 물은 다 가져가고서 미안하다고?" 바소가 내 주머니를 가리킨다. "넌 다시 줄 설 필요 없어. 저 거대 짐승을 타고 네 종족이 있는 곳으로 가버려"

바소가 호수 반대편 끝, 다른 알라키가 따로 모여 있는 쪽을 가리킨다. 보병들이 호숫가를 거의 다 차지하고 알라키들은 진흙탕 쪽으로 몰아놓았다.

"뭘 기다려? 어서 가!" 바소가 재차 가리키며 으르댄다.

하지만 진짜 으르렁거리는 소리가 들린다. 이그사가 물에서 나와 천천히 다가오며 이빨을 모두 드러낸다. 하나하나가 칼날처럼 빛난다.

바소가 하얗게 질려 물러선다.

'잘한다, 이그사.' 난 조용히 칭찬하며 옆으로 간다. 으르렁 소리가 더 커진다.

바소가 진땀을 흘리면서도 오히려 기회를 활용해 다른 군인들을 선동하려 든다. "봤어? 이 여자가 괴물 부추기는 거 보이지?" 그러더니 다시 나에게 말한다. "이년, 네가 우리보다 낫다고 생각하지? 괴물끼리 속닥이면서 흉악한 눈으로 우릴 노려보면 어쩔 건데? 그래봐야 너넨 변종 마귀 새끼일 뿐이야. 우리가 돌아가기 전에 죽음 비명들이 너희를 이 사막에서 끝장내기를, 오요모께 빌 거다."

난 주먹을 터질 듯 꽉 쥔다. 같은 편을 학살할 수는 없다……. 주변의 다른 남자들이 고개를 끄덕인다. 그러고 나서 한마디씩 덧붙인다.

"마귀들." 한 남자가 외친다.

"불경스러운 것들."

"창녀들!"

이번엔 나도 참을 수 없다. "창녀라고? 어째서지? 너희와 마찬가지로 우린 군인이야. 우리 중 많은 수가 너희처럼 전장에서 죽을 거야."

"당연히 그래야지. 하지만 이곳에 여자가 있어선 안 돼. 특히 너희 같은 종류는. 너희가 더 많이 죽을수록 더 잘 알게 될 거야."

나는 아티카를 뽑으며 한 걸음 다가선다. 이그사도 으르렁거리며 다가선다. 바소의 얼굴이 더욱 창백해지자 내가 냉소를 날린다. "이거 재미있네. 우리 같은 종류에게 죽음은 늘 있는 일이야. 그래서 아무렇지도 않아. 옛 친구나 마찬가지지. 어디 너도 한번……."

내가 한 걸음 더 다가가려는데 누가 내 어깨를 잡는다. "데카."

돌아보니 케이타다. 리, 퀘쿠, 아칼란도 함께 있다. 굳이 여기까지 온 것이다.

"나 믿지?" 케이타가 빙그레 웃는다.

나는 눈을 굴리며 한쪽으로 비킨다. 케이타가 다가가자 바소는 한 걸음 또 물러선다.

"케이타 경." 나이 든 남자가 중얼거린다.

"날 곤란하게 하는군. 내가 당신 이름은 모르지만 당신이 알라키에게 고마워해야 한다는 건 알고 있어. 특히 데카에게. 그녀는 황제께서 직접 치하하신 가장 능력 있는 죽음비명 처단자 중 하나야. 그래서 탈것도 하사받았어. 에쿠스 부인이 직접 기른 첫 번째 품종으로." 케이타가 잠시 뜸을 들이더니 말한다. "당신은 황제께서 잘못하셨다고 말하는 건가?"

"잠깐, 그런 뜻이 아니었을 거야." 퀘쿠가 끼어든다. "황제와 신관들이 다 틀렸다는 거지? 알라키를 전쟁에 참여시킨다는 칙령을 발표한 게 그들이니까."

"에쿠스 부인도 마찬가지야." 리도 덧붙인다. "그녀의 고생을 모욕한 셈이지. 그녀가 이그사를 육종했으니까."

바소의 눈이 휘둥그레지며 자투들을 두리번거린다. "아뇨, 아뇨, 오해예요. 난 그런 말 한 적 없어요."

케이타가 찌푸린다. "이상하네. 분명 들었는데. 너희 모두 그랬지. 그래서 다들 여기 모여 있는 것 아니야? 알라키들은 저리로 몰아놓고 말이야." 그러고는 진흙투성이인 저쪽 호숫가를 가리킨다.

"아니, 아니에요. 전혀 그렇지 않아요!" 바소가 재빨리 고개를 젓는다. "갈게요, 그렇지?" 하면서 다른 남자들을 본다.

그들이 고개를 끄덕인다.

"얼른 가자고." 바소가 재촉하니, 그들이 서둘러 사라진다.

그러고 나자 케이타가 웃어 보인다. "네가 알아서 했겠지만, 네가 늘 나를 구해주니까, 데카. 나도 한 번쯤 보답하고 싶었어. 비록 이미 네가 거의 처리한 후였지만."

"그럼 네가 영웅이구나." 나는 왠지 기분이 좋아서 장난스럽게 말한다.

"아니, 네가 영웅이지. 하지만 이따금씩 뿔난 도마뱀도 줄무늬를 보여줄 때가 있잖아." 케이타가 말한다.

우리가 처음 진정한 우정의 대화를 나눴을 때를 상기시키는 말이여서, 나는 씩 웃는다.

케이타가 고갯짓을 한다. "가자. 우린 저쪽에 모여 있었어." 가리키는 곳을 보니, 반짝이는 호수 한쪽으로 알라키들이 우루니들과 함께 모여 있다. 결국 그들은 우리 파트너인 것이다. 그리고 케이타와 나는……. 글쎄, 좀 다르다. 뭔가 마치…… 거의 연인 같은 느낌이다.

30

"이 지긋지긋한 사막." 브리타가 신음하며 태양을 째려본다.

눈부신 사막의 아침, 우리는 멀리 보이는 작은 언덕배기를 향해 말을 몬다. 노요산맥의 입구다. 그곳에서 죽음비명 시원지까지 일주일 반이 더 걸린다. 내 옆에는 케이타가 이를 악물고 몸을 경직시킨 채 말을 타고 간다. 노요산맥은 케이타의 고향인 가르 파투의 접경지이기도 하다. 사실 케이타 집안의 여름 별장, 가족이 몰살당한 곳이 노요산맥 밑에 있다. 그래서 저러는 거다. 품에 안아 위로해주고 싶지만 그럴 수는 없다. 그래서 나는 대신 투덜거리는 브리타를 지켜본다.

"태양은 그렇다 치고, 모래는 또 온 사방으로 날리며 온갖 연약한 부분에 들어가 쓰리고."

나는 입꼬리를 말아 올린다. "연약한 부분이라……. 그래가지고 어떻게 살아남니?"

"조금만 더 들어갔다간 오래 못 살 거야." 브리타가 투덜거린다.

"나 원, 참" 아돠파가 핀잔준다. "연약한 부분은 너한테만 있는 게 아냐."

"그건 경험에서 아는 거야?" 브리타가 웃으며 눈썹을 꿈틀한다.

우리 모두 아돠파가 맨날 메루트 침대에서 자는 걸 안다. 처음에는 두 여자가 그렇게 가까울 수 있다는 게 당황스러웠다. 하지만 애정은 애정이다. 지난 몇 달간 배운 게 하나 있다면, 어디서든 찾아낼 수만 있다면 애정을 소중히 여겨야 한다는 것이다. 와르투베라에서 서로를 발견할 수 있었다니, 감사할 뿐이다. 이르푸트에서였다면 불경죄로 두들겨 맞고 신전의 노예, 신녀가 되었을 것이다.

"너희 셋 역겨워." 아칼란이 고개를 절레절레 젓지만 눈은 빛내고 있다. 그 역시 와르투베라에서 많이 물러졌다. 끊임없이 죽음과 마주치다 보면 그렇게 되는 것이다.

"네가 연약한 부분에 대해 모르는 게 우리 잘못은 아니지." 아샤가 피식 웃으며 놀린다.

"너네 잘못이지. 나는 오요모의 두려움을 아는 남자니까 그런 거고." 아칼란이 콧방귀를 뀐다.

"오요모의 두려움을 아는 총각이니까 그렇겠지." 벨칼리스가 깔깔대며 그의 옆구리를 친다.

아칼란이 볼을 붉히며 중얼거린다. "난 결혼할 때까지 자신을 아낄 거야."

"들었어, 케이타?" 이번엔 리가 끼어들며 웃는다. "우리 아칼란이 동정이래!"

케이타가 어깨를 으쓱하며 시선을 피한다. "동정인 건 잘못된 게 아니야. 나도 아무와도 사귄 적 없어."

대화가 멈춘다. 모두 케이타를 경악한 듯 본다. 브리타와 나를 제외하고 말이다. 우리는 둘 다 작은 마을 출신이라 결혼하지 않은 사람은 동정이라고 생각하는 경향이 있다. 와르투베라에서 몇 주 지내고 나서야 퀘쿠 같은 도시 출신 혹은 아돠파와 아샤 같은 니바리 부족은 침대 문제에 대해 그렇게 엄격하지 않다는 걸 알게 됐다.

"단 한 번도?" 아샤가 당혹스러운 듯 입을 딱 벌린다.

케이타는 고개를 젓는다.

"키스는?" 퀘쿠도 기겁한다. "설마 키스는 해봤지?"

케이타가 다시 어깨를 으쓱한다.

"왜?" 벨칼리스가 진지한 표정으로 묻는다.

"키스하고 싶은 사람이 없었어. 그러니까, 이전에는." 그러면서 케이타는 부끄러운 듯 고개를 숙인다.

벨칼리스가 알겠다는 듯 웃는다. "그런데 지금은?" 하더니 나를 흘긋 본다.

나는 얼굴이 새빨개지는 걸 느낀다.

"지금은 네가 상관할 게 아냐." 그러고 나서 케이타는 불편한 듯 흠흠거린다. "그리고 솔직히, 너희 셋한테 실망했어."

"어째서 우리가?" 아돠파가 발끈한다. "너야말로 여자애를 만져 본 적도 없다니! 난 몇 번 있었는데, 정말 좋았어. 특히 지금은 공동 침실에서 친밀감을 나누게 되니까" 하면서 주먹을 살짝 쥐어 보인다.

우리는 모두 눈살을 찌푸린다.

"그래서, 왜 우리가 실망스러운 사람들이 되는지 설명해봐." 아돠파가 말을 맺는다.

"너네는 알라키잖아." 케이타가 한숨을 쉰다. "세상이 너희에게 기대하는 대로 될 수 없는 게 어떤 건지 누구보다 잘 아는 사람들인데. 내가 남자라고 해서……."

"남자가 아니라 소년이지." 아샤가 코웃음 친다.

케이타가 눈을 굴리고 말을 계속한다. "내가 남성이라고 해서 기회만 되면 모든 여자를 따라다니고 싶어 하는 건 아니야. 어쩌면 나는 첫 경험이 의미가 있기를 바라는 건지도 몰라. 누구와 잔다면 결혼하거나 특별한 상대이기를 원하는지도 모르고. 너라면 이해할 줄 알았는데."

우리는 다시 침묵한다.

물론 케이타의 말이 옳다. 순결을 지키는 건 개인의 선택이다. 이르푸트에서 자란 나는 생각해본 적도 없지만, 와르투베라에서 지내다 보니 많이 바뀌었다. 무한의 지혜가 이젠 그다지 나를 지배하지 못한다.

"나도 동정이야." 내가 중얼거린다. "그게 잘못은 아니지."

"나도." 브리타가 손을 내젓는다.

"나도." 라민, 아샤의 우루니가 얼굴을 붉히며 끼어든다. 그는 덩치는 크지만 아주 수줍은 소년이라서 입을 여는 일이 드물다.

"실은……." 리가 목청을 고른다. "나도야. 하지만 키스는 해봤어. 다른 것도."

"이 위선자! 그렇게 놀리고선!"

리가 어깨를 으쓱한다. "넌 놀리기 쉽잖아."

우리는 일제히 퀘쿠를 본다. 그는 눈을 굴리고 대답한다. "그렇게 보지 마. 난 도시에서 자랐어."

이제 아샤, 아돠파, 벨칼리스의 차례다.

아돠파가 먼저 거만하게 대답한다. "내 배는 이미 떠났다는 거 알지? 기쁘게도 말이야. 수도 없이 수평선을 넘어갔지. 항구마다 정박해본 배처럼 말이야."

"나도 마찬가지야." 아샤가 어깨를 움츠리며 말한다.

모두 벨칼리스를 보자 나는 큰 소리로 목청을 돋운다. "근데 우리가 왜 이런 이야기를 하고 있지?" 주의를 끌려 애쓰며 묻는다. "계획을 짜야 하잖아. 살아남으려면 만약의 사태에도 대비하는 계획을 짜야지. 이제 열흘도 안 남았다고."

다행히 아칼란도 동참한다. "이렇게 많은 수의 죽음비명을 상대해본 적은 없어. 전부 노요산에서 기다리고 있다고." 아칼란이 부르르 떤다.

벨칼리스를 흘긋 보니 그녀는 나를 보며 고맙다는 듯 고개를 끄덕인다. 나는 다시 대화에 참여한다.

브리타가 무리를 둘러보며 말한다. "너희는 겁 안 나? 전투에 그렇게 많이 참여했지만 이번은 달라. 생각만 해도 속이 울렁거려."

"네 연약한 속이 말이지?" 아돠파가 코웃음 친다. "난 전혀 안 그래. 저 산속 죽음비명들이 한 놈도 빠짐없이 무한을 맛보게 해주겠어."

브리타가 빈정거린다. "이번엔 누가 도와주나 보지, 게으름뱅이? 이제까지 할당량 이상 채워본 적도 없으면서."

그렇게 대화가 달아오르고 모두가 열을 내며 이번에는 죽음비명들을 어떻게 처리할지 의논한다.

나는 다시 걱정에 사로잡히며 토론에 집중하지 못한다. 죽음비명들과 맞닥뜨리면 어떻게 해야 할지 모르겠다. 이제는 보고 들은 것을 무시할 수 없다. 하지만 더 이상 그들을 영혼 없는 괴물로 대할 수 없다고 해도, 딱히 마음을 정하지도 못하겠다.

그저 걱정을 억누를 생각만 하고 있는데, 무언가 느껴진다. 따끔거리는 감각이 척추를 타고 오른다. 그러더니 엄청난 기운이 덮쳐온다.

심장박동들.

많은 수가 느껴진다.

먼저 쉥 하는 소리가 들리고 그림자가 우리를 향해 달려든다. 거대한 바위가 우리 가운데 쾅 떨어진다.

* * *

그 후 시간은 천천히 흘러간다. 우아한 무용처럼 벌어지는 학살. 붉은 피와 황금 피가 모래에 흩뿌려지고 잘린 팔다리가 아무렇게나 널브러진다. 그중 몇은 꾸물꾸물 움직이며 서로 모이려 한다.

절단된 알라키들의 몸이 금빛 잠으로 물든다.

"……카!"

뿔나팔 소리가 멀리서 들리는 것 같다. 북도 미친 듯이 울린다. 지휘관들이 부대를 불러 모으고 대열을 정비하려 애쓰지만 소용없다. 사방에서 일어난 모래 먼지 때문에 하늘에서 쏟아지는 바윗돌들이 잘 보이지 않는다.

"……직여, 데카!"

내 심장박동에 압도된다. 내 공포에 압도된다. 따끔거리는 감각이 온몸을 덮친다. 나만이 느낄 수 있는 해일처럼. 죽음비명. 엄청난 수의 무리. 마치 군대처럼 멀리서 한꺼번에 움직이는……. '너무 많아.' 멍하니 생각한다. 많다는 건 알았지만 이건…… 이 정도일 줄은 몰랐다.

"움직여, 데카!" 뒤에 서 있는 케이타가 내 어깨를 잡는다. 그 옆에는 브리타다. "죽음비명들이 바윗돌을 던지고 있어!"

또 다른 돌덩이가 앞쪽에 떨어져 군인들을 날린다.

"죽음 처단자들은 이리로!" 켈레치 대장이 앞쪽에서 고래고래 외친다.

앞이 뿌예서 나 역시 한 치 앞도 보기 힘들다. 짙은 안개가 밀려들며 모래 위의 모든 것을 가리고 있다.

"죽음 처단자들은 이리로!" 켈레치 대장이 다시 외치며 깃발을 흔든다. 안개를 가르며 희미하게 붉은색이 보인다. "이리로!"

"서둘러, 데카!" 브리타가 다그치며 말을 몬다. "가자!"

나도 머리를 부르르 털고 "워" 하며 이그사를 재촉해 따라간다.

우리 셋은 켈레치 대장에게 달려간다. 대장도 황제를 지키는 전위부대를 향해 달린다. 우리가 도착하자 게조 황제 옆으로 하얀손과 장군 둘이 있다. 에쿠스 형제도 함께다.

"황제 폐하." 우리 모두 고개를 숙인다.

"이럴 시간이 없어. 여긴 전장이다." 황제가 하얀손에게 고개를 돌린다. "상황은?"

"언덕 저쪽과 저쪽에서 우리에게 돌을 쏘고 있습니다." 하얀손이 가리킨다.

"크고 오래된 바위들이네." 브라이마가 말하자 마사이마가 끄덕인다.

황제가 나에게 묻는다. "저곳으로 명령을 내릴 수 있나?"

나는 고개를 젓는다. "이렇게 멀리에선 안 됩니다, 폐하. 제가 저기까지 가서……."

안개 속에서 창이 쏟아진다. 전방의 호위 병사들이 간신히 방패를 들어 막는다.

"황제를 보호하라!" 외치며 자투 부대가 전방에서 튀어나가 방패로 벽을 만든다.

마침 또 창이 비 오듯 날아온다. 첫 번째 때보다 더 강력하다.

"오요모시여……." 장군 하나가 기겁한다. "창을 던지고 있어."

"데카를 보내야 합니다." 켈레치 대장이 말한다.

"제게 방법이 있어요." 하얀손이 말하며 나에게 금속 통을 건넨다. 강 하구에 사는 황소 비슷한 비늘 달린 동물인 토로스의 뿔처럼 생겼다. “여기다 대고 외쳐. 네 목소리를 증폭시킬 거야.”

“예, 카르모코.” 내가 대답한다.

“하지만 더 가까이 가야 해.” 그러고는 하얀손이 방패 벽 너머를 본다. 아직 창이 날아온다. “많이 가까이 가야 해.”

겁이 나서 가슴이 죄어온다. 지옥의 갑옷으로는 창을 막을 수 없다. 급소에 화살이라도 맞는다면 거의 죽음을 맞이할 수밖에 없다. 한참을 금빛 잠에 빠질 것이다.

“그럼 저기까지 나가야겠군요.” 케이타가 말한다. “제가 보호할게요.”

“아니, 넌 남아.” 하얀손이 말한다. “데카, 브리타, 벨칼리스가 간다. 가잘이 지휘하고.”

가잘이 하얀손 옆에서 나와 선다.

“너희 임무는 데카를 보호하는 것이다.” 하얀손이 말한다. “벨칼리스, 성공하면 네가 우리에게 알려라.”

벨칼리스가 끄덕인다.

“하지만 전 데카의 우루니예요. 데카가 가는 곳에 저도 갑니다.”

케이타가 항의하자 하얀손이 그를 본다. “데카, 벨칼리스, 브리타는 내가 개인적으로 훈련시킨 알라키들이야. 넌 가면 죽어.”

“하지만…….”

케이타의 계속되는 저항에 게조 황제가 끼어든다. “넌 가르 파투의 영주이자 하나 남은 핏줄이다. 이런 위험한 임무에 내보낼 수 없어.”

케이타가 그제야 고개를 숙인다. “예, 폐하.”

나는 하얀손이 준 금속 뿔을 조심스레 받아 넣고 케이타에게 고개를 끄덕여 온갖 마음을 전한다. 소망, 공포, 애정……. 케이타도 고개를 끄덕이며 같은 심정을 눈빛에 실어 보낸다. 따뜻해지는 마음을 잠시 느끼며 하얀손에게 몸을 돌린다.

"죽음비명들을 무찌르지 못하면 거기 몸을 묻어라." 하얀손이 명령한다.

벨칼리스, 브리타와 내가 인사한다. "죽은 우리가 경례를 드립니다."

안개 속으로 나가는데 이상하게 차갑고 조용하다. 이따금씩 돌덩이가 날아오지만 비 오듯 쏟아지던 창은 다행히 멈췄다. 브리타, 벨칼리스, 가잘 그리고 나는 멀리 솟아 있는 언덕에 집중한다. 그곳에 죽음비명이 잔뜩 모여 있다. 으스스한 어둠 속에서 그들이 움직이는 형체를 우리도 어렴풋이 볼 수 있다.

"빈틈없이 경계해." 가잘이 명령한다. "데카를 충분히 가까이 데려가야 한다. 그러고 나서 우리 군대를 불러야 해."

"예, 피의 자매." 브리타와 벨칼리스와 내가 동시에 대답한다.

우리가 계속 이그사와 말을 타고 가는데 브리타가 말한다. "걱정 마, 데카. 내가 있잖아. 네가 쓰러지더라도 내가 보호해줄게."

"나도 그럴게." 내가 대답하지만 브리타는 고개만 끄덕인다. 내 목숨이 더 중요하다는 건 우리 둘 다 안다. 군대 전체의 존망이 나에게 달렸다. 당황스러운 일이다. 난 브리타 없는 삶을 상상할 수 없다. 브리타가 여기서 나 대신 죽는다면 어떻게 될지도 상상할 수가 없다. 우리는 계속 더욱 안개 깊숙이 들어간다. 언덕이 점점 가까워진다. 그때 뭔가, 무정형의 덩어리가 움직이는 듯하더니 낮은 쉭 소리가 난다.

벨칼리스의 말이 멈칫한다. "이거……."

"방패 들어!" 가잘이 외치자 창들이 안개를 뚫고 날아온다.

나는 방패를 획 쳐들며 이그사에게 명령을 내린다. '죽여!'

이그사가 모래 속에 몸을 파묻는 순간 창들이 내리꽂힌다. 그중 하나가 벨칼리스 말에 명중한다.

"벨칼리스!" 내가 기겁해 외친다.

"난 괜찮아." 벨칼리스가 웅얼거린다. "말 밑에 깔렸어."

"기다려. 내가 갈게!"

벨칼리스에게 가려다 보니, 검푸른 웅덩이가 눈에 띈다. 돌아보는데 땅이 기우뚱한다. 브리타가 창에 찔렸다. 그녀의 배에서 뿜어져 나와 모래를 물들이는 검푸른 피에 온 시야가 집중된다. 몸이 진흙 속에 있는 것처럼 휘청거리고 진흙이 코와 입으로 들어오는 듯하다. 굴러떨어지듯 이그사에게서 내려선다.

'데카?' 놀란 이그사가 나를 따라오며 묻는다. 하지만 나는 대답할 수도 생각할 수도 없다.

브리타가 누워 있다. 끔찍한 푸른 피가 옆구리에서 쏟아져 나온다. 가까이 가자 나를 보는 브리타가 창백한 얼굴로 용감히 웃음 짓는다.

"배가 항상 문제야……." 브리타가 씨근거린다.

"브리타…… 말하지 마. 말할……." 갑자기 숨이 쉬어지지 않는다. 투구가 목을 졸라 벗어 던지며 헐떡인다.

"데카!" 가잘의 외침이 멀리서 들려온다. "뭐 하는 거야? 임무를 수행해야 해!"

내가 대답하지 않자 가잘이 내 어깨를 잡고 돌려세운다. "데카!"

"두고 갈 수 없어! 브리타를 두고 갈 수 없어!" 내 눈에서 눈물이 흘러내린다.

가잘의 눈에 연민 같은 것이 스치지만 사정없이 억누른다. "임무를 수행하다 발생한 일이야. 오테라를 위해 죽는 건 명예야."

죽다니. 그 말이 내 안에서 수천 개 태양처럼 폭발한다. 브리타가 죽는다? 여기서? 독수리들이 뜯어 먹고 군대가 짓밟고 지나간다고? 여기서 죽어서 브리타를 사랑하는 사람 중 아무도 그녀를 발견할 수도 없고, 슬퍼할 수도 없게 된다고?

그런 일은 일어날 수 없다. 브리타를 죽게 둘 수 없다. 내가 브리타보다 사랑하는 사람은 없다. 아무도 나를 브리타처럼 깊이 사랑하지 않는다.

나는 가잘의 손을 뿌리치고 브리타에게 간다. "넌 살아야 해." 내 안에서 힘이 소용돌이친다. 내 몸을 집어삼키는 파도처럼 피부를 진동시켜 나온다.

"데카……." 브리타가 힘없이 말하며 눈을 크게 뜬다. "네 얼굴……."

투구를 벗은 내 얼굴을 향해 브리타가 손을 뻗는다. 나는 그녀의 손을 잡고 그녀의 투구를 벗긴다. 내 목소리를 무시할 수 없도록.

성공할지는 모르겠다. 하지만 나는 의심을 눌러버리고 모든 힘을 끌어낸다. 브리타는 살아야 한다. 브리타 없이 나는 아무것도 아니다. 입을 열자 인간의 것이 아닌 목소리가 나온다. 내 모든 고통과 분노를 모아 수천의 공명하는 목소리 안에 불어넣는다.

"브리타, 죽지 마라." 명령하며 나의 에너지로 그녀를 살아 있는 그물처럼 에워싼다.

브리타의 눈빛이 꺼져간다. 나는 더욱 많은 에너지를 그녀에게 쏟아붓는다.

"치료사가 올 때까지 기다려. 넌 살아야 해. 죽지 마라!"

브리타의 눈이 멍해진다. "난…… 죽지…… 않아." 그리고 눈을 감는다.

옆구리를 보니 피가 멎었다. 그제야 긴장이 좀 풀린다.

"데카, 이게 뭐야?" 가잘이 기겁한 듯 중얼거린다.

내가 돌아보자 가잘이 공포에 질려 물러선다. "데카, 네 얼굴……."

"브리타를 지켜." 내가 명령한다. 말에 에너지를 싣는다. "치료사가 올 때까지 돌봐라."

가잘의 눈이 멍해지며 끄덕인다. 가잘은 내가 선물로 준 황금고리를 한 번도 쓴 적이 없다.

"응, 지킬게."

나는 가잘이 브리타 옆에 자리를 잡고 방패를 들어 올릴 때까지 기다린다.

벨칼리스가 그제야 말 밑에서 나온다. 그녀도 나를 보자 기겁하며 물러선다. "데카, 너 얼굴이……." 그러더니 브리타를 보고 기겁해 달려간다. "브리타, 안 돼!" 눈물이 흘러내린다.

"브리타는 살아날 거야." 나는 벨칼리스에게 말하며 나 자신을 다독인다. "그래야 해……. 내가 그렇게 명령했어."

내 말의 무언가가 벨칼리스를 설득했다. 그녀는 천천히 고개를 끄덕이며 눈물을 멈춘다.

나는 이그사에게 가며 벨칼리스에게 가잘의 말을 가리킨다. "가자." 내 안에서 아직 힘이 솟아오른다. "일을 끝내야지."

가잘 말에 올라탄 벨칼리스가 창백한 얼굴로 나를 본다. "다 죽여, 데카. 저놈들 하나도 남김없이."

"그러려고." 내가 대답한다.

31

더욱 짙어진 안개 속을 계속 나아간다. 창이 더 빨리, 자주 날아오지만 이그사는 이제 그 휭 소리에 맞춰 재빨리 몸을 모래 속에 묻고, 벨칼리스와 나는 제때 방패를 쳐든다.

또 한차례 창이 쏟아지고 나서 벨칼리스가 언덕을 가리킨다. "저기 다 모여 있네."

"워!" 내가 이그사를 재촉한다. 거의 다 왔다.

안개를 막 뚫고 나가자 언덕 위에 겹겹이 늘어선 죽음비명이 보인다. 그들 가운데 투석기가 있다.

벨칼리스가 멈춰 선다. "투석기라니! 어디서 얻은 거지?"

죽음비명들의 전투 도구 사용이 볼 때마다 점점 진보하는 듯하다. 처음에는 돌팔매와 코츨런이더니 이제 투석기까지. 하지만 의아해할 시간이 없다. 이미 나는 손을 들어 올려 온몸이 떨리도록 에너지를 끌어올리고 있다. 지금 내 모습을 거울에 비춰 본다면 별처럼 빛나고 있으리라. 내 발아래 모래조차 진동하며 일어난다. 나를 본 죽음비명들이 으르렁거리고 달각거리며 당황한다. 내가 손을 휙 내리며 에너지의 물결을 그들을 향해 밀어낸다.

"무기를 내려. 무릎을 꿇어." 내가 명령한다.

그들이 천천히 복종하며 멍해진 눈으로 무릎을 꿇는다.

"신호를 보내." 내가 벨칼리스에게 말한다.

벨칼리스가 신호탄을 쏘아 보낸다. 색색의 불꽃이 터지자 멀리서 북소리가 화답한다. 군대가 올 것이다.

벨칼리스가 무릎 꿇은 죽음비명들을 보며 찌푸린다. "나머지는 어딨지? 수천은 되는 줄 알았는데 여기는 소굴 몇 곳 규모인데."

"더 있어." 저 산들 너머 어딘가에서 우리를 기다리는 수천의 심장박동이 느껴진다. 아직은 걱정하지 않아도 된다. 이곳에 있는 놈들은 아니다. 이들이 브리타를 다치게 해서 죽일 뻔했다. 지금 내 관심은 그것뿐이다.

나는 그들에게 다가간다. 그들의 피부에서 솟아오르는 공포가 느껴진다. 전투 상태인 나만 볼 수 있는 은은한 회색빛이다. 내 눈이 재빨리 무리 가운데 가시가 줄줄이 달린 대장 죽음비명을 발견한다.

놈을 향해 걸어가는데 발밑의 모래가 진동한다. 내 에너지가 일으킬 수 있는 것보다 더 깊은 진동이다. 마침 군대가 가까이 온 것이다.

너무 많은 에너지를 발산한 탓에 몸에 힘이 빠진다. 머지않아 쓰러질 것이다. 하지만 그 전에 브리타를 위해서 해야 할 일이 있다.

"데카." 벨칼리스가 부른다. "군대가 왔어. 네 얼굴 보지 못하게 투구를 써."

나는 투구를 쓰고 죽음비명 대장에게 간다. "고개 들어." 명령이 놈을 향해 퍼져나가며 놈의 심장을 쥐어짠다. 놈은 즉시 순종한다.

그러자 나는 다시 명령한다. “무릎 꿇은 채로 말해.”

나를 쳐다보는 놈의 표정에 분노와 혐오가 뒤섞여 있다. 놈이 입을 열자 자갈 긁는 목소리가 나지만 말을 또렷이 알아들을 수 있다. “누루…….”

나는 이맛살을 찌푸린다. 또 저 단어. 지칭. 무슨 뜻일까?

“넌 우리를…… 배반했어.”

뜻밖의 단어가 멍해지려는 내 의식을 가르고 들어온다. 나는 죽음비명 대장을 보며 눈을 껌뻑인다. “너흴 배반했다고?” 내가 반문한다.

놈이 으르렁거린다. “넌…… 우리를 배반하고…… 인간을…… 택했어. 누루…… 우리는…… 너를 절대…… 용서하지 않아.”

피로가 나를 덮친다.

그리고 사방이 어두워진다.

깨어나 보니 나는 어두운 붉은 텐트 안에 누워 있다. “영웅이 깨어났군.” 목소리가 들리는 곳을 보니 놀랍게도 게조 황제가 옆에 앉아 있다. 케이타, 아샤, 아돠파, 가잘, 벨칼리스가 그 옆에 무릎을 꿇고 있다. 황제의 얼굴은 가면에 가려져 있다. 백성을 비추는 자비의 태양 가면이다.

나는 허둥거리며 일어나지만 황제가 고개를 젓는다. “일어날 필요 없어. 오늘 넌 이미 오테라를 충분히 섬겼다. 이 텐트를 필요할 때까지 사용해도 좋아.”

그제야 살펴보니 호사스러운 직물, 황금자수가 눈에 들어온다. 황제의 텐트 중 하나다. “감사합니다, 폐하.” 나는 아직 어지러운 몸을 가누며 중얼거린다. “감사합니다.”

그러다가 생각이…….

"브리타!" 나는 기겁하여 다시 몸을 일으킨다.

"네 친구는 저기 있다." 게조 황제가 텐트 저쪽을 가리킨다. 붕대를 감고 누운 브리타가 보인다. "위험했지만 살 수 있을 거야. 이 애 덕분이다." 그러고서 가잘을 가리킨다. 가잘은 무릎을 꿇고 꼼짝하지 않는다. "제때 치료를 받게 했어."

몸에서 힘이 풀린다. "감사합니다, 감사합니다."

황제가 고개를 끄덕인다. "이 정도쯤이야, 이르푸트의 데카. 넌 오늘 우리를 구했다. 앞으로도 계속 그렇게 해주겠지." 황제가 내 어깨를 두드린다. "오늘은 쉬어라. 내일 다시 행군을 계속한다."

나는 다시 조아린다. "정말 감사합니다, 폐하."

황제가 웃음 짓고는 케이타에게 말한다. "나가자. 다들 쉬게 해주자꾸나."

"예, 폐하." 케이타가 걱정스러운 눈으로 나를 흘긋 보고 나간다.

그 둘이 나가자 나는 벨칼리스에게 말한다. "나 좀 일으켜줘." 목소리도 갈라지고 아직 너무 피곤하다. 혼자서는 일어나기도 힘들다.

벨칼리스가 다가오는 동안 아돠파가 텐트 밖을 내다보며 그들이 정말 갔는지 확인하고 묻는다. "무한이시여, 대체 아까 무슨 일이 있었던 거야?"

가잘은 아까 무릎 꿇고 있던 곳에 그대로 고개를 숙이고 손을 무릎에 올리고 있다.

벨칼리스가 으쓱한다. "데카에게 물어봐." 그러고서 나를 부축해 브리타에게 데려간다.

침대에 누워 있는 브리타는 안색이 너무 창백하다. 그래도 너무 다행히도, 그 끔찍한 푸른색은 사라졌다.

"정말 괜찮은 거야?" 내가 찢어지는 가슴을 부여잡고 묻는다.

"살아날 거야. 네가 그렇게 만들었잖아."

"무슨 말이야?" 아돠파가 텐트 문을 닫고 서둘러 침대 옆으로 와서 묻는다. "뭐가 어떻게 됐던 거야?"

벨칼리스가 설명한다. "데카가 바뀌었더랬어, 얼굴 전체가. 마치…… 사람이 아닌 것처럼."

"무슨 소리야?" 내가 묻는다.

"데카, 네 얼굴이 마치 죽음비명 같았지만 죽음비명은 아니었어. 네가 말할 때는, 아름답고…… 무서웠어. 네가 준 황금고리가 아니었다면 가잘처럼 이지를 잃었을 거야."

가잘은 여전히 움직이지 않고 있지만 자기 이름을 듣자 손을 흠칫 움직인다. 너무 조용히 가만히 앉아만 있는 모습이 심상치 않다.

"브리타를 데려온 후로 말이 없어." 아샤가 중얼거린다. "치료를 받게 해야 한다는 말밖에 안 하더니 저렇게 됐어. 황제께는 거짓말을 했어. 전투 중 충격으로 저렇게 됐다고. 그래서 움직이지 않는 거라고."

아돠파가 나를 본다. "대체 무슨 짓을 한 거니?

나도 모른다고 말하고 싶다. 하지만 그건 거짓말이다. 나는 안다. 내가 온 힘을 다해 가잘에게 명령했다. 그래서 저렇게 된 거다.

"가잘?" 내가 부른다.

가잘은 내 목소리를 듣더니 천천히 고개를 든다. 여전히 멍한 눈빛으로 대답한다. "응?"

"안 깬 거야?" 내가 묻지만 가잘은 대답이 없다. 한 줄기 공포가 나를 휘감는다. "깨어나, 가잘."

그러자 멍하던 가잘의 눈에 초점이 돌아온다. 이번에는 어리둥절한 표정으로 주변을 두리번거린다. "여기가 어디야? 무슨 일이야?"

"여긴……."

내가 대답하려는데 벨칼리스가 밀치고 나선다.

"황제의 텐트 중 하나야. 네가 브리타를 데려왔어. 그런데 머리에 뭐를 맞았나 봐."

가잘이 고개를 끄덕이며 머리를 만진다. 혹을 찾으려는 거다. "내가 보고는 했나?"

"아니. 하지만 임무는 성공했어. 너도 잘했고." 내가 말한다.

가잘이 끄덕인다. "잘됐네." 아직도 약간은 멍해 보인다. 여전히 어리둥절한 표정으로 밖으로 나간다.

"어떻게 된 거야?" 아샤가 인상을 쓰고 묻는다.

벨칼리스가 설명한다. "데카 목소리 때문이야. 점점 강해지고 있어. 그리고 그 목소리를 쓸 때의 모습은……." 걱정스러운 표정이다. "너 뭐니, 데카? 대체 뭐야?"

저녁 늦게 아샤는 밖으로 나가 우루니들에게 이야기를 들려주고, 벨칼리스와 아돠파는 침상을 브리타 옆자리로 가져온다. 그들이 함께 남아주어 마음이 놓인다. 오늘 오후에 있었던 일로 머릿속이 어지러워 두렵다.

"벨칼리스, 아돠파, 나 할 말 있는데……." 내가 속삭인다.

"응?" 둘 다 벌떡 일어난다.

"아까 일이 기억이 났는데……,"

둘이 내 침상으로 와서 앉는다. "그럼 잊고 있었다고?" 하면서 아돠파가 콧방귀 뀐다.

"뭐냐 하면……." 나는 망설인다. "비밀로 해줄 수 있어? 아무에게도, 다른 피의 자매들에게도 말하지 않겠다고 약속해줄 수 있어?"

"물론이지." 아돠파가 끄덕인다.

벨칼리스도 말한다. "절대 배반하지 않아. 너도 알지?"

"응." 그렇게 대답하고 나는 고개를 숙인다. "하지만 이건…… 위험할지도 몰라." 그러고 보니 케이타가 했던 경고다. "어쩌면 너희도, 우리 모두……."

"죽을지 모른다고?" 아돠파가 씁쓸하게 웃는다. "우리 피가 황금이 된 순간부터 우린 죽은 목숨이었어. 지금도 마찬가지야. 너도 알잖아?"

내가 동의한다. "우리는 죽음의 경례를 올리는 알라키들이지."

"사실 아니야?" 아돠파가 어깨를 으쓱한다. "이제 말해봐."

"만일…… 만일 내가 죽음비명의 말을 들을 수 있다면?"

둘 다 몸을 굳힌다.

"그 달각거리고 으르렁거리는 소리 말이야?" 벨칼리스가 조용히 묻는다.

난 고개를 젓는다. "달각거리는 소리가 아니야."

"그래서 놈들 말을 알아듣는다고?" 아돠파는 어쩐지 충격받지 않은 듯하다.

내가 고개를 끄덕인다.

"그런 지 얼마나 됐어?"

"지난번에 사원에 갔을 때부터."

아돠파는 고개를 끄덕이며 생각에 잠긴다.

"놈들이 뭐라고 했어?" 이번엔 벨칼리스가 묻는다.

나는 한참 말하지 못한다. "배반자. 나더러 배반자래."

"네가?" 아돠파가 조용히 묻는다. "그러니까 네가 죽음비명 같은 거야?"

그 질문이 내 의식 가장 깊은 곳을 찌른다. 공포와 혼란의 눈물이 흘러내린다. 내가 대답하지 못하고 고개만 젓자 벨칼리스가 한숨을 쉰다.

"그래, 그럼 빨리 알아내야겠네. 자투가 먼저 알아내서 데카의 목숨을 끝내기 전에."

32

난 뭐지?

열 달 내내 그 질문이 머릿속을 맴돌았다.

난 정말 죽음비명과의 잡종인가? 그 이상일까? 어떻게 보더라도 내가 브리타에게 쓴 힘은 말이 안 된다. 지금까지의 그 어떤 설명이나 상상도 뛰어넘는다. 하지만 하얀손은 답을 가지고 있을 것이다. 나에게 주려 하지 않아서 그렇지.

다행히 내가 물어볼 사람은 하얀손뿐만이 아니다.

멀리 반짝이는 하얀 봉우리들을 얹은 거대한 검은 산맥을 안개가 싸고돈다. 케이타의 가족이 학살당하기 전까지 노요산맥에는 오테라에서 제일 큰 소금 광산이 있었다. 죽음비명들의 시원지가 저 봉우리 중 하나에 숨어 있다. 그들도 내가 구하는 답을 알고 있다. 다른 사람들이 알아채기 전에 놈들에게 답을 물어보면 된다. '자투들이 먼저 내 목숨을 끝내기 전에.'

"데카, 준비되었느냐?" 내 위쪽에서 매머트를 타고 있는 황제가 묻는다.

매머트는 지옥의 갑옷으로 전신을 감쌌고 그 위의 텐트에도 저주받은 황금으로 만든 지붕이 씌워져 있다. 카르모코 캘더리스가 알라키를 위한 지옥의 갑옷을 만들 때 필요 이상 많은 피를 가져간다 싶더니.

"네, 폐하. 준비되었습니다." 나는 대답하며 군대가 밤새 지어놓은 구조물 위에 받쳐진 거대한 토로스 뿔을 쳐다본다.

"좋아. 가라."

군대가 나아가는데, 뒤에서 눈초리가 느껴진다. 돌아보니 하얀손이 미간을 잔뜩 모으고 노려본다. 무슨 생각을 하는 걸까? 의심하는 걸까?

"데카, 괜찮아?" 케이타가 걱정스레 물어온다. 어제 이후로 개인적으로 이야기할 시간이 없어서 내가 죽음비명과 다시 대화한 걸 케이타는 모른다. 말해야 하는 건지도 판단이 서지 않는다. 더구나 케이타는 그러지 말라고 경고했으니까.

"응, 다 회복했어."

"정말?"

"왜 그렇게 물어?"

"어제 이후로 계속 이상해 보여. 무슨 일이 있었던 거야?"

"아무 일도 없었어." 나는 시선을 피하지만 케이타가 계속 의심스레 보자 변명을 덧붙인다. "그냥…… 브리타가 걱정돼서."

케이타가 내 손을 꼭 잡는다. "괜찮을 거야. 사람도 치명적인 부상에서 회복되는데, 알라키는 더 잘 낫지."

나는 힘없이 웃는다. "고마워, 케이타. 분명……."

불덩이가 토로스 뿔을 받친 구조물에서 폭발한다. 구조물을 끌던 말들이 펄쩍 뛰어오르며 울부짖고, 나도 화들짝 놀라 돌아보자 더 많은 불덩이가 우리를 향해 날아오는 게 보인다. 불붙은 화살이 하늘을 수놓는다.

"죽음비명이다!" 켈레치 대장이 어딘가에서 외친다. 이미 예상했던 일이긴 하다. "방패!"

'엎드려 이그사!' 나도 명령하며 방패를 들어 올린다.

이그사가 모래 속으로 파고드는데 화살이 비처럼 내린다. 피를 얼어붙게 하는 울부짖음이 허공을 뒤흔들고, 많은 병사가 무릎을 꿇거나 말에서 굴러떨어진다. 자투나 알라키처럼 저 비명에 익숙지 않은 자들의 오줌과 구토 냄새가 퍼진다.

소란 속에서도 매머트 위의 장군들이 군대를 불러 모은다. "대비하라!"

하지만 너무 늦었다. 죽음비명들이 안개를 뚫고 튀어나온다. 투박한 가죽 갑옷으로 몸을 둘렀다. 심지어 손에는 무기를 들고 있다. 거대한 검과 철퇴가 번뜩이며 군대를 격파해나간다. 피를 뿌리며 우리 쪽으로 오고 있다. 전위부대가 즉시 진을 짜 황제 쪽으로 오는 길을 차단한다.

"목소리를 써라, 데카!" 황제가 외친다. "목소리를 써."

나는 끄덕이며 허둥지둥 투구를 쓴다. 그러면서 이상한 게 언뜻 보인다. 등줄기에 빨간 가시가 돋아난 도약종 죽음비명 하나. 가시가 바람에 달각거리며 흔들리는 모습이 가슴 아프도록 낯익어 보인다.

"데카!" 도약종이 외치며 정렬한 군인들 위로 뛰어오른다. 지금까지 들었던 그 어떤 죽음비명의 목소리보다 또렷하다. "데카! 멈춰! 나야!"

나는 눈물이 솟구치며 손이 떨린다.

오래전 잃었던 친구를 마주친 느낌.

"데카!" 케이타의 목소리가 이상할 정도로 귓가에서 들린다. "목소리를 써, 데카!"

나는 손을 들어 힘을 내보내지만 도약종이 미친 듯 그녀의 손을 뻗자 멈춘다.

그녀의 손?

왜 저 죽음비명이 암컷이라고 내가 생각하는 거지? 다 수컷이라고 들었는데. 늘 그렇게 보였고.

그림자가 나를 덮친다. 케이타. "데카! 정신 차려! 죽음비명을 죽여!"

"응." 내가 이상한 도약종에서 관심을 거둔다.

나는 다시 힘을 끌어내며 손을 든다. "그 자리에서 멈……."

"데카! 나야, 카티야!" 도약종이 그 괴상한 달각이는 언어로 외치며 우리 대열 가운데로 뛰어든다.

"카티야?" 나는 손을 내린다.

그럴 리가 없다. 빨간 머리를 흐트러뜨리며 피부가 푸르게 변하던, 죽음비명이 척추를 뜯어냈던 카티야의 모습이 선명히 기억난다. "넌 카티야가 아니야!" 나는 오테라어로 대꾸한다. "이건 속임수야! 날 속이려 하고 있어!"

케이타가 나랑 죽음비명을 번갈아 본다. "데카?" 충격에 빠진 표정이다.

도약종이 전력으로 달려오며 가로막는 병사들을 쳐낸다. 우리 주변에서 전투가 치열하게 벌어지지만 어쩐지 세상에 우리 둘만 남은 듯하다.

"아니야, 데카! 너를 속이는 건 인간들이야! 우리가 최종 죽음을 맞으면 이렇게 되는 거야! 우리와 함께 가야 해. 서둘러!" 그녀가 달각거린다.

"우리?" 피가 거꾸로 솟는다. "우리가 누군데?"

"죽음비명과 알라키들!" 카티야가 울부짖는다. "우리는 하나야! 알라키가 최종 죽음을 맞으면 죽음비명으로 다시 태어나! 황제도 알아. 그래서 너를 이용해 우리를 죽이려 하는 거야. 너를 이용해 네 편을 죽이는 거야. 우리가 모두 죽기를 바라는 거야. 이번 기회에 다 죽이려고!"

발밑의 땅이 꺼지는 듯하다.

"아니야……. 그럴 리가 없어." 하지만 그렇게 말하면서도 오래전 하얀손의 말이 기억난다. '우리 제국이 그 괴물들에서 자유로워질 때까지.'

그 이야기였던 걸까? 그 뜻이었을까?

케이타가 나를 잡는다. "데카! 무슨 소리야, 카티야라니? 저놈이 자기가 카티야래?"

케이타가 죽음비명을 보며 혐오스러운 표정을 짓는다. 눈앞에는 으르렁거리는 끔찍한 괴물이 보일 뿐이다. 하지만 내게는 아니다. 이제 내 친구 카티야가 보인다. 죽음비명의 모습으로도 여전히 창백하고, 붉은 머리가 새빨간 가시로 변형되었다.

정말 카티야다.

우리 모두 카티야의 평화로운 사후를 빌었는데, 그녀가 다시 여기 전장에 서 있다. 그리고 자투 분대가 그녀에게 달려오고 있다. 양쪽에서 한 명씩 그리고 뒤에서 두 명. 그들이 카티야를 죽일 것이다. 또다시 죽일 것이다.

분노가 폭발한다. 내 힘의 근본을 깨운다. 인간의 것이 아닌 우르렁거림으로 목소리가 분출한다. "죽음비명들, 카티야를 보호하라!" 멀리서 듣고 있을 개체도 들을 수 있도록 포효한다.

죽음비명들의 심박이 느려진다. 내 힘이 그들을 사로잡으며 눈이 멍해진다. 그리고 카티야를 향해 모여들며 주변의 병사들을 제거한다. 알라키, 자투 할 거 없이 내 명에 복종하는 죽음비명들의 손톱 아래 쓰러진다.

케이타는 창백한 얼굴로 굳어버린다. "카티야라고? 그게 무슨 소리야, 데카?"

거대한 그림자가 우리를 덮친다. 황제의 매머트다. 그의 얼굴에 처음 보는 표정이 떠올라 있다. 순수하기 짝이 없는 분노. 그가 나를 가리킨다.

"저 알라키가 미쳤다! 배신자를 죽여라! 이르푸트의 데카를 죽여라!"

내 심장이 쑥 꺼진다. "폐하, 저는……." 나는 항의해보려 입을 연다.

붉은 갑옷의 손들이 나를 이그사에서 끌어내린다.

'데카!' 이그사가 으르렁거리며 달려들지만 황제가 이그사도 가리킨다.

"저 짐승도 없애라!"

자투들이 이그사에게 검을 돌리며 눈에 살기를 담는다.

"이그사, 도망쳐!" 내가 외친다.

'데카!' 이그사가 항의한다.

"어서, 이그사! 카티야에게 가!" 내가 외치며 붉은 가시가 달린 죽음비명의 모습을 이그사의 머릿속에 집어넣는다.

그게 내가 명령을 내릴 수 있는 마지막 기회였다. 내 입에 곧장 재갈이 씌워지며 갑옷 두른 손들이 나를 모래 속에 처박고 손을 움직여 명령을 내리지 못하게 한다. 투구가 벗겨지면서 이그사가 카티야를 향해 달려가는 모습이 희미하게 보인다. 그리고 기겁하는 소리가 들린다.

"이 여자 얼굴 좀 봐!"

"죽음비명 얼굴이야! 이 여자도 죽음비명인 거야!"

"아니야! 아니야!" 아돠파와 아샤가 어딘가에서 외치며 다른 피의 자매들과 함께 저항한다.

황제는 상관하지 않는다. "죽여라!" 황제가 외친다. "저 죽음비명 배신자를 죽여라! 도와주는 자도 다 죽여!"

그림자들이 서둘러 내 앞으로 와서 선다. 올려다보니 켈레치 대장이다. 손에 검을 든 표정이 착잡하다.

"네가 자초한 일이다, 알라키." 그러고는 검을 든다.

"잠시만요!" 케이타가 튀어나오지만 다른 자투들이 그를 잡아 꿇린다. 내 심장이 쿵 떨어지며 안도감과 공포가 동시에 온몸을 감싼다. 나를 구하려 했다. "이럴 순 없어요, 대장님!" 그가 절박하게 외친다.

켈레치가 그를 보며 고개를 젓는다. "이젠 어쩔 수 없어. 너도 보이지 않느냐." 그러고 나서 다시 나를 향해 검을 들어 올린다.

"그럼 내가 할게요!" 외치는 케이타의 표정이 단호하다. "내가 죽이게 해줘요. 나는 그녀의 우루니예요. 내가 책임져야 해요."

뭐라고?

켈레치가 대답하지 않자 케이타가 다시 울부짖는다. "그녀는 여러분의 목숨을 구했어요. 우리 모두의 목숨을 수없이 구했어요! 이렇게 죽인다면 우리 자신을 욕되게 하는 거예요."

켈레치 대장이 표정을 굳히며 케이타를 본다.

"그녀는 평화로운 최종 죽음을 맞이해야 해요. 그 정도의 빚은 갚아야죠. 비록 배신자라고 해도, 먼저 우리를 위해 싸웠으니까." 그러고 나서 케이타가 나를 보는 눈빛에 나는 얼어붙는다. 저 차갑고 멀어 보이는 눈빛, 절대적 확신. 그는 나를 구하지 않고 내 삶을 끝내려 한다.

이오나스가 그랬던 것처럼

길고 끝없는 비명이 내 안에서 산산이 부서지며 침묵과 납덩이같은 낙담을 남긴다.

지난번처럼 이번에도 내가 좋아한 소년에게 다시 한번 배신당했다.

대장이 나를 내려다보더니 케이타에게 말한다. "탈출시키려는 거라면 네 목도 잘릴 것이다."

케이타가 말한다. "압니다. 이제 그녀에겐 죽음뿐이라는 걸요. 하지만 내 짝이고 내 책임입니다. 어떻게 끝내야 하는지 아는 것도 나뿐이고요. 나만이 그녀에게 최종 죽음을 줄 수 있어요."

이제 나는 그냥 멍해진다. 그의 말이 충격적이지도 않다. 내 안에서 점점 커가는, 깊고 고통스러운 허무감 이외에는 아무것도 보이지 않고 아무것도 느껴지지 않는다.

켈레치 대장이 매머트 위에서 지켜보던 황제를 올려다본다. "폐하?"

황제가 케이타에게 말한다. "어떻게 하려는 것이냐, 가르 파투의 젊은 영주?"

케이타가 자신을 잡고 있던 자투들을 뿌리치고 일어난다. "사지를 자르겠습니다, 폐하."

나는 어리둥절해서 눈을 껌뻑인다. 사지를 잘라도 나는 죽지 않는다. 케이타도 안다. 아는데…….

호흡이 뒤엉히며 깨달음이 밀려든다. 나를 구하려는 것이다. 다른 사람이 나를 죽이지 못하게, 케이타가 나를 직접 사형시켜 다시 살아나도록 만들려는 거다.

케이타가 놀라는 나를 무시하며 말을 계속한다. "그래야 확실히 죽일 수 있습니다."

"어떻게 아느냐?" 황제가 묻는다.

케이타는 나를 똑바로 보며 말한다. "그녀가 자신의 최종 죽음의 진실에 대해 직접 말해준 적이 있습니다."

눈물이 흘러내린다. 나를 위해 자신을 희생하려 하다니. 케이타도 사형당할 것이다. 사지를 절단당하면 나는 최종 죽음이 아니라 금빛 잠에 빠져들 것이다. 그러면 모두가 케이타의 거짓말을 알게 되고 그를 죽일 것이다. 나와 달리 그는 다시 살아날 수 없다.

그는 다시 살아날 수 없다.

그 생각에 나는 정신이 번쩍 든다. "안 돼!" 나는 비명을 지르지만 재갈에 막혀 제대로 나오지 않는다. "안 돼, 케이타!"

케이타가 나를 무시하고 황제를 올려다본다. "폐하?"

"그렇게 하라." 황제가 말한다.

케이타가 나에게 다가온다. "그러지 말았어야지, 데카. 널 어떻게 죽일 수 있는지 말하지 말았어야 했어." 그 목소리에는 희망이, 결연한 의지가 들어 있다.

나는 몸부림치며 고함을 지르려 한다. 하지만 케이타는 검을 들어 올린다. 검이 이른 오후의 태양 아래 번뜩인다. "미안해." 케이타가 말하며 검을 내려친다.

머리가 몸에서 분리될 때 언뜻 그의 눈이 보인다. 눈물이 가득하다. 케이타가 울고 있다. 나를 죽이며 운다.

자신의 운명을 구렁텅이에 빠뜨리며 운다.

다시 깨어나 보니 밤이다. 근질거리는 어둠이 나를 에워싸고 있다. 무언가 천 같은 것이 나를 묶고 있다. 고개를 돌리며 벗어나려 하다가 당황해 멈춘다. 고개를 돌릴 수 없다. 움직일 수가 없다. 심지어 목과 머리 사이에 타는 듯한 통증이 일며 갑자기 이상한 방식으로 온몸을 파고든다. 마치 사지를 찢기는 듯한 통증이다. 손을 들어 목을 만져보려 하지만 손도 움직이지 않는다. 손이 느껴지지도 않는다. 내가 느낄 수 있는 것은 통증뿐이다.

그리고 두렵도록 질질 미끄러지는 감각. 마치 내 신체 부위들이…… 서로를 찾아가듯이.

아직 몸이 하나로 연결되지 않았다. 정신이 확 든다. 이르푸트의 지하실에서 그랬던 것처럼 섬유질이 서로를 향해 자라나는 것이다. 이것도 황제의 처벌인가? 케이타는 벌써 죽었을까? 제발 케이타가 무사했으면. 날카로운 흐느낌이 목에서 차오른다.

"데카?" 누가 나를 둘러싼 천을 헤집는다. 어둠 속으로 빛이 뚫고 들어온다. "데카! 벌써 깬 거야?"

나는 공중으로 들어 올려진다. 처음 눈에 들어오는 것은 케이타의 얼굴이다. 그의 눈이 놀라움으로 휘둥그레졌다. "데카, 어떻게 깰 수가 있어? 아직 다 낫지 않았는데?"

"케이타." 내가 흐느끼며 눈물을 흘린다. "안 죽었구나! 살아 있어!"

"당연히 살아 있지. 내가 왜 죽겠어?" 케이타가 얼굴을 찌푸린다.

"하지만 모두 내가 거의 죽음을 맞는 걸 봤을 텐데. 네가 속인 걸 알았을 텐데."

케이타가 고개를 젓는다. "아니, 넌 최종 죽음의 푸른 피를 흘렸어. 다들 네가 죽었다고 생각했지."

"푸른 피?" 이번에는 내가 눈을 휘둥그레 뜬다. "최종 죽음이 아닌데 왜 내가 푸른 피를?"

"브리타의 묘안이었어. 조만간 이렇게 될 걸 알고 벨칼리스를 시켜서 약을 만들게 했어. 와르투베라의 식물들을 모아서. 벨칼리스가 약제사로 일했다며?"

"친척의 약국에서 일했대." 그 사악한 남자에게서 그래도 유용한 걸 배운 모양이다.

"브리타가 저번에 그걸 나와 아돠파에게 줬어. 난 그걸 너한테 뿌렸고……."

"다행히 약이 잘 들어서 다들 속았지. 그러고 난 다음 죽음비명들이 들이닥쳐서 싸우느라 바빠졌고. 아무도 우리가 네 몸을 끌어모아 이그사에게 가는 걸 신경 쓰지 않았어."

"이그사?"

케이타가 내 머리를 돌려서 아래쪽을 보여준다. 우리는 이그사 위에 타고 있다. 이그사는 사막을 달려가는 중이다.

"이그사!" 나는 외친다. "무사했구나!"

'데……카.' 이그사도 기쁘게 대답한다.

"이그사는 그 죽음비명을 안전한 곳에 내려놓고 너한테 돌아왔어." 케이타가 다시 내 머리를 자기한테 돌린다. 내가 다시 통증에 얼굴을 찡그리자 케이타도 인상을 쓴다. 이렇게 이상한 통증은 처음이다. 휙 지나가다가 뚝뚝 끊어진다. "미안. 이런 상태에서 깨어나게 될 줄은 몰랐어."

나도 몰랐다. 하지만 나는 말없이 웃음 지으며 이그사를 내려다보고 조용히 칭찬한다. '이그사 잘했어.'

'데카.' 이그사가 기뻐한다.

나는 다시 케이타를 본다. 케이타는 경계 가득한 눈으로 사방을 둘러보고 있다. 우리가 습격 나갈 때 늘 그랬듯 말이다. 하지만 이건 습격이 아니다. 반역이다. 그가 지금까지 믿어왔던 모든 것에 대한 반역이다.

"왜 이런 거야? 너와 아돠파는 왜 브리타에게서 약을 받은 거야?"

"우린 너를 아니까, 데카. 능력을 사용하면 모습이 변하잖아. 목소리도 변하고. 넌…… 인간이 아닌 것처럼 되니까. 네가 아무리 조심해도 발각되는 건 시간문제였지. 사람들은 네가 마녀거나 죽음 비명의 일종이라고 생각하고 죽이려 할 거였어. 이렇게 빨리 발각될 줄은 몰랐지만."

"알고 있었다고? 내 피부가 변하는 걸 알았어?"

케이타가 끄덕인다. "응. 한 번 봤어. 습격 작전 때 달빛 아래서. 그렇게 놀라진 않았어. 넌 알리고 싶지 않았겠지만……. 그렇다고 너에 대한 내 마음이 변하진 않아, 데카. 아무것도 내 마음을 바꿀 순 없어. 넌 괴물이 아니야."

따뜻한 기운이 번진다. 눈물이 솟는다. 케이타가 있는 그대로의 나를 받아들여준다. 사랑해준다. 말할 필요도 없이 느낄 수 있다. 무척이나 끔찍할 텐데 잘린 내 머리를 이렇게 소중히 안고 있는 모습에서 느낄 수 있다. 케이타가 취한 행동에서도, 자기 삶을 끝낼 수 있는 일을 저지른 것에서도 알 수 있다. 나를 위해 황제에게 반역을 저질렀다. 나를 위해 죽음을 무릅쓰고 하나뿐인 목숨을 걸었다.

이 모든 고난에도 불구하고, 나를 사랑한다.

케이타가 나를 사랑한다.

왜 케이타가 나를 배신할 거라 생각했을까?

너무나 따뜻해지는 마음에, 상처의 아픔은 더 이상 느껴지지 않는다. 그러다가 의문이 생긴다. "그런데 왜 머리만 안 잘랐어? 사지를 다 자를 필요는 없었잖아."

"그러게." 케이타가 한숨 쉰다. "하지만 아무도 의심하지 못하게 확실히 해야 했어."

"구경거리를 만들어줘야 했구나." 이제 이해가 간다.

케이타는 고개를 끄덕이더니 시선을 피한다. 그의 몸이 잘게 떨린다. 그 과정에서 상처를 받은 건 나뿐만이 아니라는 걸 이제는 알 수 있다. 그가 나를 자르며 어떤 기분이었을지 상상도 할 수 없다. 문득 팔을 쓰고 싶어진다. 그를 껴안고 괜찮다고 말할 수 있게.

"그래서 지금은 어떻게 된 거야?" 나는 다른 이야기로 그의 기분을 돌려놓으려 한다.

"네가 제대로 나을 수 있는 곳으로 가려고."

마침 이그사가 목적지에 도달한다. 산 아래 작은 동굴 입구가 보인다. 소금에 덮인 유리 같은 검은 바위 더미에 가려져 있다.

케이타가 나를 거대한 동굴 안쪽으로 데리고 간다. 소금이 흘러내리는 검은 바위로 된 벽이 계속 이어지는데, 눈이 따갑다. 깊이 들어갈수록 더 소금투성이가 된다. 곧 우리는 동굴 깊숙한 곳까지 들어간다. 동굴 안은 온통 하얀 암염이고 군데군데 검은 바위가 보일 뿐이다.

"저기 봐."

케이타가 내 얼굴을 들어준다. 천장 한가운데 커다란 구멍이 보인다. 멀리서 달과 별이 반짝인다.

"이런 데를 어떻게 알아냈어?" 나는 입을 벌리며 묻는다.

"우리 소금 광산 가운데 하나였어. 어릴 때 가족과 여기 와서 놀곤 했어."

나는 고개를 끄덕이고 싶지만 아직 목이 완전히 붙지 않아서 할 수 없다.

이곳에 다시 오다니, 어떤 기분일까? 가족이 학살당한 곳이다. 안아줘야 하는데. 적어도 손이라도 잡아줘야 하는데.

케이타는 계속 들어가더니 동굴 가운데 있는 호수로 간다. "여기 물이 치유력이 있대."

그에게 안겨 가서 수면에 비친 내 모습을 본다. 얇은 하얀 천에 둘둘 싸인 내 몸이 황금빛을 띠고 있다. "내 몸이 아직 금빛 잠에 빠져 있는 거야?" 나는 경탄하고 만다.

케이타가 끄덕인다. "정말 놀라워. 모든 알라키는 이 시기에 잠에 빠져 있는데."

"난 알라키가 아닌가 봐." 나는 중얼거린다.

케이타가 나를 본다. "그럼 넌 뭐지?" 그의 눈길에는 어떤 비난도 혐오도 서려 있지 않다.

"난 아무래도 하얀손이 만들어낸 신품종인가 봐. 황제를 위해 창조한 죽음비명과의 교잡종. 하지만 이번에 겪은 일은……."

케이타가 질문을 담은 눈으로 나를 본다.

"브리타가 최종 죽음을 맞을 뻔했어. 그런데 내가 되살려냈어."

케이타가 끄덕이며 얕은 물속으로 들어가 내 몸을 조심스럽게 내린다. 시원한 물이 나를 감싼다. 소금이 너무 많이 녹아 있어 몸이 뜬다. 불꽃같은 것이 근육 사이로 번져나가며 더욱 단단히 연결되기 시작한다. 다행히 그저 약간 불편할 뿐, 처음 깨어났을 때처럼 고통스럽지는 않다. 근질거리는 감각도 그대로다.

내 몸이 제자리를 잡자 케이타가 나를 내려다본다. 걱정스러운 표정이다. "네가 어떤 존재든, 다시 헤마이라로 돌아갈 순 없어. 너도 알지, 데카? 이젠 절대 못 돌아가."

나는 깜빡이며 그를 올려다본다. 눈 말고는 움직이지 않으려 조심한다. 내가 제국과, 케이타와 영영 헤어져야 한다는 뜻일까……. 내 몸이 다시 엮이는 모습을 보면서도 그는 전혀 놀라지 않는다. 보고 있기 징그러울 텐데, 혐오하는 표정 한 번을 짓지 않는다.

내 손가락 하나가 파들거리자 케이타는 자기 손으로 내 손을 쥔다. 그의 온기가 내 몸 촉수를 타고 퍼져나가는 게 희미하게 느껴진다. 그리고 케이타는 조용히 눈물을 흘린다.

작별을 고하는 것이다.

"넌 너무 강력해, 데카." 그가 슬프게 말한다. "넌 늘 그랬지. 그래서 저들이 너를 죽이는 거야. 네가 돌아가면 또 죽이려 할 거야. 절대 헤마이라로 돌아오면 안 돼, 알겠지? 절대."

내 눈에도 눈물이 번진다. 입술이 떨린다. 절대 돌아오지 말라고? 케이타를 다시 못 본다고? 브리타도 다시 못 본다고?

우리는 너무 슬픔에 잠겨, 천장 쪽에서 그림자들이 다가오는 걸 몰랐다. 그러다가 낯익은 목소리가 들린다. "물론 데카는 돌아가지 않아. 가르 파투의 젊은 영주여." 푸르르하는 소리도 들린다. "데카는 그 인간들에게 다시는 돌아가지 않아."

33

휑 소리가 천장에서 들린다 싶더니 그리프를 탄 일곱 여자가 날아서 착지한다. 그리프는 사막고양이를 닮은 커다란 줄무늬 짐승으로 털 대신 깃털이 나고 어깨에 날개가 솟아나 있다. 각 여성은 황금 갑옷을 입고 커다란 유리 등불을 들었다. 물속에서도 나는 그 갑옷의 진동을 느낄 수 있다.

지옥의 갑옷인 것이다. 즉, 이 여자들은 알라키다. 하지만 그들은 뭔가 다르다. 자세히 보자니 이제까지 만난 그 어떤 알라키보다 나이가 많아 보인다. 훨씬, 훨씬 많아 보인다.

늙었다. 외모로 볼 때 그중 몇몇은 마흔이 넘어 보인다. 그렇다면 수천 년을 살아온 것인지도 모른다. 알라키가 한 살이라도 들어 보이기 위해서는 수세기가 걸리기 때문이다.

맨 앞의 하얀 갑옷을 입은 여자는 바로 하얀손이다. 내려서는 그녀를 향해 안개가 휘말려 올라간다. 동굴로 쏟아져 들어오는 죽음비명들에게서 나온다. 죽음비명 모두 가시가 돋아 있다. 모두 갑옷을 입었고 모두 여성이다.

그제야 온갖 생각이 휘몰아친다. 그들이 무엇인지, 그들이 무엇이었는지 오싹한 깨달음이 밀려든다.

"케이타." 나는 경고하지만 그도 이미 보고 있다.

모두 키가 아주 크다. 물속에서도 금방 카티야를 알아본다. 붉은 가시들이 희미한 빛 속에서도 타오르는 듯하다. 브라이마와 마사이마도 함께 왔다. 훨씬 크고 어두운 죽음비명 사이에서 허연 말 모양의 그들이 눈에 띈다.

"데카." 케이타도 경계하며 조금씩 내 쪽으로 물러서며 검에 손을 댄다.

하얀손이 그리프에서 내리며 피식 웃는다. 들고 있던 등불을 동굴 바닥에 내려놓는다. "이제는 이해하겠지, 케이타. 죽음비명과 알라키는 같은 생물이라는 걸. 데카는 우리 거야. 데카는 늘 우리 거였지."

케이타가 찌푸리며 반문한다. "우리 거? 당신도 알라키예요?"

하얀손이 어이없다는 듯 웃는다. "내가 첫 번째 알라키야. 이조르 파투, 게조 집안의 어머니, 오테라의 진정한 여황제. 난 너의 조상이다, 아이야. 너도 네 집안도 모두 내 자궁에서 나왔어."

나와 마찬가지로 케이타의 턱이 벌어진다.

"하지만 당신은 아니잖아요? 당신이 알라키일 리가?"

"왜? 나를 네가 다른 알라키처럼 감지한 적이 없어서? 네 어머니도 나를 전혀 못 알아봤지. 어린 나이치고는 꽤 직감이 강했는데도."

포효와 같은 소리가 내 목에서 터져나간다. "어머니가 알라키였다고요? 그럴 리가 없어요. 순수한 피를 흘렸단 말이에요. 내가 봤어요!"

"넌 보고 싶은 걸 봤을 뿐이야. 네 아버지와 마찬가지로."

기억을 떠올려본다. 어머니가 죽기 며칠 전, 어머니는 너무 아팠다. 눈과 귀에서 피가 그렇게 흘러내렸다. 붉은 피가. 그게 다 가짜였다고? 내가 본 게 다? 그럴 수는 없다.

하지만…… 어머니는 그림자단이었다. 속임수는 그들의 기술이고 변장은 그들의 업무다.

"어머니는 어떻게 됐어요? 정말 죽은 거예요?"

잠시 희망이 피어난다. 싹이 자라난다. 그러자 하얀손이 어두운 눈으로 나를 본다. 희망은 풀썩 꺼진다. "정말 미안하구나, 데카. 네 어머니는 진정한 안식을 얻었어."

"어떻게 죽은 거예요? 진짜로요?" 고통스러운 질문이지만 묻지 않을 수 없다.

하얀손이 한숨을 쉰다. "네 어머니는 너를 순수의 예식에서 구하기 위해 준비하고 있었어. 그러다가 자투에게 걸렸고 죽음 칙령을 받았지."

울음이 터져 나온다. 죽음 칙령. 어머니의 최종 죽음이 나만큼 힘들었다면 세상을 떠나기 전에 견뎌야 했던 고통이 어느 정도였을지 상상이 가지 않는다.

눈물이 마구 흘러내린다. 그런데 놀랍게도 하얀손이 내 뺨을 감싼다. "네 어머니가 너를 아주 사랑했다는 데서 위안을 찾으렴. 그녀가 한 모든 건, 너를 위해서였다."

그 말이 더 아프다. 듣고 싶지도 생각하고 싶지도 않다. 하지만 이런 고통은 쓸어버려야 한다. 질문, 어려운 질문을 더 해야 한다.

"두 분은 어떻게 만난 거죠? 어머니가 절 만드는 걸 도왔나요?"

"널 만들어?" 하얀손이 황당하다는 듯 웃는다. "나한테 그런 힘은 없어. 내 임무는 널 지켜보는 거였지. 네 평생을 지켜봤다. 심지어 네가 우무의 배 속에 들어가기 전부터 난 너를 지켜봤어. 의무였으니까."

의무? 어머니의 배 속? 무슨 말이지?

하얀손이 가까이 다가온다. 그녀의 미소에 뭔가 열렬함이, 강렬함이 담긴다. 오요모의 신관들이 무한의 지혜를 읽을 때와 같은 표정이다. 다른 알라키들이 하얀손 앞에 길을 내준다. 신하들이 여왕 앞에 길을 트듯이, 군사들이 장군을 위해 갈라지듯이. 그들 뒤에서 죽음비명들이 조용히 광경을 지켜본다. 훨씬 작은 자매들 위에 우뚝 선 거인들처럼.

"금빛 존재들이 눈물로 네가 튀어나온 황금 씨앗을 만들었을 때, 나는 그곳에 있었다. 자투가 우리에게 죽음의 칙령을 선포하고 그걸 무한의 지혜에 써넣어 합법화했을 때, 너를 내 배 속에 숨긴 건 나였다. 그리고 내 자매들이 다시 연합하여 이 전쟁을 준비할 때 네 어머니를, 자신의 신성한 유산을 알지 못한 채 변이 직전에 있던 어린 알라키를 발견한 것도 나였다."

신성한 유산…….

나도 모르게 부르르 떨며 입을 꾹 다문다.

"우무는 열다섯 살에 신성한 황금을 흘리기 시작했다. 겁에 질려 나에게 달려왔지. 그래서 나는 우리가 어떤 존재인지 말해줬어. 우리 부류가 어떻게 되었는지 알려줬다. 그녀는 엎드려 울더니 자기가 뭘 하면 되겠냐고 묻더군. 그때 나는 그녀가 완벽한 그릇임을 알 수 있었어. 우리는 그녀가 너를 품을 수 있는 나이가 될 때까지 기다렸지. 그러고 나서 우무가 와르투베라의 호수에서 목욕할 때 나는 네 씨앗을 물속에 넣었다. 열 달 후 네가 태어났어. 우무의 모습 그리고 그녀가 아이를 같이 키우기로 택한 남자의 모습을 둘 다 닮은 네가. 인간을 완벽하게 닮은 네가."

이제 내 심장은 갈고리로 쥐어짜이는 듯하다. 숨을 쉴 수가 없다. 씨앗? 그릇? 대체 무슨 말이지?

옆에 있는 케이타가 고개를 젓는다. "데카를 혼란스럽게 만들고 있잖아요. 신성한 황금이니 씨앗이니, 그런 것이 전설이 아니라 사실인 것처럼 말하다니요."

"전설은 인간들이 이해하지 못한 일에 붙이는 명칭이야. 나를 보고 전설이라지만 나는 처음부터, 끊임없이 전쟁하는 부족들에서 오테라가 탄생하던 때부터 존재해왔어. 이 제국이 태어나도록 도왔지. 나, 내 자매들, 우리 어머니들……. 오늘날의 오테라를 만든 건 우리야."

"어머니들이라면, 금빛 존재들 말인가요? 악마들?" 그동안 보았던 사원들이 떠오른다. 나를 일부러 그런 곳으로 보낸 걸까? 신상들을 직접 보라고?

"악마라고?" 하얀손이 인상을 구긴다. "금빛 존재들은 악마가 아니야. 오테라를 통치하던 여신이었어. 그러다 그들의 아들들이 반역을 일으켰고. 자투들은 너무나 오테라를 통치하고 싶어서 우리 어머니들을 가두고 우리를, 자기 자매들을 죽였어. 우리 아이들도 모두 죽였고. 그 배신자들은 우리를 모두 없앴다고 생각했겠지만 우리 어머니들은 마지막 남은 힘을 사용해 우리 알라키들을 진짜 불사로 만들었어. 더욱 사나운 생명체로 되살아날 힘을 준 거야. 죽음비명으로."

뭔가 내 안에서 부서져 내린다.

"그리고 누루를 만들었어. 알라키와 죽음비명 사이를 오갈 수 있는 단 하나의 생명체, 모두를 해방시킬 수 있는 딸 하나를."

이제 이해가 간다. 왜 죽음비명들이 누루라고 말할 때마다 그렇게 상처받은 분위기였는지.

하얀손이 물속으로 들어와 내 눈을 들여다본다. “네가 누루야, 데카. 네가 그 구원자야. 우리 어머니들을 해방시키는 게 너의 임무다. 우리 모두를 해방시키는 게 네 임무야.”

나는 움직일 수도 숨을 쉴 수도 없다. 구원자? 해방시킨다고?

“말도 안 돼!” 케이타가 내 옆에서 침을 뱉는다. “그러니까 데카가…….”

“네가 말할 자리가 아니다, 남자의 아들!” 갑옷 입은 여자 중 하나가 쏘아붙인다. “여긴 네가 있을 곳도 아니지.”

주변의 죽음비명들이 신경을 곤두세우며 화난 으르렁 소리가 동굴을 울린다. “살해자!” 누가 외친다.

“가르 파투의 영주! 우릴 너무 많이 죽였어.” 또 누가 말한다.

케이타 주위로 모여드는 그들의 가시가 철걱거린다.

“케이타!” 나는 놀라서 물을 출렁이며 일어서려 애쓴다.

케이타도 재빨리 검을 빼들며 몸을 도사린다.

“진정해, 데카.” 하얀손이 부드럽게 나를 다시 눕힌다. 그리고 처음 입을 연 여자에게 간다. “그를 내버려둬라, 자인나브.”

“하지만…….”

“자기 목숨을 걸고 누루를 지켰다. 그러니 자격이 되지. 게다가 그는 절대 누루를 배반하지 않을 거야.” 하얀손이 엄하게 말하더니 케이타를 돌아본다. “그렇지 않니?”

“당연하죠! 데카는 나의…… 나의 짝이니까.”

하얀손은 이 말에 고개를 끄덕인다. “그렇지.” 그러고 나서 자인나브에게 말한다. “안 그래도 그는 나의 자손이다.”

자인나브가 투덜거린다. “자손이 수백 아닙니까. 우리 모두가 자손이고요. 우리 모두 어머니이기도 합니다. 할머니와 증조할머니죠.”

하얀손은 단호하다. "그를 건드리지 마라, 너희 중 누구도." 하얀손이 주변 죽음비명들을 엄한 눈빛으로 둘러본다. "가르 파투의 영주가 우리를 죽이려 하지 않는 한, 우리도 똑같이 할 것이다."

투덜대는 소리가 퍼져나가지만 하얀손이 다시 한번 그들을 돌아본다. "너희 대장인 내 뜻이니 복종하라!"

투덜거림이 멈춘다. 죽음비명들도 달각거리는 말을 멈춘다.

하얀손이 케이타에게 말한다. "넌 이제 떠나라. 마사이마를 타고 가. 그가 널 안전히 군대에 데려다줄 거다."

케이타는 걱정스러운 눈빛으로 나를 본다. "하지만……."

"내 자매들이 널 찢어 죽이기 전에 가라. 인내심이 엷어지고 있으니."

케이타가 재빨리 고개를 끄덕인다. "데카에게 작별 인사는 할 수 있도록 해주시겠습니까?"

"서둘러."

케이타는 물속으로 들어와 내 뺨을 감싼다. "데카." 눈이 슬퍼 보인다.

내가 새끼손가락을 뻗으려 애쓰자 그가 나와 손을 얽는다. 내가 웃음 지어 보인다. "손을 움직일 수 있으면 안아줬을 텐데." 그러고서 나는 인정하며 낮게 속삭인다. "케이타, 난 널……."

케이타가 내게 입술을 맞춘다.

즉시 불꽃이 튀며 전신으로 번진다. 죽음비명들의 화난 으르렁거림도, 갑옷 입은 여자들의 기함하는 소리도 잘 들리지 않는다. 느끼는 것은 오직 쿵쾅대는 내 심장과 살갗에 맞닿은 그의 몸이 말하는 속삭임뿐이다. 차가운 물속에 잠긴 나의 온몸이 온기에 휩싸인다.

케이타에게서 스타프루트와 불꽃의 맛이 난다. 고향 집과 같은 맛이 난다.

입맞춤은 시간 속에 멈추고, 마법은 우리를 에워싼 듯하다. 영원히 보물처럼 간직할 순간.

케이타가 마침내 입술을 떼자, 눈에 경이로움이 어린다. "첫 키스는 꼭 특별한 사람과 하고 싶었어. 바로 너랑."

눈물이 핑 돈다. "네가 나의 첫 키스 상대여서 기뻐, 케이타."

"나도." 케이타가 손을 한 번 더 꼭 잡더니 마사이마에 올라탄다. "안녕, 데카. 언젠가 다시 보겠지."

그렇게 케이타는 가버린다. 마사이마를 타고 동굴에서 나가는 그의 뒤에 대고 죽음비명과 원로 알라키들이 으르렁거린다.

나는 그저 흐느끼지 않으려 최선을 다할 뿐이다. 그리고 슬픔을 억누른다. 다른 일이, 생각해야 할 더 긴급한 문제가 있기 때문이다. 질문할 것이 너무 많다. 내가 누루라면, 죽음비명과 알라키들을 해방시키기 위해 창조된 생명체라면 무얼 해야 하나?

그리고 하얀손은 어떻게 된 거지? 그녀가 한 말이 사실이라면 왜 그 많은 죽음비명을 학살하게 그냥 놔둔 거지? 하얀손과 어머니가 그냥 나를 어딘가에서 같이 키우며 모든 사건을 막을 수도 있었다. 애초에 왜 인간 마을에서 자라게 놔둔 거지? 왜 여기서 나와 같은 종족과 함께 지내게 하지 않고 그 모든 고통을 겪게 한 거야?

온갖 생각이 휘몰아치지만 거기 빠져 있을 시간이 없다. 피로감이 몰려오고 오래지 않아 굴복한 나는 잠에 빠진다.

아침이 와도 하얀손은 내 곁에 있다. 다른 죽음비명들도 에워싸고 있다. 그들 모두 둥그렇게 손을 잡고 목에서 그르렁거리는 소리를 낸다. 그 소리가 내 몸을 진동시키며 더욱 많은 연결의 불꽃을 튀겨낸다. 팔다리가 더욱 빨리 엮이며 힘줄이 붙고 강화된다. 감사한 일이다. 이들이 나에게 주는 모든 보살핌에 고마움을 느낀다. 황제의 군대가 도착하려면 나흘밖에 남지 않았다.

그것이 걱정된다. 브리타와 다른 이들도 아직 그곳에 있다. 배신자가 된 나 때문에 그들이 처벌받지 않아야 할 텐데……. 브리타도 잘 나왔기를……. 부상이나 다른 더한 일에 굴복하지 않았기를…….

혹시 죽음 칙령이?

섬뜩한 생각을 떨쳐내고 다시 내 기원에 대한 의문으로 돌아간다. 누루가 된다는 건 정확히 어떤 의미일까? 구체적으로 어떻게 여신들을 해방시킨다는 거지? 여신들이 이 산 정상에 있다는 건 알았다. 죽음비명들이 보금자리를 만드는 사원 같은 곳 중 하나에 숨겨져 있다. 그래서 죽음비명들이 계속 사원으로 모여드는 것이다. 케이타의 가족이 이곳을 발견했을 때 그들을 학살한 것도 그래서다. 이곳은 그들의 가장 신성한 장소다. 여신들의 안식처니까. 시원지로 죽음비명들이 모두 모인다는 건, 황제가 군대를 모두 모아 오도록 하얀손이 만들어낸 신화였을 뿐이다.

그래서 상황이 편리하게 된 듯하다. 내가 여신들을 해방시키는 동안 황제와 군대는 싸우느라 바쁠 테니까. 하지만 내가 여신들을 해방시킨 다음에는? 그다음은 모른다. 여신들이 어떤 존재인지도 모른다. 다른 사람들이 말해주던 것과 어떻게 다를까?

나는 하얀손을 본다. 그녀는 지금 카티야와 손잡고 서서 손가락을 퉁기고 있다. "하얀손, 아니 파투." 이제 그녀의 진짜 이름을 알게 되었다.

하얀손이 웃음 짓는다. "하얀손이라고 불러도 돼. 파투는 옛날 이름이니까. 사람들이 두려워하기를 오래전에 잊은 이름이지. 하지만 하얀손은……." 전투 장갑 낀 손가락을 퉁긴다. "곧 쉽게 잊히지 않는 이름이 될 거야. 게다가 너에게 받은 영광스러운 이름이기도 하지."

나는 부르르 떤다. 그녀의 눈빛이 기묘하다. 진정으로 그렇게 생각하는 눈빛이다.

"여신들을 해방시키는 게 왜 그렇게 중요하죠? 여신들이 이 세상으로 돌아오면 어떻게 되는 거예요?"

"모든 게 변하지." 하얀손이 대답한다. "오테라의 황제는 우리 종족을 너무 오래 억압해왔어. 우리를 괴물이라 칭했지. 하지만 이제 그들이 당할 차례야. 네가 여신들을 깨우면 그들이 오테라를 다시 예전으로 돌려놓을 거야. 자유의 땅으로. 남자와 여자가 동등하게 통치하던 땅으로. 여자들이 학대받고 얻어맞고 강간당하지 않는 땅, 자기 집 안에 감금당해 불경하고 죄악에 가득한 존재라는 말을 듣지 않는 땅."

그녀가 엄숙한 눈으로 나를 본다. "다시 그런 기쁨의 시대를 열도록 도와주렴. 우리 모두에게 자유를 가져다주렴. 오테라의 모든 여자가 남김없이, 알라키가 아닌 여자들도 자유로워지도록."

모든 여자에게 자유를…….

물을 두려워하던 가잘이 떠올라 다시 몸을 떤다. 고향 집에 가고 싶어 하던 카티야. 자신에게 일어난 일을 결코 잊지 말아달라고 부탁하며 울던 벨칼리스. 모두 너무나 다르지만 그럼에도 그들은 자신들을 원치 않고 경멸했던 세상과 싸워왔다.

그들 모두에게 자유를. 우리 모두에게 자유를. 그런 고귀한 생각이 내 마음에 흘러넘치고 죽음비명들이 다시 손가락을 튕긴다.

34

몸이 완전히 치유되는 이틀 내내 죽음비명들이 나를 에워싸고 으르렁거린다. 먹지도 않고 자지도 않으며 임무에 집중한다. 둘째 날, 내가 일어나면서 느낀 몸은 그 어느 때보다 더 강력해진 듯하다. 다행이다. 군대는 죽음비명의 근거지인 산지 아래 모여 있다. 최후의 전투가 시작되려 한다.

"때가 됐다." 하얀손이 나에게 물속에서 나오라 손짓한다.

나는 명령대로 나오며 근육에 새롭게 붙은 힘과 뼛속 깊이 느껴지는 에너지에 경탄한다. 부르르 떨자 피부 아래의 황금 핏줄이 반짝인다. 손까지 뻗어나간 그 얽힘이 보인다. 조르 청사 관리들이 했던 말에도 불구하고, 내 금빛 잠은 손과 팔을 덮었던 도금을 파괴했다. 누루가 된다는 건 이런 것이기도 하리라. 그 어느 때보다도 살아 있음을 느낀다.

이제 내 갈 길을, 내 목표를 안다.

어찌 됐든 하얀손은 매우 주의를 기울여 설명했다.

지난 며칠간 그녀는 내 모든 질문에 대답했다. 내 어머니와 동맹을 맺게 된 사연도.

그림자단이 되었기에 어머니는 순수의 예식을 치를 필요가 없었다. 와르투베라에서 알라키는 즉시 발각될 수밖에 없다. 가혹한 훈련 때문에 그림자단은 거의 매일 부상을 입으니까. 어머니가 월경 때문에 저주받은, 아니 신성한 황금 피를 흘리기 시작하자 하얀손은 재빨리 어머니를 전투직에서 빼내 지원직으로 돌렸다.

그러고 나서 어머니가 임신하자 하얀손이 제대로 숨기기도 전에 상관들이 알아챘다. 그림자단의 명예를 더럽혔다며 죽음 칙령이 내려졌기에 하얀손은 어머니를 도망시킬 수밖에 없었다. 은퇴한 병사 하나, 즉 아버지를 섭외해 돌보게 했고 그 이후 어머니가 위험해질까 두려워 연락하지 않았다. 그때부터 황제는 하얀손을 면밀히 지켜보며 알라키 군대 등에 대한 그녀의 제안을 미심쩍어했다.

그러다 내가 열다섯이 되었고 순수의 예식이라는 위험이 다가왔다. 그래서 하얀손과 어머니는 서로 연락하려 노력했고 하얀손은 결국 죽음비명들을 이르푸트로 보낸 것이다.

슬프고 마음 아픈 일이다. 그때 죽음비명들은 나를 구하기 위해 전력을 다했는데 나는 그들에게 가버리라 명령했다. 그래서 내가 지하실에 갇히게 된 것이다. 스스로 자초한 고통이었다.

하지만 어쩌면 그 고통을 경험해서 잘됐는지도 모른다. 이르푸트에서 자라나며 나는 전형적인 인간 소녀가 되었다. 무한의 지혜를 너무나 깊이 믿었다. 그러다 결국 그 끝없는 계율의 올무에 사로잡혀 죽음 칙령의 공포 속에 배반당했다.

내가 여성을 위해, 모든 여성을 위해 싸우려면 보통의 인간 소녀들이 어떤 생각을 하는지 이해할 수 있어야 했다. 그들과 같은 고통을 겪어봐야 했다.

나는 그 점을 가슴에 새기며 하얀손에게 고개를 끄덕인다. "준비를 마쳤습니다."

"그렇다면 때가 되었다."

원로 알라키 둘이 앞으로 나와 하얗게 빛나는 갑옷을 내민다. 지옥의 갑옷이지만 이런 느낌은 처음이다. 보통 지옥의 갑옷이 따끔거린다면 이 갑옷은 불꽃놀이처럼 폭발한다. 수천 가지 색채가 그 위에 아롱지며 마치 호수에 반사된 무지개 같다.

"우리 어머니들이 주는 선물이야. 천상의 갑옷이지. 첫 번째 선물만큼 값질 거다."

하얀손이 이그사를 가리킨다. 동굴 옆에서 기다리고 있던 이그사 역시 같은 갑옷에 덮여 있다. 이제 이그사에게는 날개도 달렸다. 몸의 다른 부분처럼 깃과 비늘로 반짝거리는 아름답고 푸른 날개다.

"여신들이 이그사를 줬어요?" 나는 놀라서 외친다.

하얀손이 고개를 끄덕인다. "모든 아이에게는 반려동물이 필요해. 모습을 바꿀 수 있고 너를 보호해줄 수 있는 녀석보다 더 좋은 동물도 없겠지."

이그사는 정말 그럴 뿐 아니라, 그 이상이기도 하다.

"네가 내 거라는 거 알고 있었어."

내가 속삭이자 이그사가 행복하게 동의한다.

'데……카.'

갑옷을 다 갖추고 나서 물 위에 비친 모습을 내려다본다. 잘 알아보지도 못하겠다. 날개 달린 갑옷을 입고 빛나는 쌍검을 쥔 소녀가 나라니. 반영 속의 눈이 나를 뚫어지게 쳐다본다. 갈색 얼굴 속에 어지러운 회색 눈동자가.

내 목을 베던 아버지와 같은 회색 눈. 그 기억이 다시 나를 분노하게, 참담하게 만든다.

이르푸트의 그 남자는 진짜 아버지가 아니었다. 그의 피는 내 안에 전혀 흐르지 않으니까. 그래서 그렇게 쉽게 나를 버렸는지도 모른다. 항상 나를 딸이라 주장했으면서도 그의 마음속 깊은 곳에서 무언가 내가 그의 친딸이 아님을, 내가 그의 육신을 전혀 물려받지 않았음을 속삭였던 게 아닐까. 나를 창조한 여신들처럼 나는 완전한 신적 존재다. 죽음비명도 인간도 아닌 생명체다. 둘 다를 흉내 낼 수 있는 능력을 가진, 원하는 대로 될 수 있는 몸이다.

이제 더 이상 그 남자와 닮은 모습을 보이고 싶지 않다.

그렇게 생각하자 내 눈이 바뀐다. 검어진다. 하얀손과 같은 까만 눈동자로 변한다. 원로 알라키와 같은 이 눈동자가 진짜 내 눈이다. 늘 그랬던 것처럼.

내 힘이 다 자랐음을 보여주는 눈이기도 하다.

나는 웃으며 갑옷에 딸린 전투 가면을 얼굴에 쓴다. 그리고 하얀손과 카티야를 향해 돌아선다. 그리프를 타고 나와 함께 갈 것이다. 그들이 그리프를 두드리자 그리프가 으르렁거린다.

"준비됐습니다." 내가 말한다.

하얀손이 웃으며 내 뺨을 상냥하게 쓰다듬는다. "기억해라. 넌 신적인 존재야. 유한한 수단으로는 죽을 수 없어. 인간들은 그저 널 가둘 수나 있을 뿐이다. 그들이 우리 어머니들에게 했던 것처럼."

"기억할게요." 내가 끄덕인다.

"그럼 가자."

* * *

우리가 동굴에서 날아오르자 전장의 소음이 들린다. 저 아래서 두 군대가 서로 격돌하여 알라키와 인간이 죽음비명과 싸우고 있다. 붉은 피와 황금 피가 흩뿌려지며 푸른 피가 퍼져나간다. 금속성 냄새가 진동하며 더 역겨운 오줌과 구토 냄새도 섞인다. 전장의 냄새. 죽음과 살해의 냄새에 위장이 뒤틀린다. 이제 죽음비명의 정체를 알고 나니, 내 피의 자매들이 무기를 쳐드는 모습을 차마 볼 수가 없다. 아무것도 모르고 자신의 종족을 향해 무기를 쳐드는 모습을, 서로 죽이는 모습을 볼 수 없다. 눈앞에 친구들의 얼굴이 떠오른다. 브리타, 케이타, 벨칼리스, 니바리 자매 그리고 다른 우루니들. 이 무분별한 전쟁에서 그들에게 무슨 일이 일어난다면 나는 어떻게 해야 할지 모르겠다.

두려움을 억누르며 이그사의 등에서 일어선다. 그리프의 등에서 일어서는 하얀손과 카티야를 따라 한 것이다. 아직 양쪽 군대는 우리를 눈치채지 못한 상태다. 서로 싸우고 죽이느라 너무 바빠서. 검을 들고 접근하는 알라키 군대를 눈치채지 못한다.

이제 죽음비명이 마을을 공격하는 이유를 안다. 늘 어린 소녀만 잡아가는 이유도. 오래전 습격 때 밀림에서 달아나는 어린 소녀를 본 이유도. 죽음비명은 알라키로 변하기 직전의 소녀 냄새를 맡을 수 있다. 그 혈관에 흐르는 황금 피 냄새를 맡는다. 죽음비명들은 알라키 자매를 구하려 했던 것이다. 바로 이 순간, 우리의 어머니들을 해방시키는 순간을 위해 야생에서 훈련시키려 했다. 어머니들을 해방시켜야 한다는 생각에 나는 희망과 결의로 가득 찬다.

여신들을 깨울 것이다.

벌써 내 안에 에너지가 차오른다. 에너지를 불러내기 위해 전투 상태에 들어갈 필요도 없다. 잠재의식의 검은 대양으로 가라앉을 필요도 없다. 내 혈관 속에서 일어나기를 기다리는 해일은 늘 그곳에 있었다.

"알라키 자매들." 천 개의 북보다 더 크게 내 목소리가 울린다.

전투가 즉각 멎는다. 모두 고개를 들며 눈에 손 그늘을 만든다. 저들 눈에 우리가 어떻게 보일지 상상해본다. 갑옷을 입고 날개를 펼친 드라코스 위에 선 갑옷 입은 인물. 그리고 양쪽에 그리프를 타고 서 있는 두 여자. 태양은 우리 뒤쪽에 있다. 카티야는 죽음비명이긴 하지만 내 눈에는 여성으로 보인다. 실제로도 여성이니까.

더욱 인상적일 것은 우리 뒤에 정렬한 알라키들이다. 모두 빛나는 지옥의 갑옷을 입고 전투태세를 갖추고 있다. 죽음비명들이 구해낸 소녀들이다. 우리 어머니들을 위해 싸울 준비가 된 또 하나의 군대다.

"죽음비명들과 싸우지 말라. 그들은 너희 자매다. 황제와 신관들이 거짓말을 해왔다. 같은 종족을 죽이도록 강요해왔다. 알라키가 죽으면 죽음비명으로 다시 태어난다. 서로 싸우면 안 된다."

알라키들은 당황하며 서로를 흘긋거린다. 텅 빈 말이나 휘황한 모습보다는 더 구체적인 믿음을 주어야 한다. 전에 죽음비명들에게 했던 것처럼 내 목소리로 강제하는 게 아니라 스스로의 의지로 복종하게 설득해야 한다.

나는 투구와 가면을 벗어서 카티야에게 건넨다. 더 아래로 내려가 그들 바로 위에서 멈춘다. 얼굴이 서로 보일 정도로 가까워지자 장군들 그리고 벨칼리스와 신병들이 보인다. 케이타, 아돠파도 찾으려 하지만 보이지 않는다.

"데카!" 벨칼리스가 기겁하며 외친다. 장군들이 고함을 치고 다른 병사들도 긴장해 움직이지만 벨칼리스는 나만 쳐다본다. "데카, 너지?"

나는 끄덕인다. "잊지 않았어, 벨칼리스. 너에게, 우리 모두에게 일어난 일을 절대 잊지 않을 거야." 나는 모여든 알라키들을 돌아본다. 그리고 목소리를 증폭시킨다. "잊지 마라! 인간들이 우리를 어떻게 했는지! 우리를 뭐라고 불렀는지 잊지 마라!"

나는 손바닥을 찌르고 피가 흐르는 손을 들어 올린다.

"괴물!" 내가 외치며 병사들을 가리킨다. 그들은 혼란스러운 표정으로 두리번거린다. "여신들의 딸인 우리를 괴물이라고 불렀다! 금빛 존재들은 결코 지옥의 피조물이 아니야. 그들은 오테라를 만들어낸 여신들이야. 자투들이 이 산맥 속에 가둬놓았어. 오늘 우리는 자투의 거짓말에서 우리를 구할 것이다. 알라키들이여, 너희 자매인 죽음비명들과 함께 싸워라! 자투에게서 너 자신을 해방시켜라!"

이번에는 내 목소리에 담긴 진실을 부정할 수 없다. 알라키들이 대열에서 이탈해 죽음비명들을 향하며 소란이 인다. 내 뒤쪽의 알라키들이 산에서 내려오기 시작하고 원로 알라키들이 그들을 이끈다. 수백 수천의 알라키들이다.

당황한 장군들이 병사들에게 외친다. "알라키들을 죽여라! 배신자들을 모두 죽여!"

그리고 나를 가리키며 죽이라고 명령하지만 나는 이미 다시 높이 날아오른다. "죽음비명, 알라키! 꼭 필요한 경우가 아니면 아무것도 모르는 자투 신병들을 죽이지 말라."

나는 더욱 높이 날아올라 산으로 향한다. 카티야도 그리프를 타고 따라온다. 하얀손은 절하며 말한다. "저는 여기에 남아 전투를 감독해야 합니다." 내가 당황스러운 표정을 지었는지 덧붙인다. "걱정 마세요. 사원에 도착하면 안내자가 기다리고 있을 겁니다."

"고마워요, 하얀손. 모든 게 고마워요."

이제야 나는 하얀손이 얼마나 교묘하고 꼼꼼하게 계획을 꾸미고 진행시켰는지 깨닫는다. 황제를 이용해 죽음 칙령을 받은 동족을 구하고 우리가 죽음비명들을 처치할 거라고 믿게 만들었다. 그래서 훈련된 군대는 이제 진실을 깨닫고 우리와 함께 싸우게 되었다.

우리 제국이 괴물로부터 자유로워질 때까지, 하고 말했던 그녀의 말을 이제야 이해하게 된 것이다. 진짜 괴물이 누구인지를.

하얀손이 다시 말한다. "지난 몇 달간의 내가 잔혹해 보였겠지만, 대의를 위해 한 일이었습니다. 어쩔 수 없이 모든 일을, 진실을 말하지 못했던 것을 용서해주기를 바랍니다. 내 침묵으로 인한 당신의 고통 역시."

나는 끄덕이며 대답한다. "이제 당신이 그 모든 일을 한 덕에 내가 배우게 되었다는 걸 아니까요."

하얀손은 미소를 지으며 전투로 돌아가 흰 상아 뿔을 분다. 멀리서 천둥 같은 소리가 화답한다. 돌아보니 인간 군대 뒤쪽의 모래 언덕에서 수많은 에쿠스가 밀려온다. 그들의 날카로운 발톱이 수월하면서도 정확하게 움직인다. 그러고도 더욱 많은 에쿠스가 인간 군대 양쪽에서 또 나타나 쳐들어간다. 엄청난 전략이다.

"무찌르거나 죽어라!" 하얀손이 나에게 손을 흔든다.

"죽은 우리가 경례를 드립니다." 내가 손으로 가슴을 친다.

하얀손은 웃더니 그리프에서 풀쩍 뛰어내려 매머트를 탄 인간 장군을 덮친다. 손톱으로 목을 쫙 가르더니 그대로 전장을 휩쓸며 퍼붓는 피의 빗속에서 가벼운 몸짓으로 죽음의 춤을 춘다.

그 광경에서 고개 돌린 나는 산 정상에 눈을 고정시킨다. 이제 내가 해야 할 일이 남았다. "할 수 있어." 나는 굳세게 중얼거린다. "해내고 말 거야."

카티야와 내가 노요산맥 봉우리에 도착하자 차갑고 흐린 날씨가 우리를 맞이한다. 하지만 나에겐 그 추위가 잘 느껴지지 않는다. 천상의 갑옷과 가면이 따뜻하게 지켜주고 얼굴에 만들어지는 서리도

녹인다.

“준비됐니, 데카?” 카티야가 묻는다. 긴장되는지 알라키였을 때랑 똑같은 식으로 입술을 문다.

“응, 물론이지.” 반짝이는 하얀 봉우리를 응시하다가 문득 고개를 돌린다. “어떤 느낌이야? 죽음비명이 된 거 말이야.” 계속 이동 중이라 시간이 나니 궁금해졌다. 임무에 대한 긴장감을 떨치려고 그런 건지도 모르지만.

카티야가 어깨를 움츠린다. “처음처럼 이상하진 않아.” 내가 빤히 쳐다보자 좀 더 설명한다. “죽음비명의 손톱에 등이 갈라지나 싶었는데, 어느샌가 이 몸으로 깨어났어. 눈 잠깐 감았다가 뜬 것처럼.” 그러고는 손가락을 튀겼다. “그리고 또…… 알들이 있었는데, 연못 같은 곳 바닥에 있었어.”

나는 감탄사를 뱉으며 눈을 크게 뜬다. 이그사가 나왔던 연못이 생각난다. 그 연못 바닥에도 황금 돌덩이들이 있었다. 그곳도 죽음비명이 태어나는 장소였던 것이다. 이그사는 부화 중인 알들을 보호하라고 넣어놨던 게 아닐까.

“알라키가 죽으면 새 알이 형성돼. 그리고 다 자란 죽음비명이 깨어나지.”

“옛날 몸은 어떻게 되는 거야?” 나는 알라키들의 시체가 전장에서 썩는 것을 보았다. 모두 최종 죽음의 끔찍한 푸른색을 띠고 있었다. 그 시체들도 보통 시체들처럼 거기 그냥 있었다. 하지만 그 후에 내가 모르는 일이 일어난 걸까?

카티야가 눈살을 찌푸렸다. “썩겠지. 하지만 새로운 몸이…… 알을 박차고 나와 수면으로 헤엄쳐 올라가. 그러면 피의 자매들이 다들 몰려와서 진정시켜주면서 괜찮다고 말해주고……. 물론 죽음비명들이 말이야. 이제 나도 죽음비명이니까. 인간들이 엄청 무서워하는 존재가 된 거지." 그러더니 눈을 피한다. "그게 제일 안 좋아. 인간들의 두려움."

"왜?" 내가 묻는다.

"그래서 우리가 그들을 죽여야 하니까." 카티야가 비참하게 중얼거린다. "인간은 우리가 가까이 있는 걸 감지하는 순간 두려워하기 시작해. 보지 않아도 느끼고 두려움에 압도되는 것 같아. 그러면 그 두려움의 냄새에 우리가 압도되고 안개와 비명이 시작되는 거지."

이제 알겠다.

금빛 존재들은 죽음비명들을 자연스럽게 포식자로 만들었다. 그래서 몸집이 크고 무시무시해졌으며, 천적을 파괴하려는 본능을 가진 것이다. 내가 그렇듯, 그야말로 인간에 맞서기 위해 만들어졌으니까.

내가 어둠 속에서도 또렷이 볼 수 있는 이유, 음식이나 물이 없어도 살 수 있는 이유, 보통의 알라키보다 고통을 훨씬 잘 참는 이유를 이제는 안다. 금빛 존재들은 나를 죽이려고 작정한 이 세상에서 내가 살아남을 수 있도록 온갖 필요한 능력을 주었다.

"그래도 기뻐." 카티야가 갑자기 덧붙인다.

"뭐가?"

"아직 죽지 않아서."

"하지만 다시 죽으면? 죽음비명으로서 죽으면 어떻게 되는 거야?"

수많은 죽음비명을 죽여온 나는 그들의 육체가 허공으로 사라지지 않는다는 걸 안다. 그대로 땅 위에 남아…… 썩는다. 그러니까…… 누가 전리품으로 취하지 않는다면 말이다. 그제야 죄책감이 온몸을 휘젓는다.

"원로들이 그러는데 사후대지가 있대, 인간들처럼." 카티야가 어깨를 으쓱한다. "하지만 난 사후대지가 별로 신경 쓰이지 않아."

"왜?"

카티야가 씩씩하지만 슬픈 웃음을 짓는다. "더 이상 싸우지 않아도 되잖아." 그러고는 자기 손톱을 내려다본다. "전에도 말했지……. 내가 원한 건 그저 리안과 결혼하는 것뿐이었다고. 아이를 낳고 가족을……."

불쌍한 카티야.

싸우며 지내는 동안 그런 소녀들에 대해서는 잊고 있었다. 그저 고향으로 돌아가는 게 꿈이었던 소녀들을.

와르투베라에서는 그런 아이들이 제일 먼저 죽었다. 습격을 나가 죽거나 격투 훈련 때 사고를 당했다. 상냥하고 순진한 이들에게 전쟁터는 친절한 곳이 아니었다.

"이젠 결코 못 하겠지. 하지만 사후대지에서는 나도 평화를 가질 수 있을 거야. 누구나 평화를 얻을 자격이 있지 않니?"

"누구나 평화를 얻을 자격이 있어. 제발 이게 다 끝나면 우리 모두 그랬으면 좋겠다."

"나도." 카티야가 빙그레 웃으며 말한다.

우리 아래로 구름이 걷히며 금빛 존재들의 사원이 보이기 시작한다. 노요산맥의 제일 높은 봉우리 속 분화구 한가운데 자리하고 있다. 지금까지 본 그 어떤 사원보다 네 배는 더 커 보이는 육중한 구조물이다. 그리로 올라가는 계단이 적어도 1킬로미터는 돼 보인다. 순수한 하얀 소금의 호수가 그 주변을 에워싸고 태양이 그 알갱이에 너무 지독하게 반사되어 눈이 아파서 손으로 빛을 막는다.

착륙해보니 당황스럽게도 오십 마리는 되는 제리자드 무리가 사원 계단에 도사리고 있다. 거기 얹힌 붉은 안장을 보는 순간 두려움이 솟는다. 어쩐지 전장에 황제와 호위대가 보이지 않더라니. 벌써 이곳에 올라와 나를 기다리고 있었던 거다.

“황제가…… 벌써 와 있어!” 나는 서둘러 이그사에게서 내린다.

“우리도 왔으니 문제없지.” 낯익은 목소리가 대꾸한다.

놀라서 돌아보니 아돠파가 어두운 사원 입구에서 비죽 웃으며 나온다. “넌 항상 주위 상황을 잘 살피지 않더라, 데카. 앞으로는 주의를 기울여야겠어. 우리가 여기서 살아 나가려면 말이야.”

35

"아돠파?" 나는 달려가 껴안는다. "여기서 뭐 하고 있었어?"

아돠파가 나를 꼭 안았다가 놓아준다. "너 기다리고 있었지. 우린 널 지키는 경호대로 보내졌어."

그제야 다른 알라키와 죽음비명들이 아돠파 뒤에 서 있는 게 보인다. 온전한 부대 하나에 아샤도 와 있다. 그녀는 나에게 재빨리 손을 흔들고 웃음 짓는다.

나도 같이 손을 흔들고 아돠파를 따라 입구로 들어가며 묻는다. "하지만 어떻게? 왜?"

아돠파는 나를 보며 어깨를 으쓱한다. "니바리는 늘 금빛 존재들을 숭배해왔어. 죽음 칙령 이후에도 우리는 신념을 굳게 유지해왔어. 우리 자매는 평생 이 순간을 기다렸고."

아샤가 엄숙한 표정으로 고개를 끄덕이자 나는 드디어 깨닫는다. 일부러 와르투베라로 왔구나. 알라키임을 드러낼 필요가 없었음에도 말이다. 니바리에게는 신관이 없다. 너무 미개한 부족이라고 생각해서 그렇다. 신관들은 1년에 두 번만 사막으로 긴 여행을 가서 순수의 예식을 거행할 뿐이다. 니바리 자매도 원하면 숨어 살 수 있었지만 그러지 않았다.

어쩐지 훈련하는 동안 누구보다 빠르고 잘 싸우면서도 심드렁해 보이고 나이가 좀 많아 보이더니. 그들은 미숙하게 행동할 때조차 어쩐지 우리보다 좀 현명해 보였다.

그러니까 나이가 많았던 거다. 훨씬 많았던 거다.

나는 아득해지는 걸 느끼며 묻는다. "아돠파? 너도 첫 자손 중 하나니?"

아돠파가 폭소를 터뜨린다. "첫 자손? 아니, 전혀. 나랑 동생은 겨우 삼백 살인걸."

"삼백 살……. 그럼."

"설명은 나중에 할게." 아돠파가 말을 막는다.

우리는 사원 입구에 도착해 알 수 없는 내부를 들여다본다. 어두운 복도가 어둠 속으로 뻗어 있다. 무한만이 알 곳으로 이어진다는 생각에 부르르 떨린다.

"황제는 벌써 들어가 있어." 아돠파가 말한다.

"나도 알아. 제리자드가 있으니까."

"하지만 황제만 들어가 있는 건 아니지." 아돠파가 말하며 걱정스러운 표정을 짓는다. "케이타도 안에 있어."

온 몸이 굳어진다. "케이타가?"

아돠파가 끄덕인다. "케이타가 널 호수에 데려다주고 돌아오자마자 황제가 잡아갔어. 데카, 마음의 준비를 해야 할 거 같아."

* * *

사원 내부는 눅눅하고 조용하다. 검은 기둥들이 높이 서 있고 금빛 존재들의 이미지가 새겨져 있다. 현명한 남부인, 상냥한 북부인, 호전적 동부인, 모성적 서부인이 괴물들을 무찌르고 반란군과 싸우고 헤마이라의 벽을 세운다. 기둥 조각에서 여신들은 인간보다 훨씬 크다. 거인인 것이다.

실제로도 그럴까 궁금하다. 궁금한 게 너무나 많다. 그렇게 다 궁금해하다 보면 황제 손에 맡겨진 케이타 목숨을 생각하지 않아도 될지도 모른다. 내 안에서 점점 거세게 휘몰아치는 공포를 인정하지 않아도 될지 모른다.

조각을 계속 응시한다. 여신들은 네 개의 왕좌에 앉아 훨씬 작은 인간들을 내려다본다. 로브를 입은 보통 사람이나 신관들과 달리 갑옷을 입은 알라키와 자투들이 그들을 에워싸고 있다. 조각이 묘사하는 신관들은, 전에는 상상하지 못했던 모습을 하고 있다.

여사제.

기둥마다 여자들이 서로 다른 일을 하는 모습이 조각돼 있다. 이런 게 가능하리라고는 생각하지도 못했던 일을 하는 모습. 신관, 원로, 서기. 모두 남자가 하는 일이다. 여자가 이런 일을 하는 광경만 보고도 충격받을 정도라니, 얼마나 세뇌당했던 걸까. 숨을 내쉬며 마음을 진정시키려 애쓴다. 황제를 만날 준비를 해야 한다.

저기 홀 끝에 있다. 어느 숨은 방에서 희미한 불빛이 새어 나온다. 케이타도 저곳에 있다.

누가 팔을 건드려서 그만 나는 펄쩍 뛴다.

"괜찮아?" 아돠파가 묻는다.

나는 고개를 끄덕인다.

"정신 놓고 있으면 안 돼, 데카. 더구나 지금은."

여신들의 운명이 위기에 처해 있다. 케이타 운명은 말할 것도 없고.

"정신 차릴게." 바로 지금 쓰라고 받은 아티카 두 자루를 감싸 쥐며 말한다. "준비됐어."

"넌 그저 여신들을 해방시키면 되는 거야." 아돠파가 나를 격려한다. "그것만 신경 써. 나머지는 나랑 다른 이들이 알아서 할게. 케이타는 우리가 보호할 거야."

나는 다시 고개를 끄덕인다. "알고 있어."

아돠파가 다시 내 팔을 잡는다. "믿는다. 난 늘 널 믿었어. 하얀손이 날 너에게 보낸 순간부터."

문득 마차에서 아돠파를 처음 본 순간이 기억난다. 계속 눈살을 찌푸리고 반항적이었는데. 그 이후로 아돠파는 늘 내 곁에 있었다. 항상 농담을 던지고 비꼬고, 씁쓸한 웃음을 지으면서. 아돠파가 하얀손의 스파이였다는 건 상관없다. 항상 진정한 친구였으니까. 내 심장이 확신한다.

아돠파가 떨리는 숨을 내쉰다. "그래서 내가 그 모든 일을 해낼 수 있었던 거야. 그 모든 죽음비명을……."

"할당량 이상은 절대 죽이지 않았지." 내가 손을 꼭 잡으며 말을 막는다.

어떻게 견뎠는지 상상도 할 수 없다. 우리가 그들을 학살하는 모습을 지켜보며 참여까지 하다니. 하얀손과 이 비밀 반란에 참여한 모든 이가 다 마찬가지다. 그들의 죄책감은 나의 것이기도 하다. 내 위장 깊숙한 곳에 염산 구덩이가 생긴 것만 같다. 그 모든 죽음이 하나의 목적을 위해서였음을 기억해야 한다. 지금 이 순간을 위해서였다.

아돠파를 실망시키지 않을 것이다. 그 누구도 실망시키지 않을 것이다.

"나도 널 믿어." 내가 대꾸한다.

아돠파가 고개를 끄덕이고 우리는 안으로 성큼성큼 들어간다.

마주친 광경은 생각보다 더 좋지 않다.

케이타뿐 아니라 브리타도 결박당한 채 재갈이 물려 있다. 브리타는 깨어 있지만 창백한 얼굴로 누워 있다. 황제는 그들 옆에 있는 화려한 의자에 앉아서 비딱한 미소를 짓는다. 자투들과 달리 황제는 갑옷을 거의 입지 않은 채 머리에 관까지 쓰고 있다. 옆에는 황금화살이 장전된 석궁이 있다.

"누루라니." 황제가 계단을 내려가는 나를 보고 비웃는다.

멍들고 피 흘리는 케이타를 보니 가슴이 찢어지는 듯하다. 당장 달려가고픈 마음을 누르며 주먹을 꽉 쥔다.

케이타도 나를 보며 어서 도망치라는 눈빛을 해 보인다.

나는 그 눈빛을 무시하고 히죽거리는 황제를 본다.

"드디어 본 모습을 드러내다니." 완전히 달라진 얼굴. 차갑고 증오가 가득하다. 한때 존경해 마지않던 남자가 아니다.

"난 이제야 알게 됐는데, 당신은 계속 알고 있었군."

"너인 줄은 몰랐지." 황제가 찌푸리며 일어난다. "여기 네 친구처럼 그저 또 다른 비정상인 줄 알았더니." 황제가 브리타의 목을 밟자 브리타가 신음을 흘린다.

순간 모든 것이 정지하고 나도 모르게 불쑥 말한다. "제발……."

"제발, 뭐?" 황제가 차가운 눈으로 브리타를 내려다본다. 너무나 차갑다. 아버지의 눈이 생각나고 이오나스의 눈이 생각난다. "이 애가 거의 도망칠 뻔한 걸 알고 있나? 이렇게 약한 상태에서 내 병사들을 이길 뻔했지. 다행히 내 할머니를 가둘 때 사용했던 구속 도구 중 남은 게 있었지."

내가 혼란스러움에 미간을 찌푸리자 황제가 설명한다.

"에쿠스 부인 말이야. 이제는 그렇게 불리지? 옛날엔 '혹독한 파투'로 불리던 여인이다."

나도 모르게 헉 숨을 들이마신다. 에메카의 눈물에서 솟아오른 여성 조각상을 씁쓸하게 쳐다보던 하얀손을 기억한다. 그 석상이 하얀손을 본떠 만들어졌다니.

"내 선조의 아버지들이 사지를 절단한 적도 있었는데 말이야. 그녀가 어머니들을 지키려고 했을 때 궁전 지하 감옥에서 네 토막을 내서 꿰어놓았지. 내 아버지가 전부 들려줬어. 아버지는 자신의 아버지에게서 이야기를 들었고."

황제가 실실 웃으며 말을 계속한다.

"어쨌든 내 선조들은 슬프게도 그녀에게 최종 죽음을 선사할 수 없었어. 그래서 그냥 미쳐가도록 그곳에 수백 년간 놔두었지. 첫 자손들은 금빛 잠에 빠지지 않으니까. 그녀가 놓아달라고 얼마나 빌었는지 몰라. 우리를 섬기겠다고 수백 년간 빌고 울고 약속했지. 그 반역자가 말이야. 그래서 놓아줬고 수백 년을 말 잘 듣더니 이제와서 배신할 줄이야."

내 목에서 신음이 터져 나온다. 그제야 깨닫는다. 불쌍한 하얀손. 내가 이르푸트에서 겪은 고통은 하얀손에 비하면 아무것도 아니었다. 내 고난에 조금도 마음 아파 하지 않은 게 당연하다. 다른 이들의 고통에 대해서도 그랬을 것이다. 그녀가 수백 년간 겪어온 고통을 생각하니 손이 떨리고 분노가 안에서 휘몰아친다.

게조 황제는 무심하게 브리타의 목을 다시 밟는다. 신음 소리에 나는 이를 악물 수밖에 없다.

"네 친구를 묶는 데도 같은 구속 도구를 사용했어. 천상의 황금으로 만들었지. 여기 여신들을 가두기 전에 수확한 금으로 만들었기에 너희 종류도 깨뜨릴 수 없어. 파투조차도."

황제는 혀를 차더니 발을 뗀다. "알라키는 이렇게 강해져선 안 돼. 하지만 그게 비정상의 속성이니까. 그래서 제일 빠르고 강하고 교활한 비정상인 너희를 모두 와르투베라에 모아 넣은 거야."

"우릴 지켜보고 있었군." 불길한 예감이 밀려든다.

"누루를 찾아봤지. 내 위험천만한 할머니가 누루는 죽음비명 중에서 나타난다고 믿게 만들려고 했지만 나는 알라키 중에서 나타날 걸 알고 있었어. 가장 센 것 중 하나일 거라고 생각했지. 가장 빠른 것이거나. 너일 거라고는 시간이 훨씬 지나서도 생각을 못 했네. 할머니가 네 능력을 숨겼으니까."

황제가 한 발짝 다가오고 알라키와 죽음비명들이 나를 보호하려 모여들자 재미있다는 듯 웃는다. 적어도 더 이상 브리타의 목을 밟고 있지는 않다. 괜찮은가 싶어 브리타를 살펴보다가 재빨리 다시 황제를 주시한다.

"언제 알았지?" 최대한 나한테 관심을 돌리고 계속 말하게 해야 한다. 어떻게든 브리타와 케이타를 다치지 않게 할 수 있다면…….

"알현실에서 네 얼굴을 본 순간 알았지. 인간의 외모로 다 숨길 수 있을 줄 알았겠지만, 냄새를 맡을 수 있었어."

"무슨 냄새?"

"여신이란 것들의 냄새!" 황제가 꽥 소리치며 방 끝 거대한 검은 왕좌에 앉아 있는 황금거인상 넷을 가리킨다.

금빛 존재들.

가까이 가서 보지 않아도 알 수 있다. 이 방에 들어오자마자 그들의 힘이 마치 고요한 지진처럼 내게 밀어닥치는 것을 느낄 수 있었다. 그들의 감정, 슬픔, 분노, 체념을 받아들이는 내 몸이 덜덜 떨렸다. 그들은 왕좌에 앉은 채 갇혀, 산 채로 매장돼 있다.

"우리가 그들을 죽일 수 없으니, 그들은 우리에게 명령을 내릴 수 있다고 생각했지. 우릴 영원히 공포에 떨게 할 수 있을 줄 알았겠지. 하지만 우리는 그 괴물들에게 보여줬어……."

나를 보는 황제의 눈이 증오로 번들거린다.

"우리가 어떻게 했는지 알아? 우리 조상이 뭘 해냈는지?"

나는 고개를 젓는다.

"그들을 자기 자식들의 피 속에 묻어버렸어."

황제는 환희에 찬 무시무시한 웃음을 터뜨린다. "수십 벌의 지옥의 갑옷을 녹여서……. 알라키들에게는 우리 어머니들을 위한 공물을 만들고 있다고 속였지. 그러고 나서 이리로 꾀어내 녹은 황금을 그들 위에 부었어. 그렇게 가둔 거야!"

"하지만 왜? 왜 그런 일을 한 거야?"

"그들은 이 땅의 재앙이니까!" 황제가 으르렁거린다. "천상의 존재인 척하고 있지만 육신을 가진 마귀들이야! 태곳적부터 우리 자투는 오테라를 수호하기로 맹세해왔어. 그래서 그들을 가두고 다시는 일어서지 못하게 만들었지. 다시는 여자들이 오테라를 다스리지 못하도록. 그것이 게조 집안 모든 황제의 임무다."

황제가 내 눈을 똑바로 응시한다.

"너희 더러운 것들 중 누구도 다시는 저 왕좌에 앉지 못하게 하겠어."

그의 말, 그의 증오가 내 심장에 깊은 타격을 준다. 더러운 것들이라니. 우리를 향해 내뱉던 다른 남자들의 말과 똑같이 추한 말을 황제가 한다. 당장이라도 검을 뽑고 싶은 마음을 누르며 마지막 질문을 던진다.

"알아챘다면서 왜 나를 바로 죽이지 않았지?"

황제가 잔혹한 미소를 짓는다. "쓸모 있었으니까. 너를 이용해서 죽음비명들을 죽이다니 얼마나 아름다운 일이야? 금빛 존재들이 내 종족을 말살시키기 위해 창조한 도구를 오히려 내가 사용해서 너희를 살육하는 데 쓰고 있다니."

혐오와 죄책감이 나를 덮친다. 내가 죽음을 명령했던 모든 죽음비명, 본능적 거부감에도 불구하고 직접 죽인 죽음비명들이 머릿속에 떠오른다.

"죽음비명을 몇 마리나 죽였지? 몇 마리를 죽이는 데 도움을 주었나, 데카? 오백? 천?" 황제가 킥킥거린다. "무리 전체가 네 목소리에 무릎을 꿇었지. 네 어머니들이 자기를 해방시키라고 준 신성한 능력을 그렇게 쓴 거야."

아돠파가 가까이 다가선다. "데카, 저자의 말을 듣지 마. 이제 끝내자."

나는 고개를 젓고 그의 장광설에 귀를 기울인다.

"네가 하고 있는 짓이 좋더냐? 죄책감이 안 들었어? 후회는 하지 않나? 스스로를 혐오해야지! 분명 죽이면서도 느꼈을 텐데. 네 눈앞의 피를 보며 네 피가 느꼈을 거야! 동족을 살해하는 위대한 배반자라고!"

황제의 말이 나를 호되게 후려치지만, 나는 심호흡하며 침착하려 애쓴다. 게조 황제가 정신을 침범하게 놔두지 않을 것이다. 위험하게 넋을 놓아서는 안 된다. 내가 이 임무를 완수해야 한다. 자신을 위해서만이 아니라 황제와 그의 부류가 잔혹하게 학대해온 모든 여자를 위해서. 황제가 뭐라고 하든 그가 한 일은 잊을 수 없다. 그들이 저지른 짓을 잊을 수 없다.

벨칼리스의 상처투성이 등이 다시 떠오른다.

절대 잊지 않겠다고 약속했다.

나는 천천히 검을 뽑으며 게조 황제를 본다. "그럴 수도 있겠지. 하지만 난 이제 이곳에 왔어. 너와 마찬가지로." 아티카를 황제에게 겨눈다. "내가 여신들을 해방시키리라는 걸 넌 알아. 내가 임무를 완수하리라는 걸 알고 있지. 카르모코들이 그렇게 훈련시켰으니까. 네 지시대로 훈련시켰어."

"그렇다면 우린 막다른 골목에 다다랐네." 황제가 어깨를 으쓱한다.

"그런 것 같아."

황제가 자투들에게 고개를 끄덕이자 그들이 검을 쳐든다. 그리고 명령이 떨어진다. "공격해."

전투가 시작된다.

36

"데카, 여신들에게 가!" 아돠파가 외치며 다른 이들과 함께 자투들에게 달려든다. "자투는 우리가 막을게."

나는 끄덕이고 카티야를 본다. "브리타와 케이타를 보호해줘!"

카티야의 육중한 몸이 풀쩍 대혼란 속으로 뛰어든다 싶더니 순식간에 브리타를 한 손으로, 다른 손으로 케이타를 잡고 벽을 타고 올라간다. 알라키였을 때처럼 빠른 속도다. 나는 그제야 참고 있는지도 몰랐던 숨을 내쉰다.

그들이 무사하니 이제 임무에 집중할 수 있다.

나는 방의 가장자리를 따라 왕좌로 달려간다. 방 한가운데서 일어나는 전투로부터 되도록 거리를 둔다. 전투는 정체 상태다. 죽음비명과 알라키들이 자투들을 밀어붙이고 자투들도 어쩐지 밀리지 않는다.

언제 저렇게 강해졌지?

휙 소리와 함께 고개를 돌려보니 황제가 눈앞에 왔다.

놀라서 "어떻게……" 하고 물으려 하지만 황제가 엄청난 힘으로 나를 벽에 밀어붙인다. 벽이 부서져 내리고 쓰러진 내가 멍하니 고개를 들자 황제가 씩 웃는다.

"놀랐지?" 하면서 내 발목을 잡고 들어 올린다.

그가 다시 나를 벽에 처박자 머리에서 별이 폭발한다. 눈앞이 깜깜해지며 움직이기는커녕 아무 생각도 나지 않는다. 이게 무슨 일이지?

'데카?' 이그사의 목소리가 멀리서 들려온다.

고개를 돌려보니 이그사가 방을 무너뜨리고 들어온다. 피 흘리며 누워 있는 나를 보더니 울부짖는다. '데카!' 외치며 이를 드러내고 황제에게 달려든다.

그들이 맞붙는 순간 황제가 사라진다. 온데간데없어졌다. 나는 다시 멍해진다. 어디로 간 거지?

"아, 변신 동물." 황제 목소리가 이그사 뒤쪽에서 들린다. "기다리고 있었지."

이그사가 휙 돌아서자 황제가 뒤에 서서 석궁을 기울인다. 수십 발의 화살이 발사된다. 그는 너무나 빠른 속도로 화살을 다시 재고 겨누며 발사한다. 움직임이 보이지도 않는다. 그저 엄청난 바람이 순식간에 불어닥친 듯하다. 그러고 나자 황금화살들이 이그사를 벽에 박아버려서 이그사는 울부짖으며 빠져나가려 애쓴다.

'데카!' 이그사의 외침이 분노에서 공포로 변한다. 화살에 꿰어 몸부림치지만 빠져나가지 못한다.

천상의 황금으로 만든 화살이라는 걸 깨닫자 소름이 돋는다. 아무리 애써도 안 될 것이다. 상처만 악화시킬 뿐.

"멈춰, 이그사! 움직이면 다칠 뿐이야!"

"영혼 없는 동물에게 그런 신경을 써주다니 감동적이네." 황제의 목소리가 옆에서 들린다.

황급히 돌아보니 그의 몸이 바로 옆에 갑자기 나타났다. 놀라는 나를 보고 피식 웃는다. "네 걱정을 더 해야지, 누루." 그러더니 내 멱살을 잡고 바닥에 처박는다.

바닥이 갈라지며 투구 속 머리가 쿠당탕 튀고, 코와 귀에서 피가 쏟아진다.

황제가 빙글거리며 몸을 숙여 나를 들여다보자 그의 눈이 똑바로 들여다보인다.

그제야 깨닫는다. 눈이 달라 보인다. 더 어두운……. 내 눈과 하얀손의 눈과 닮았다. 보통 사람의 눈이 아니다. 완전한 검은색. 원로 알라키들의 눈과 같다. 그래서 자꾸 가면을 썼던 것이다.

"너 뭐야?" 내가 기겁하여 묻는다.

황제는 나를 또 다른 벽에 처박는다. "아직도 모르겠어?" 그리고 또 잡아 끌어낸다. "난 자투잖아. 금빛 존재들의 남자 후손." 이번에는 바닥에 처박는다.

"하지만 자투는 인간인데." 나는 허둥지둥 피하며 말한다. "순수한 피를 흘리잖아."

황제가 내 발을 잡아 끌어당기며 이제는 온화한 웃음을 짓는다. 나를 짓이기는 게 행복한 것이다.

저자가 자비롭다고 생각한 적이 있다니.

다시 벽에 처박힌다.

"진짜 자투는 아주 드물지." 쾅. 퍽. "그리고 우린 불사가 아니야. 유한하지." 쾅. 퍽. "피도 붉어." 쾅. 쾅. 퍽. "인간처럼 죽어." 쾅. 쾅. 콰곽. "하지만 알라키보다 강한 힘과 속도가 특징이야."

그러고 나서 다시 벽에 처박히자, 눈앞이 완전히 깜깜해진다. 눈을 뜰 수가 없다. 통증이 너무 심하다. 하얗게 달궈진 불이 온 신경을 관통하는 것 같다. 온몸이 욱신거리고 뼈가 쓰리다. "그래서 네 부류는 숨어서…… 계속 숨어서……."

황제가 내 앞에 쭈그리고 앉아 들여다보며 재밌다는 듯 빙글거린다. "우린 자매들에 비해 수가 늘 적었지. 그래서 알라키와 다른 사람들이 우리가 멸종했다고 믿게 했어. 우리가 힘을 잃었다고. 그러고 나선 보통 인간 병사들에게 자투라는 이름을 붙여 혼란을 가중시켰지. 그러는 동안 우리는 평범한 체하며 네가 나타나길 기다렸어. 이 권력 다툼을 영원히 끝낼 수 있도록."

흘긋 둘러보니 자투와 알라키와 죽음비명은 여전히 싸우고 있다. "그럼 여기 있는 자들이 다겠네." 나는 피가 보글거리는 입으로 내뱉는다. "남아 있는 진짜 자투들이 전부 여기……."

"대부분은 그렇지." 황제가 교활한 미소를 짓는다. "너희 종류를 완전히 끝내기에 충분한 수만 여기 모였어."

"알려줘서 고맙네." 나도 히죽 대꾸하고 곧바로 그의 다리를 찬다.

눈 깜짝할 새 황제가 내 뒤쪽으로 움직인다. 너무 빨라서 마치 허공으로 사라지고 허공에서 나타나는 것 같다. 그의 주먹을 간신히 피하자 그 주먹이 향한 바닥이 부서져 내린다. 황제가 놀란 표정을 짓더니 곧장 다시 사라진다. 하지만 나는 이미 단도를 쥐고 있다.

황제가 내 뒤에서 나타나는 순간 단도를 찔러 넣는다. 단도는 갑옷과 살을 꿰뚫는다. 자투 갑옷은 지옥의 갑옷처럼 탄력이 없다.

"이 조그만 창녀가!" 황제가 옆구리를 잡고 외친다. 피가 흘러내린다.

나는 그에게 미소를 지어준다. "와르투베라에서 잘 배웠거든. 특히 카르모코 휴온이 약하고 불쌍한 척하는 법을 가르쳐줬어."

황제는 또 사라지려 하지만 내가 잡아 벽에 처박는다. 이제 내 차렸다. 황제의 머리가 벽에 세게 부딪혔지만 죽을 정도는 아니다. 내가 놔주자 사라진다.

그가 다시 내 뒤에서 나타나서 나는 씩 웃는다. 너무 예상이 가능하다……. "카르모코 탄디위가 전투 전략을 가르쳐줬어. 적의 움직임을 읽고 예상하는 법을." 나는 말하며 쉽게 그를 잡아 바닥에 처박는다.

황제는 피에 물든 이를 쩍 벌린다. "어떻게……."

나는 그의 말을 자른다. "그리고 카르모코 캘더리스는 가장 중요한 교훈을 가르쳤지. 내 피로 만든 지옥의 갑옷을 알아보는 법." 그러고서 그의 왕관을 잡아 벗긴다.

그의 눈에 공포가 어린다. "아냐, 너는……."

나는 쓰게 웃는다. "이상한 왕관 쓴 걸 몰라볼 줄 알았어? 덕분에 내 능력에 대해 중요한 점을 또 알게 됐어."

황제가 다시 사라지지만 걱정되지는 않는다. "멈춰." 그가 또 내 뒤에서 나타나자 내가 명령한다. 나는 손을 아래로 내리며 에너지를 움직인다.

금속이 바닥에 챙 부딪는다. 갑옷이 돌바닥과 만난 것이다. 돌아보니 황제는 무릎을 꿇고 공포와 증오를 담은 눈으로 나를 노려본다.

"알아? 이제 다른 이들에게 명령을 내릴 땐 더 이상 능력을 쓸 필요가 없어. 그들은 그냥 내가 말한 대로 하니까."

나는 황제의 목에 검을 대고 방에서 싸우는 이들에게 외친다. "자투들! 무기를 내려놓아라. 그러지 않으면 황제가 죽는다. 어서!"

내 명령이 울려 퍼지자 자투들은 무릎 꿇은 황제와 그의 목에 닿은 내 검을 보고 놀라 멈춰 선다.

나는 검 끝으로 더욱 황제를 찌르고, 황제의 눈은 분노로 튀어나올 듯하다. "당장 멈춰. 멈추지 못해, 이 비정상적인 년아!"

"비정상적인 년? 그런 말에 충격받고 상처받던 때가 있었지. 하지만 너희 덕분에 이젠 아무렇지 않아." 나는 다시 그의 목을 찌른다. "자투들에게 무기 버리고 무릎 꿇으라고 해. 내가 명령해도 되지만 그러면 죽음비명들도 영향받을 테니까."

황제가 반항하며 고개를 돌린다.

"명령하라니까!" 내가 소리친다.

"무기를 버리고 무릎을 꿇어라!" 황제가 즉시 외친다.

천천히 자투들이 명령대로 한다. 알라키와 죽음비명들은 즉시 무기를 회수한다. 순식간에 갑옷도 모두 벗긴다.

"다 잘해냈구나." 낯익은 목소리가 들린다.

하얀손이 입구에 서 있다. 에쿠스 형제와 벨칼리스도 함께다.

"하얀손! 벨칼리스! 무사했군요." 그들을 보고 안도해서 외친다.

"물론이지." 그러고 나서 하얀손이 에쿠스 형제에게 말한다. "황제를 묶어라."

"기꺼이." 브라이마와 마사이마가 대답하고 걸어와 황제를 일으켜 세운다. 황제가 내 명령 때문에 무릎을 펴지 못하자 킬킬거린다. 진짜 자투에게는 내 목소리의 영향력이 더욱 센 듯하다. 알라키나 죽음비명보다 더 말이다. "따라와, 이 못된 자투" 하고 놀리며 끌고 간다.

나는 이그사에게 달려간다. 못으로 벽에 박혔던 상처에서 여전히 피를 흘리고 있다.

'데카…….'

힘없이 코를 문지르는 이그사에게서 화살을 잡아 뽑는다. 내 핏줄에 흐르는 신성에 반응해서 화살들은 쉽게 뽑힌다.

"정말 미안해. 미안해, 이그사."

쓰다듬어보지만 이그사는 너무 많이 다쳐서 어떻게 해야 할지 모르겠다.

"네 피를 줘봐. 치유에 도움이 될 거야." 하얀손이 조언한다.

서둘러 팔을 내밀자 이그사가 매달린다. 얼마 지나지 않아 날개의 상처가 봉합된다. 너무 다행히도 하얀손의 말이 맞았다. 잘 낫고 있다.

이그사가 거의 나았을 때 하얀손이 내게 작은 황금 단도를 내민다. "이제야" 하면서 여신들을 향해 고갯짓한다.

나는 숨을 깊이 들이마시고 고개를 끄덕인다.

드디어 임무를 완수할 순간이 왔다.

가까이에서 보니 여신들은 생각보다 훨씬 크다. 내 머리가 겨우 그들의 발가락 높이에 닿는다. 손가락 하나 위에도 나는 충분히 서 있을 수 있을 것 같다. 저런 존재가 한때 오테라를 돌아다녔다니, 이해가 가지 않을 정도다.

우선 가장 가까운 여신에게 갔다. 현명한 남부인. 그녀의 이름은 아녹이다. 내가 치유되는 동안 하얀손이 여신들에 대한 이야기를 다 들려주었다. 그들의 역사와 성격에 대해서도. 아녹은 늘, 가장 교활한 여신이었다. 하얀손의 어머니가 아녹인 건 당연한 일이다.

이제 이 모든 앎이 내게 속삭이며 여신들을 온전히 깨울 정보를 전달한다. 단도로 내 손바닥을 찔러서 황금이 솟아나길 기다린다. 그리고 아녹의 발에 문지른다. "어머니 아녹, 일어나세요." 내가 속삭인다.

여신의 몸이 떨린다. 확실히는 모르겠다. 상상이 아니길 빌며 다음 여신에게 간다.

상냥한 북부인, 베다. 초록색과 성장을 사랑하는 친절한 존재라고 하얀손이 말해줬다. “어머니 베다, 일어나세요.” 나는 그녀의 로브에 피를 문지르며 말한다.

이번에는 확실히 상상이 아니다. 베다의 로브가 펄럭거린다.

“어머니 휘리.” 호전적인 동부인에게 속삭인다. 가장 싸움을 좋아하는 여신이라고 한다. “일어나세요.” 그녀의 등에서 솟아난 깃털 달린 날개에 피를 문지른다.

다시 진동이 느껴진다.

“어머니 에트즐리.” 모성적인 서부인, 알라키든 아니든 모든 아이를 사랑하고 기른 여신이다. 거대한 발가락 하나에 피를 묻힌다. “일어나세요.”

여신들의 몸 전체가 흔들린다. 나는 경외에 차 물러선다. 흔들림은 엄청난 진동이 되고 저주받은 황금이 여신들에게서 줄줄 흘러내린다. 나는 서둘러 피하여 여신들의 갈색, 분홍색, 푸른 검은색 피부가 드러나는 모습을 지켜본다. 내 피가 태어난 역할을 해내며 여신들을 해방시킨다.

“풀렸구나.” 말 한마디가 터져 나오며 방이 지진이 난 듯 진동한다. “마침내 우리가 풀려났어!”

온몸이 경이로움에 차오르며 차례차례 여신들이 일어서는 모습을 지켜본다. 수천 년 만에 처음으로 기지개를 켠다. 몸이 너무나 거대해서 천장까지 닿는다. 내 평생 이렇게 위압적인 광경은 본 적이 없다. 내가 너무나 작고 하찮게 느껴진다. 가슴이 터질 듯 부풀어 오르며 구석구석 환희가 차오른다. 여신들이 몸을 일으키고 움직이는 모습을 지켜본다.

“딸이여.” 말이 머릿속에서 퍼져나간다. 꿈속에서 들었던 바로 그 목소리다. 내 어머니의 목소리와도 합쳐진 저 목소리를 몇 번이나 들었던가.

넋을 놓고 올려다보는 나를 네 개의 완벽한 얼굴이 내려다본다. "네 임무를 완수했구나. 우리를 해방시켰어. 얼마나 고마운지 모르겠구나."

여신들의 목소리에 무의식적으로 반응하여 눈물이 흘러내린다. 도취감, 두려움, 모든 감정이 여신들의 목소리와 결합해 하나의 강력한 파장이 된다. 내 목소리를 듣는 사람들이 이런 기분이겠구나 생각한다.

여신들이 내 쪽으로 한 발 떼어놓자 나는 밟힐까 두려워 훌쩍 물러선다. 하지만 여신들은 발을 내려놓으며 몸이 줄어들기 시작해, 다음 발자국을 뗄 때는 평균보다 조금 큰 키가 된다.

"어머니들." 나는 다가오는 그들에게 무릎을 꿇고 고개를 깊이 숙인다.

차가운 손이 내 턱을 들어 올린다. 기쁜 미소를 띤 아녹의 손이다. "정말 잘해주었다, 데카." 목소리에 깃든 어쩔 수 없는 강제력을 나도 모르게 느낀다. "네가 너무나 자랑스럽다, 나의 창조물이여."

"우리 모두 네가 자랑스러워." 다른 여신들도 합창한다.

심장이 터질 듯 부푼다. 여신들, 이런 존재가 나를 자신의 창조물이라 말해주다니. 감당이 안 될 정도로 벅차다.

"이제 무얼 할까요?" 나는 경이에 가득 차 읊조린다.

답은 에트즐리에게서 나온다. 그녀의 검은 눈이 나를 똑바로 들여다본다. "이제 우리 하나의 왕국 오테라가 격랑에 휩싸이고 많은 이가 고통받는구나."

휘리가 말한다. "우리는 그들을 도울 것이다. 하나의 왕국을 예전과 같은 곳으로 재건할 것이다. 모두가 조화롭고 평화롭게 공존할 수 있는 곳……. 다시 한번 번성하게 이끌 것이다."

"넌 우리를 도와라, 데카. 이 세계를 다시 건설하게 도우려무나." 베다가 말한다.

"영광스레 따르겠습니다." 내가 고개를 숙이며 대답한다.

잠시 후 여신들이 자신의 아이들과 다시 만난다. 알라키, 죽음비명, 심지어 자투들도. 사원에 모인 모든 사람이 여신의 귀환을 축하한다. 아돠파도 남은 한쪽 눈에서 행복한 눈물을 흘린다. 전투에서 눈 하나를 잃은 것이다. 하지만 곧 다시 회복될 게 분명하다. 그녀 옆의 아샤 역시 부상을 입었지만 뺨 상처 정도다. 그럼에도 그녀 역시 입을 크게 벌려 웃음 짓는다.

아샤의 미소가 더욱 커진 것은 칠흑 같은 전사들이 사원으로 들어왔을 때다. 아돠파의 예상대로 니바리 부족이 여신들을 보기 위해 이곳까지 온 것이다. 그들도 여신들을 에워싼 흥분한 인파에 합류한다.

하얀손은 군중이 여신들 가까이 오지 못하게 지키고 있다. 벌써 금빛 존재들의 사령관 자리에 복직했다. 그녀가 얼마나 행복해 보이는지 신기할 정도다. 하얀손이 저렇게 해맑게 웃는 모습은 처음 본다.

벨칼리스도 한쪽 구석에서 경이에 찬 눈으로 모든 것을 바라본다. 내가 다가가자 말한다. "아직도 믿을 수가 없어."

"난 믿어져. 세상이 변하고 있어. 우리가 변하게 할 거야. 더 나은 세상으로 만들 거야. 우리에게 일어났던 일을 다른 누구도 다시는 겪지 않게 할 거야."

벨칼리스가 고개를 끄덕인다. 그리고 내 뒤의 누군가를 향해 인사한다.

브리타가 눈물 어린 눈으로 서 있다.

"브리타!" 내가 껴안는다.

"아, 데카. 네가 날 구했어. 저 죽음비명이 날 돕게 했어." 브리타가 카티야를 가리킨다. 지금 카티야는 다른 죽음비명들에게 에워싸여 있다. "이상하게 친근하게 느껴지는 죽음비명이야."

나는 웃는다. "그래? 정말 그럴 거야……." 브리타에게 해주고 싶은 말이 너무 많다.

브리타가 손을 내민다. "자매들?"

나는 그녀의 손을 꽉 쥔다. "자매들."

브리타가 턱짓한다. "널 기다리는 사람이 또 있는데."

고개를 돌려보니 케이타가 방 가장자리에서 부상당한 팔을 붙잡고 있다. 다른 우루니인 리, 아칼란, 퀘쿠도 다들 함께다. 내가 걸어가자 다들 웃는다.

"우리 잘 살아남은 것 같아." 리가 싱글거리며 말한다.

나는 케이타를 흘긋거리며 대꾸한다. "그런 것 같네."

"이제 어떻게 되는 거지?" 아칼란이 조용히 묻는다. 누구보다 그가 이 변화된 새로운 환경에 적응하는 데 어려움을 겪을 듯하다. 하지만 그도 적응할 것이다. 다른 신병들도 마찬가지일 것이다.

"나도 아직 몰라. 하지만 다 함께 앞으로 나아가야겠지." 나는 솔직히 말한다.

"우릴 보호해줘서 고마워."

아칼란이 말하자 퀘쿠도 덧붙인다.

"죽음비명들에게 우리를 해치지 말라고 하지 않았더라면 이렇게 무사하지 못했을 거야."

나는 대꾸한다. "너희는 우리 우루니야. 무슨 일이 있어도 파트너인 거잖아."

계속 나만 보고 있던 케이타에게로 내 눈길이 향하자 퀘쿠가 다른 애들 옆구리를 찌른다.

"그래, 그럼 자리 좀 비켜주자."

그제야 나는 케이타를 똑바로 바라본다. "케이타, 나는……."

케이타가 갑자기 키스해서 나는 중심을 잡기 위해 그를 붙든다. 그 온기, 그 기쁨, 우리 입이 움직이는 완벽한 조화에 정신이 아찔하다. 서로 숨을 헐떡이며 떨어지자 케이타가 나를 내려다본다. 다시 한번 헤아릴 수 없는 눈빛. 무슨 생각을 하는지 상상이 되지 않는다.

조바심에 내가 먼저 말을 꺼낸다. "너한텐 받아들이기 어려운 상황일지도 모르겠어. 죽음비명을 그렇게 오래 미워해왔으니까……."

"이젠 그들이 왜 그랬는지 알게 됐잖아. 자기 어머니들 때문에 괴물이 될 수밖에 없었고……. 황제가 내 부모를 죽게 내버려둔 것도 알아. 여기가 신성한 장소라고 위험에 대해 미리 경고해줄 수도 있었으니까. 하지만 그는 그러지 않았지."

케이타가 내 귀에 입을 가져다 대며 속삭인다.

"그리고 또 지난 며칠간 중요한 걸 하나 알게 됐어. 난 너의 우루니야. 무슨 일이 있어도, 앞으로 어떻게 되더라도 난 너와 함께 이 세상을 살아나갈 거야. 네 곁에 있을 거야. 네가 원한다면……."

갑자기 목이 멘다. 한없이 나약해지는 기분이다.

케이타가 고개를 들어 한 발짝 물러서더니 내 눈을 들여다본다. 이번에는 망설이는 눈빛이다. 내게 묻는 것이다. 확신하지 못해서 차마 직접 묻지 못하는 질문. 내가 그를 얼싸안자 그도 똑같이 반응해서 나는 안도한다.

"항상. 나는 항상 네 파트너야……. 네가 원한다면." 나는 대답한다.

케이타가 격하게 고개를 끄덕인다. "그럼 무슨 일이 있어도 함께 헤쳐나가는 거야?"

"함께하자." 나도 끄덕이며 그를 더 꽉 안는다.

케이타가 활짝 웃는다. 이렇게 활짝 웃는 얼굴은 처음 본다. 나도 웃어 보이며 아름다움을 깨닫는다. 나는 결국 지금까지 사랑을, 가족을 찾아 헤맸던 거다. 하지만 그건 이곳, 바로 내 손 닿는 거리에 있었다. 이 새로운 세상에서 무슨 일이 일어나든 간에, 나에게는 케이타, 브리타, 벨칼리스, 아샤, 아돠파가 있다.

우리는 생겨나는 문제에 함께 대처할 것이다. 나란히 서서 손에 손을 잡고. 필요한 건 그것뿐이다. 그렇지 않은가?

37

다음 며칠간 힘든 작업이 이어졌다. 우리는 황제의 남은 군대를 모아들여 오테라의 진짜 역사를 들려주고 우리의 대의를 설득시켜야 한다. 불순자 군대에 자발적이지 않은 병사는 필요 없다. 우리가 스스로 결정 내렸듯 말이다. 대부분 남자는 떠나기를 택했지만 알라키 대다수는 남았다. 마침내 믿을 수 있는 대의를 찾았고 새로운 삶을 시작하기로 결정한 것이다.

놀랍게도 알라키 훈련장 소속 신병 대부분은 남기로 했다. 수개월 동안 알라키들과 함께 싸우며 파트너로서 결속감을 가지게 될 줄 신관들과 지휘관들은 예상하지 못했을 것이다. 이제 그들은 진짜 우리 형제다. 케이타는 특히 여신들의 믿음을 얻었다. 내가 여신들을 경호할 때 케이타도 자주 함께한다. 아녹이 유달리 좋아하는 게 보이는데, 하얀손의 어머니 여신이니까 수천 세대를 거슬러 올라간 케이타의 할머니이기도 한 것이다. 케이타가 내 곁을 떠날 때는 아녹에게 갈 때뿐이다.

우리는 아직 사랑이라는 말을 하지 않았지만 케이타의 모든 시선에서 이미 느낄 수 있다. 브리타도 마찬가지다. 늘 내 곁에 있다. 나의 경호원이자 보호자, 그리고 내가 확신이 들지 않을 때마다 안내자가 되어주는 나의 나침반.

예전의 나는 이렇게 깊이 사랑받는다는 게 어떤 걸까 궁금했다. 죽음도 불사할 수 있을까. 이제는 안다. 세상 그 어떤 것보다 달콤한 기분이 든다는 걸. 지금처럼 혼란스러운 시기에는 더없는 위안이 되어주기도 한다.

황제가 말했던 것보다 더 많은 진짜 자투가 아직 오테라에 숨어 지낸다. 오테라의 온갖 오지로 도망쳐 저항군을 지원하기 시작했다. 싸워보지 않고는 패배를 받아들이지 못하는 인간들이다. 신관이나 도시와 마을의 원로들도 마찬가지다. 오테라의 남자들은 우리 군대를 위협으로만 간주한다. 우리가 너무 강력해지기 전에 밟아버리려 전력을 다할 것이다. 매일 하얀손과 다른 첫 자손들, 그리고 나와 여신들은 전략을 세운다. 전장에서의 계획을 짠다.

오테라의 황제들은 우리를 다룰 때 잔혹한 실수를 저질렀다. 우리 알라키에게 고난을 가르쳤다. 그리고 그 고난은 우리에게 생존과 극복을 가르쳤다. 우리는 그 교훈을 사용할 것이다. 다시 한번 우리의 검을 빼 들 때다.

오테라는 광대한 영토를 가지고 있지만 우리는 마지막 한 뙤기까지 되찾을 것이다. 하나의 왕국을 수복해 다시 우리 것으로 만들어야 한다.

작가의 말

대학 신입생 때 나는 황금 갑옷을 입은 소녀의 꿈을 꾸기 시작했어요. 소녀는 우렁차게 소리 지르며 전장으로 뛰어들고, 거기서 꿈이 끝나곤 했죠. 그때는 몰랐지만 그 꿈이 『금색 피의 소녀들』의 첫 맹아가 되었네요.

나는 서아프리카의 시에라리온에서 태어나고 자랐어요. 시에라리온은 지독하게 가부장적이어서 소녀들은 종종 소년들보다 못한 존재로 간주되었죠. 미국으로 이사 온 후, 상황이 달라지길 바랐지만 결국 똑같다는 걸 금방 깨달았어요. 겉으로는 노골적이지 않았을지라도 담긴 뜻은 마찬가지였죠.

나는 운 좋게도 스펠만 대학에 들어갈 수 있었어요. 거기서 공부하는 동안 페미니즘과 종교 수업을 들었는데, 그런 수업들이 『금색 피의 소녀들』을 쓰는 데 필요한 기반을 제공했어요.

이 책의 중심에는 가부장제에 대한 검토가 놓여 있어요. 가부장제가 어떻게 형성되었고 어떻게 떠받쳐지고 있는지. 그 아래서 여성은 어떻게 생존하는지. 가부장제의 이분법에 들어맞지 못하는 사람은 어떻게 되는지. 어떤 사람이 번성하고 어떤 사람은 못 살게 되는지.

이런 질문들에 내가 대답을 잘해냈으면 좋겠네요. 실패했다고 하더라도, 좋은 이야기는 되었으면 하고 바랍니다. 공감대를 만드는 주인공과 친숙한 위기로 가득한 이야기요. 결국 우리가 지금 사는 세계는 나의 책 속의 세계와 그리 다르지 않으니까요. 지금은 엄혹한 시기, 영웅이 필요한 시기예요. 『금색 피의 소녀들』에서 우리 모두가 될 수 있는 영웅들을 창조해내려 했답니다.

이 책을 읽는 모든 이에게 말씀드리고 싶어요. 여러분 모두가 자기 이야기의 영웅, 즉 주인공임을 알아줬으면 좋겠어요. 여러분은 사건이 일어나게 할 수 있어요. 그렇게 세상을 바꿀 수 있답니다. 선을 위해 세상을 바꾸는 길을 선택해보세요.

나의 모든 십대 독자에게 말씀드리고 싶어요. 이 소설은 내가 여러분을 위해 창조한 세상이에요. 혹시 어디서도 당신의 모습을 찾을 수 없다 해도, 이 책에서는 당신의 모습을 찾을 수 있을 거라는 점을 알아줘요.

사랑해요.

금색 피의 소녀들 1

1판 1쇄 인쇄 2023년 12월 11일
1판 1쇄 발행 2023년 12월 20일

지은이 나미나 포르나 **옮긴이** 이수영
펴낸이 김영곤 **펴낸곳** (주)북이십일 아르테

책임편집 원보람 **일러스트** 산호 **디자인** 데시그
문학팀장 김지연 **문학팀** 권구훈
해외기획실장 최연순
출판마케팅영업본부장 한충희
출판영업팀 최명열 김다운 김도연
마케팅2팀 나은경 정유진 박보미 백다희 이민재
제작팀 이영민 권경민

출판등록 2000년 5월 6일 제406-2003-061호
주소 (우 10881) 경기도 파주시 회동길 201(문발동)
대표전화 031-955-2100 **팩스** 031-955-2151

ISBN 979-11-7117-213-9 04840
979-11-7117-215-3 (세트)